新时代大学文科简明教材

总主编·张福贵

文艺理论简明教程

主　　编　朱国华　王嘉军

编写人员（按编写章节先后排序）

陆凯华　卢文超　颜桂堤

江守义　张　瑜　赵树功

金　雯　徐俪成　刘昕亭

吴娱玉　徐燕婷　汤拥华

李昌舒　范　昀　冯　庆

韩　伟　刘　阳　王　茜

华中科技大学出版社
http://press.hust.edu.cn
中国·武汉

朱国华

华东师范大学中文系及国际汉语文化学院联聘教授。曾入选教育部"长江学者"特聘教授，获宝钢优秀教师特等奖、国家"万人计划"教学名师称号。现为教育部高等学校教学指导委员会成员、国家社科基金重大项目首席专家、中国文艺理论学会会长、《文艺理论研究》主编。主编的《西方前沿文论阐释与批判》入选"国家哲学社会科学成果文库"，领衔的"文学概论"线上课程入选教育部第二批国家级一流本科课程。

王嘉军

华东师范大学中文系教授，副系主任，教学委员会主任。入选教育部"青年长江学者"、"上海社科新人"、上海市"曙光学者"等。兼任中国文艺理论学会常务理事、副秘书长，《文艺理论研究》编辑部主任。曾获教育部高等学校科学研究优秀成果奖青年成果奖等奖励。

内容提要

　　本教材围绕"文学与世界""文学的形态""文学与人学""文学与审美""文学与历史"五个议题，从"文学与社会""文学与语言""文学与情感""文学与趣味"等具体角度，对文艺理论进行了系统、简明、深入浅出的梳理和阐述。教材每章分为理论阐释、阅读实践和关键词解析三个主要部分，注重挖掘理论脉络，提炼理论要点，力图弥合理论研究与批评实践之间的隔阂，让文本与理论互证互释，从而让文艺理论更加生动。本教材内容上的主要特色在于中西互鉴、古今交融的写作思路，既注重引介"事件理论""后人类思想""生态理论"等西方当代前沿文论，又注重弘扬中华优秀文论传统资源，在比较和互鉴中，力图寻找中西文论的同声相应之处，展现一种更加包容、更具气派的文论形象。

网络增值服务

使用说明

欢迎使用华中科技大学出版社人文社科分社资源网

1 教师使用流程

（1）登录网址：**https://bookcenter.hustp.com/index.html**（注册时请选择教师身份）

注册 〉 登录 〉 完善个人信息 〉 等待审核

（2）审核通过后，您可以在网站使用以下功能：

浏览教学资源　　建立课程　　　　管理学生　　　布置作业　查询学生学习记录等

教师

2 学员使用流程

（建议学员在PC端完成注册、登录、完善个人信息的操作）

（1）PC 端学员操作步骤

①登录网址：https://bookcenter. hustp. com/index. html（注册时请选择学生身份）

注册 〉 完善个人信息 〉 登录

②查看课程资源：（如有学习码，请在"个人中心—学习码验证"中先验证，再进行操作）

选择
课程

首页课程 〉 课程详情页 〉 查看课程资源

（2）手机端扫码操作步骤

手机
扫码 → 登录 → 查看课程资源

注册

如申请二维码资源遇到问题，可联系编辑宋焱：15827068411

总 序

数字化时代如何进行传统人文教育和人才培养，是一个说起来容易做起来难的问题，人工智能、数字经济正改变着以汉语言文学为代表的传统文科教育模式。汉语言文学专业是最具中国特色的基础文科，从守正创新的思路出发，在数字化时代要积极适应新时代社会发展需要，建设一套既能赓续传统，又能融汇新潮的汉语言文学的专业教材，真正努力实现"宽口径、厚基础、重能力、求个性"的新型复合型人才培养的目标。

我国文科专业教材建设始终是高等教育中的重要环节，从20世纪50年代开始，文科教材编写进入高峰期，并开始成为一种"国家事权"，受到越来越明显的重视。进入20世纪80年代，在新时期的时代氛围中，各种统编教材、自编教材和规划教材等更是名目繁多，数量迅速增加。特别是前些年开始实施的"马工程"教材建设，具有顶层设计、名家协力、广泛使用的特点和优势，为中国文科教材建设起到了巨大的示范作用。

汉语言文学专业是我国高校开设最多的专业，截至2023年12月31日，全国有641所院校开设汉语言文学专业。从近年专业教材使用的情况来看，有逐渐趋于一统的态势。但是，由于学科专业有些课程的意识形态属性较强，教材编写难度较大，因此，汉语言文学专业的"马工程"教材编写比例和使用率不是很高。在这种情况下，如何在国家教材编写的基本宗旨指引下，系统地编写一套具有传统优势和新时代特色的汉语言文学的专业教材，是十分必要且有较大空间的。

在已有的数百种汉语言文学专业教材中确立新教材的价值与特色，是具有巨大挑战性的。特别是在数字文化和"新文科"理念的引领下，对已有教材进行客观分析，确定新教材编写的宗旨和原则，需要做出艰辛的努力。人才培养是在课程体系有效设定的基础之上实现的，课程体系设定又建立在教材之上。教材并非只是教学内容、方法与理念的载体，还是完成人才培养目标以及提升教学水平的主要保障。因此，新教材要融入新时代的新理念、新知识和新方法是所有教材的基本要求。但是对于传统文科特别是文史类教材来说，知识具有相对的固定性，关键在于对于知识的选择和理解。"新文科"建设应包含两个思路：一个是"新的文科"，一个是"文科之新"。前者是从"跨学科"的角度，创立和形成新的文科专业或者方向；后者则是从传统文科自身发展的角度，反思和调整现有文科的发展路向。对于汉语言文学这类传统的基础学科，我们更要守正创新，既要融入新知，又要回归传统和经典。当然，这种回归不只是教材知识内容的选择，更在于对学生学习这一经典环节的强调和安排。这也是针对数字化时代人们的阅读和学习的新变化而考量的。现在，随着知识的获得越来越便捷和简单，对于具体经典的阅读、理解相对也越来越被忽视。特别是在人工智能突飞猛进一日千里的发展态势下，经典甚至思想有被装置和边缘化的趋向。汉语言文学专业教材建设必须面向当前，又直指未来，为不断优化教材体系、完成新文科发展目标、提升教学水平、培养综合型人才提供重要的基础与保障。

教材编写的核心问题是内容的选取问题，而内容的选取在于价值立场和教学理念的确定。作为新时代文科教材，首先，要坚持以马克思主义为指导，贯彻习近平总书记关于文化建设的重要论述，坚持正确的政治方向、价值取向和学术导向。这是时代政治的需要，也是历史逻辑的需要。以"中国现当代文学史"为例，其发展过程就完整地体现了政治逻辑、历史逻辑、学理逻辑和伦理逻辑的融合。所谓"历史的选择"和"人民的选择"通过具体的"红色经典"而艺术化地表现出来。其次，作为最具中国特色的基础文科教材，汉语言文学教材要强调中华优秀文化的传承与发展，从语言文学的历史流脉来理解当代文科知识体系中不能缺少的优秀传统文化的源流。最后，新时代汉语言文学教材内容不单是历史知识的重复，更要以新的理念来理解这些知识。这就需要从"全人类共同价值"观出发，对于知识源流、经典意义、审美风尚等进行符合人类性和人性的理解和阐释。阶级的立场、民族的立场和人类的立场不是对立的，而是融合的。这不只是一种价值理念，也往往是一种历史事实。

新教材的编写要经受三种检验。第一，是政治的检验。教材编写和使用不是简单的教学环节，而是思想和品格的养成过程。因此，正确的政治理念是文科教材编写和使用的入门证和验收单。第二，是学理的检验。新时代汉语言文学教材有新的政治要求，理性的政治本身就具有科学性和逻辑性。"课程思政"是所有课程和教材的统一要求，但是不同专业教材的"课程思政"具有不同的特点和方式。汉语言文学教材的"中国特色"本身就具有本色的"课程思政"色彩，不是简单地将"课程思政"进行"穿靴戴帽"式的外加，是"一加一等于一"而不是"一加一等于二"。"课程思政"要通过历史逻辑、学理理解来体现。

因此，新教材必须坚守学理逻辑，只有实现充分的"学术释权"，才能更好地实现"国家事权"。第三，是历史的检验。任何历史的产物最终都要被历史本身进行检验和选择，新编教材能否经受住这种历史的考验，关键在于是否能够很好地通过前两种检验。历史本身就是一个不断选择甚至淘汰的过程，符合政治标准的同时，也符合人类意识、人性逻辑、学理逻辑和审美逻辑的教材才能与世长存。

新时代汉语言文学专业简明教材除了具有以上文科教材共有的属性和逻辑之外，还应该努力形成本专业的特点。无论是教材编写还是专业教育，都应该秉承这样一种原则：基础知识标准化，核心问题个性化，专业背景多元化。这是教材内容、教学过程和人才培养共同的原则。这是本套"新时代大学文科简明教材"努力追求的方向。

张福贵①

2024 年 1 月

---

① 教育部中国语言文字类专业教学指导委员会主任委员，吉林大学资深教授，教育部长江学者特聘教授，国家"万人计划"领军人才。

前　言

目前我国已出版不少优秀的文艺理论教材，《文艺理论简明教程》倘能踵事增华，可能主要在于以下特点。

首先，顾名思义，当然在于其简明性。文艺理论是对于文学和艺术之思考的理论提炼。古今中外，无数理论家都对文学和艺术有深刻思考，并提出了独到的理论观点。要将这些理论思考面面俱到地呈现是不可能的，也未必会产生理想的教学效果。有鉴于此，我们以"简明"为原则，以"问题"为出发点，以"核心概念"为抓手，力图既精炼又全面地展现文艺理论的丰富状貌。在教材的筹备阶段，我们广泛征求各方专家的意见，讨论和挑选了近四十个与文艺理论相关的理论关键词，考虑到体量和教学效果，最后缩减到十八个，力求披沙拣金，选出最具代表性，同时也能兼顾民族性和前沿性等面向的概念。为了做到"简明性"，除了精炼主题之外，我们也力求语言通俗易懂，既有理论阐释，也有文本案例分析，力图让文本与理论互证互释，从而让文艺理论更加生动，更接地气。但这并不意味着以牺牲理论性为代价来降低阅读门槛，实际上，文艺理论的魅力很大程度上恰恰在于其思考的深度，因此，我们既在书写中务求深入浅出，同时也尽量顾及理论思考所必需的思辨性和纵深感。

其次，前沿性。文艺理论是知识更新很快的学科，这是因为：其一，人们对文学和艺术的思考必然随着历史的发展而发展，随着文学和艺术本身的变化而变化；其二，现代文艺理论本身是一种跨学科的思考，不同学科的革新对于文学研究的影响，通常首先体现在文艺理论领域。当然，原因远不止以上两点，但这两个原因足以表明前沿性和时代性，对于文艺理论学习是必要的。有鉴于此，我们在选定议题后，为每个议题找到了一位专精该领域的中青年学者，并请他们在简明扼要表述要点的同时，也融入该领域的新视角和新方法。此外，我们还专门引入了"事件理论""后人类理论""生态理论"等近十年来在文艺理论界影响较大的前沿理论。通过前沿理论的引入，我们希望阅读者能及时掌握文论研究动态，能够以新的方式打开文学，打开文本。

再次，反本质主义的编写思路。21世纪初，我国文艺理论界曾有过一场有关文艺理论教材编写思路的论争，论争的焦点集中在：文学是否具有本质。一些持反本质主义立场的学者质疑文学具有本质这一观点，并反思和批判了基于这一观点的文艺理论教材编写。在他们看来，文学没有恒定而绝对的本质，不可能给文学下一个放之四海而皆准的定义，因为不同的历史阶段、民族文化和具体语境，都会造就不同的文学。文学背后求解不出一个"万能公式"。我们总体是认同这一观点的，并认为这符合历史唯物主义立场。当然，对于极端反本质主义中暗含的相对主义和历史虚无主义等风险，我们也是高度警惕的。那么，这一反本质主义立场在本教材中是如何体现的呢？简单来说，就是变"的"为"与"。如果说持本质主义的学者更倾向于通过"文学的本质""文学的属性"这样的设问方式来思考文学的话，我们则更倾向于用"与"来连接文学与万物，更强调关系，而非定义。因此，无论是本教材中的每"编"还是每"章"之标题，几乎都是通过"与"来构造的。诚然，这些"与"无法做到真正连接万事万物，但至少它们会架设出四通八达的道路。

最后，也是最重要的，中西合璧的理论目标。习近平总书记在学校思想政治理论课教师座谈会上的讲话指出："办好思政课，就是要开展马克思主义理论教育，用新时代中国特色社会主义思想铸魂育人，引导学生增强中国特色社会主义道路自信、理论自信、制度自信、文化自信，厚植爱国主义情怀，把爱国情、强国志、报国行自觉融入坚持和发展中国特色社会主义、建设社会主义现代化强国、实现中华民族伟大复兴的奋斗之中。"文艺理论作为对文学艺术的系统性阐述，具有重要的思政意义。我国有着源远流长的文艺理论研究史，由《文心雕龙》《诗品》《沧浪诗话》等经典塑造的中国文论，具有鲜明的民族特色，在世界文论之林中独树一帜。然而，近代以来，在中国文论与世界接轨的过程中，确实存在以西释中，过度依赖西方文论概念和话语的情况。为了回应这一状况，我们在本教材中既注重引介西方当代前沿文论，又注重弘扬中华优秀文论传统资源，构建中国特色文论话语体系。同时，在中西文论的比较和互鉴中，我们也力图寻找中西文论的同声相应之处，展现一种更加包容、更具气派的文论形象。

本教材得以出版，首先要感谢丛书主编张福贵教授的信任和指导，感谢丛书其他参编专家的切磋和指教，感谢每一位参与本教材编写的专家，感谢华中科技大学出版社的大力支持。为了实现上述"特色"并体现出教材的整体性，我们与每位专家不断交流、打磨，数易其稿，经过近两年的时间，终于实现了预定目标。专家们体现出的学养、才华和专业精神，让我们甚为服膺和感动，衷心感谢这些专家的配合和支持！

以下是编写各章节的专家：

第一章　文学与政治：陆凯华，华东师范大学哲学系副教授

第二章　文学与社会：卢文超，东南大学艺术学院教授

第三章　文学与空间：颜桂堤，福建师范大学文学院教授

第四章　文学与叙述：江守义，南京师范大学文学院教授

第五章　文学与语言：张瑜，浙江工商大学人文与传播学院教授

第六章　文学与文体：赵树功，南开大学文学院教授

第七章　文学与情感：金雯，华东师范大学中文系、国际汉语文化学院教授

第八章　文学与才性：徐俪成，华东师范大学中文系副教授

第九章　文学与心理：刘昕亭，中山大学中文系副教授

第十章　文学与身体：吴娱玉，华东师范大学中文系教授

第十一章　文学与寄托：徐燕婷，华东师范大学中文系教授

第十二章　文学与趣味：汤拥华，华东师范大学中文系教授

第十三章　文学与境界：李昌舒，南京大学文学院教授

第十四章　文学与教化：范昀，浙江大学传媒与国际文化学院教授

第十五章　文学与经典：冯庆，中国人民大学哲学院副教授

第十六章　文学与通变：韩伟，黑龙江大学文学院教授

第十七章　文学与事件：刘阳，华东师范大学中文系教授

第十八章　文学与未来：王茜，华东师范大学国际汉语文化学院教授

尽管我们尽力让这本教材做到简明、实用、开放、出新，但难免还是存在缺憾和不足，敬请方家不吝赐教！

编　者

2024 年 7 月

目 录

第五编　文学与历史

第一编

文学与世界

第一章
文学与政治

教学导航

学习目标	1. 深入理解新时代习近平文化思想下的文学观 2. 深入领会文学创作对熔铸中华民族共同体的意义 3. 理解传统文学对家国情怀与人民性的积极意义 4. 理解中国当代文学与政治的内在关系
重难点	1. 文学为何与政治彼此影响 2. 文学为何体现出家国情怀 3. 文学创作为何要以人民为中心，怎样突出人民性 4. 文学与解放之间的辩证关系
推荐教学方式	1. 课堂讲授 2. 文本精读结合讨论
建议学时	2~3 学时

情景导入

　　文学与政治的关系究竟是怎样的？不同时代和文化语境下，文学有不同的文本形式，但其内容都源于具体的社会生活，无法脱离具体历史条件和社会环境。而政治是人类社会生活的一种高阶形态，近代以来，各国的政治改革与阶级革命风起云涌，政治不可避免地影响文学，渗透到文学中。而文学创作亦会影响政治。无论古今，文学常能感召人们的政治热情，继而将某种价值立场及其指向的政治主张传递给受众，促使他们参与政治行动，甚至投身政治革命。因此，文学理论不能避开政治与文学的关系的讨论，不能只关注其审美价值，脱离现实生活与时代语境，成为所谓"空头文学家，或空头艺术家"①。毛泽东在《在延安文艺座谈会上的讲话》中指出："在现在世界上，一切文化或文学艺术都是属于一定的阶级，属于一定的政治路线的。为艺术的艺术，超阶级的艺术，和政治并行或互相独立的艺术，实际上是不存在的。"② 在这篇奠定中国文学发展方针的讲话中，毛泽东号召文艺工作者们为广大的人民群众而创作，并投身于火热的革命中，获取创作所需的生活经验与灵感，真正在创作上践行"革命的民主主义"。但同时毛泽东也指出，为工农群众服务的文学创作及其研究工作也"必须继承一切优秀的文学艺术遗产，批判地吸收其中一切有益的东西"③，而"对于中国和外国过去时代所遗留下来的丰富的文学艺术遗产和优良的文学艺术传统，我们是要继承的，但目的仍然是为了人民大众"④。

70 多年后，习近平总书记号召当代的文艺工作者继往开来、守正创新，"把文艺创造写到民族复兴的历史上"，筑就新时代的文艺高峰。党的二十大确立了以中国式现代化全面推进中华民族伟大复兴的中心任务。当下中国文学理论的创新工作，也要结合新时代的要求，通过总结过往中国生动的艺术实践，建设富有中国特色的马克思主义文学理论，不断夯实中国式现代化的文化根基。

故此，本章将从三个角度阐述新时代语境下文学与政治的关系：文学与家国、文学与人民，以及文学与解放。首先，以"家国情怀"为坐标，文学是联结当代中国与其优秀传统文化的桥梁，也是马克思主义中国化的重要组成部分；其次，文学与人民的关系，是阐明中国现当代文学在近现代发展演变的核心线索；最后，文学的"解放书写"，则具体回答了中国视角下，文学是如何自发地影响并参与政治实践的。

♻ 理论阐释

●◦ 第一节　文学与家国 ◦●

政治是人类文明亘古不变的主题之一，而政治领域的核心主体正是国家。从唯物史观看，国家是阶级矛盾不可调和的产物，是依附于经济基础之上的"上层建筑"，是统治阶级实施统治的"暴力机器"。但从文化视角看，国家还是一个民族"想象的共同体"（本尼迪克特·安德森语），也是凝聚政治共识、维持政治统一、实现政治目标的"意识

---

① 毛泽东．在延安文艺座谈会上的讲话［M］//毛泽东选集：第 3 卷．北京：人民出版社，1991：861.

② 毛泽东．在延安文艺座谈会上的讲话［M］//毛泽东选集：第 3 卷．北京：人民出版社，1991：865.

③ 毛泽东．在延安文艺座谈会上的讲话［M］//毛泽东选集：第 3 卷．北京：人民出版社，1991：860.

④ 毛泽东．在延安文艺座谈会上的讲话［M］//毛泽东选集：第 3 卷．北京：人民出版社，1991：855.

形态"。从中国历史出发，政治意义上的"国家"是一个相对晚近的观念，是近代中国依托近代民族国家的范式逐步建立的。不过，在中华民族的发展史中，晚近"国家"在意识形态上的凝聚功能，呈现为一种更为亲切的"家国"观念。这种观念植根于个体对家庭、宗族、乡土的认同，并由之扩展至对国家与天下的情感认同。与之对应，马克思主义的中国化，也借助民族性将中华民族文化的"家国"情怀融进马克思主义的文艺观中。

中国传统的"家国"观，与近代民族国家的"国家"观有所不同。古代中国没有西方语境下民族与国家的同构关系，二者没有严格界限。中国因在地缘上与欧亚大陆其他板块的相对隔绝，故在观念上形成了以中原地区为核心地带、以衣冠华族为认同的"天下意识"。商周之际，周王室又以血缘宗法为纽带、诸侯封建为屏障，建立了"普天之下，莫非王土"的"家（国）天下"。后来，周王室不再享有"天下共主"的地位，"家国"在先秦文学中也由此呈现为一种地方性认同，如屈原在《楚辞》中针对楚国的怀思忧愤之情，表现了楚人的家国情怀。但随着秦汉大一统的建立，逐渐摆脱地缘身份的士人阶层，便以统一的中原王朝为效忠对象，确立了以皇权为中心的天下观；汉设儒学为官学，"忠孝一体"因此成为古代中国政治观念的主流。"受忠于君国，孝于父母""君子之事亲孝，故忠可移于君"①，儒家将在家族内对父母的"孝"，与对君主的"忠"合为一体，形成"家国一体""家国同构"的政治理念。

某种角度上，中国的"家国观"可对应近代西方所谓"文化民族主义"。近代欧洲各民族在建构民族国家的认同中，会诉诸各自文化或民族伟大的文学作品，塑造各自的民族想象，这些作品也常以家庭伦理故事作为国家民族命运的隐喻。这一借文学塑造"家国叙事"的传统，最早可追溯到古希腊诸城邦的史诗与戏剧。荷马等游吟诗人从以家庭矛盾为核心的英雄传说中汲取灵感，再以史诗韵文的方式谱写出希腊城邦缔造者们的伟大事迹，以感性的方式为城邦这一政治共同体奠定文化根基；而埃斯库罗斯、阿里斯托芬等人的悲剧和喜剧，则在城邦政治走向衰败瓦解的时刻，重新凝聚起人们对城邦的共同信仰。文艺复兴后，用民族语言创作的文学作品，也促进了民族生成国家性的文化共识。例如，在英国，莎士比亚的艺术成就使现代英语取代了英国宫廷贵族通行的法语，成为近代英国资产阶级确立国族意识与民族自豪感的语言基础；在德国，马丁·路德以德语翻译的《圣经》，为德国语言的统一奠定了基础，随后歌德、席勒等创作的德语戏剧、散文与小说则树立了德语文学的典范，二者都为德意志民族在政治上的统一奠定了意识形态的地基；在俄罗斯，托尔斯泰与陀思妥耶夫斯基在文学作品中对俄罗斯民族性的彰显，则为走向西化的俄罗斯民族，在保留其民族主体性、提振民族自信心上，提供了生动可见的文学元素。

需要指出的是，中国古典文学中的家国观念，并不必然指向以"忠孝"为内核的儒家礼教，更多的是文人心系天下危亡的责任担当。秦汉以后，中国出现过多次地方割据的时代，此时的文艺作品都表达了以天下统一来休止兵戈、安定民生的愿望，如王粲《登楼赋》、庾信《哀江南赋》等。同时，北方少数民族的军事威胁激发了文人士大夫因抵御外

---

① 孝经注疏·广扬名［M］//十三经注疏. 阮元，校刻. 北京：中华书局，1980：2558.

侮而生的"家国意识"。这首先体现在以边塞军旅为题材的作品上，如曹植《白马篇》、高适《燕歌行》、王昌龄《从军行》《出塞》、岑参《白雪歌送武判官归京》等，都借助对塞外风光的描写来抒发诗人舍生取义、建功报国的志向；及至两宋和明代，外族对中原王朝的威胁与进犯达到高峰，"靖康之变""土木堡之变"所致的国耻家恨极大刺激了士人的家国情怀，出现了不少以收复河山为主题的名篇，如辛弃疾《南乡子·登京口北固亭有怀》、陆游《示儿》《十一月四日风雨大作》《书愤》等，留下了"王师北定中原日，家祭无忘告乃翁"等名句。

此外，目睹历代王朝由盛转衰所产生的忧患意识，也催生了文人士大夫内生性的"家国意识"。杜甫的《春望》、张养浩的《山坡羊·潼关怀古》等，都是对王朝更迭带来的破坏与苦难的感慨，以及对盛衰之变中普通百姓命运前途的忧思。面对王朝兴覆的历史教训，欲在政治上有所作为的文人，常欲"革除时弊"，解决王朝的内忧外患，谋求长治久安。如欧阳修的《五代史伶官序》，以"忧劳可以兴国，逸豫可以亡身"警示当政者；又如曾主持"庆历新政"的范仲淹，虽改革失败、遭逢贬谪，却仍劝诫友人"不以物喜，不以己悲"，"居庙堂之高则忧其民，处江湖之远则忧其君"，撑起这种高洁品格与旷达胸襟的，正是"先天下之忧而忧，后天下之乐而乐"的家国情怀。到了晚清，文人士大夫面对西方列强入侵，挺身而出、担当重任，出现了如林则徐、左宗棠、张之洞等名臣，留下"苟利国家生死以，岂因祸福避趋之""终当移孝作忠臣，为我国家扶厄运"等名句，激励中华儿女投身匡扶国家、振兴民族的事业。当然，我们要包容古代文人因时代局限而反映出的阶级狭隘性与汉族中心主义，取其精华、去其糟粕，传承发扬他们的爱国主义情感与"舍小家，为大家"的高尚情操。

面对清末民国列强入侵、军阀割据的境地，仁人志士为如何建立现代民族国家而焦虑。这一背景下的中国现代文学，与中国进入现代民族国家的过程有着密切互动。[①] 现代文学中体现的"家国"观念较过往有所不同。其一，家国意识不再特属于智识阶层，随文学启蒙运动的开展，"保家卫国""天下兴亡、匹夫有责"的家国意识被更广大的群众接受；尤其是抗战爆发后，大批知识分子和群众，在家国情怀的激发下投入抗战事业，并由此兴起了民族主义文学浪潮，涌现了长篇小说《科尔沁旗草原》、话剧《张自忠》《八百壮士》等以爱国救亡为主题的作品，振奋了抗战军民的斗争意志。其二，随着五四新文化运动与新民主主义革命的展开，"家国"观念中"天下为公"的民主精神得到发扬。传统文化中的"家国"观念由此脱离了"忠君"的封建立场，扩大为以中华民族为中心的国家认同，成为近代民族救亡的精神养分。这在文学上就表现为新中国成立后文艺界放下五四以来批判旧文学运动的历史包袱，将对中国古典文学遗产的接受纳入爱国事业中，激发历史文化认同上的爱国主义。[②] 另外，中华人民共和国成立后，港台文学也涌现了大量表现家国意识、民族意识的佳作，如余光中的《乡愁四韵》便将古典诗歌的技法融入现代诗中，

① 刘禾. 文本、批评与民族国家文学——《生死场》的启示，转引自张中良. 民族国家概念与民国文学［M］. 广州：花城出版社，2014：7.

② 戴燕. 文学史的权力［M］. 北京：北京大学出版社，2002：122.

郑愁予的《梦土上》《刺绣的歌谣》等则强调用良好的中国文字创作"形象准确,声籁华美"①的现代诗歌。

时至今日,中国文学传统中的家国情怀已然构成了中华民族伟大复兴事业中的重要精神力量与思想资源。党的十九大以来,习近平总书记多次阐述中华民族以爱家爱国为主要特征的家国情怀,提出"要在全社会大力弘扬家国情怀,培育和践行社会主义核心价值观,弘扬爱国主义、集体主义、社会主义精神,提倡爱家爱国相统一"②。中国文学传统蕴涵的"家国情怀",已沉淀在中华文明的内在品格中,成为中华优秀传统文化无可争议的宝贵财富。

● 第二节　文学与人民 ●

习近平总书记指出:"人民是文艺创作的源头活水,一旦离开人民,文艺就会变成无根的浮萍、无病的呻吟、无魂的躯壳。"③而中国文学,尤其是中国现当代文学,正是在中国人民走向觉醒、确立民族独立,最终走向富强的历史进程中,不断演变发展为今天的形态。某种意义上,中国文学在审美与艺术上的突破、在形式或内容上的更新,都与时代变迁下的民众命运紧密相连。

19世纪末、20世纪初的新文化运动,不仅是少数知识分子的思想启蒙运动,也是一场面向人民的文学运动。面对近代中国社会的现代化追求,近代文化的先驱者严复提出要"鼓民力""开民智""兴民德",梁启超则进一步将之阐发为"新民说",力求借助科学与民主的启蒙精神唤醒民众奋发力强,建立政治上民主独立的现代中国。在此历程中,从传统士大夫阶层转化而来的新型知识分子将文学视为政治改良与社会变革的关键工具。以陈独秀创办《新青年》为标志,近代知识分子开始力推"白话文改革",主张"推倒雕琢的阿谀的贵族文学,建设平易的抒情的国民文学"④,将文学先驱主张的"新民说",落实为切实可行的文艺创作原则。以《新青年》杂志为旗帜,鲁迅、胡适、周作人、茅盾等一大批白话文学的倡导者、创作者聚拢而来,拉开了五四文学革命的帷幕。这场革命尤为强调文学与国民精神的内在关系,其中突出代表正是鲁迅,他主张"文艺是国民精神所发出的火花,同时也是引导国民精神前进的灯火"⑤。鲁迅的白话小说不仅将矛头指向封建礼教,其创作的阿Q、祥林嫂、闰土等深受封建观念侵蚀毒害的形象,也深刻揭露了革命本应解放民众,但部分民众却在革命后再度沦为奴隶的事实,引领人民反思国民革命的惨痛教训。

---

① 朱栋霖,朱晓进,龙泉明.中国现代文学史 1917—2000（下）[M].北京:北京大学出版社,2007:105.

② 习近平.在二〇一九年春节团拜会上的讲话 [N].人民日报,2019-02-04（1）.

③ 习近平.在文艺工作座谈会上的讲话 [N].人民日报,2015-10-15（2）.

④ 陈独秀.文学革命论 [J].新青年,1917,2（6）.转引自张福贵,杨丹丹.中国现代文学简史 [M].北京:中国社会科学出版社,2018:44.

⑤ 鲁迅.论睁了眼看 [M]//鲁迅全集:第1卷.北京:人民文学出版社,2005:254.

毋庸讳言，以五四为旗帜的中国现代文学也受到 19 世纪欧洲文学思潮与俄国现实主义文学的巨大影响。陈独秀的《文学革命论》号召广大文艺工作者要努力学习吸收以"易卜生主义"为代表的写实主义风格，以建设中国自己的"国民文学"。而以鲁迅、胡适等为代表的新文化运动旗手们，也注重翻译引介国外思潮和世界名作，以求"催进和鼓励"本国文学创作。鲁迅本人在小说中对国民性"哀其不幸、怒其不争"的刻画，正是借鉴了俄罗斯文学家果戈理、契诃夫等对底层小人物病态心理的描写，而他对传统礼教的毫无保留的批判精神，则受尼采哲学的影响。可见，文学的"拿来主义"绝非是"食洋不化"，它是将外来思想与艺术的优秀资源融于本国创作，成为文学走向大众的重要途径。

20 世纪 20 年代以来，中国共产党领导的左翼文学与革命文学，将五四的丰硕成果与解放广大劳苦大众的无产阶级革命紧密联系。左翼文学与革命文学着力于揭露半殖民地半封建社会的黑暗腐朽，刻画劳苦大众奋起反抗压迫与剥削的英雄事迹。在延安时期，投身于延安的文艺工作者们，也在毛泽东的号召下进一步与工农兵群众结合。一方面，这一时期文艺创作者开始从大众启蒙者"居高临下"的位置上走下来，在服务广大工农兵的文学创作中逐渐脱离城市知识分子趣味与小资产阶级意识形态。另一方面，革命文学不仅自觉成为革命宣传与政治军事斗争的必要手段，也在审美上取得了一定发展，涌现了赵树理、周立波、柳青等一批青年作家。新中国成立初期到 20 世纪 70 年代，文艺创作更自觉地服务于政治宣传，文艺工作者也自发将文学创作视作社会主义教育的工具，这一时期的代表作有柳青的《创业史》、梁斌的《红旗谱》、杨沫的《青春之歌》等，涌现出一批富有个性的工农形象，反映了广大群众所历经的时代命运与拼搏奋斗的生活道路。

伴随着改革开放在各领域的推进，植根于中国现代化快速进程中的各类新兴社会现象，成为文学急需回应的时代主题。与此同时，随着解放思想的要求，当代文学进入了重要的观念转型期与尝试期，先后涌现了新写实主义、后现代主义、先锋文学等流派与风格，他们从改革过程中人民群众的喜怒哀乐与人生际遇出发，创作了大量深入人心的作品。随着传媒技术的日新月异，大量优秀作品被改编为影视剧，以满足广大人民群众日益增长的文化娱乐需要。不过，21 世纪以来，文艺创作出现了迎合消费主义、享乐主义与虚无主义的倾向，许多作品不仅失去了艺术创作的严肃性，也偏离了文艺工作的政治性。大量创作都将目光放在"引领时尚的中产阶级"身上，仅仅将创作"看作只是供少数人休闲玩乐、纵情遣欲的对象"，并"一味为消费文化进行呐喊鼓噪"。[①] 因此，如何在新的时代语境和挑战中继续坚持文艺创作的政治性，坚持以人民为中心的马克思主义文艺观，仍是一个艰巨课题。

改革开放后，中国古代文学的人民性问题也得到了正面回应。从阶级立场出发，中国古代文学的创作主体多为士人与官宦，其笔下关心民生疾苦的作品，其初衷并不出于阶级立场，而是更多源于儒家的民本思想。贾谊《治安策》《过秦论》、杜牧《阿房宫赋》、苏轼《上神宗皇帝万言书》《乞校正陆贽奏议进御札子》等都着力阐明"以民为国

---

① 王元骧. 审美超越与艺术精神 [M]. 杭州：浙江大学出版社，2006：166.

本"的执政之道，劝诫君主不能耽于享乐、穷兵黩武，要体恤民力、宽民简政。这些审美价值极高的经典，亦是士大夫介入政治的武器。总体而言，在以君权为核心的古代封建政治中，相较于军人、宦官、外戚，文人当政时较好维持了清明的政治氛围，轻徭薄赋的政策也缓和了封建专制的严酷性。当古代文人执政地方时，也多为民纾困、提升福祉，其留下的诗文也体现了儒家士大夫与人民同休共戚的情怀，如韩愈谪居潮州的《祭鳄鱼文》、欧阳修的《醉翁亭记》、郑燮的《潍县署中画竹呈年伯包大中丞括》等；而当古代文人远离政治中心，"处江湖之远"时，也写下了不少揭露社会尖锐矛盾、为百姓号呼疾苦的诗文，如杜甫"三吏""三别"、白居易《卖炭翁》《秦中吟十首》、柳宗元"永州八记"、苏轼《吴中田妇叹》《山村五绝》等。在皇权专制走向顶峰的明清时期，古典文人也用各类生动通俗的文学形式（如小说、杂剧）披露、讽刺封建社会的腐朽衰败，并为百姓反抗残暴、英勇斗争的事迹正名，如施耐庵《水浒传》、吴承恩《西游记》、曹雪芹《红楼梦》等。正如鲁迅所说："我们从古以来，就有埋头苦干的人，有拼命硬干的人，有为民请命的人，有舍身求法的人。"[1] 毛泽东也在《新民主主义论》中指出："必须将古代封建统治阶级的一切腐朽的东西和古代优秀的人民文化即多少带有民主性和革命性的东西区分开来。"[2] 中国古典文学不乏丰富的人民性写照，绝不能教条地将这些灿烂瑰宝排除在外。

◦◦ 第三节　文学与解放 ◦◦

在"西学东渐"潮流下，"自由""民主""个性"等西方启蒙思想的核心观念被中国知识界吸收并内化，成为其改良社会政治的口号。在五四后，"解放"一词则在更大范围内流行开来，标志着知识界试图深化"自由""民主"观念，并付之于社会实践。彼时语境下，"解放"不仅是"自由之别名"[3]，更是一种反抗压迫、挣脱束缚的觉悟，一种非被动的自主意志与付诸抗争的行动。如李大钊所说，"真正的解放，不是央求人家'网开三面'，把我们解放出来。是要靠自己的力量，抗拒冲决，使他们不得不任我们自己解放自己"[4]。某种意义上，五四兴起的文学革命及其开启的中国当代文学，正是一场在思想和观念领域发起的解放运动。这场文学革命在文学观念和形式上的革新，在不同阶段分别服务于两个启蒙目标：侧重于自我的"个性解放"与开启民智的"为众人的解放"。随着中国共产党展开对新民主主义革命的领导，五四文学侧重于启蒙的"思想的解放"，也与实践

---

① 鲁迅．且介亭杂文·中国人失掉自信力了吗？［M］//鲁迅全集：第6卷．北京：人民文学出版社，2005：122.

② 毛泽东．新民主主义论［M］//毛泽东选集：第2卷．北京：人民出版社，1991：708.

③ 匿僧．甚么叫解放？甚么叫自由？［J］．解放与改造，1919，1（6）．转引自李永东．中国现代文学中的"解放"书写［J］．中国社会科学，2021（7）：63-87，205-206.

④ 守常（李大钊）．真正的解放［N］．每周评论．1919-07-13.转引自李永东．中国现代文学中的"解放"书写［J］．中国社会科学，2021（7）：63-87，205-206.

维度的"革命的解放"相合流，最终在中国共产党领导下真正实现了参与政治、改造社会的目标。

"自我解放"可以说是五四文学革命的起点，其目标在于肯定作为个体的人，肯定人性，正视欲望。如鲁迅所说："最初，文学革命者的要求是人性的解放。"① 反映在文学形式上，便表现为五四文学革命对小说这一形式的情有独钟。五四文学革命的先驱们力主以个体为中心的"新小说"，取代中国传统推崇的经世致用、文以载道的"道德文章"，形成"为人生服务"的新文学。如周氏兄弟（鲁迅与周作人）就倡导新小说创作需"以改良人生为目的"，表现人的自然天性，彰显"灵肉一致的人"；在具体内容上，清除阻碍人向上发展的礼法，塑造从传统精神奴役中解放出来的"精神之战士"。② 同一时期，郭沫若、郁达夫等成立创造社，秉持凸显自我内在世界，把握情感真实状态的文艺主张，推出《天狗》《沉沦》等代表作，讴歌个体的创造力与生命力。与此同时，新文化运动还大量引介西方经典文学作品，易卜生的《玩偶之家》甚至取得了巨大的社会影响。因此，从社会效果看，五四文学革命初期主张的"个性解放"深刻影响了彼时接受新式教育的知识青年，并由此掀起了一股家庭解放、女性解放的热潮。这一时期，反抗包办婚姻、反对早婚、争取婚恋自由，成为知识青年主体意识觉醒的重要标志。女性解放也成为当时新文化运动人性解放的重要组成部分。以《新青年》杂志发表的一系列文章为标志（如《贞操论》《贞操问题》《我之节烈观》），中国新文化运动的倡导者们不仅猛烈批判封建"贞操观"对女性的压迫与残害，还积极召唤树立自主人格并争取参政的平等权利的新女性。尤其是他们借助引介、评论易卜生的文学作品（特别是《玩偶之家》），激发了一大批青年女性走出家庭、投身社会，继而出现了丁玲等女作家、进步知识分子与革命者。但以五四为代表的新文化运动，还未能正视社会经济基础对个性解放的"引力"，鼓吹解放话语的同时并未能考虑到社会经济的限度。鲁迅是新文化运动中少数注意到这一问题的人之一，他发表了《娜拉走后怎样》的演讲，呼吁全社会思考女性走出家庭后去往何处的难题，还创作小说《伤逝》，剖析知识青年在家庭解放运动中存在的诸多尚待反思自省之处。

"为众人的解放"，是中国文学解放书写的另一重要组成部分。辛亥革命后，广大农村地区的民众仍然挣扎于贫病交加之中。而帝国主义列强为粉饰其在华的侵略扩张，将国人冠以"东亚病夫"的名号，大肆宣扬种族主义，极大地伤害了中国知识分子的民族自尊心。但在梁启超、鲁迅等新文化运动旗手看来，国人的"羸弱"并非在身体上，而是在精神上："凡是愚弱的国民，即使如何健全，如何茁壮，也只能做毫无意义的示众的材料和看客，病死多少是不必以为不幸的。所以我们的第一要著，是在改变他们的精神，而善于改变精神的是，我那时以为当然要推文艺，于是想提倡文艺运动了。"③ 由此，鲁迅等新文

_____

① 鲁迅.且介亭杂文·《草鞋脚》小引［M］//鲁迅全集：第6卷.北京：人民文学出版社，2005：21.

② 鲁迅.摩罗诗力说［M］//鲁迅全集：第1卷.北京：人民文学出版社，2005：87.

③ 鲁迅.鲁迅全集：第1卷［M］.北京：人民文学出版社，1981：417.

化运动先驱主张在文学上发起一场深广的思想革命，不仅要清除根植国民内心的封建残余，更要深刻反思中国在过往的历史中暴露出的劣根性与奴性。如鲁迅早期创作的《狂人日记》《阿 Q 正传》《药》《故乡》都将批判矛头指向了国人安于被奴役的现状，尤其是底层民众的愚昧与麻木，以及普遍存在的"看客"心态。鲁迅的国民性批判带动了左翼文学的兴起，并聚集了萧军、萧红等一批以乡土社会问题为写作题材的作家，共同创作揭露和批判彼时中国社会诸多痼疾的作品。诚然，国民性批判无疑是深刻且具有时代进步性的，但也具有时代局限性，其忽略了国民内部复杂的阶级属性，也未能挖掘出民众内在精神的辩证取向。如毛泽东所言："鲁迅表现农民着重其黑暗面，封建主义的一面，忽略其英勇斗争、反抗地主，即民主主义的一面，这是因为他未曾经验过农民斗争之故。由此，可知不宜于把整个农村都看作是旧的。所谓民主主义的内容，在中国，基本上即是农民斗争。即过去亦如此，一切殖民地半殖民地亦如此。"① 不过，即便如此，鲁迅代表的新文化运动也无疑将文学的启蒙解放与思想解放推进到了中国更加广大的腹地上，引领了一大批思想进步的青年，将目光从自我转向民众，其中不少人随后投身于中国共产党领导的新民主主义革命。

最后，启蒙式的解放与革命式的解放的合流与共振，是五四以来，中国现代文学解放话语的目的地。国民党右派背叛革命后，新文化运动的旗手们展开了对反动当局的批判。一方面，鲁迅在这一时期创作了大量的白话杂文，化笔为"投向敌人心脏的匕首和投枪"，在文艺战场上与国民党当局和各种反动势力的"围剿"开展斗争。另一方面，在中国共产党领导下，左翼文学与革命文学也有了长足发展，中国现代文学的"解放书写"也由此转向了阶级解放与民族解放。在此阶段中，文艺创作者们逐渐从思想启蒙立场，转向关注阶级压迫与经济解放，涌现了如茅盾的《子夜》、夏衍的《包身工》等刻画劳动阶层饱受经济剥削与压迫的作品。随着工农革命的开展，中国现代文学的创作主题逐渐转向如火如荼的群众运动，涌现了如柳青《种谷记》、周立波《暴风骤雨》等表现革命干部与工农群众相结合的文学作品。这一时期，接受共产党领导的文艺创作者们也摆脱了苏联官方文学理论的教条主义，切实领会并贯彻了"从群众中来，到群众中去""与工农兵群众相结合"等彰显马克思主义中国化、本土化的文艺方针，主动发扬了毛泽东提倡的"向群众学习""先做学生，然后再做先生"② 的工作宗旨。一方面，当时前往延安的创作者们，逐步开始从劳苦大众的实际生活取材以构建"典型人物"，以便在情感上与工农群众共振；在语言上学习军队与农村的通讯文学，运用群众喜闻乐见、通俗易懂的方式启发群众，推动群众从被动到主动，走向团结和斗争。另一方面，在与群众结合的过程中，文艺创作者才能摆脱城市知识分子高高在上的启蒙者姿态，不再仅将工农兵群众视为被解放的对象，在宣传革命理论与阶级意识的同时实现自我改造，从而将自己从小资产阶级的狭隘观念中解放，汇入到民族救亡与社会主义中国建设的历史洪流中。

---

① 毛泽东．毛泽东文艺论文集［M］．北京：中央文献出版社，2002：259.
② 毛泽东．毛泽东选集：第 4 卷［M］．北京：人民出版社，1991：1320，1441.

至此，中国现代文学的"解放书写"①大致可分为三阶段。其一是自我解放，核心为批判礼教、发现个体、解放人性。这一阶段中国现代文学以西方启蒙思想为标准，致力于揭露和批判封建礼教对人性的束缚与压抑，力图在文学中确立"个体之自由"。其二是为众人的解放，其核心为国民性批判。此时文学将目光从自我转向他人，正视国人麻木与愚昧的精神状态，通过无情的批判与揭露探索茁壮精神、树立自主的解放之路，继而确立"群体之自由"。其三是革命解放，并进一步深化为民族解放与阶级解放。在马克思主义的指导下，创作者们得以从社会经济基础这一更为根本性的视角，看待中国问题与帝国主义问题。同时，在中国共产党"从群众中来，到群众中去"的方针下，文艺工作者在革命宣传中不断接受群众的再教育，摆脱自身小资产阶级狭隘观念，实现阶级意识层面上的再解放。由此，文学的启蒙解放与救亡图存的民族事业与阶级解放的革命目标相融合，真正确立起"民族之自由"与"社会之自由"。

◇ 阅读实践

一、《白马篇》中的"家国情怀"

《白马篇》又名《游侠篇》，体例上为乐府歌辞，是曹植前期的代表作。作为"三曹"之一，曹植在诗、赋上天赋极高，后人评价其诗"辞极瞻丽、句颇尚工、语多致饰"（胡应麟《诗薮·内编》），但《白马篇》却胜在立意，其对武艺高超的青年游侠抛家舍业的"家国情怀"的书写，乃是其流传千古的真因。

白马篇
〔三国〕曹植

白马饰金羁，连翩西北驰。

借问谁家子？幽并游侠儿。

少小去乡邑，扬声沙漠垂。

宿昔秉良弓，楛矢何参差！

控弦破左的，右发摧月支。

仰手接飞猱，俯身散马蹄。

狡捷过猴猿，勇剽若豹螭。

边城多警急，虏骑数迁移。

羽檄从北来，厉马登高堤。

长驱蹈匈奴，左顾陵鲜卑。

---

① "解放书写"这一概念可参见李永东. 中国现代文学中的"解放"书写 [J]. 中国社会科学，2021（7）：63-87，205-206.

弃身锋刃端，性命安可怀？

父母且不顾，何言子与妻？

名编壮士籍，不得中顾私。

捐躯赴国难，视死忽如归。

开篇"白马饰金羁，连翩西北驰"两句被认为十分"奇警"（方东树《昭昧詹言》卷二），宛如电影画面，在核心人物"游侠儿"出场前，诗人如导演般给出一个全景镜头，表现游侠坐骑驰骋天地间的景象，为主人公出场埋伏笔。"白马饰金羁"一句暗示了白马主人品趣高雅，出身优渥，为后文主人公愿抛家舍业的豪迈之情做了铺垫，也有曹植自比这位白马主人的意味。随后诗篇交代游侠出生于"幽、并"二州，这两地不仅自古豪侠辈出，且当地汉人与少数民族杂居，骑射武艺精湛。"少小去乡邑，扬声沙漠垂"则概述了主人公早已成名边地的履历。"宿昔秉良弓，楛矢何参差！"至"狡捷过猴猿，勇剽若豹螭"八句解释了游侠儿能取得如此功业的原因，即其超常武艺与勇毅精神。随后，诗歌从多角度夸赞游侠儿的弓马娴熟，以比喻和夸张手法，勾勒出一个胆识过人、武艺精湛的壮士形象。"边城多警急"六句强调了汉末以来边患不断的现状。最后八句则层层递进，表达了舍小家为大家的豪情："弃身锋刃端，性命安可怀？"表达了游侠儿在战斗中的舍生忘死；"父母且不顾，何言子与妻？"则着力突出将国置于家族之上的观念；最后"名编壮士籍，不得中顾私。捐躯赴国难，视死忽如归"四句升华了全诗精神境界。最后四句亦点明，本诗主人公虽被呼作"游侠儿"，却不是以武犯禁、好勇斗狠的市井无赖，而是慷慨赴国难的义士；也正因这份家国情怀，他将生死、荣辱、父母妻儿置之度外才不显轻佻。

清人朱乾在《乐府正义》中评《白马篇》曰："寓意于幽并游侠，实自况也。"诗中表达的"捐躯赴死""视死如归"的壮志豪情，与曹植所身处的时代语境密切相关。中原王朝自古饱受北方游牧民族的袭扰。汉武之后，中原王朝屡屡主动出击，解除了北方边境的威胁。但曹植所生活的汉末，天下纷乱，军阀割据，致使边患再起。因此，曹植的《白马篇》不仅表现了他戍边卫国的家国意识，也暗示了他恢复国家统一的英雄之志。

二、《卖炭翁》中的"人民性"

毛泽东在《在延安文艺座谈会上的讲话》中指出，生活中的确存在着"人们受饿、受冻、受压迫"的事实，人们对此看得很平淡；而文学艺术要做的就是把这种日常的现象"集中起来"，"把其中的矛盾和斗争典型化"①。这篇《卖炭翁》之所以能流传后世，正是因为其以塑造典型人物的方式，将封建王朝对普通百姓的残酷剥削呈现得淋漓尽致。

---

① 毛泽东. 在延安文艺座谈会上的讲话 [M] //毛泽东选集：第 3 卷. 北京：人民出版社，1991：861.

卖炭翁

〔唐〕白居易

卖炭翁，伐薪烧炭南山中。

满面尘灰烟火色，两鬓苍苍十指黑。

卖炭得钱何所营？身上衣裳口中食。

可怜身上衣正单，心忧炭贱愿天寒。

夜来城外一尺雪，晓驾炭车辗冰辙。

牛困人饥日已高，市南门外泥中歇。

翩翩两骑来是谁？黄衣使者白衫儿。

手把文书口称敕，回车叱牛牵向北。

一车炭，千余斤，宫使驱将惜不得。

半匹红纱一丈绫，系向牛头充炭直。

《卖炭翁》是白居易《新乐府五十首》中的一首，平俗易懂，体现了"白诗老妪能解"的特点。诗歌将目光瞄准一位以伐木制炭为生的百姓，不仅展现其艰难困苦的生活，更直指当时唐王朝借助"宫市"掠夺民财的罪恶行径。

全诗可分为两个部分，前半段不仅描写了卖炭翁从"伐薪烧炭"到"驱车卖炭"的整个过程，也通过一系列对比描写了卖炭翁的心理活动，让人不得不与之共情。第二句"满面尘灰烟火色，两鬓苍苍十指黑"用色彩对比的方式使卖炭翁的形象跃然纸上：发鬓已白，说明年事已高，满面尘土、十指黝黑，说明其终日劳苦方能糊口，除卖炭外无所谋生，在日复一日的艰辛劳作中，"不觉老之将至"。这也为下句"卖炭得钱何所营？身上衣裳口中食"做了铺垫。"可怜身上衣正单，心忧炭贱愿天寒"是一组心理对比：衣着单薄的老翁本应祈求天气和暖，但又担心辛苦烧制的木炭卖不上好价钱。因此"夜来城外一尺雪"的极寒天气中，老翁的心情反而是愉悦的。之后，"牛困人饥日已高，市南门外泥中歇"一句交代了卖炭翁赶赴集市的时间，衔接前句"晓驾炭车辗冰辙"，告知读者老翁是破晓出门，因在雪中疾驰，反在集市大门尚未打开时就已赶到，于是只得歇在泥地中，等待集市开启。此句突出了老翁看到卖炭时机时的急切，昨夜一尺大雪，预示炭火应能卖出不错价钱，说不定可为自己添置过冬衣物；而集市门头高挂的红日，正与老翁此刻充满希望的心情呼应。

此时诗篇急转直下，进入第二部分。"翩翩两骑来是谁？黄衣使者白衫儿"，"翩翩"原形容风度优雅，此处却讽刺骑马者高高在上的姿态，"使者"暗示来人虽为宦官，但代表皇权，只得尊称为"使者"。"手把文书口称敕，回车叱牛牵向北"体现出宦官态度傲慢，不由分说，直接将重达千斤的炭车向皇宫方向拉走。最后四句交代老翁此次卖炭的结局，"一车炭，千余斤"却只换得"半匹红纱一丈绫"挂在牛头之上。诗篇到此戛然而止，没有描述卖炭翁回程路上的心情，而是让读者自主想象，进而让读者不得不怜悯老翁的处境，痛恨当权者的残暴。全诗无一句议论，却通过一个卖炭老翁的遭遇，写尽了诗人胸中所想所思所叹、所想所恨。

◇ 关键词解析

一、家国情怀

家国情怀是中国优秀传统文化的重要精神遗产，也是古今文学表达社会政治理想的表现形式之一。"家国"一词可以理解为"家与国"的统一，也可以泛化为"个体与集体"、"小家"与"大家"的统一。中国士宦阶级的家国情怀，通常指向"移孝为忠""忠君爱国"的意识形态，但中国古典文学中的家国情怀并不全然指向这一狭隘的阶级立场，其在更普遍的意义上，表现为天下统一秩序的责任担当和心系百姓疾苦的民本思想，以及对封建社会黑暗面的批判意识。近代以后，"家国情怀"亦能在民族大义的意义上，表现为一种爱国主义情感，尤其在近代中国的民族救亡运动中，家国情怀表现为普通民众在个体身上所有的民族自觉和忧患意识；而在和平年代中，家国情怀又表现为各界同胞对祖国统一的热切向往，对中华民族大家庭在文化上的认同。

二、文学的"人民性"

人民性是中国现当代文艺创作的政治性内涵，其指向文艺创作"为谁服务，怎么服务"的根本问题。但具体到文学作品的评价上，一部作品是否具备文学的人民性则有着较为宽松的标准。在中国共产党的领导下，当代中国文学的人民性内涵也经历过几个阶段的演变，而评价人民性的标准，也从阶级叙事转向了民族国家叙事。在新民主主义革命时期，既有反映人民生活、揭露旧社会丑恶与黑暗的作品，也有批判民众、唤醒民众，实现思想启蒙和文化普及的文学作品。之后还出现了一批自发与人民结合的文学作品，其通过树立典型的人物与形象，鲜活地表现人民争取解放、勇于展开阶级斗争、改善生活环境的事迹。必须指出，彰显人民性的文学作品并非特指"民间文学"，即以平民为创作者的文学和通俗文学。我国古典文学中大量由士宦写作的作品，亦具有民主性和革命性的部分。文学的人民性可以表现为对民众生活的描写，对劳动人民的歌颂，也可以表现为对生活中苦难的典型化，并进而揭露和批判现实社会中的不公。

三、解放书写

文学的解放性可聚焦在文艺作品的解放书写这一概念上，其也是文学参与政治的中介环节。在五四文学革命的背景下，文学的解放性主要体现在启蒙式的思想解放上，其起点是通过讴歌和张扬个性，尊重人的欲望，使得个体在身体与精神上摆脱传统文化（主要指封建礼教）的束缚。解放书写的第二个面向，是面向国民和大众的解放。在民族救亡的背景下，文学的解放书写指向了对广大基层人民的思想启蒙，促进了知识阶层对广大民众的关注，激发了知识青年群体的社会责任意识与民族意识。最后，在中国共产党的领导下，解放书写进入到知识分子与工农兵群众结合的第三阶段，这一阶段出现了知识分子与大众的"双向解放"。一方面，知识阶层深入到民众之中，并通过创作一批人民喜闻乐见、通俗易懂的文艺作品，唤起了受压迫、受剥削群众的革命热情与阶级意识，完成了革命宣传鼓动、文化普及提高的政治任务；另一方面，知识分子也通过"向群众学习""与群众结合"，逐步完成了自我的再教育、再改造，逐步摆脱了小资产阶级的狭隘立场。中国现代文学的解放书写，也在这一阶段真正地完成了思想性的"启蒙式解放"与实践性的"革命式解放"的合流。

◇ 本章小结

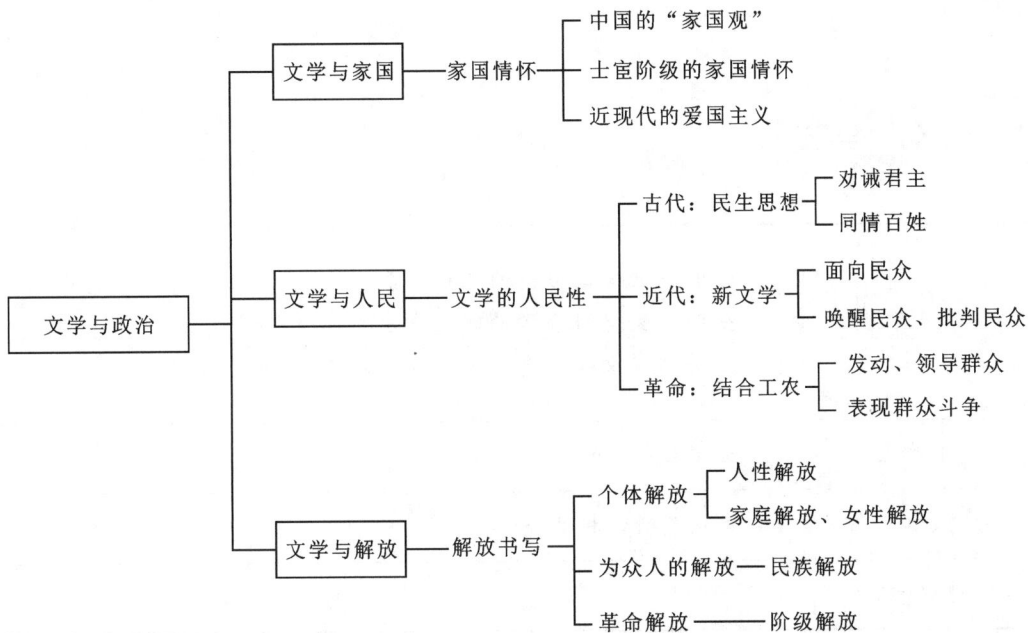

◇ 思考与练习

1. 中国现代文学与政治的关系经历了怎样的变化？
2. 今日的中国文学应当如何处理自身与当代政治生活的关系？
3. 尝试从政治与社会背景的角度出发，选择一篇自己熟悉的经典作品展开分析。

第二章
文学与社会

✓ 教学导航

学习目标	1. 理解文学与社会的三种关系 2. 理解文学社会学的理论与方法 3. 掌握从文学社会学角度对文本进行解读和分析的方法
重难点	文学社会学的理论与方法
推荐教学方式	讲授与研讨相结合
建议学时	2 学时

✎ 情景导入

　　文学与社会具有紧密的关系。通过阅读文学，我们可以深切地理解社会。从《红楼梦》中，我们体验了社会的世态人情；从《儒林外史》中，我们认识了古代的科举制度；从《围城》中，我们看到了知识分子的精神状态；甚至从科幻小说《三体》中，我们也能洞悉社会的运作法则。与此同时，我们也会被文学深刻地影响。明代冯小青阅读《牡丹亭》后，写过"冷雨幽窗不可听，挑灯闲看牡丹亭。人间亦有痴于我，岂独伤心是小青"的感叹；欧洲年轻人读过歌德的《少年维特之烦恼》后感同身受，甚至有人选择自杀。凡此种种，都说明了文学的强大影响力。那么，文学和社会之间究竟是一种什么样的关系？我们本章就对此进行探讨。

第一节　文学与社会的三种关系

一　文学反映社会

　　根据马克思主义的观念，文学反映社会的经济基础。周扬评论鲁迅笔下的阿 Q，认为他"浮雕一般地刻出了一般中国农民的无力和弱点"；在评论茅盾《子夜》中的人物吴荪甫时，认为我们从他的悲剧中可以读出"中国民族资产阶级的共同的命运"。[1] 这表明文学所刻画的人物并不是一种纯粹的想象和虚构，而是对现实中社会阶级状况的真实反映。

　　在戈德曼看来，文学可以反映社会的深层结构。对于以罗伯-格里耶等为代表的法国新小说，与大多数学者将它视为一种形式探索不同，戈德曼认为它深切地反映了当代的现实，体现了"人物或多或少地彻底消失和物的自主性相应地大大加强"[2]，这与马克思所描述的物化和商品拜物教的社会趋势一致。戈德曼指出，罗伯-格里耶的《嫉妒》"表现出物的不断增长的自主性，物是唯一的具体现实，在它之外的人类现实和情感不可能有任何自主的现实性"[3]。戈德曼对新小说之所以形成这样的认识，主要是因为他对反映论的理解有别于一般看法。戈德曼认为，一般的反映论关注的是文学作品的内容和集体意识的内容之间的关系，是一种内容反映论，而他所倡导的发生学结构主义所秉持的反映论则致力于探讨作品的结构和社会集团的精神结构之间的关系，是一种结构反映论。只有结构反映论才会容纳艺术创作内容的自由空间，由此涵盖现实主义之外的作品，从而更具解释效力。

　　在洛文塔尔看来，文学可以反映社会的发展趋向。他研究通俗杂志中的人物传记时，发现其中的偶像经历了从生产领域偶像到消费领域偶像的转变。在第一次世界大战之前，传记中的英雄是工业资本家、政治家和严肃的艺术家，基本来自生产性的生活；第一次世界大战后，情况发生了变化，人们崇拜的人物变成了体育明星、电影演员等，基本都是休闲领域的人物。传记不再强调主题人物的公共形象，而是他们的私人生活；主题人物不再是给予者，而变成了索取者。在内容分析的基础上，洛文塔尔的发现表明了整个社会向着消费社会转型的趋势。

　　文学不仅反映社会现实，而且还会反映社会规律。社会学家托马斯曾提出，如果某种

①　周扬. 周扬文论选 [M]. 北京：人民文学出版社，2009：43.

②　吕西安·戈尔德曼. 论小说的社会学 [M]. 吴岳添，译. 北京：中国社会科学出版社，1988：200.

③　吕西安·戈尔德曼. 论小说的社会学 [M]. 吴岳添，译. 北京：中国社会科学出版社，1988：218.

境况界定为真，那么它的效果为真。这就是社会学领域著名的"托马斯公理"。《三国演义》中有"死诸葛吓走活司马"的生动描写，就体现了这样的社会规律：

> 懿自引军当先，追到山脚下，望见蜀兵不远，乃奋力追赶。忽然山后一声炮响，喊声大震，只见蜀兵俱回旗返鼓，树影中飘出中军大旗，上书一行大字曰："汉丞相武乡侯诸葛亮"。懿大惊失色。定睛看时，只见中军数十员上将，拥出一辆四轮车来；车上端坐孔明：纶巾羽扇，鹤氅皂绦。懿大惊曰："孔明尚在！吾轻入重地，堕其计矣！"急勒回马便走。背后姜维大叫："贼将休走！你中了我丞相之计也！"魏兵魂飞魄散，弃甲丢盔，抛戈撇戟，各逃性命，自相践踏，死者无数。①

在这段故事中，四轮车上的诸葛亮是假的，却可以将司马懿的军队吓得魂飞魄散。古往今来，这样的故事并不少见。在《影武者》和《让子弹飞》等电影中，也都有类似的情节。它们都形象地说明，如果我们认定某种情境是真实的，那么它们的效果就是真实的。

综上可见，文学会反映社会，这一般被称为反映论。需要注意的是，反映论有它自身的限度。温迪·格里斯沃尔德对英美小说差异的研究就挑战了传统的反映论。19世纪90年代之前，以"家庭和爱情"为主题的英国小说在美国广为盛行，而同时期的美国小说则基本以"探险"等为主题。秉持传统反映论的学者将这种差异归于英美两国国民性格的差异，认为文学反映了社会。但是，格里斯沃尔德通过研究发现，这种差异并非来自国民性，而是受到版权法的影响。之前，美国引进英国小说不需要支付版税，这使它成本低廉，在美国非常畅销。因此，美国小说家有意避开了英国小说的主题，转而创作它很少涉及的"探险"等主题。只有这样，他们的小说才会有销路。后来，美国通过了新的法律法规，规定引进英国小说需要支付版税，这就使它丧失了价格上的优势，于是，美国小说的主题开始逐渐与英国小说的主题重合。因此，格里斯沃尔德指出，英美小说之间主题的差异并不是因为两国国民性格或经历的差异造成的，而更多是由于版权法及其引起的市场差异而造成的。由此可见，传统反映论在这个问题上已经丧失解释效力，显示出局限性。在传统艺术社会学占据主导地位的情况下，格里斯沃尔德并没有彻底与反映论决裂，而是对它进行了"扩展"。她指出："必须对文学作为反映进行扩展，它必须包括对生产环境、作者性格、形式问题以及任何具体社会成见的反映。"② 文学可以反映生产环境，这种新观念实际上是在探究社会影响文学的问题了。

二 社会影响文学

文学在社会中产生，社会必然会对文学有所影响。首先，宏观社会因素会对文学产生重要影响。王国维曾论述屈原的文学精神与地理环境之间的关系。在他看来，由于地理环

---

① 罗贯中. 三国演义 [M]. 北京：人民文学出版社，1973：867-868.

② Wendy Griswold. American Character and the American Novel：An Expansion of Reflection Theory in the Sociology of Literature [J]. American Journal of Sociology，1981，86（4）：741.

境的差异，中国文学有南方学派和北方学派之分。南方学派的文学是散文的文学，北方学派的文学则是诗歌的文学。屈原是"南人而学北方之学者也"①，对南方学派和北方学派的文学都汲取甚多。后来，刘师培提出"南北文学不同论"："大抵北方之地，土厚水深，民生其间，多尚实际；南方之地水势浩洋，民生其间，多尚虚无。民尚实际，故所著之文不外记事、析理二端；民尚虚无，故所作之文或为言志、抒情之体。"② 这进一步指出了地理环境对文学创作的影响。在国外，早在 19 世纪，斯达尔夫人的《从文学与社会制度的关系论文学》就从社会制度的角度来探讨文学现象，考察宗教、风俗和法律对文学的影响，以及文学对它们的影响。法国学者丹纳对影响文学的宏观因素进行过理论归纳。在他看来，文学会受到种族、时代和环境这三种要素的影响。这都表明宏观社会因素会对文学产生重要影响。

其次，微观社会因素也会对文学产生不小的影响。梅兰芳讲述过他排演新戏的具体过程，表明了微观的集体合作对于戏曲创作的关键作用："我排新戏的步骤，向来先由几位爱好戏剧的外界朋友，随时留意把比较有点意义，可以编制剧本的材料，收集好了；再由一位担任起草，分场打提纲，先大略地写了出来，然后大家再来共同商讨"，在此过程中，有的擅长剧本内容，有的擅长音韵，有的擅长关子和穿插，有的擅长服装设计、颜色配合和道具式样，"用集体编制的方法来完成这一个试探性的工作的"。③ 萨瑟兰指出，英国小说家的创作受到了出版商的影响。根据萨克雷和出版商乔治·史密斯之间的协议，萨克雷的《亨利·埃斯蒙德》稿酬分三期支付：签订协议时支付第一笔，完成手稿后支付第二笔，书籍出版后支付第三笔。萨瑟兰研究了这份出版协议对《亨利·埃斯蒙德》产生的美学影响。他认为，《亨利·埃斯蒙德》完整的情节和悬念都与这份协议有关，因为第二笔稿酬延迟到手稿完成才支付，这就意味着萨克雷可以写一个"连续的"故事。因此，在这篇小说中："精妙的情节在最后一章达到了高潮，在那里，很多主题和细节都交织在一起，解决了从一开始就逐步发展的各种矛盾。……《亨利·埃斯蒙德》精妙复杂的情节产生了真正的悬念。"④ 由此可见，小说的美学品质会受到出版商的重要影响。

三 文学塑造社会

文学具有塑造社会的强大力量。梁启超在《论小说与群治之关系》中指出："欲新一国之民，不可不先新一国之小说。故欲新道德，必新小说；欲新政治，必新小说；欲新风俗，必新小说；欲新学艺，必新小说；乃至欲新人心，欲新人格，必新小说。"⑤ 小说之所以具有如此巨大的作用，是因为它具有四种功效，即熏、浸、刺、提。例如，"浸"的力量会让人读小说后不能释怀，读过《红楼梦》会"有余恋有余悲"，读过《水浒传》会

---

① 王国维. 王国维文学美学论著集 [M]. 上海：上海三联书店，2018：84.
② 刘师培. 刘师培中古文学论集 [M]. 北京：中国社会科学出版社，1997：261.
③ 梅兰芳. 舞台生活四十年：梅兰芳回忆录 [M]. 北京：新星出版社，2017：237.
④ 霍华德·贝克尔. 艺术界 [M]. 卢文超，译. 南京：译林出版社，2014：116.
⑤ 梁启超. 梁启超文选 [M]. 福州：福建教育出版社，2020：3.

"有余快有余怒"①，浸入其中不能自拔。又如，"提"的力量会让人读小说时"入于书中，而为其书之主人翁"，读《红楼梦》时会自拟贾宝玉，读《水浒传》时会自拟黑旋风或花和尚，仿佛亲身经历这一切。这都表明了小说所具有的巨大能量。

文学对社会的作用有积极和消极之分。首先，文学对社会具有积极的作用。马修·阿诺德认为，艺术具有道德提升效果。他相信，美的艺术可以提升人们的精神境界，使人们告别低级本能，摆脱不良情绪。它应该惠及每一个人，以便让社会更加美好。具体而言，在认知层面，它可以改造人们的认知，让人们深刻地认识社会与人生；在教育层面，它具有教育功能，通过提供"甜美与光明"给人以审美教育；在娱乐层面，它可以让人放松身心，获得心灵的宁静；在社会政治层面，它可以针砭时弊，褒扬美好，推动社会的进步。其次，艺术对社会也具有消极的效果。柏拉图曾将诗人驱逐出理想国，就是出于对诗的消极社会效果的防备。在当今，不少学者对大众艺术和流行艺术进行了批判。利维斯认为，阅读低俗小说就像染上毒瘾；阿多诺认为，大众文化是催眠性的，会让人丧失思考和行动的能力。

新近以来，菲尔斯基对文学之用的论述进一步深化了我们对文学的社会功能的认识。在菲尔斯基看来，阅读会给我们带来一种着魔般的体验，让我们被震惊。文学产生的影响既不是来自文学的固有属性，也不是来自我们独立的心理状态，而是来自"对读者和文本而言都不可简化的两者之间的多层次互动"②。她对文学能动性的认识，为我们理解文学的社会功能提供了新的分析视角和工具。这与艺术作品能动性的理论取向是一致的。③

第二节　文学社会学的理论与方法

一　马克思主义文学社会学

马克思主义文学社会学是文学社会学的重要传统之一。它的基本观点是文学反映论、文学意识形态论和文学生产论。

首先，在马克思主义看来，文学是对社会的反映，特别是对社会阶级状况的反映。卢卡奇认为，文学反映社会总体。他盛赞莎士比亚、歌德、巴尔扎克和托尔斯泰，正是因为他们反映了他心目中的"社会总体"。他指出："几乎一切伟大的作家的目标就是对现实进行文学的复制。忠于现实，热烈追求着把现实全面和真实地重现——这对一切伟大作家来说是衡量其创作伟大程度的真正标准（莎士比亚、歌德、巴尔扎克、托尔斯泰）。"④ 在戈

---

① 梁启超. 梁启超文选 [M]. 福州：福建教育出版社，2020：4.
② 芮塔·菲尔斯基. 文学之用 [M]. 刘洋，译. 南京：南京大学出版社，2019：14.
③ 参见卢文超. 论艺术作品能动性 [J]. 文艺争鸣，2019（10）：94-100.
④ 卢卡奇. 卢卡奇文学论文集（一）[M]. 北京：中国科学技术出版社，1981：287.

德曼看来，文学反映世界观。所谓世界观，是一个群体得以凝聚且与其他群体区分的愿望、思想和情感。他在《隐蔽的上帝》中对拉辛戏剧进行研究时指出，拉辛的悲剧反映了冉森教派的悲剧观，"是极端冉森派拒绝世界的态度的具体反映"①。

其次，文学是一种意识形态。在克拉克看来，意识形态指的是社会中截然不同、各具特性的知识体系，它们是一种认知法则，提供某种特定的观念，并拒绝其他观念，"它们往往与一个特定阶级的态度和体验联系在一起，因而与那些不属于这一阶级的人的态度和体验会产生冲突"②。特里·伊格尔顿的《勃朗特姐妹：权力的神话》从马克思主义视角对勃朗特姐妹的创作进行了研究。他认为，在勃朗特姐妹的作品中存在两种价值体系的斗争，一方面是"理性至上、冷酷精明的唯利是图、动力十足的个体主义、激进的抗议与反叛"，另一方面则是"虔敬顺服的习惯、教养文化、传统至上和保守主义"③，从中可以解读出工业资产阶级与土地贵族之间的复杂关系。马歇雷认为，文学与意识形态的关系非常复杂。文学是一种对意识形态的生产，它以意识形态为原料，却又与意识形态保持距离。一方面，文学创作无法脱离意识形态，它对文学的影响是渗透性、弥漫性的，甚至是无意识的。另一方面，文学与意识形态又天然地具有"离心"关系。文学本身并非具有单一的意义，而是充满冲突的意义复合体，因此，它会与意识形态拉开距离。

最后，文学是一种社会生产。马克思提出过艺术生产的观念，对艺术生产与物质生产的关系、艺术生产和艺术消费的关系等进行过论述。本雅明在《作为生产者的作家》中指出，艺术家不是创造者，而是生产者。这揭示了艺术创造的集体性特征。马歇雷同样批判了文学创造论的神学本质，提出作者并不是单独的艺术家，而是集体的、匿名的作者，是统一的生产过程中的"要素"之一。他们都阐明了文学的社会生产性质，具有重要的理论意义和价值。

马克思主义文学社会学一般都秉持批判和介入的理论立场，他们的研究方法往往是思辨的，往往以文本为中心来分析问题，从文本解读社会或批判社会。

二 经验倾向的文学社会学

与马克思主义文学社会学的批判倾向不同，以布尔迪厄、西尔伯曼等为代表的文学社会学则是一种经验倾向的文学社会学。

布尔迪厄的文学社会学的基本概念是文学场域。在布尔迪厄看来，文学场域是一场"零和游戏"。这里地盘有限，我能得到的，你必然失去；你能得到的，我必然失去。因此，在"为艺术而艺术"的文学场内部，充满了文学行动者之间进行的斗争，他们都希望获得更多的文化资本，获得对文学场域中优越位置的垄断权。在布尔迪厄看来，文学场域的参与者并不是具体的个人，而是漫画式角色，即正统的守护者和异端的挑战者。

---

① 吕西安·戈德曼.隐蔽的上帝［M］.蔡鸿滨，译.天津：百花文艺出版社，1998：14.

② 克拉克.现代生活的画像：马奈及其追随者艺术中的巴黎［M］.沈语冰，诸葛沂，译.南京：江苏美术出版社，2013：33.

③ 特里·伊格尔顿.勃朗特姐妹：权力的神话［M］.高晓玲，译.北京：中信出版社，2019：7.

布尔迪厄借鉴韦伯对牧师和先知的论述，将艺术家分为牧师类型的作家和先知类型的作家，前者是统治者，后者是被统治者，前者是旧权威，后者是新来者，两者具有不同的行动倾向。布尔迪厄指出："一方是在场域中（依照他们的特定资本）占据（暂时的）支配位置的人，他们倾向于去保存，也就是去捍卫惯例与惯例化、平凡与平凡化，简言之，就是既成的象征秩序；另一方则倾向于去实行异端式的决裂、批判既成的形式、颠覆现行的模式，回归原初的纯粹。"① 由此可见，牧师类型的作家与先知类型的作家之间具有紧张的斗争关系。

与布尔迪厄不同，霍华德·贝克尔提出了艺术界的概念。这对文学社会学产生了不小影响。在贝克尔看来，艺术是一种集体活动，是很多人一起协作的产物。艺术界内部是一种互动关系，既包含合作，也包含冲突。它不是一场零和游戏，而是既包含零和游戏，也包含其他类型游戏的"游戏"。艺术界的参与者不是漫画式角色，而是活生生的人。贝克尔在《艺术界》开篇就引述小说家特罗洛普和他的仆人的故事，认为对小说家而言，每天早上按时叫醒他的仆人发挥了十分重要的作用。这貌似不起眼的小事，实则会发挥不可忽视的作用，因此他将其纳入艺术界的分析范畴。这样的事例在《艺术界》中不胜枚举。贝克尔的概念与布尔迪厄的文学场具有很大的区别。布尔迪厄的文学场域具有结构主义的色彩，贝克尔的艺术界则具有互动主义的精髓，两者一个重视结构，一个重视过程，这是导致两者差别的重要因素。

阿尔方斯·西尔伯曼是经验倾向文学社会学的另一位代表人物。他在《文学社会学引论》中指出，文学社会学作为社会学，涉及的是人的问题，尤其是人与人之间的相互影响。具体而言，就是艺术家、艺术作品和读者大众的相互影响和相互依赖关系。文学社会学不应过问理论、形式、风格等问题，不应仅仅是社会学愿望的表达，而要具有严格的科学性。文学社会学应该关注由作者、作品和读者之间的相互作用和相互依赖关系而形成的文学过程，并且分析作者与社会、文学的效果、阅读文化等问题。为获得客观、真实的证据，文学社会学应该采用统计法、系统内容分析法、结构-功能分析法、行为研究法等研究方法。西尔伯曼的文学社会学强调将文学视为一种社会现象和社会过程，并且从社会消费、社会传播和社会调节等社会因素出发探讨文学和社会之间的关系，是经验主义文学社会学的代表。

温迪·格里斯沃尔德提出了文化菱形的观点，对文学社会学进行了精深的分析。文化菱形的理论框架是由世界、文化客体、艺术家和观众四种因素及其相互关系构成的，如图 2-1 所示。

格里斯沃尔德认为，研究者应该对文化菱形的四个点和六条线进行研究，忽视任何一个点或一条线的研究都不充分。

与马克思主义文学社会学有所不同的是，经验倾向的文学社会学一般秉持价值中立的理论立场。他们不再将文学视为文本，而是将它视为一种社会现象。他们的研究方法往往是实证的、经验的，强调对文学现象进行社会学的调查研究。

---

① 皮耶·布赫迪厄. 艺术的法则：文学场域的生成与结构 [M]. 石武耕，李沅洳，陈羚芝，译. 台北：典藏艺术家庭股份有限公司，2016：318-319.

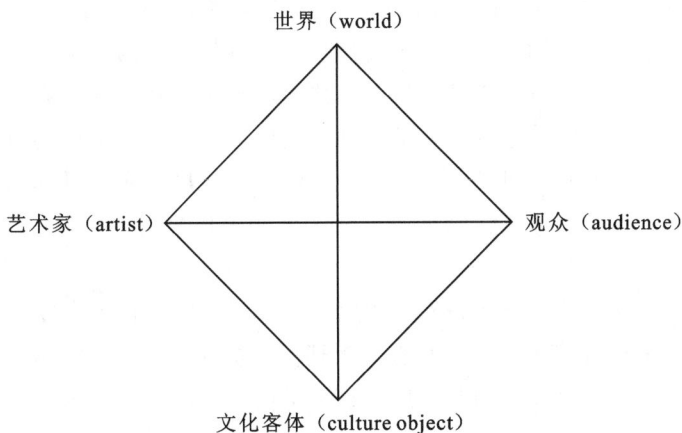

图 2-1 文化菱形图示

三 中国的文学社会学

作为一门致力于探究文学与社会关系的学科，文学社会学是近代以来的产物。但是，对于文学与社会关系的思考在中国历史上可谓源远流长。孔子提出过诗可以兴、观、群、怨的观点，就是对文学与社会关系的深切思考。所谓"诗可以兴"，就是诗对人生具有一种兴发感动的重要作用。王夫之大力提倡生命之"兴"，指出"兴"具有强大的正能量："能兴即谓之豪杰。兴者，性之生乎气者也。拖沓委顺，当世之然而然，不然而不然，终日劳而不能度越于禄位田宅妻子之中，数米计薪，日以挫其志气，仰视天而不知其高，俯视地而不知其厚，虽觉如梦，虽视如盲，虽勤动其四体而心不灵，惟不兴故也。圣人以诗教荡涤其浊心，振其暮气，纳之于豪杰而后期之以圣贤，此救人道于乱世之大权也。"[①] 所谓"诗可以观"，蕴含了古人"观风知政"的思想。《礼记·乐记》中所言"治世之音，安以乐，其政和，乱世之音，怨以怒，其政乖，亡国之音，哀以思，其民困。声音之道，与政通矣"，就是通过音乐来知晓政治的状况，两者在深层相通。所谓"诗可以群"，就是诗歌可以团结民众，鼓动人们一致参与行动，如《诗经·无衣》篇："岂曰无衣？与子同袍。王地兴师，修我戈矛。与子同仇！"就是此类文学的代表。所谓"诗可以怨"，既有怨刺上政的意涵，又有不平则鸣的意蕴。由此可见，孔子的观点既具有文学反映社会的意味，又具有文学塑造社会的内涵，是对文学与社会关系的一种系统思考。此外，像知人论世、文以载道、文以明道等观念，也都是古人对文学与社会关系的深刻思考，是我们发展中国文学社会学的重要思想资源。

在当代，中国文学社会学特别表现为学者从社会学角度对中国文学现象的研究。就此而言，傅璇琮的《唐代科举与文学》堪称典范。他详尽考察了唐代的科举制度及其对文学所产生的影响。傅璇琮指出："我只是把科举作为中介环节，把它与文学沟通起来，来进一步研究唐代文学是在怎样的一种具体环境中进行的，以及它们在整个社会习俗的形成过

① 王夫之. 俟解［M］//船山全书. 长沙：岳麓书社，1992：479.

程中起着什么样的作用。"① 在傅璇琮看来，在唐代科举制度中，最重要的是进士科的考试。以诗赋作为进士考试的固定内容，是在唐代立国百年之后的事情。这对唐代诗歌产生了一些消极的作用。例如，省题诗的内容和形式格律限制严格，就不容易产生好作品，对文学发展并不利。与此同时，它讲究声韵对偶，也促进了文人对声律的研究，具有一定的积极作用。傅璇琮的研究受到丹纳思想的启发，却将其推进落实到具体的制度层面。在傅璇琮著作的影响下，各种探究古代制度与文学关系的著作先后面世，蔚为大观②，在古代文学领域形成了制度与文学研究流派。

与此同时，中国文学社会学的发展也离不开对国外文学社会学的译介与研究。近年来，国内学者朱国华对布尔迪厄文学社会学的研究、方维规对德国文学社会学的研究等，都对国外文学社会学的代表性人物及其思想进行了精深分析，在中国文学社会学的理论建构中发挥了重要作用。

需要注意的是，文学领域的学者和社会学领域的学者关注文学社会学具有不同的理论诉求。对文学领域的学者来说，关注文学社会学是为了推动对文学的社会维度的理解；对社会学领域的学者来说，关注文学社会学则是为了"去体受文学对现实生活的情感投入和书写，唤回社会学者被抽象经验主义遮蔽的朴素情感"③。这是以社会学为依归的一种思考，是为了将社会学带出危机状态。

◇ 阅读实践

杜甫诗歌的诗史性质

杜甫的诗歌具有诗史性质，对此学界有三种基本的理解。第一种理解来自孟棨。他指出："杜逢禄山之难，流离陇蜀。毕陈于诗，推见至隐，殆无遗事，故当时号为'诗史'。"④ 他认为，杜甫在安史之乱、流离陇蜀时的诗歌具有诗史性质。第二种理解来自宋祁，他指出："甫又善陈时事，律切精深，至千言不少衰，世号'诗史'。"⑤ 这主要指的是杜甫的律诗具有诗史性质。第三种理解来自胡宗愈，他认为："凡出处、动息劳佚、悲欢忧乐、忠愤感激、好贤恶恶，一见于诗，读之可以知其世。学士大夫谓之诗史。"⑥ 这是说杜甫的诗描绘了当时的社会情境，因此具有一种诗史的性质。尽管他们三者的理解有所侧重，但都表明杜甫诗歌具有一种强烈的诗史性质。马茂元认为："在动乱时代里暴露出来的重大问题，都成为杜甫大部分的诗里的主要内容。他观察的范围之广、认识之深，并能以高

① 傅璇琮. 唐代科举与文学 [M]. 西安：陕西人民出版社，2007：序7.
② 参见饶龙隼. 中国古代文学制度论纲 [J]. 学术研究，2019 (4)：142-151.
③ 肖瑛. 从社会学出发的文学社会学 [N]. 中国社会科学报，2019-3-20.
④ 孟棨. 本事诗 [M] //丁福保. 历代诗话续编. 北京：中华书局，1983：15.
⑤ 宋祁等. 新唐书 [M]. 北京：中华书局，1975：5738.
⑥ 参见刘宁. 杜甫五古的艺术格局与杜诗"诗史"品质 [J]. 文学遗产，2009 (3)：13-22.

度的艺术手腕把他观察、认识的所得在诗歌里卓越地表达出来","也就是这个原故,杜诗才获得了千百年来被人所公认的诗史的称号。"① 下面,我们就以杜甫的两首诗歌为例,对此进行简要分析。

安史之乱中,宰相房琯率领军队与叛军在咸阳东边的陈涛斜发生战斗,结果大败,死伤四万余人。杜甫在长安听到这个惨败的消息后,写了《悲陈陶》:

> 孟冬十郡良家子,血作陈陶泽中水。
> 野旷天清无战声,四万义军同日死。
> 群胡归来血洗箭,仍唱胡歌饮都市。
> 都人回面向北啼,日夜更望官军至。

这次战斗死伤惨重,杜甫对此感到非常沉痛。整首诗萦绕着这种悲剧性的氛围。陈贻焮认为:"这是血淋淋的真实的历史记录,是诗人内心剧痛的径直吐露。"②

后来,在杜甫听到叛军史朝义自缢,官军收复河南河北的喜讯后,他写了《闻官军收河南河北》:

> 剑外忽传收蓟北,初闻涕泪满衣裳。
> 却看妻子愁何在,漫卷诗书喜欲狂。
> 白日放歌须纵酒,青春作伴好还乡。
> 即从巴峡穿巫峡,便下襄阳向洛阳。

在战斗取得胜利后,杜甫喜不自胜。这首诗就表现了杜甫听闻胜利消息后的喜悦之情。顾宸曾指出:"此诗之'忽传''初闻''却看''漫卷''即从''便下',于仓促间写出欲歌欲哭之状,使人千载如见。"③ 浦起龙认为,这是杜甫"生平第一首快诗也"④。

《悲陈陶》记录了一次惨败,杜甫对此心情沉痛;《闻官军收河南河北》记录了一次胜利,杜甫对此欢快激昂。从这种对比中,我们可以看到安史之乱战局的变化牵动着杜甫心境的忧乐变化,两者紧密关联在一起,体现了杜甫"乐以天下,忧以天下"的心怀。因此,杜甫的诗歌中处处浸透着历史。傅璇琮指出:"在杜诗中,集中地出现了大唐帝国由盛到衰这一转变时期社会生活的许多重要问题。杜诗描绘了这个社会的多样而曲折的过程,充分地反映了这个过程的复杂性;而与此同时,诗人又把生活本身的丰富多样的面貌,精细地描画出来,使我们看到盛唐时代从通都大邑到乡野镇落各不相同的生活场景。杜诗被号称为'诗史',就是以其深邃的历史内容和多彩的事态人情所获得的。"⑤

---

① 华文轩. 古典文学研究资料汇编·杜甫卷上编唐宋之部 [M]. 北京:中华书局,1964:92.
② 陈贻焮. 杜甫评传 [M]. 北京:生活·读书·新知三联书店,2022:359.
③ 陈贻焮. 杜甫评传 [M]. 北京:生活·读书·新知三联书店,2022:905.
④ 陈贻焮. 杜甫评传 [M]. 北京:生活·读书·新知三联书店,2022:905.
⑤ 傅璇琮. 唐代科举与文学 [M]. 西安:陕西人民出版社,2007:序2.

◇ 关键词解析

一、文学社会学

文学社会学是专门从社会学角度研究文学的学科。关于文学社会学的学科定位，有两种不同的观点，一种认为它是文学理论的一部分，是文学研究的社会视野；一种认为它是从社会学角度对文学进行的研究，是社会学的一个分支。

文学社会学可以分为批判的文学社会学和经验的文学社会学。前者以马克思主义文学社会学为代表，后者以布尔迪厄、西尔伯曼、埃斯卡皮等人的文学社会学为代表。前者致力于探究文学与社会的关系，后者则致力于从社会学角度研究文学。文学社会学的议题非常广泛，例如文学与社会结构的关系、文学的生产、文学的消费、文学的功能等。

根据文学的体裁，文学社会学还可以进一步划分为戏剧社会学、小说社会学、抒情诗社会学等。不同的文学社会学具有不同的理论关切，在齐马的《文学社会学批评》中，他研究了文学体裁社会学，即戏剧社会学、抒情作品社会学和小说社会学。尽管它们都属于文学，但却可能具有不同的问题意识和理论路径。例如，抒情作品，特别是诗歌社会学，就很难像戏剧社会学或小说社会学那样从主题分析的角度切入。但对抒情作品的社会学研究，可以启发戏剧社会学或小说社会学超越主题分析的传统模式，更加注重文体的社会学问题。[1]

文学社会学与艺术社会学的关系密切。广义的艺术范畴包含文学，从该角度来说，文学社会学是艺术社会学的分支学科之一。因此，它与音乐社会学、影视社会学等之间可以相互借鉴，各取所长，共同发展。

需要注意的是，从社会学研究文学，容易忽略文学自身的特殊性。埃斯卡皮提醒我们文学社会学应该尊重文学现象的特殊性。在他看来，"各种社会机制能够简化成为一些理性的模式，或者是一些可以确定的相互作用的游戏，然而当人把这任何一种方案应用于文学现象时，文学现象总要留下一个不可约的余数"[2]。对于文学社会学来说，如何平衡处理文学与社会学之间的关系，就是一个非常关键的问题。

二、反映论

反映论是文学社会学领域探讨文学与社会关系的一种取向。这种取向的共同信念是，文学是社会的镜子，受到社会的影响或支配。研究文学是为了认识社会。弥

① 参见皮埃尔·齐马. 文学社会学批评 [M]. 吴岳添，译. 桂林：广西师范大学出版社，2021：34-103.

② 罗贝尔·埃斯卡皮. 文学社会学：罗·埃斯卡皮文论选 [M]. 于沛，选编. 杭州：浙江人民出版社，1987：135.

尔顿·阿尔布莱希特认为存在六种反映倾向，即文学反映社会规则和价值、情感需求和幻想、集体无意识、社会根本精神、统治阶级观点、人类变化等。

根据维多利亚·亚历山大的总结，反映论具有四种不同的研究策略。首先是诠释分析，美国文学理论家伊丽莎白·海尔辛格对风景画家特纳进行研究，将绘画风格元素与当时英国政治、经济分配结合，表明他的画作如何反映英格兰民族特征的各个方面。其次是内容分析，如前所述，洛文塔尔对美国杂志中流行偶像的分析表明，一战之前的传记主角是生产偶像，一战之后就成为消费偶像，这种偶像的转变反映了社会的变迁。再次是结构符号学，维尔·莱特对美国电影西部片的分析，表明了不同时期叙事结构的变迁。最后是理解仪式，美国社会学家戈夫曼《性别广告》就通过考察广告来展现男性与女性之间的结构关系。

反映论取向的研究引发了不少批评。彼得·拉斯莱特就警告说，文学是虚构，文学描述的场景有时无法反映真实社会。因此，艺术反映社会，但过程复杂。它不是一面镜子，而是一面会扭曲形象的哈哈镜。[①]

三、文学生产

文学生产是文学社会学领域的关键概念之一，它是马克思主义美学的重要概念，与马克思的艺术生产论息息相关。

马克思的艺术生产论所关注的核心问题有两个。首先，是艺术生产与物质生产的关系问题。其次，是艺术生产和艺术消费的关系问题。就前者而言，马克思主义的艺术生产论主要探讨了艺术生产与物质生产的三种关系。第一，马克思认为，经济基础决定上层建筑，因此，物质生产对艺术生产具有支配作用。马克思指出，宗教、道德、艺术等都是生产的一种特殊方式，都要受到生产的普遍规律的支配。因此，与资本主义生产方式相适应的精神生产和与中世纪生产方式相适应的精神生产并不相同。第二，马克思指出，艺术生产与物质生产具有不平衡关系。在《〈政治经济学批判〉导言》中，马克思提出了"物质生产的发展同艺术生产的不平衡关系"的重要论点，认为古希腊创作的艺术是欧洲文化的高峰，但后来尽管物质生产进步了，却难以达到古希腊艺术的高度。第三，马克思认为，艺术生产和物质生产具有不一致的关系，艺术是一种特殊的精神生产形式，不能与物质生产混为一谈。物质生产属于经济基础，精神生产属于上层建筑，这是两种不同的生产方式。就后者而言，马克思主义的艺术生产论主要探讨了艺术生产与艺术消费的复杂关系。一是艺术生产影响艺术消费。艺术生产为艺术消费提供对象和材料，影响了艺术消费的性质和可能。二是艺术消费反作用于艺术生产。马克思指出，消费从两方面"生产着生产"：只有通过消费，产品才成为现实的产品，消费是生产的最终完成；消费创造出新的生产需要，是生产的前提和必要条件。就此而言，文学生产是艺术生产的一种特殊形式，也符合马克思对艺术生产的论述。

① 参见维多利亚·亚历山大.艺术社会学［M］.章浩，沈杨，译.南京：江苏凤凰美术出版社，2013：23-39.

需要注意的是，文学生产与文学创作有所不同。文学创作主要是个体维度的，文学生产则是集体维度和社会维度的。詹妮特·沃尔芙指出，艺术是一种社会生产，应该用生产者取代创造者。布尔迪厄也用"文化生产者"取代"创造者"，认为这种称呼可与创造者的卡里斯玛意识形态相决裂。因此，根据文学生产论，文学的创造者越来越被文学的生产者所替代。

四、文学场

文学场域是皮埃尔·布尔迪厄提出的重要概念。它基于布尔迪厄的场域概念。在他看来，场域就是各种位置之间存在的客观关系网络。

文学场域的结构分为两极对立的两个场域，一个是主张"为艺术而艺术"的先锋派艺术，追求自主性；另一个是服从于他律原则的"社会艺术"或"资产阶级艺术"，受到政治、经济等因素的支配。前者是有限生产的，后者则是大生产的。前者倾向于挑战既定文学准则，后者则倾向于迎合观众趣味。前者的经济资本少，但文化资本多；后者的经济资本多，但文化资本少。

文学场具有相对自主性。文学场，尤其是有限生产的文学场，拒绝以文化资本兑换社会资本和经济资本，以维护文化资本的稀缺性。它赋予审美评价以优先权，反对政治、经济和道德等各种力量的干预。因此，凡是世俗认可的在文学场中都会贬值，而艺术家的困苦潦倒则受到推崇，出现了"输家即赢家"的现象，是对世俗世界的颠倒。但是，由于文学场属于权力场，其自主程度并非完全彻底，场中内部等级原则会受到外部等级原则影响。与此同时，文学场具有斗争性。艺术场中特有的资本是一种文化资本或符号资本，比如奖项。这种资源具有有限性，是一种稀缺资源，因此艺术场中充满对此的竞争。即便在为艺术而艺术的文学场内部，也充满行动者之间的斗争。行动者们都希望获得更多的文化资本，获得对文学场中优越位置的垄断权。

在文学社会学领域，布尔迪厄的文学场观念具有重要影响，但也引发了不少批评。霍华德·贝克尔指出，文学场过于强调斗争，而对艺术界中的合作视而不见。

◇ 本章小结

文学与社会之间具有丰富复杂的关系。首先，文学会反映社会；其次，社会会对文学产生影响；最后，文学会塑造社会。文学社会学是专门研究文学与社会关系的学科，它可以粗略地分为马克思主义文学社会学和经验倾向的文学社会学。中国的文学社会学应在汲取古今中外思想智慧的基础上发展。从文学社会学视角出发，我们可以对杜甫的诗歌等进行新的解读。对于文学社会学，我们应该理解反映论、文学生产、文学场等关键词。

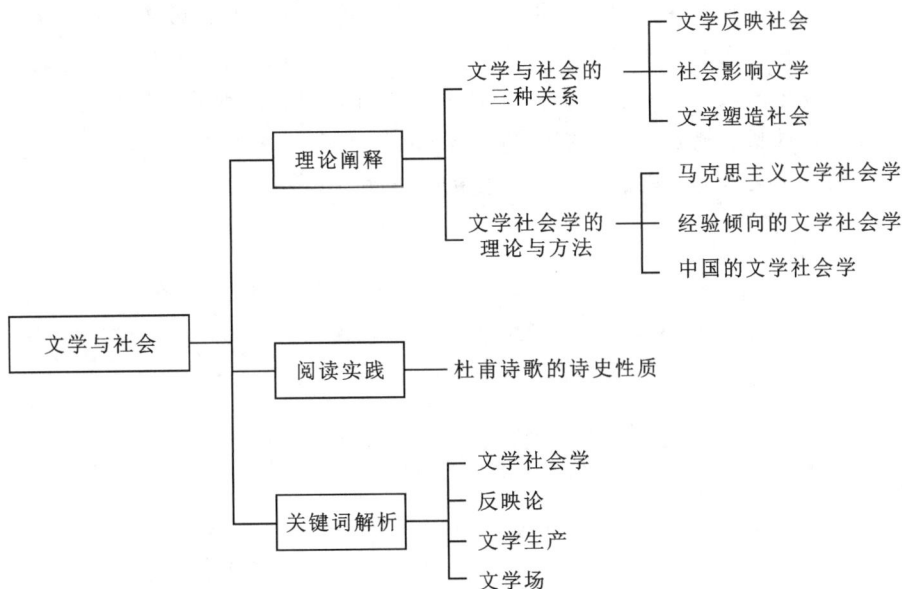

文学与社会
- 理论阐释
  - 文学与社会的三种关系
    - 文学反映社会
    - 社会影响文学
    - 文学塑造社会
  - 文学社会学的理论与方法
    - 马克思主义文学社会学
    - 经验倾向的文学社会学
    - 中国的文学社会学
- 阅读实践
  - 杜甫诗歌的诗史性质
- 关键词解析
  - 文学社会学
  - 反映论
  - 文学生产
  - 文学场

◇ 思考与练习

1. 文学与社会的关系是什么？
2. 简述文学社会学的理论类型和各自的特点。
3. 从文学社会学角度分析卡尔维诺《看不见的城市》中的"埃乌特洛比亚城"。如果这引起了你的兴趣，还可以选择其中更多的城市进行分析。

城市与贸易之三

　　踏进以埃乌特洛比亚为首府的地区，旅人们见到的不是一座城市，而是散布在起伏不平的高原上的许多城市，她们大小相同，形态相似。埃乌特洛比亚不是一座，而是所有这些城市的名字，每次只有其中一座住人，其余都是空城；这情形总是依次出现。我来告诉你们其中的原由。如果有一天，埃乌特洛比亚的居民厌烦了，再也忍受不了他们的工作、亲属、房子、街道、债务，以及那些他们必须打招呼的人和对他们打招呼的人，全城市民就决定迁移到邻近那座一直在等待他们的崭新的空城里，在那里，每个人都开始从事新的职业，娶一位新的妻子，打开窗后就能看见新的景致，每晚跟新的朋友做新的消遣，谈新的闲话。于是，他们的生活在一次次搬迁中不断更新，而每座城市的方位、倾斜度、水流和风向都使她显得与其他城市不同。因为他们的社会是有序的，人们的财富和权利没有多大差别，所以从一个职业换到另一个职业几乎没有什么波折；多样化的职业保障了人们工作的多姿多彩，以至于极少有人要在一生中重复已经做过的工作。

这样，城市在她空着的棋盘上不断移动着，重复着她始终如一的生活。居民们反复演出同样的场景，只是更换了演员；他们重复着同样的台词，不过改变了口音而已；他们张开不同的嘴巴，打着同样的哈欠。在帝国的所有城市中，只有埃乌特洛比亚保持始终不变。这个城市最尊崇的无常之神墨丘利造出了这种暧昧的奇迹。①

① 伊塔洛·卡尔维诺. 看不见的城市 [M]. 张宓，译. 南京：译林出版社，2006：64-65.

第三章
文学与空间

📘 **教学导航**

学习目标	1. 了解当代空间理论的发展谱系和文学空间研究的基本状况 2. 培养学生熟练运用空间理论和研究方法进行具体文学批评的能力
重难点	当代空间理论的发展谱系 文学空间书写的基本类型 运用空间理论和研究方法分析具体文本
推荐教学方式	课堂教学与学生讨论相结合
建议学时	2学时

✏️ **情景导入**

在谈及巨著《尤利西斯》时，詹姆斯·乔伊斯曾对他的传记作者弗兰克·巴德根说过这样一句名言："我想给都柏林画一幅完整的图画。如果这个城市有天突然从地球上消失了，人们可以根据我的书的内容来重建它。"[①] 尽管他是以开玩笑的口吻提出这一论断的，但不容忽视的是，他也提出了"文本"与"城市"的双重关系问题——"文本作为城市的再现"与"文本作为城市的蓝图"。诸多事实已然表明：文学与空间的汇流已经成为当前

---

① Frank Budgen. James Joyce and the Making of "Ulysses", and Other Writing [M]. Oxford：Oxford University Press, 1972：69.

一个不可忽视的重要现象。古往今来，作家们穿越于地理、社会和想象的空间之中，并不断重塑自己所处的空间。在文学文本中探寻空间会发现它随处可见、形态各异：真实的、虚构的、描述的、噩梦般的与乌托邦式的。这些现象激发我们进一步追问：作家如同地图学家？所有写作都是某种形式的地图学？当今文学作品如同一种指引人们在全球化景观以及虚拟现实中寻找方向的地理学？带着这些问题，让我们一起深入探究"文学"与"空间"的复杂关联。

♻ 理论阐释

　　文学与空间之关系是一个复杂的问题，需要运用不同的方法来处理。当我们谈论"文学与空间的关系"时，我们不得不思考这样一个问题：为什么这两者之间会存在如此紧密的联系？自从我们有文学起，空间就成了文学作品中的重要元素之一，被赋予了丰富的内涵和意义。在古典文学中，空间被巧妙地描绘成故事发生的背景或是人物活动的舞台。它为故事提供了一幅幅栩栩如生的场景，为人物塑造提供了独特的氛围。例如，在《红楼梦》中，曹雪芹通过对贾府的精致描绘，为故事铺设了一个生动的空间背景。贾府的建筑风格、室内陈设等空间元素，都为人物性格的塑造和故事情节的发展提供了丰富的土壤。随着现代文学的蓬勃发展，空间不再只是简单的背景和舞台，而是逐渐成为一种独立的文学元素。近年来，文学中的空间塑造越来越受到文学地理学、文化研究等领域的关注。空间、地方、场域、位置与地理想象已成为文学研究中的重要主题与热点话题。随着现代化与全球化进程的不断加速，"空间"的重要性进一步得到了凸显。在"空间转向"的视域中，我们有必要进一步追问：空间是如何进入文学世界的想象与书写之中的？如何从空间视角探寻文学，以及如何研究文学中的空间？这一跨领域的联结，对于我们今天理解文学意味着什么？

●● 第一节　中西文化传统中的"空间"观念及其变迁 ●●

　　"空间"，无论是对于中国还是西方的人文传统之认知与批判，都有着不可忽视的重要作用。如何理解"空间"概念及其变迁？我们必须谨慎对待这一长期以来看似简单且不言而喻的概念。因为对"空间"进行定义并不仅是简单的专业化概念问题，而且成为当今我们认知与概念化这个世界的重要轴线之一。大卫·哈维在《空间是个关键词》一文中强调道：如果雷蒙·威廉斯对其《关键词》进行修订的话，他势必将"空间"也列入"我们语言中最复杂的词汇之一"①。

---

　　① 大卫·哈维.新自由主义化的空间［M］.王志弘，译.台北：台湾群学出版有限公司，2008：114.

我们有必要对"空间"（space）与"地方"（place）这两个概念进行一定的辨析。段义孚在《空间与地方：经验的视角》一书中曾对二者的关系进行过专门的探讨："空间的意义经常与地方的意义交融在一起。空间比地方更为抽象。最初无差异的空间会变成我们逐渐熟识且赋予其价值的地方。建筑师讨论的是地方的空间质量，同样，他们可以畅谈空间的地方质量。空间和地方的思想要求它们互相定义。从地方的安全性和稳定性来看，我们注意到了空间的开放、自由和威胁，反之亦然。而且，如果我们认为空间是允许运动的，那么地方就是暂停的。在运动中的每一个暂停都使区位可能被转换为地方。"① 在段义孚看来，一个地方在它与作为其一部分未区分的抽象空间区分开来之前，根本不会成为"地方"。只有"首先"被认为是地方，地方才会被赋予意义。段义孚将"地方"的现象学概念表达为"眼睛的休息"，"一个赋予意义的停顿"。"地方意味着安全，空间意味着自由"。在《恋地情结》与《空间与地方：经验的视角》两部著作中，段义孚都对此进行了重点阐述。事实上，段义孚的观念提醒我们，地方和空间是不可互换的，但也不能在任何时候都做到绝对区分。

在中国文化历史中，"空间"对人们的生活和思想有着深远的影响，因此中国古典理论资源中有很多关于地理环境和文学地域风格的论述。追溯中国文化传统，"空间"或"地理"作为术语，具有深厚的历史积淀与广泛的影响力。《尚书·禹贡》被尊为中国地理学的开创性文献，其中所提的"九州""五服"等观念至今仍为学者所沿用。据李约瑟所言："中国的地理学家均以《禹贡》为基准展开研究，其著作多取《禹贡》中的词句为标题，并努力重塑该书所描绘的地形。"② 此外，《易经·系辞上》亦强调通过仰观天文、俯察地理，可以洞察世间幽明之理。诸如《山海经》《水经注》等著作及历代史书中的"地记""地理志"，均为历代学者对我国不同区域地理的想象与再现提供了丰富的素材。在文学领域，陶渊明与杜甫等古代文人均以宇宙、空间为题材，创作了众多脍炙人口的诗篇。

近代以来，梁启超的《中国地理大势论》首次提出了"中国文学地理"这一概念，这部 20 世纪中国思想界的重要著作，探讨了不同地理环境对中国南北文学、艺术与学术的影响，为当代中国文学的空间研究奠定了基石。刘师培的《南北文学不同论》则把中国划分为南北两个区域——北部的"山国"和南部的"泽国"——这种明显的地理差异形塑了南北文学的迥异风格："大抵北方之地，土厚水深，民生其间，多尚实际；南方之地水势浩洋，民生其间，多尚虚无。民尚实际，故所著之文不外记事、析理二端；民尚虚无，故所作之文或为言志、抒情之体。"③ 在中国现当代文学史上，京派、海派、东北作家群、山药蛋派、荷花淀派等一系列耳熟能详的文学流派，也表明了空间观念在文学领域的强大投射力。

在西方文化中，"空间"观念的演变与现代社会的发展密切相关，从文艺复兴时期的透视法到现代的空间哲学，空间观念的不断演变也反映了人类对自身所处环境的认识和理解的不断深化。19 世纪中下叶以来的众多西方经典社会学家，例如孔德、涂尔干、西美

① 段义孚. 空间与地方：经验的视角 [M]. 王志标，译. 北京：中国人民大学出版社，2017：4.
② 李约瑟. 中国科学技术史（第五卷）[M]. 北京：科学出版社，1976：15.
③ 刘引驰. 刘师培中古文学论集 [M]. 北京：中国社会科学出版社，1997：261.

尔、韦伯等人，都在不同程度上对空间问题开展了研究，提出了相应的理论主张。1920年代开始，芝加哥学派的社会学家和地理学家们试图为城市研究注入空间分析，明确地将空间作为一个重要变量与分析维度，但仍停留于将空间视为一种纯粹的物理现象，注重对空间中物的研究，而不是对空间本身的研究，从而未能在理论上完成真正的"空间转向"。

长期以来，对于"空间"的认知往往有两种方式：一是在微观层面上，"空间"作为两个事物之间的间隙将它们分开；二是在宏观层面上，"空间"则作为一个更大的容器，将所有东西都纳入其中。纵观空间的历史，人类对空间的认识大致经历了三个阶段：一是由物与物之间的间隙认识到"空间"的存在；二是由经验世界中"抽象"出诸种空间形式；三是"创造""生产"新的空间形式，并将其作为探究世界的工具与途径。① 毋庸置疑，这种对空间历史的分期与分类观念，有助于深化与丰富我们对空间的认知与理解。

第二节　"空间转向"视域下的当代空间观念

"空间"作为一个既老又新的领域，它在"空间转向"的视域中重新成为一个备受关注的对象，不仅使理论家们寻求新的思想资源有了可能，也使我们如何更好地理解我们当前世界，并对其做出反应有了新的可能。

1970年代，列斐伏尔与福柯这两位法国理论家的开创性研究重新激活了"空间"这个尘封已久的重要概念，列斐伏尔和福柯被视为当代"空间转向"的两大旗手。列斐伏尔突破了传统的空间观念，从而开启了当代"空间转向"的序幕。他出版于1974年的经典之作《空间的生产》，成为当代空间理论研究的重要思想资源与理论资源。空间不复是没有生命的容器，而成为人类意识的居所。社会空间是一种社会的产物。列斐伏尔认为："空间可以说包含着众多的交叉，每一个交叉都有其指定的位置。至于生产关系的诸多表象，它们包括种种权力关系，这些权力关系也在空间中发生：空间以建筑物、纪念碑和艺术作品的形式将权力关系纳入其中。"他强调，对空间的讨论应当回归"空间实践""空间表象"和"表征性空间"的"三位一体"。② 而福柯则将权力概念引入空间研究，考察了空间的建构与权力之间的关系，探查了权力在空间的组织与分配上的具体运作与表征。他强调要以"空间思维"替代僵化的"时间思维"，认为"空间是任何公共生活形式的基础，空间是任何权力运作的基础"，并且提出了"异托邦"思想。

美国后现代地理学家爱德华·W.苏贾在1989年出版的《后现代地理学》一书中明确提出了"空间转向"这一概念。"空间转向"及新的空间意识扭转了长期以来忽视空间思维的局面。在苏贾看来：

> "空间转向"标志着所有思想意识和哲学领域一次意义非凡的改变，它将会影响到知识生产的所有方式，这包含了存在论与认识论的争论到理论形成的抽象

① 鲁西奇.空间的历史与历史的空间[J].澳门理工学报（人文社会科学版），2021，24（1）：5-24.

② 亨利·列斐伏尔.空间的生产[M].刘怀玉，等译.北京：商务印书馆，2021：50-51.

领域，以及经验分析与实践应用的具象方面。特别是，空间转向结束了空间思维从属于历史思维的时代，而走向了空间思维与历史思维平等并互相影响的时代。[①]

诚然，苏贾所强调的"空间转向"并非只是对空间的片面突出，而是力图扭转"历史想象优于空间想象的局面"，"走向一种新的空间意识"，从而"恢复历史与地理思维及阐释互补性的再平衡"。[②]

对"空间转向"的理解，如若只是单纯地认为是从对"时间"的关注转向对"空间"的关注，那么，这显然是将复杂的问题浅表化了。事实上，"空间转向"并非只关注对象的转移，这一转向还引起了思维方式的变革——"时间模式"让位于"空间模式"。从笛卡尔到萨特，时间的思维模式一直主宰着现代世界，尤其是在哲学领域，康德、黑格尔、柏格森、胡塞尔、海德格尔、萨特等众多哲学家都十分重视时间问题，一些哲学家甚至将其视为首要问题。在列斐伏尔、福柯等人的大力推进下，当代世界实现了从"时间思维"向"空间思维"的转向。"空间转向"表明，空间作为文化的一种分析性和代表性类别，正变得越来越重要。这不仅是知识层面的空间话语的扩散，而且还涉及整个人文社会科学研究的思维与理论转型，用库恩的话来说，这是一场深刻的研究范式的革命。

无论是列斐伏尔的"空间生产"、福柯的"权力空间"、哈维的"历史-地理唯物主义"，还是詹姆逊的"超空间"、苏贾的"第三空间"，都致力于重新发掘空间本身的价值与内涵，重新阐释人类在空间维度中的生存与发展。事实上，"空间转向"蕴含着三重彼此关联的维度：第一重维度是本体论意义上的"空间转向"，即从破除时空二元对立与历史决定论的视角去讨论本体论意义上的空间问题；第二重维度是现代性视域中的"空间转向"，重点关注资本主义生产方式确立与全球化兴起后空间观念的转变，以及时空关系等问题；第三重维度是文化艺术领域的"空间转向"，亦即"空间转向"的文化表征与形态，其对应着"后现代主义"以及文化艺术领域中的空间批评问题。[③]

●● 第三节　空间中的"文学"与文学中的"空间"　●●

"空间中的文学"与"文学中的空间"是弗朗科·莫雷蒂提出的一组概念。在《欧洲小说地图集（1800—1900）》一书中，他通过一百张地图阐明了19世纪欧洲小说的地理假设，探讨了特定作家和流派在整个欧洲大陆的地理定位，进而探索了文学与空间之间迷人的关联。莫雷蒂的这组概念提醒我们，文学与空间之间存在着千丝万缕的联系。无论是从空间角度审视文学，还是从文学角度理解空间，我们都能发现新的启示和美感。这种跨学科的研究方法，不仅拓宽了我们的视野，也丰富了我们对文学的理解和认知。

---

① 爱德华·W.苏贾.寻求空间正义［M］.高春花，等译.北京：社会科学文献出版社，2016：14.

② 爱德华·W.苏贾.寻求空间正义［M］.高春花，等译.北京：社会科学文献出版社，2016：15.

③ 刘进.戴维·哈维对法国文学空间的解读［J］.文艺理论研究，2016（2）：92-100.

一 ▎ 空间中的"文学"

从空间的角度审视文学，不仅让我们看到了文学作品的多样性和丰富性，还为我们提供了全新的解读视角。我们能够洞察到作者如何通过空间的构建与变换来塑造人物的命运，推动情节的发展，以及传达深层的主题思考。在文学作品中，空间不仅仅是静态的背景或环境，更是动态的角色和情节的推动力。通过对空间的精心描绘与操控，作者能够将读者引入一个全新的世界，使其沉浸于其中，与作品产生共鸣。以中国古典文学为例，古代诗人常常运用山水、楼阁、庭院等空间元素，来营造特定的氛围和情感。这些空间不仅蕴含着诗人情感的抒发，更是对人生哲理和社会现实的深刻反思。比如王之涣的《登鹳雀楼》，通过高耸入云的鹳雀楼，表达了对于人生短暂、世事无常的感慨。这里的空间既是诗人情感的寄托，也是哲理思考的媒介。在现代文学中，空间的重要性更加凸显。现代主义作家通过对空间的扭曲、重组和重构，来探索人性的复杂和社会的荒诞。如在卡夫卡的《变形记》中，主人公格里高尔变成甲虫后的生活空间，已然是一个荒诞而压抑的世界，深刻揭示了现代社会中人的异化与孤独。

在传统的基础文学理论体系中，文学与空间的关系在文学与地理环境或地域的关系中有所涉及，研究者常用地理环境来解释作家气质的不同和地域文学风格的差异。然而，传统的文学地域论较缺乏地缘文化政治的视域，多少忽视了地理空间生产中各种权力关系的嵌入，如中心与边缘、通用语言与方言的张力，以及嵌入地域之中的阶级、社群、性别和美学之间的复杂权力关系。这些因素都持续地影响、甚至规训着人们对地理和空间的感知经验。在全球化的背景下，文学的空间性研究变得更加多元和包容。一方面，文学作品中的空间元素和空间关系成了研究的重要对象；另一方面，文学作品本身也可以被视为一种特殊的空间形态，其中包含了作者对世界的理解和认识。同时，文学作品中的空间也可以被视为一种文化和社会现象的反映和体现。而且，不同文化、不同地域的文学作品在空间的交融中，还呈现出丰富多样的艺术风格和主题内涵。这种跨文化的空间交流，不仅拓宽了文学的视野，也为读者提供了更加广阔的想象空间。

二 ▎ 文学中的"空间"

从古至今，文学塑造了形态各异的众多"空间"。无论是卡夫卡的"城堡"、福克纳的"约克纳帕塔法"、哈代的"威塞克斯"、普鲁斯特的"花园"，还是《红楼梦》中的"大观园"或"太虚幻境"、陶渊明的"桃花源"、鲁迅笔下的"鲁镇"、沈从文笔下的"湘西"、张爱玲笔下的"上海"、莫言笔下的"高密东北乡"，甚或是金庸等武侠作家笔下的"江湖"、刘慈欣等科幻作家笔下的"星球"或外太空，都已经成为人们耳熟能详的文学空间。这些类型各异的"文学空间"，按照虚构的程度大致可以划分为三种类型：一类是被文学作品表征的真实空间，如巴黎、上海、伦敦和都柏林；一类是无现实指涉的虚构空间，如乌托邦的首都亚马乌罗提城、托尔金笔下的米那斯提力斯、陶渊明的桃花源等；第三类是兼具真实与虚构元素的空间，比如福克纳笔下的约克纳帕塔法、曹雪芹笔下的大观园等。

毋庸置疑，想象因素在文学作品的空间呈现中发挥着巨大作用。

每一种类型的空间都在文学作品中承载着不同的想象和象征意义。真实空间的描绘，如巴黎、上海、伦敦和都柏林，被作者的笔触赋予了深厚的文化内涵和独特的美学价值。这些城市不仅是地理上的坐标，更是文化、历史、社会等多重维度的交汇点。在文学作品中，它们被赋予了超越现实的意义，成了某种理想或追求的象征。而虚构空间则完全由作者的想象力构建，它们不受现实世界的束缚，充满了无限的可能性。乌托邦的首都亚马乌罗提城、托尔金笔下的米那斯提力斯、陶渊明的桃花源，这些空间都是作者心中理想社会的投影，它们或许永远无法在现实中找到对应，但却以其独特的魅力，激发了读者对美好未来的向往和想象。兼具真实与虚构元素的空间，如福克纳笔下的约克纳帕塔法、曹雪芹笔下的大观园等，则更加复杂。它们既包含了作者对现实世界的深刻洞察和理解，又融入了作者丰富的想象力和创造力。这些空间既是现实的反映，又是超越现实的想象构造。无论是真实空间、虚构空间还是兼具真实与虚构元素的空间，都是作者想象力的结晶，是文学艺术的独特魅力所在。通过对这些空间的描绘和塑造，文学作品得以超越现实，引领读者进入一个更加广阔、深邃的想象世界。

三　文学空间的创造及其对地域的超越

空间的再现诞生于创造性的往返，而非脱胎于一趟简单的旅程。文学空间研究的关键在于不同视角的交锋，而且这些视角会相互校正、相互滋养并且相互丰富。正如韦斯特法尔所言："空间的书写总是独特的。至于地理批评式的空间再现，它脱胎于个体化再现的光谱，这个光谱具有前所未有的丰富性和多样性。"[1] 如果以卡尔维诺《看不见的城市》为例，我们会发现：这些城市与任何指涉对象都是分离的，即使它们名列于马可·波罗起草的忽必烈汗帝国地点清单之上。换言之，"文学作品绝不仅仅是经过被过滤后的地理世界之被动反映。经过文人独有的文学感受力之调解，空间想象拥有了一种创造力，使得活跃于文学作品中的地理因素富有生命力。这种创造力将各种地理学的测量和知识转化为了人们的情感和想象"[2]。

英国文化研究代表人物雷蒙·威廉斯在《乡村与城市》一书中以细致的分析揭示了"乡村/城市"这一概念二分法背后所代表的观念效价变化，并展示了文学如何体现出他所说的与地方和空间相关的"情感结构"。他指出：

> "Country"（乡村）和"city"（城市）是两个很有感染力的词，我们只需想一想它们代表了人类社会的多少经验，就会明白这一点。……而人类社会的成就之一就是城市：首都，大城镇，一种特色鲜明的文明形式。[3]

---

① 贝尔唐·韦斯特法尔.地理批评：真实、虚构、空间［M］.高方，等译.北京：北京联合出版公司，2023：229.

② 王敖.中唐时期的空间想象：地理学、制图学与文学［M］.王治田，译.武汉：长江文艺出版社，2021：3.

③ 雷蒙·威廉斯.乡村与城市［M］.韩子满，等译.北京：商务印书馆，2013：1.

在雷蒙·威廉斯看来，无论是对田园或乡村观念的变化，还是对新兴的城镇、城市和大都市的新的文化理解，都可能涉及某一族群在特定时空情感结构复杂而微妙的变化。现代以来，文学从描写乡村向城市的转化，具有变革性的深远意义。雷蒙·威廉斯强调："有关城市的经验是虚构的手段，或者说，虚构的手段是有关城市的经验。"[①] 当然，有关城市的虚构文学与有关乡村的虚构文学是不同的，因为文学对"经验和社区"的描述，在城市虚构文学类型中"基本上是不透明的"，但在乡村虚构文学类型中则"基本上是透明的"。[②]

各种各样的文学空间，在一定意义上也暗示了丰富的想象与重构世界的潜力。事实上，众多的空间文学研究者与批评家，都力图以文学的视角强调虚构空间作为世界连接体的重要潜能。一方面，他们以自己的工作不断提炼、丰富这个领域及实践，使其充满活力；另一方面，他们有效促进了文学中空间研究的不同但互补视角的融合。文学是现实与虚构之间的"第三空间"，根据爱德华·W. 苏贾的说法，文学空间是通往"真实和想象地方的旅程"[③]。或许，我们可以发现，文学的更高目标是：改变我们的内心空间。人们在想象的世界中尽情释放，勾勒了景象各异的世界图景。无论是南国胜景还是北国风光，无论是亦真亦幻的桃花源还是纯属想象的太虚幻境，无论是纸上江湖还是科幻空间，都代表了人们对于空间的不同想象与理解。

四 空间/地理批评：一种新的文学批评范式

文学空间研究的发生与发展主要受到当代"空间转向"的影响，同时也是"空间转向"在文学领域的重要成果。在人文社会科学迎来"空间转向"之后，文学批评领域也以诸多方式将注意力集中在空间、地点和文学之间的动态关系上。"文学空间批评不仅整合了各种与空间、地理和制图相关的理论，为文学研究提供了新理论、新视角、新领域和新空间观，而且不断探索新路径和新方法，是研究范式的革新。更重要的是，能为我们提供关于文学与世界、文学与存在关系的新理解，展现了文学文本与现实世界的多维关系与互动。"[④] 文学空间批评也为文学研究提出了新问题，尤其是"空间转向"视域下的当代文学理论建构问题。

在当今文学批评中，"空间批评"扮演了极为重要的角色，为我们提供了具有独特视野的"真实和想象"的空间，正如韦斯特法尔所言：

> 理论上，每个空间都位于创造潜力的十字路口。我们总是回到文学和模仿艺术探索，因为在现实和虚构之间的某个地方，一个人和其他人知道如何挖掘时空

---

① 雷蒙·威廉斯. 乡村与城市［M］. 韩子满，等译. 北京：商务印书馆，2013：232.
② 雷蒙·威廉斯. 乡村与城市［M］. 韩子满，等译. 北京：商务印书馆，2013：232.
③ 爱德华·W. 苏贾. 第三空间——去往洛杉矶和其他真实和想象地方的旅程［M］. 陆扬，等译. 上海：上海教育出版社，2005.
④ 方英. 文学空间批评：理论语境、研究范式、问题域［J］. 华中学术，2023（1）：30-39.

隐藏的潜力，而不把它们降低到停滞状态。在各种模拟表现形式的交叉点上揭示的时空是地理批判主义提议探索的第三空间。地理批判主义将致力于绘制可能的世界，创造多元而矛盾的地图，在移动的异质性中拥抱空间。[①]

韦斯特法尔明确将"空间批评"命名为"地理批评"，这一概念的提出开创性地打开了一片广阔的批评空间。地理批评作为一种空间文学研究方法，其目的是探索文学研究之中存在的空间空隙。韦斯特法尔认为，地理批评的兴起与游牧视角释放的空间感知和表现理论息息相关。20世纪70年代以来几项重要理论成就，如福柯的"异托邦"、列斐伏尔的"空间的生产"、德勒兹和瓜塔里的"游牧""块茎"理论、詹姆逊的"后现代新空间性"和爱德华·苏贾的"第三空间"理论等，成为文学空间研究的新动力。此外，地理批评也与后殖民主义理论、性别政治有着密切的关系，其中尤为突出的是萨义德、霍米·巴巴的后殖民理论和斯皮瓦克、罗斯等人的性别研究。显然，这些跨学科的投入与接合，开辟了一种真正而开放的空间文学研究方法。

现今，文学的地理批评进入了一个跨学科的阶段。韦斯特法尔曾指出，地理批评的跨学科并非指异质概念的功利堆积，而是指文学研究、地理、城市规划和建筑等学科之间产生的真正互动，并敞开通往社会学和人类学的道路。因此，地理批评并不局限于传统的文学批评学科概念与实践。韦斯特法尔对地理批评的特征进行了提纲挈领的概括：一是地理批评是始终以地理为中心的批评方法，侧重于对整体空间表征的分析；二是地理批评开拓了比"地方"更广阔的视野；三是地理批评催生了对场所的多元研究方法；四是地理批评注重将时间与空间联系在一个时空方案之中，并强调异质空间的时间可变性。[②]在韦斯特法尔看来，时空性、超越性和指称性构成了地理批评的重要基础。塔利在评论韦斯特法尔的"地理批评"时指出，韦斯特法尔"所有的写作都以一种制图的形式参与，因为即使是最现实的地图也不能真实地描绘空间，而是像文学一样，以一种复杂的想象关系来描绘它"[③]。诚然，韦斯特法尔的地理批评探索、审视了各种空间和地方理论，主张对文学和文化研究采用地理批判的方法。他的观点在一定程度上促使我们思考：地理批评给文学批评带来了什么？文学文本能否成为地理学家考察的重要来源？

地理批评所探讨的"空间"，是被语言解构与重构的"空间"，其任务是建构一套关于空间、话语与创作的理论。在某种意义上，地理批评关注的重点不再局限于作品本身，而是转向了"地方"。面对纷繁复杂的研究对象，韦斯特法尔认为地理批评"最好是从地图集上明确绘就的人类空间出发"，它是作为一种多焦点和辩证的分析方法出现的。每一个

① Westphal B. Geocriticism：Real and Fictional Spaces ［M］. Tally R T.（Trans.）New York：Palgrave Macmillan，2011：73.

② Westphal B. Geocriticism：Real and Fictional Spaces ［M］. Tally R T.（Trans.）New York：Palgrave Macmillan，2011：25.

③ Westphal B. Geocriticism：Real and Fictional Spaces ［M］. Tally R T.（Trans.）New York：Palgrave Macmillan，2011：x.

表象都必须以"辩证的过程"来对待，因为这个"辩证的过程"雕刻出了一个"共同的空间，由不同的观点产生并触及不同的观点"，由此"我们越来越接近参考空间的本质特征"。① 在《地理批评：真实、虚构、空间》一书中，韦斯特法尔提供了分析文学文本中不同空间实践之间相互影响的理论和方法，强调了文学与现实世界之间的互动方式，通过虚构性来理解真实的地方，又通过真实性来理解虚构的地方。显然，虚构的空间不仅只是文学的创造物，而且对我们的生活具有重要意义。空间批评力图从多种意义出发，寻求与探索文学的空间。韦斯特法尔在他的地理批评中勾勒出一幅理论立场的风景画，展示了现代主义和后现代主义如何从根本上改变了思想家们理解空间的方式。

对于文学的空间研究而言，虚构的空间与现实的空间构成了当代世界的整体。"文学把握现实的历史时间与空间，把握展现在时空中的现实的历史的人——这个过程是十分复杂、若断若续的。"在巴赫金看来："文学中已经艺术地把握了的时间关系和空间关系相互间的重要联系，我们将称之为时空体。"② 显然，巴赫金所说的"时空体"，表示着空间和时间的不可分割，是形式兼内容的一个文学范畴。"在文学中的艺术时空体里，空间和时间标志融合在一个被认识了的具体的整体里。时间在这里浓缩、凝聚，变成艺术上可见的东西；空间则趋向紧张，被卷入时间、情节、历史的运动之中。时间的标志要展现在空间里，而空间则要通过时间来理解和衡量。这种不同系列的交叉和不同标志的融合，正是艺术时空体的特征所在。"③ 不难看出，将空间提升到了与时间相等的水平。正是基于这一点，塔利宣称：巴赫金作为一名文学历史主义的先驱批评家，在文学研究中率先倡导了"空间转向"。

事实上，文学作为一种语言艺术，能够巧妙地通过想象来运用"空间"概念，进而影响读者对空间的理解和意义。空间批评在探究文学作品中的空间元素时，不仅依赖于对真实地理的洞察和文学研究的智慧，还基于一个核心前提：这些文本积极地参与了文化空间的构建，并引导受众在感知、意识形态以及实践行为上的变化。因此，文学的空间批评致力于将空间从单一视角的束缚中解放出来，将其置于多元视线的交汇点，以引导读者审视空间的多维视角，或是对多重空间的感知，进而激发对文化与身份多样性的深入思考。换而言之，空间批评并不将空间视为一个普遍的概念，而是将其视为语言与文化相互作用的产物。因此，我们只有始终保持开放的姿态，才能保持对空间性的当代意识，进而朝着新的方向创造性地发展。

---

① 波特兰·韦斯特法尔.地理批评宣言：走向文本的地理批评［J］.陈静弦，等校译.南京工程学院学报，2018（2）：21-35.

② 巴赫金.小说的时间形式和时空体形式［M］//巴赫金全集（第三卷）.白春仁，等译.石家庄：河北教育出版社，1998：269.

③ 巴赫金.小说的时间形式和时空体形式［M］//巴赫金全集（第三卷）.白春仁，等译.石家庄：河北教育出版社，1998：269-270.

◇ 阅读实践

一、《林黛玉进贾府》的空间叙事视角

《林黛玉进贾府》是《红楼梦》中的经典篇章，其空间叙事视角的运用，不仅为故事的展开铺设了背景，也为读者揭示了人物的性格、关系和当时社会的风土人情。通过细致的空间描写，作品呈现出了一种立体感强烈的画面，使读者仿佛身临其境，深入到了那个繁华而又充满矛盾的贾府之中。从林黛玉的视角出发，读者得以一窥贾府的豪华与复杂。林黛玉作为一位初来乍到的外来者，她的视角带有一种新鲜感和好奇感，使得读者能够通过她的眼睛，看到贾府的每一个角落、每一处细节。同时，她的视角也带有一种主观性和选择性，她所注意到的，往往是那些能够触动她内心的事物，如贾母的慈爱、贾宝玉的英俊、王熙凤的机智等。

在林黛玉的视角下，贾府的空间布局和建筑特色也得到了充分的展现。从林黛玉进入贾府的大门开始，作品便通过她的视角，逐一介绍了贾府的主要建筑和空间布局。这些建筑和空间不仅各具特色，而且相互关联，形成了一个完整而复杂的空间体系。通过这个空间体系，读者可以清晰地感受到贾府的规模和气势，也可以从中窥见贾府的权力结构和人际关系。林黛玉的视角还揭示了贾府内部的社会风貌和人情世故。在林黛玉的眼中，贾府是一个充满矛盾和纷争的世界。她看到了贾母和王熙凤等人在家族中的权威和地位，也看到了她自己在家族中的边缘和无奈。

总而言之，《林黛玉进贾府》的空间叙事视角，为作品增添了丰富的层次和内涵。它不仅为读者展现了一个真实而复杂的贾府，也为读者揭示了那个时代的社会风貌和人情世故。这种空间叙事视角的运用，不仅增强了作品的艺术感染力，也使读者能够更深入地理解和欣赏这部作品。

二、王安忆《长恨歌》的"弄堂"叙事美学

对于城市的文学叙事，王安忆的《长恨歌》是一部不可忽视的作品。相对于茅盾的《子夜》以及"新感觉派"作家们倾心于聚焦上海外滩那些标志性的建筑物，王安忆的《长恨歌》则将眼光落到城市的底部，醉心于考察弄堂、流言、闺阁，等等。因此，《长恨歌》对上海弄堂、闺阁等空间的描绘流露出独特的情趣：

> 站一个制高点看上海，上海的弄堂是壮观的景象。它是这城市背景一样的东西……
>
> 上海的弄堂是形形种种，声色各异的。它们有时候是那样，有时候是这样，莫衷一是的模样。……
>
> 上海的弄堂是性感的，有一股肌肤之亲似的。它有着触手的凉和

暖，是可感可知，有一些私心的。……

　　流言的浪漫在于它无拘无束能上能下的想象力。这想象力是龙门能跳狗洞能钻的，一无清规戒律。没有比流言更能胡编乱造……它又是见缝就钻，连闺房那样帷幕森严的地方都能出入的。……①

　　上海弄堂是王安忆小说叙事中的精神原乡。在考察王安忆的"上海弄堂叙事"时，余岱宗强调了其具有"习性互补"与"恋地情结"的双重特质。王安忆笔下的弄堂天地，异质文化交织，多种社会生态共存。王安忆小说作品对弄堂不同人士的文化区隔洞幽察微，却不过于强调不同阶层文化习性之互斥性，而是通过习性互补与文化互渗之叙事，叙述不同身份市民之间对话共情的新上海故事。以消融区隔之共情叙事为基础，王安忆将文化区隔的竞争叙事，转化为了包容文化多样性的市民共同体叙事，让弄堂空间成为各类居民共同拥有的"记忆之场"与情感依恋之地。② 众多迹象表明，新的空间绘图和审美情趣正在酝酿。

◇ 关键词解析

一、空间转向

　　"空间转向"是美国后现代地理学家爱德华·W.苏贾在1989年出版的《后现代地理学》一书中明确提出的一个关键性概念。在美国当代空间批评学者塔利看来，"空间转向"受惠于一种新的审美情感、一种后现代主义立场，同时挟带着结构主义与后结构主义，具有一种强烈的理论批判意识。相对于19世纪与20世纪早期的"现时代"，米歇尔·福柯宣布我们的时代是"空间的时代"。地理学家和都市学家如大卫·哈维、爱德华·苏贾、德雷克·格里高利和奈杰尔·斯威夫特则阐释了后现代状况如何在批评理论，特别是在城市研究方面，引发了一种"重申空间"现象。

二、空间诗学

　　这一融合了文学、艺术与空间的跨学科领域，致力于探索空间在人类文化和艺术表现中的独特韵味。在文学研究中，空间诗学探讨了人们对空间的认识和理解方式，以细腻的笔触剖析文学作品中的空间形态和结构，为我们揭示出空间元素如何巧妙地影响我们对作品的解读和感受。犹如解码者，空间诗学引导我们理解空间形态背后的深层意蕴，以及它们如何与作品的美学价值相互辉映。

三、地理批评

　　地理批评是一种观察与研究文学空间的批评方法，它将批评聚焦于文本中的空间结构以及文学与空间之间的诸多关系。地理批评既强调空间性本身，同时也

① 王安忆.长恨歌［M］.北京：人民文学出版社，2014：3-11.
② 参见余岱宗.王安忆弄堂叙事：习性互补与恋地情结［J］.文学评论，2022（6）：158-167.

把目光聚焦于文学中的空间想象、书写与塑造等。塔利在《空间性》一书中提出了"地理批评"方法的四条原则：坚持"多重聚焦"，即来自多种文类、文本和多个作家的多种观察视角；拥抱"多重感知"，包括视觉、嗅觉和听觉对空间的感知；拥有"地层学视野"，将"地方"看作包含多层次意义的概念；将互文性置于研究的首位。

◇ 本章小结

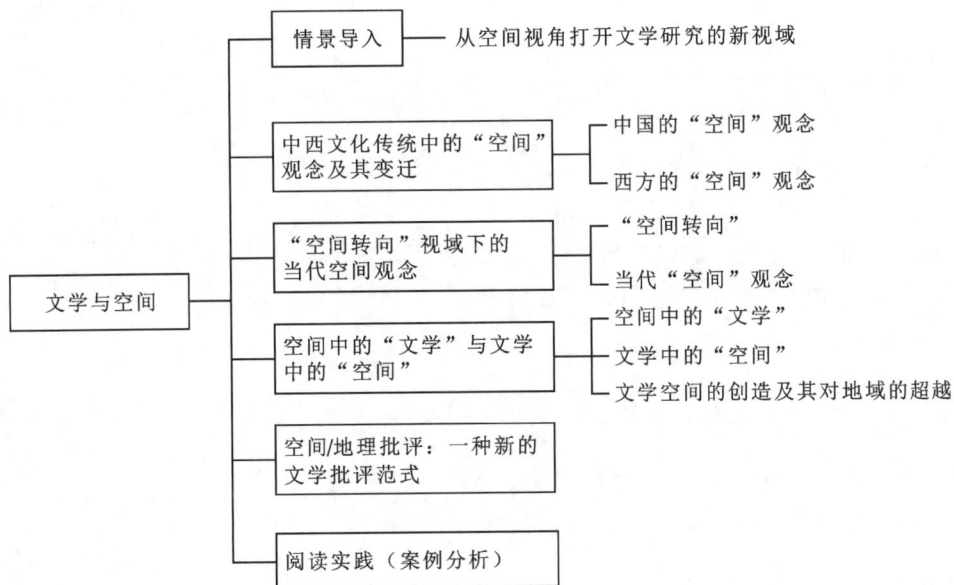

◇ 思考与练习

1. 如何认识与理解"空间转向"视域中的"空间"观念？"空间转向"为当前的文学研究与文化研究带来了哪些影响？

2. 从"空间转向"视域关注文学中的空间问题，不仅会改变我们阅读文学的方式，而且可能改变我们阅读的内容。当我们的关注点根据上述方式发生改变后，关于文学价值和文学研究会出现怎样的假设和预期？我们该如何用新的方法阅读文学文本？

3. 文学批评和文化研究中的空间研究，不仅探讨了文化生产对已经存在的空间进行绘制和描写的方式，还探讨了它为想象和创造新空间所带来的贡献。讨论文学和其他文化文本中的空间，会如何帮助我们想象新型的空间？我们应当如何在课堂之外把所学的空间理论运用于批评实践？

第二编

文学的形态

第四章
文学与叙述

✔ 教学导航

学习目标	1. 了解叙述的主要形式因素 2. 掌握叙事学分析作品的常用方法 3. 用相关知识分析叙事作品 4. 培养对叙事作品的感悟力
重难点	重点：1. 叙事视角；2. 叙事结构；3. 叙事时间 难点：1. 视角和叙述意图的关系；2. 叙事矩阵；3. 叙事逻辑
推荐教学方式	讲解与讨论相结合
建议学时	2 学时

✎ 情景导入

陈寿的《三国志》和罗贯中的《三国演义》，叙述的主要内容差不多，但给人的感觉差别很大。《三国志》用严谨的历史态度来叙述，精确的同时显得刻板；《三国演义》则用讲故事的态度来叙述，不太严谨又充满趣味，人物形象鲜明生动。由此可见，同样的内容，不同的叙述，会产生不同的效果。当前强调要"讲好中国故事"，便是重视"叙述"的表现。

对文学而言，叙述一般被认为是一种方式，但对叙事作品来说，叙述则是必不可少的。经典叙事学将叙事分为故事和叙述两大部分，故事部分关注的是故事讲什么，叙述部分关注的是故事如何讲。随着叙事学研究的发展，赵毅衡提出叙事学要超越故事叙述（尤其是小说故事叙述）而走向一种广义叙述。广义叙述指"有人物参与的事件被组织进一个文本中"[①]，如果将人的情感生成也看作事件，那么，绝大多数文学作品都可纳入叙述之中，叙述就不再是经典叙事学所说的关于故事的叙述，而是广义叙述。故事叙述的一个前提条件是对过去事件的叙述，广义叙述则没有这种限制，它更符合当前传媒时代的实际情况。[②] 但经典叙事学所重视的叙述形式，仍然是广义叙述所关注的对象。叙述可以从叙述视角、叙述结构、叙述时间等方面展开分析。

理论阐释

第一节　叙述视角

一　叙述视角的界定

叙述视角是指叙述时的观察角度。观察角度是观察的问题，是谁在看的问题，谁在看的问题又必须通过叙述来加以表达，又涉及谁在说的问题。这样一来，视角就涉及观察和叙述两个方面。从叙述和观察的关系看，托多罗夫对视角提供了自己的理解。他从人物和叙述者的关系入手，区分出"从后面"观察、"同时"观察和"从外部"观察三种情况，分别对应叙述者＞人物、叙述者＝人物和叙述者＜人物。表面上看，他通过比较叙述者观察和人物观察来区分视角，但叙述者离不开叙述这样一个前提，又决定了叙述者的"观察"和叙述者的"叙述"息息相关，叙述者"看"到什么才能"说"什么。就此看来，托多罗夫表面上比较叙述者和人物的"看"，实际上也照顾到叙述者的"说"，视角在他那里，是观察和叙述的统一体。

二　视角的分类

从观察和叙述两方面来看视角，视角可区分为全知视角、客观视角和人物视角。

全知视角是最常见的视角，视角的观察者即叙述者，他既清楚故事的来龙去脉和人物的外在行动，也知晓人物刻意掩藏的内心活动，甚至还知晓冥冥中的天意以及故事和人物之间的隐秘联系。绝大部分小说，像《三国演义》《战争与和平》等都是全知视角。

---

① 赵毅衡. 广义叙述学 [M]. 成都：四川大学出版社，2013：19.
② 赵毅衡. 广义叙述学 [M]. 成都：四川大学出版社，2013：18.

客观视角即"戏剧式"视角，它冷静客观地观察故事，不动声色地将看到的故事记录下来，故事中有人物的对话和行动，有故事的发展。它展示了一个场面，但叙述者对这个场面没有任何评论，这是它和全知视角、人物视角的不同所在。客观视角比较罕见，如海明威的《杀人者》，通篇基本上由对话构成，读起来像剧本，至于小说中杀人者的动机以及被杀对象的内心想法，都没有呈现。客观视角犹如摄像机在摄像，叙述只提供画面，而不提供画面以外的东西，和全知视角提供一切形成鲜明的反差。比较鲁迅的《示众》和沈从文的《边城》，可以更清晰地感知客观视角和全知视角的区别。

人物视角指人物用自己的眼光来观察事件所形成的视角，由于受个人立场和见识所限，人物难以看到事情的全貌，对整个事件而言，人物只能是"有限"知晓，叙述者叙述时，只呈现人物知晓的这一部分，人物视角因此也被称为限知视角。人物视角一般有三种情况。

（1）固定人物视角。这种视角从某一个特定人物的眼光出发来观察事件，进而将观察到的事件叙述出来。这个人物可以是故事的当事人，也可以是故事的旁观者。故事当事人视角是一种回顾性视角，它涉及当事人的经验自我和叙述自我两个不同时间段的情况，就视角"观察"的一面来看，主要是经验自我，视角呈现的是当事人经历事件时的情况；就视角"叙述"的一面看，主要是叙述自我，视角中流露出叙述的情感状态。《茶花女》借助阿尔芒的人物视角，既展示了阿尔芒和玛格丽特经历爱情时的炽热和纯真，也流露出阿尔芒在时过境迁之后回忆他们爱情经历时的悔恨。故事旁观者视角主要是一种见证性视角。见证者由于不是当事人，没有当事人那种浓厚的主观情感，相对客观，如《了不起的盖茨比》通过尼克的见证者视角，显示了女主角黛西的卑劣本质，她的卑劣是当事人盖茨比所无法认识到的。但旁观者也有自身立场，因而不能保证他的观察都是客观公正的，如《长日留痕》中的史蒂文森对主人达林顿勋爵的认识，就与真相相反。

（2）不定人物视角。这种视角是人物视角，但人物不固定，人像展览式作品中这种视角最常见。随着故事的进展，人物依次登场，一个人物引出另一个人物，不同人物的视角都得以展现。如《儒林外史》第十七回从匡超人视角引出景兰江，从景兰江视角引出赵雪斋，又从匡超人眼中看到支剑峰和浦墨卿。不定人物视角经常穿插在全知视角之中。

（3）多重人物视角。如果说不定人物视角是多个人看不同的人或事，多重人物视角就是多个人看同一个人或事，最典型的当数案件审理时的证人视角。诸多证人从各自的视角出发，陈述自己心目中的案情。陈述时，有的知无不言，有的隐瞒部分事实，有的甚至撒谎。对案件而言，每个证人所提供的信息都不是真相的全部，但从多个角度提供了判案的线索。

三┃ 视角与伦理意图

视角选择的背后是叙述者的叙述意图。叙述意图多种多样，其中较为普遍的意图是伦理意图，因为"视角问题的基点是一个深刻的伦理复合体"[①]。

---

① 乔治·卢卡契. 现代主义的思想体系［M］//戴维·洛奇. 二十世纪文学评论选（下）. 杨乐云，译. 上海：上海译文出版社，1993：220.

全知视角方便叙述者用自己的伦理立场去控制叙述，这种控制主要通过两种方式来加以体现。一是对人物、事件的道德评论或叙述倾向的"夫子自道"，如萨克雷《名利场》用真实作者的身份提醒读者注意小说的道德目的："好心的读者不要忘记本书题为《名利场》。顾名思义，名利场是个死要面子、华而不实、人心叵测、世风愚顽的地方，那里充满了形形色色的招摇撞骗、虚情假意和矫揉造作。"[①] 二是对人物内心活动的伦理分析，如《枕中记》《南柯太守传》均通过梦境来折射人物内心，全知视角下的古代小说内心分析，有一个基本的伦理立场，即封建文人对功名的追求。

客观视角表面上看没多少伦理价值倾向。但如摄影者挑选对象、选取角度需要斟酌一样，叙述者选择什么样的故事，如何描绘场面，都需要刻意安排，叙述背后仍有其倾向性。鲁迅的《示众》，展示一群人围观杀人的场景，像摄像机一样，将一个个细节摄下来，众人观看时的动作、神态，觉得没什么稀奇的时候又一哄而散的场面，都惟妙惟肖。鲁迅弃医从文，就是由于受到一个类似画面的刺激，《示众》中的看客，是鲁迅想着力改造的对象。以此观之，《示众》的这些叙述貌似不动声色，实则痛心疾首。

人物视角的伦理意图依据人物视角的种类可分为三种情况。① 固定人物视角中的回顾性视角，由于该视角是从主人公的立场出发，叙述内容都经过主人公有意识的过滤，将对主人公不利的内容统统过滤掉。剩下的内容要么是展现主人公正义的一面，要么是在为主人公的不当行为提供合理的解释。相对而言，非主角人物的见证性视角比较客观，但在叙述过程中，仍不可避免地带上见证者的伦理态度。② 不定人物视角，通过不同人物视角，展现不同的场景和事件，让读者发现每个人物的立场和价值观，并在人物立场、价值观的比较中，揭示出叙述者的伦理意图。③ 多重人物视角的伦理意义主要有两方面：一是通过不同人物对同一事件的不同反应，可以在比较中发现每个人物的伦理立场；二是多重人物视角显示出一种伦理迷惑性，每个人物的伦理立场开始时都似乎没有问题，但这些立场往往又是矛盾的，究竟哪种伦理立场才能反映事实真相，是多重人物视角小说用力最多的地方，也是最吸引人的地方。

●● 第二节　叙述结构 ●●

对结构的理解，大致有两种：一种是名词性的结构，指叙述文本所显示出来的结构；另一种是动词性的结构，指叙述时的谋篇布局。

一 名词性结构

名词性结构，指的是作品的框架结构。如浦安迪所言，"叙事作品的结构可以藉它们的外在的'外形'而加以区别。所谓'外形'，指的是任何一个故事、一段话或者一个情节，无论'单元'大小，都有一个开始和结尾。在开始与结尾之间，由于所表达的人生经

---

① 萨克雷.名利场［M］.荣如德，译.上海：上海译文出版社，2007：82.

验和作者的讲述特征的不同，构成了一个并非任意的'外形'。换句话说，在某一段特定的叙事文的第一句话和最后一句话之间，存在着一种内在的形式规则和美学特征，也就是它的特定的'外形'"①。浦安迪强调的是叙述文本形成之后，文本自身结构形式安排中所体现出的叙述者的"人生经验"与"讲述方式"，叙述结构是整合各种叙事要素后的文本表现。

文本表现层次的结构，大致有两个层面：一是文本外部形态在结构上的表现，二是文本内在理路在结构上的表现。这两个层面的结构，都是名词性的结构，都是文本形成之后呈现出来的结构。

外部形态层面的结构，是从文本的外部表现可以直接看出来的结构形式，主要有首尾呼应、双线推进、版块对照。鲁迅《故乡》的开头是回故乡，结尾是离开故乡，典型的首尾呼应式结构；霍达《穆斯林的葬礼》的第一部分写父辈韩子奇的故事，第二部分写子辈韩新月的故事，第三部分接着第一部分写，第四部分接着第二部分写……形成双线并列推进的结构模式；长安道人国清的《警世阴阳梦》，全书分阳梦和阴梦两个大板块，阳梦中又以魏忠贤发迹前后分为两个小板块，这是非常明显的板块对照结构。

内在理路层面的结构，是需要深入到文本内部才能探寻的故事结构，主要有线形结构、网状结构、框形结构。

（1）线形结构。线形结构的主要特征是故事呈现线形发展，"每组情节既有相对的独立性，同时又是一环扣一环，互相贯连"②。线形结构按照线索脉络的多少，又可分为单线结构与复线结构。其一，单线结构。单线结构是说整体上只有一条主要线索，将众多人物与事件串联起来。如鲁迅《一件小事》通篇就写"'我'上人力车赶路—撞人—处理撞人事件"这么一个简单的故事，通过对待撞人事件的态度折射出"我"和人力车夫精神世界的差异。单线结构可以由多个故事串联起来，形成串珠式结构。串珠式结构是指围绕主要事件，将诸多人物经历的小事件串联起来，这些人物和小事件总体上推动了主要事件的发展，即使少几个小事件，也不影响故事的发展。如《西游记》取经途中遇到的诸多妖怪（撇开八十一难的要求不谈），多一个少一个，都不影响故事走向。其二，复线结构。复线结构是说故事推进不止一条线索，而是有两条以上线索齐头并进。复线可以是两条平行的线索，如托尔斯泰《安娜·卡列尼娜》的两条线索，一条是安娜和渥伦斯基的线索，一条是列文和吉蒂的线索；复线也可区分为主线和副线，如张爱玲《多少恨》的主线是虞家茵和夏宗豫的"不了情"，副线是虞家茵和父亲之间的"多少恨"；有时候主、副线还可以一明一暗，如鲁迅《药》的主线是潜藏在情节背后的夏瑜等革命者不被理解的线索，副线是小说直接描写的华老栓求人血馒头治病的线索。

（2）网状结构。复线结构的不同线索之间虽然有交叉，但并没有交织在一起，各自的脉络依然清晰。当多条线索交叉在一起，甚至很难分清主线副线时，就不再是复线结构，而是网状结构，《红楼梦》可为代表。《红楼梦》围绕贾府，形成纵向横向两条主线，每条主线上都附有多条小线索，共同构成一个以贾府为圆心的网状结构。纵向主线是贾府的衰

① 浦安迪.中国叙事学［M］.北京：北京大学出版社，1996：55.
② 孙逊.明清小说论稿［M］.上海：上海古籍出版社，1986：51.

落，背后牵扯的是贾、史、王、薛四大家族和皇宫、官府的错综复杂的关系，也牵扯到偷情、放贷等众生百相。横向主线是大观园中的宝黛爱情，既牵扯到钗、黛和宝玉之间的关系，牵扯到金陵十二钗的命运，也牵扯到贾府长辈对宝玉和十二钗的态度，等等。由于大观园就在贾府中，两条主线以及附加在它们周围的许多条小线索，纵横交错，完整地展示了当时社会的生活面貌和人物的内心世界。不仅如此，在这个网状结构之中，还有一条若隐若现的空空道人的线索，这条线索在宝玉心中开花结果，和贾府衰落这条反映红尘世相的线索形成对照，也让小说的网状结构显得更加复杂。

（3）框形结构。框形结构是说小说中众多的人物与故事单独成章，彼此之间没有可以贯穿其间的线索与脉络，而纷繁复杂的人物与故事被容纳在一个总的框子中，小说没有总体的情节走向和人物发展。框形结构主要有两种，一种是框形套盒式结构，小说由多个部分构成，每个部分有多部短篇小说，小说其实是一部短篇小说集，是一个大盒子，每个部分是套在大盒中的小盒子。其代表是《十日谈》《阅微草堂笔记》。还有一种是框形帖子式结构，它虽然由一个个相对独立的短篇故事构成，但两个相邻的故事又有机融合在一起，最终所有的故事通过接口处的粘贴，成为一个整体，表达某一个主题，小说由此成为一个总的框子。如鲁迅所说："如集诸碎锦，合为帖子"[①]，其代表是《儒林外史》。

二 动词性结构

相对于名词性的结构而言，动词性的结构更重视结构的生成过程，如杨义所言："'结构'一词，在中国语言中最早是一个动词，'结'就是结绳，'构'就是架屋……因此，我们在考察叙事作品的结构的时候，既要视之为已经完成的存在，又要视之为正在完成中的过程。"[②] 叙述结构不仅仅是成书后的文本展现，更是在小说谋篇布局中所彰显的思想态度。名词性的结构和动词性的结构各有侧重，一般在进行结构分析时，兼顾这两种情形，毕竟整体呈现出来的文本结构，离不开写作过程中作者的谋篇布局。叙述结构千变万化，但叙述结构最终为叙述主旨服务。叙述结构的任何安排都并非任意为之，而是受到形式规则的规约和叙事意图的引导。形式与思想的和谐统一，才能促使叙述文本成为一个完整的艺术作品。

谋篇布局层次的结构，是指叙述时的逻辑结构，是动词性的结构。逻辑结构总体上看，大致有两种情形：或着眼于两种元素的对立，或着眼于一种元素的发展，前者形成二元对立的逻辑结构，后者形成一元因果的逻辑结构。

二元对立在叙述时有诸多表现，如忠奸对立、情理冲突、虚实对照、理想和现实冲突、内心和处境不协调等。鲁迅的《药》，写革命者的鲜血被老百姓作为治病的人血馒头，革命和愚昧的对立成为小说内在的逻辑结构。小说之所以震撼人心，就在于革命者牺牲的目的是为了老百姓，老百姓却用革命者的鲜血作为治病的药方，革命理想和现实人心之间的巨大反差是小说的魅力所在。

① 鲁迅. 中国小说史略 [M]. 上海：上海古籍出版社，2006：143.
② 杨义. 中国叙事学 [M]. 北京：人民出版社，1997：34-35.

一元因果主要有两种情况。一是着眼于该元素的外在表现和内在实质之间的关系，即挖掘某一元素的象征意义，如杨朔《荔枝蜜》将蜜蜂和劳动者勾连起来，将酿蜜和建设国家联系起来，其内在逻辑就在于蜜蜂和劳动人民，都有勤劳和无私奉献的共同特点。二是着眼于该元素发展的前因后果，即果报逻辑。果报逻辑最明显的就是因果报应，如《醒世恒言》第三卷《卖油郎独占花魁》是典型的善有善报，《警世通言》第三十四卷《王娇鸾百年长恨》是典型的恶有恶报。

❀❀ 第 三 节　叙 述 时 间 ❀❀

按照莱辛《拉奥孔》的观点，诗是时间艺术，谈文学叙述也无法绕开时间问题。对叙述文本而言，时间问题主要表现为两方面，一方面是文本时间和故事时间的错位，即时序问题，另一方面是一定文本篇幅所容纳的时间跨度，即时长问题，时长在文本中表现为节奏。

一▏ 时序变形

时序指文本中叙述时间的顺序。叙述时间是相对于故事时间而言的，"叙事时间是一种线性时间，而故事发生的时间则是立体的。在故事中，几个事件可以同时发生，但是话语则必须把它们一件一件地叙述出来"[1]。用线性的叙述时间表现立体的故事时间，会很自然地出现时序变形的现象，因为严格按故事时间的顺序来展开叙述，叙述只能是流水账式的记录。时序变形有很多种，如倒叙、预叙、插叙、交错叙述等，但基本的时序变形只有倒叙和预叙两种。倒叙"是在事件发生之后讲述所发生的事实"，预叙是"提前叙述以后将要发生的事件"。[2]

倒叙的情形主要有以下几种。① 叙述者对人物的倒叙。人物先登场参与事件，随后再对人物的来历、才学、品行进行介绍，如钱锺书《围城》第一章方鸿渐的出场。② 叙述者对事件的倒叙。它或者是在故事进展中透露此前发生了某件事，然后再详细倒叙该事件，如福克纳《献给艾米丽的一朵玫瑰》在艾米丽小姐的拒绝缴税事件中，提起三十年前的"气味事件"，再对该事件进行详细叙述；或者是某种情况出现后，将产生这种情况的原因倒叙出来，如鲁迅《祝福》对祥林嫂死因的倒叙。③ 人物对人物的倒叙。它或者是人物对别人的倒叙，一般是就当前情况对别人过去的相关经历进行铺叙，如《水浒传》第九回鲁智深救下林冲后，向他道出买刀相别之后的种种经历；或者是人物对自我的倒叙，一般是对自己过去心路历程的回忆，如石黑一雄《克拉拉与太阳》通过克拉拉的人物视

---

① 兹维坦·托多罗夫. 叙事作为话语 [M] // 张寅德. 叙述学研究. 朱毅，译. 北京：中国社会科学出版社，1989：294.

② 兹维坦·托多罗夫. 文学作品分析 [M] // 张寅德. 叙述学研究. 黄晓敏，译. 北京：中国社会科学出版社，1989：62.

角，回忆她从被买回家到被抛弃期间发生的故事。④ 人物对事件的倒叙。这种倒叙很常见，它或者是人物对自己亲身经历事件的回忆，如屠格涅夫《初恋》中的彼得罗维奇对自己十六岁初恋经历的回忆；或者是人物对第三方事件的复述，如余华《活着》中的民间歌谣搜集者"我"对老人"富贵"人生经历的复述。

预叙的情形主要有以下几种。① 叙述者通过引导来预叙故事的结局。话本小说经常在入话之后，由叙述者引导进入正话，并提前告知正话的结局。② 通过人物的话语来预叙故事发展的走向。③ 通过占卜、谶语等方式来预示人物命运。④ 通过梦境的描述来预叙故事的发展和人物的结局。冯梦龙"三言"中这四种情况都比较多。

时序变形表面上看起来是时间错位，实际上在时间错位的外衣下，掩盖着故事的因果关系，这也是时序变形的魅力所在。倒叙和预叙，可以产生悬念这一审美效果。所谓悬念，是说通过事先提供的有关情况，让读者对这一情况产生寻根究底的兴趣。倒叙是先有事件的结果，然后回溯原因，可以说是一种结局性悬念；就结局性悬念看，从结局中寻找原因，寻找过程中便会产生"原因到底在哪里"的疑问，这一疑问使事件的因果关系显得很突出。预叙是预先知道了某个事件的相关情况，此后事件的进展过程中果然出现了这一情况，可以说是一种过程性悬念①；就过程性悬念看，在过程中寻找结果，在寻找过程中会产生"情况到底是如何形成的"疑问，这无形中也增强了事件的因果关系。需要说明的是，倒叙和预叙只是相对而言的，如果故事的自然顺序是 ABC，叙述时变成了 BAC，那么，相对于 A 来说，B 是预叙，相对于 B 来说，A 则是倒叙。

二　时长变形

"时序"指时间的顺序（向度），"时长"则是指时间的跨度。"故事中的时间跨度是指单位时间内的历史容量。"② 一个跨度为三年的故事用三页的篇幅来叙述，单位时间便是一页讲述一年的故事。故事时间是所指时间，文本时间是能指时间。能指时间与所指时间相等时，时长没有变形，能指时间与所指时间不等时，时长变形。

时长变形的情况如下：

> 省略　述本时间＝0，当然也＜底本时间
> 缩写　述本时间＜底本时间
> 场景　述本时间＝底本时间
> 延长　述本时间＞底本时间
> 停顿　述本时间＞底本时间，因为后者＝0③

可见，以场景（可以人物对话为标准）为中轴，省略与停顿、缩写与延长两相对应。

---

① 赵毅衡 . 苦恼的叙述者 ［M］. 北京：北京十月文艺出版社，1994：161.

② 徐岱 . 小说叙事学 ［M］. 北京：中国社会科学出版社，1992：255.

③ 参见赵毅衡 . 苦恼的叙述者 ［M］. 北京：北京十月文艺出版社，1994：138.

省略有些特殊，因为"省略的内容，不见得是不重要的"①。缩写一般是对事件做梗概式的介绍，它可以是"表现背景信息，或联接各种不同场景的适当的手段"②，总之，是关于事件的情况说明，一般以讲述为主。在延长中，文本时间长于故事时间，这是在场景基础上加强描写或评论力度的结果，换言之，延长中往往有场景，而且对这一场景进行了细节放大或展开议论。停顿往往是静止的描写或议论，它与延长的区别是：延长在描写或议论时多少还伴随着事件的进展，而停顿是在事件停止进展时，叙述者展开描写或发表评论。这样一来，停顿可被理解为在延长的基础上，抽去事件的进展过程，它可以是纯粹的描写，也可以是纯粹的议论。

时长变形在文本中的直接体现是叙述节奏。叙述节奏的快慢，常以单位文本时间内所承载的故事时间量的多少作为衡量标准，以此来判断在相同的时间长度，或文本篇幅内所叙述的故事内容与信息所呈现出的疏密状态。叙述的繁简疏密不同，叙述节奏自然也会有所区别。叙事节奏的快慢变化大体可分为三种：快速式节奏、慢速式节奏以及停顿式节奏。快速式节奏的重要特征在于叙事进程之"快"，"快"让叙事在较短的篇幅内容纳了较长时间段中发生的事情，它一般通过省略和缩写来完成；慢速式节奏的重要特征在于叙事进程之"慢"，"慢"让叙事在较长的篇幅内容纳较短时间内发生的事情，它一般通过场景和延长来完成；停顿式可认为是慢速式节奏的特殊形态，其故事时间全然凝聚于某一点，定格在了某一行为、场景上，叙事不再向前推进，它一般通过停顿来完成。

◇ 阅读实践

一、凯特·肖邦《一小时的故事》的视角转换与人物意识

《一小时的故事》情节很简单，有心脏病的马拉德夫人在得知丈夫死讯后，把自己关在房间里畅想未来的自由生活，在亲友的要求下走出房间后，恰巧丈夫打开大门进来了，她受刺激而死。小说的特色在于视角转换带来的表面现象和实际心理的反差，以及最后戏剧化的死亡和死亡原因的推论。

1. 视角转换

小说开头采用的是全知视角，"大家都知道马拉德夫人的心脏有毛病，所以在把她丈夫的死讯告诉她时是非常注意方式方法的"。既交代了女主人公心脏有毛病，也交代了丈夫死亡只是获得讯息的结果，两处不经意的交代其实都别有用心，为下文埋下伏笔。马拉德夫人得知死讯后，"她立刻一下子倒在姐姐的怀里，放声大哭起来。当哀伤的风暴逐渐减弱时，她独自走向自己的房里"，小说由此转向描写马拉德夫人的内心意识，但没有用单一的人物视角，而是采用全知视角

① 米克·巴尔．叙述学：叙事理论导论［M］．谭君强，译．北京：中国社会科学出版社，1995：80.

② 米克·巴尔．叙述学：叙事理论导论［M］．谭君强，译．北京：中国社会科学出版社，1995：83.

和人物视角交叉的方法，用全知全能者的眼光转述马拉德夫人内心深处的想法。小说的主体就是她的内心想法。小说快结束时，转回到开头的全知视角，女主人公看到了原本死去的丈夫，受刺激而死，医生诊断她是因心脏病和极度高兴而死。

就视角运用看，开头的全知视角交代事情的起因，结尾的全知视角交代事情的结果，起因和结果都与心脏病有关，在全知视角的首尾呼应中，小说成为一个有机整体。结尾全知视角所交代的死亡原因，指出其根本原因是心脏病，其直接原因是极度高兴。对照小说主体部分的人物意识，这一说法显然是错对参半。马拉德夫人畅想丈夫死后自己的自由，看到丈夫还活着，她不是极度高兴，而是极度惊吓和失望，从而引发心脏病而死。

2. 人物意识

小说视角运用最有特色的是女主人公意识这部分，采用叙述者转述人物内心的方法来表现人物意识，总体上采用全知视角，并穿插有人物视角。小说对其内心意识的描写是这样开始的："她能看到房前场地上洋溢着初春活力的轻轻摇曳着的树梢。空气里充满了阵雨的芳香。下面街上有个小贩在吆喝着他的货色……"除第一句是全知视角外，其他的都是人物视角。全知视角中的"洋溢着初春活力的轻轻摇曳着的树梢"，也是人物视角的折射。此后的内心意识主要转向全知视角的描述："当她放松自己时，从微弱的嘴唇间溜出了悄悄的声音。她一遍又一遍地低声悄语：'自由了，自由了，自由了！'但紧跟着，从她眼中流露出一副茫然的神情、恐惧的神情。她的目光明亮而锋利。她的脉搏加快了，循环中的血液使她全身感到温暖、松快。"此外，也有全知视角对人物意识的转述："在那即将到来的岁月里，没有人会替她做主；她将独立生活。再不会有强烈的意志而迫使她屈从了……"通过人物视角对内心世界的展示以及全知视角对人物意识的转述，强烈地传达出的信息是：丈夫的死带给马拉德夫人的不是悲痛，而是解脱束缚的感觉，她认为她借此可以拥有自由。

正是全知视角和人物视角的相互作用，让马拉德夫人的心理意识得以呈现。正因为她以为丈夫的死带给她自由的契机，当她看到丈夫活着时，才落差太大，惊吓而死，小说由此带有强烈的戏剧性效果。

二、史铁生《第一人称》的结构分析

1. 情节梗概

《第一人称》写"我"去看分给自己的位于二十一层的住房时的经历。开始是刚进院子时看到一个姑娘，"我"向她打听楼房的情况，她自顾自地说"顺其自然"，"我"于是不再打扰她，直接爬楼。随着楼层的增高，"我"的视野也逐渐开阔，到五层时看到院墙外有一个男子，"我"于是想象了一个院墙内女子和院墙外男子的感情故事，到第二十一层时天色已晚，"我"看见墓碑后的婴儿车里有一个婴儿，又将婴儿和这对男女联系起来。出于爱心，我下楼想找到婴儿，于是想拉着女人和男人一道去找婴儿，男人原来是在画画，有事要先走，女人陪着"我"去找，结果什么也没找到。女人安慰"我"一切要"顺其自然"。后来，"我"和女人结婚生子。小说至此结束。

2. 外在的串珠式结构

《第一人称》的特别之处在于在爬楼过程中，在几个特定楼层中看到不同的情景，让"我"产生不同的联想。特定楼层中的联想可视为小说的结构成分，小说呈现为典型的串珠式结构。爬楼过程中的"珠子"主要有六个：第一个是爬到三楼时看见女人"顺其自然"的样子，"我"羡慕她这种状态，好奇"她是谁"。第二个是爬到五楼时看见院墙外有一个抽烟的男子来回走动，他和院墙内的女子之间隔着一道门，"我"觉得他们之间有感情纠葛，并想象出他们之间对话的场景，觉得女人所说的"顺其自然"，是因为男女之情有感而发。第三个是爬到七楼时，"我"看到院墙外的树林有一片墓地，觉得男人是陪女人来扫墓，希望女人能忘掉那个死去的人，觉得女人面对自己的处境只能选择"顺其自然"。第四个是爬到九楼时，看到不少人来上坟，男子似乎是在等其中一个女人，"我"于是想象出一个有妇之夫感情出轨的故事，有夫之妇只好用"顺其自然"来自我安慰。第五个是进到二十一层自己的房间时，将刚才看到的墓碑"顺其自然"地和自己死后的情景联系起来。第六个是在二十一层看到墓碑后的婴儿车里有一个婴儿，"我"突然意识到这个婴儿是男子和女人的弃婴，男子在院墙外张望，是想看到婴儿被谁抱走，女人在院墙内说"顺其自然"是感慨一家三口的命运。除了爬楼过程中的六个"珠子"以外，如果将开头院墙内偶遇女子，以及结尾在墓地间寻找婴儿也看作两个"珠子"的话，小说就通过八个"珠子"串联了起来。

3. 内在的结构布局

小说以"第一人称"为名，不仅是因为小说中出现"我"，更重要的是小说以"顺其自然"来结构全篇。"顺其自然"是女人说出来的话，但"我"可以用"顺其自然"解释不同心境中的女人；女人自己的举动，包括开头沉浸在自己世界中的状态，以及后来陪"我"寻找婴儿，乃至最后和"我"结婚生子，都是"顺其自然"的结果；院墙外男子的所有举动，则是他画画时的"顺其自然"。此外，"我"所有的举动，包括爬楼、对所见景象的联想、对婴儿的寻找，以及和女子结婚，也是"顺其自然"的结果。"第一人称"是从"我"的视角出发来"顺其自然"，当"我"转换成女人视角和男子视角时，也还是"顺其自然"，这样一来，"第一人称"的含义就不再局限于"我"，而是从任何一个人自己的视角出发来"顺其自然"地看待事物，它们都可以称为"第一人称"。

着眼于"顺其自然"，小说结构的不同部分，即使相互冲突也没有关系。"我"在五楼、七楼、九楼、二十一楼对女人和男子关系的揣测，是相互冲突的，但它们都是"我"当时所见的"顺其自然"的联想，都算得上善解人意，合乎情理。只要"第一人称"秉持爱心，随心而动，"我"和女人最终就能"顺其自然"地结婚生子。由此看来，《第一人称》用"顺其自然"结构全篇时，对"顺其自然"还是有所要求的，它不是为所欲为的"顺其自然"，而是善解人意的"顺其自然"。

三、鲁迅《伤逝》的叙述介入与叙述意图

《伤逝》采用第一人称回顾性视角，回忆了涓生因生活困顿而对同居的子君生出嫌隙，最终导致子君死亡的故事。由于是回忆自己的故事，叙述时很容易带有主观情感，小说的叙述介入几乎无处不在。

1. 公开介入

主要有以下几种情况。（1）叙述者通过直接表达感情来介入叙述。小说题名"伤逝"以及小说开头所说的"如果我能够，我要写下我的悔恨和悲哀，为子君，为自己"，明确宣告这篇小说是要为自己和子君过去的故事写下"我的悔恨和悲哀"。（2）对爱情的有感而发。和子君同居后，叙述者在介绍阿随后，突然中断故事，没来由地感慨："这是真的，爱情必须时时更新，生长，创造。"（3）叙述者就人物语言发表感想。在听到子君说"我是我自己的"后，叙述者深受震撼："这几句话很震动了我的灵魂……在不远的将来，便要看见辉煌的曙色的。"（4）对人物的评论。收到辞退信后，"我真不料这样细微的小事情，竟会给坚决的，无畏的子君以这么显著的变化。她近来实在变得很怯弱了，但也并不是今夜才开始的"。（5）就某种情形加以定性式评论。在和子君同居后，"我似乎于她已经更加了解，揭去许多先前以为了解而现在看来却是隔膜，即所谓真的隔膜了"。

2. 隐性介入

主要有以下几种情况。（1）陈述事实时流露出主观态度。"寻住所实在不是容易事……起先我们选择得很苛酷，——也非苛酷，因为看去大抵不像是我们的安身之所……"，"选择得很苛酷，——也非苛酷"即在介绍事实中流露出叙述者的主观态度。（2）陈述造成某种情况的原因时带有主观情感。"可惜的是我没有一间静室，子君又没有先前那么幽静，善于体贴了……"这段话是说"我"难以静心工作的原因，其中的"可惜""子君又没有先前……善于体贴"，都带有浓厚的主观情感。（3）转述人物话语时带有自己的倾向。"她说，阿随实在瘦得太可怜，房东太太还因此嗤笑我们了，她受不住这样的奚落。"表面上是叙述者在转述子君的话，但"受不住这样的奚落"流露出叙述者的不满。（4）在对比中显示倾向性。在通俗图书馆，"我"在畅想中，"看见怒涛中的渔夫，战壕中的兵士，摩托车中的贵人……"而子君，"只为着阿随悲愤，为着做饭出神"，对比有明显的倾向性。（5）场面的描写中显示出心情。"一天是阴沉的上午，太阳还不能从云里面挣扎出来，连空气都疲乏着。"这里的天气其实是叙述者的心境。

3. 叙述意图

公开介入和隐性介入，都是为叙述意图服务的。《伤逝》的意图是要写下叙述者涓生的悔恨和悲哀，但从这些叙述介入看，叙述者还有一个更重要的意图，那就是为自己辩解。无论是公开介入还是隐性介入，叙述者都是从自己的立场出发，甚至罔顾事实来污蔑子君。他在嫌弃子君时，觉得自己食不果腹时，"奇怪的是"子君"倒也并不怎样瘦损"，而在子君离开后，"便浮出一个子君的灰黄的脸来"。同样是食不裹腹的子君，当叙述者嫌弃她时，就找各种理由，为她的

"不瘦损"感到奇怪，但"不瘦损"，又何至脸色灰黄？毕竟刚同居时，子君的脸色是"红活"的。

叙述者以子君忘记"翅子的扇动"，作为自己嫌弃子君的理由，但事实上，子君不仅在刚同居时，和涓生畅谈男女平等和泰戈尔、雪莱等文人，即使在历经生活磨难后，她也倾听涓生谈外国的文人和作品。在子君看来，无论什么困难，都"必须携手同行"，反而是涓生在生活的磨难中退却了，认为子君是自己的累赘，谋求自己在求生道路上"奋身孤往"，其理由是"倘使只知道揪着一个人的衣角，那便是虽战士也难于战斗，只得一同灭亡"。说到底是为了自己活得轻松点，不想承担本该承担的责任，抛弃曾经同甘共苦的人。更令人心寒的是，涓生在和子君摊牌时，还打着为子君考虑的幌子："况且你已经可以无须顾虑，勇往直前了……因为我已经不爱你了！但这于你倒好得多，因为你更可以毫无挂念地做事……"反观子君，她在离开时，将所有的生活物品和钱财都留给涓生。从这些情况看，涓生都不值得同情，而应该被鞭挞。但小说通过叙述者多种多样的公开介入和隐性介入，将涓生塑造成了一个"悔恨和悲哀"的形象。通过选择性的叙述，将抛弃子君的责任，更多地归于子君自己的不求上进，为涓生辩解，从而淡化乃至掩盖涓生实际上是造成子君死亡的刽子手这样一个事实。但读者如果仔细体味，却可以明察秋毫，并做出自己公正的判断。由此可见，叙述意图并不等同于作者的最终意图，这涉及叙述可靠性问题。

◇ 关键词解析

在文学叙述的实践和理论发展过程中，形成了一些专门术语。与上文内容相关的术语主要有叙述可靠性、语义矩阵和叙事逻辑。

一、叙述可靠性

叙述可靠性是布斯在《小说修辞学》中提出来的。叙述是否可靠，主要看叙述者和隐含作者的意图是否一致，二者一致则为叙述可靠，二者不一致则为叙述不可靠。布斯的界定看起来很明确，但实际上，叙述可靠性的情况要复杂得多。其一，就叙述文本而言，按费伦的观点，从叙述者和叙述内容的关系入手，叙述可靠性可从事实/事件轴、伦理/评价轴、知识/感知轴三个维度展开；从叙述者和隐含读者的关系入手，叙述不可靠可分为"疏远型不可靠"和"契约型不可靠"。这些情况不是叙述者和隐含作者是否一致所能涵盖的。其二，同样的叙述，在不同的叙述文本中，叙述可靠性不一样。对科幻小说而言，"关公战秦琼"是可靠的，对历史小说而言，则是不可靠的。其三，对叙述可靠性的认知，不同的读者会有不同的看法。

二、语义矩阵

语义矩阵是格雷马斯提出来的。他从结构主义的二元对立原则出发，认为在任何意义结构中，首先存在着一个基本元素 S_1，这个基本元素有它的直接对立面 $\overline{S_1}$，还有它间接的对立面 S_2，同样，$\overline{S_1}$ 也有它的间接对立面 $\overline{S_2}$。这样一来，

S_1 和 $\overline{S_1}$ 构成直接对立的矛盾关系，S_1 和 S_2 构成间接对立的对立关系，$\overline{S_2}$ 由于和 $\overline{S_1}$ 对立，因而对 S_1 构成一种补充关系，同理，$\overline{S_1}$ 对 S_2 也构成一种补充关系。这样，就形成如图 4-1 所示的语义方阵。

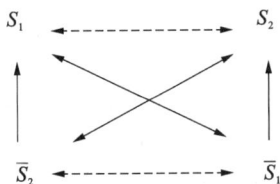

◄ - - - - - - ► 代表对立关系；　◄────► 代表矛盾关系；　────► 代表补充关系

图 4-1　语义矩阵

如果将 S_1 看作一个实体，S_2 就是实体的对立面，$\overline{S_1}$ 则是对实体的否定，$\overline{S_2}$ 则是对 S_2 的否定。

语义矩阵的好处，是可以从文本中来寻找不同行动元（作为行动元素的人物）之间的关系，进而分析故事进展情况，由于人物之间的关系和故事的发展情况，基本上是相反或相承，即相互矛盾（或对立）或补充，语义矩阵反映的就是不同元素之间的矛盾、对立或补充。但语义矩阵也有不足，它的基础是二元对立原则，但对立的具体情况是非常复杂的，语义矩阵无法展示这种复杂性。如不同的"痴心女子负心汉"故事，其语义矩阵是一样的，但具体情况差别很大。唐传奇中的《霍小玉传》、话本小说中的《杜十娘怒沉百宝箱》、《百家公案》中的秦氏和陈世美的故事，都可归入"痴心女子负心汉"模式，但三个故事的差别很明显：分别展示了男负心女报复、男负心女抗议、男负心女申冤的不同情形。

三、叙事逻辑

叙事学对叙事逻辑的探讨，以布雷蒙的探讨最有特色。他认为在探讨故事时，应该"先将叙事作品逻辑可能性的图式勾画出来"，研究每个功能为故事发展的下一步提供了哪些可能性。

"开始序列的功能出现以后，叙述者既可以使这一功能进入实现阶段，也可以将它保持在可能阶段：既然一个行动是以即将采取的形式出现的，既然一个事件是以即将发生的形式出现的，那末，这一行动或这一事件既可以发生也可以不发生。另外，叙述者可以把这一行动或这一事件化为现实，也有自由或者让变化过程发展到底或者在中路把它截断：行动可能达到目的，也可能达不到目的；事件可能发展到底，也可能不发展到底。"[1]

从布雷蒙的观点来看，叙事逻辑一般适用于如何编排故事，而不太适用于对已经完成了的故事进行逻辑分析，故有论者认为布雷蒙"研究的是情节发展

---

① 克洛德·布雷蒙. 叙述可能之逻辑 [M] // 张寅德. 叙述学研究. 张寅德，译. 北京：中国社会科学出版社，1989：154.

的过程，而不是情节结构"①。但有时候，故事在编排过程中，也透露出编排故事的多种可能性，此时布雷蒙的叙事逻辑，就适用于故事结构的逻辑分析。例如，史铁生的《务虚笔记》，将"写作之夜"编排的多个故事进行比较，对它们之间的共同点及如何向不同方向发展进行思考，清晰地展示了故事编排的逻辑脉络。

◇ **本章小结**

　　说明：就理论阐释而言，文学叙述的效果如何，与叙述视角直接有关，某一视角下的文学叙述，可通过叙述结构和叙述时间来体现。

　　就案例分析而言，视角是人物或叙述者意识的体现，《一小时的故事》通过视角的变化，折射出人物和叙述者的意识；叙述结构是外在的框架结构和内在的行文结构的统一，对《第一人称》的结构分析体现了这一点；视角、结构和时间，都是为叙述意图服务的，叙述意图的一个重要表现形式是叙述介入，《伤逝》的叙述意图离不开多种形式的叙述介入。

　　就关键词而言，叙述的魅力在于通过叙述形式让读者接受叙述，叙述可靠性由此成为叙述不可回避的问题；就组织叙述而言，叙述结构分析至关重要，语义矩阵和叙事逻辑，都是叙述结构的体现，同时，叙事逻辑还体现了叙述作为时间艺术的特色。

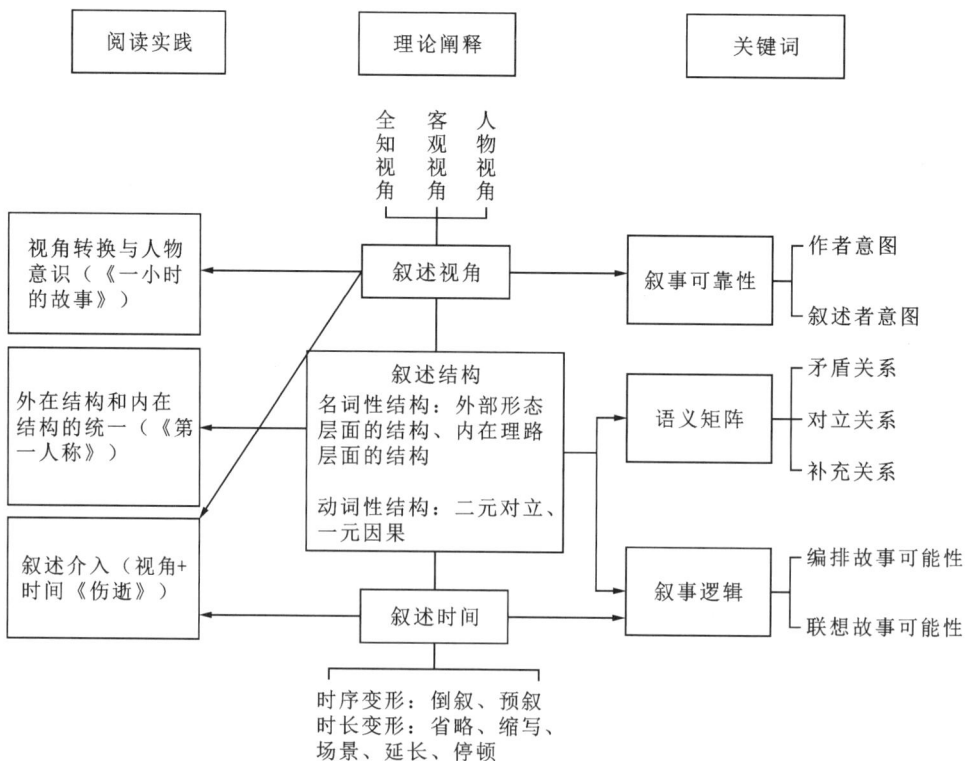

阅读实践	理论阐释	关键词

全知视角　客观视角　人物视角

视角转换与人物意识（《一小时的故事》）	叙述视角	叙事可靠性	── 作者意图 ── 叙述者意图
外在结构和内在结构的统一（《第一人称》）	叙述结构 名词性结构：外部形态层面的结构、内在理路层面的结构 动词性结构：二元对立、一元因果	语义矩阵	── 矛盾关系 ── 对立关系 ── 补充关系
叙述介入（视角+时间《伤逝》）	叙述时间	叙事逻辑	── 编排故事可能性 ── 联想故事可能性

时序变形：倒叙、预叙
时长变形：省略、缩写、场景、延长、停顿

① 申丹．叙述学与小说文体学研究［M］．北京：北京大学出版社，1998：39.

◇ 思考与练习

1. 视角有哪些种类?
2. 如何理解时序变形和时长变形?
3. 什么是叙述可靠性?
4. 用语义矩阵,分析一部"痴心女子负心汉"模式的作品。
5. 比较《儒林外史》和《三国演义》的叙述结构。

第五章
文学与语言

学习目标	认识语言是文学活动和文学研究的基础，了解当代语言观念的发展演变对文学的影响，了解文学语言的主要特征，重视文学语言的地位
重难点	当代语言观念的不断发展对文学语言的认知和把握的影响
推荐教学方式	文本语言分析与学生讨论相结合
建议学时	2 学时

✏️ 情景导入

著名作家高尔基回忆少年时代阅读福楼拜小说《一颗纯朴的心》时说：

我完全被这篇小说迷住了，好像聋了和瞎了一样——我面前的喧嚣的春天的节日，被一个最普通的、没有任何功劳也没有任何过失的村妇——一个厨娘的身姿所遮掩了。很难明白，为什么我所熟悉的一些简单的话，被别人放到描写一个厨娘的"没有趣味"的一生的小说里去以后，就这样使我激动呢？在这里隐藏着一种不可思议的魔术，我不是捏造，曾经有好几次，我像野人似的，机械地把书页对着光亮反复细看，仿佛想从字里行间找到猜透魔术的方法。①

---

① 高尔基.谈谈我怎么学习写作［M］//论文学.北京：人民文学出版社，1978：182-183.

著名文学理论家希利斯·米勒在回忆小时候迷恋的小说《瑞士人罗宾逊一家》时也说：

> 对我而言，那似乎是从天上掉到我手里的一组文字。它们让我神奇地进入一个世界。①

他们都认为文学作品的语言具有一种打动人的神奇的魔力，这是文学的魅力之一。那么文学与语言究竟是什么关系？文学作品的语言有什么特征？

理论阐释

●● 第一节　文学与语言的基本关系 ●●

文学与语言的关系是文学研究中最基础的问题之一。文学活动一个最基本的事实是，文学作品是由语言写成的，读者阅读和欣赏作品也首先是从接触语言开始的。从这个意义上说，文学是以语言的方式存在的，没有语言，就不存在文学作品，也不存在文学。文学活动就是人们凭借语言进行创作、表达、接受和理解的一种特殊的人类实践活动。

应该说古往今来，人们很早就意识到语言对文学的重要性，所以提出了"言不尽意""语言是文学的第一要素""文学是语言的艺术"等一系列观点和命题。总体来说，今天人们已经普遍认识到，文学与语言的关系是一种相互影响、相互促进的辩证发展关系：一方面，语言的发展要受到各民族文学发展的影响，世界上各民族最优美、最典雅和最好的语言都存在于各自的文学经典作品中，不同时期的文学发展都促进了各民族文学语言的发展和变革；另一方面，文学的发展也要受到语言观念的制约和影响。中外文学界很早就认识到，从语言入手，从语言的性质或功能特征角度来探讨文学作品的特征，进而探讨和判断文学的性质和功能特征，是研究文学、接近文学本体最基本的一条思路。但是由于古往今来人们对语言的认识和理解千差万别，形成的语言观念也各有侧重，也就影响到人们对文学语言和文学观念的不同认识和理解。尤其是 20 世纪"语言学转向"以来，西方出现了一系列现代语言学派或语言哲学理论，在其影响下也促成了俄国形式主义、布拉格学派、英美新批评、结构主义、解构主义和言语行为理论等各种文学研究流派，让人一时眼花缭乱、目不暇接。这为我们今天把握和理解文学与语言错综复杂的关系，增加了难度。

不过 20 世纪以来，当代语言观念的演变仍可以大致概括为：从传统的工具论到现代的本体论，再到实践论的发展和转变，其中还包含了存在论等语言观的出现，呈现出从单一语言观向多元语言观发展的态势和景观。

---

① 希利斯·米勒.文学死了吗［M］.秦立彦，译.桂林：广西师范大学出版社，2007：23.

一 ▶ 从工具论到本体论

传统语言观念，可以主要概括为工具论语言观，它首先是把语言视为一个简单透明的工具，人们可以运用语言来反映和描述现实，传递思想观念和情感。语言只是载体或桥梁，人们可以过河拆桥，得意忘言。人们的语言描述是可以与现实世界相对照的，可以根据语言的表征是否与现实世界的事实相符合来判定真假。按照这一语言评价标准，语言只能处于一种依附于现实世界的被动地位。工具论语言观最大的缺陷就是忽视了语言自身的特征和影响。事实上，中国古人很早提出的"言不达意""言不逮意"等问题，就表明语言并不能随心所欲、自由传达人内心的"意"，语言的自身因素是会影响这种传达和交流的。

进入20世纪，建立在对传统工具论语言观念批判基础上的现代语言观念的崛起，大大推进了对语言多层次、多维度的研究和认识，本体论和实践论等语言观先后出现，语言观呈现出一种多元发展态势。

现代语言观念首先在对以往工具论忽视的语言自身特征方面的探索上，取得了重大突破，这是对语言本体的认识和深化，因此也被概括为本体论语言观。在这方面，瑞士语言学家索绪尔提出的结构语言学理论，贡献最为巨大。该理论不再把语言视为一个简单透明的工具，而是认为语言自身是一个有独立结构的符号系统，其系统内部是由能指与所指两个符号因素共同构成的一种关系结构。"能指"指的是语言的印象和形象，"所指"则是印象形象所表达的事物的抽象概念。能指与所指之间并没有必然的逻辑关系。两者是合二为一，同时出场的。索绪尔理论的贡献不仅在于对语言自身内部形式结构做出了分析，更在于由此彻底扭转了传统语言观与世界的关系模式，即人们并不是面对一个已经清楚分界的世界，然后用语词给世界现成的事物贴上标签，语言或概念只是被动地描述这些现成的东西。实际上，正相反，按照索绪尔的理论，"在语言出现之前，一切都是模糊不清的"[①]，如果没有语言和概念，世界只是一团不定形的混沌之物，语言和概念正是对这浑然混沌之物的区分和识别。正是由于每种语言，汉语、英语、俄语等都以其特有的、任意的方式来切分世界，将其区分为不同的概念和范畴，才使世界以结构和有序的方式清晰地显现出来。我们眼中的"世界"，其实是在语言层面上呈现出的"现实世界"。这并不是说现实世界的存在是语言创造出来的，而是说尽管外部世界是客观存在的，但是要为人所认识、谈论和交流，进入人的世界，必须融入某个语言系统，只有在某个语言符号系统内，概念和思想才能形成和表达，外部世界才能作为清晰有序的世界呈现出来。从这个意义上说，世界是由语言建构起来的，这被称为语言建构论，它是现代语言观念最重要的观点之一。语言建构论改变了传统语言观念中语言处于被动，依附现实世界的地位，突出了语言自身系统的独特性和重要性。

现代语言观念另一个重要突破体现在对语言意义、语义系统的研究上。20世纪上半叶，经过奥登、瑞恰兹和莫里斯等人的努力，语义学成为语言学的一门分支学科，专门研究语言的意义。在传统语言工具论中，语言的意义是由说话人赋予的，语言只是一个传达

---

① 索绪尔. 普通语言学教程［M］. 高名凯，译. 北京：商务印书馆，2002：157.

意义的透明工具。而现代语言观念却认为语言的意义是多维度和多层面的，是由多方面因素决定的。语词符号的意义既来自自身结构系统内部的符号差异和区分。例如，在汉语语言系统内，"红"这一语词所指意义来自它与蓝、黑、绿等符号的差异；也来自外部世界的经验，如瑞恰兹等人开创的经验主义语义学，主要是从外部经验和指称的层面上阐释语词的意义，这更符合人们一般的认识与感受。两层意义是相辅相成，缺一不可的。它们共同构成了一般语词的公共语义系统。

二 从本体论到实践论

20 世纪中期以来，现代语言观念又发生了一次重要突破和转变，即以英美言语行为理论、法国后结构主义的话语理论和巴赫金的对话理论等为标志的语用学崛起。语用学研究的是人们在日常实践中使用的语言。这在语言形式结构、语义维度之外，又为语言研究增添了语用维度，丰富了人们对当代语言观念的理解。

语用学建构的是一种实践论语言观，与本体论语言观不同的是，它主要考察人们日常实际使用的语言特征。而这种语言的一个重要的特点，就是要牵涉很多因素，首先是使用人的因素，人在日常生活中使用语言进行交往、处理事务，包含说和听两个方面；其次，人们使用语言表达的内容，还与人的内心心智活动有关；再次，人们对内心心智活动的表达，必须遵循公共的语言系统规则和语言表达式，只有把心智活动与客观的语言系统连接起来，才能完成日常言语行为，并让同样掌握这一套语言系统的听众能够理解说者的含义。此外，语境在实际语言使用中也是一个非常重要的因素，任何实际语言的使用，都是在一定的环境下进行的交流和事务，这是本体论语言观很难注意到的。因为语境，语词的意义可能也会发生改变，从公共集体约定的字典意义，转化为意向的语用意义或语境意义，如夜色一词，在"夜色笼罩着大地"中，就可能根据上下文语境而突破字典的意义，具有了象征意义，如强调黑暗的时代氛围等。所以，语用学的综合性是非常强的，它是能够把人的意向、语言的形式特征、语义和语境等因素融为一体的研究领域，而并非只是一个与语义学和语形学并列存在的语言学分支。

语用学的另一个重要贡献是：突破了传统语言观念，把反映和描述现实世界作为语言首要功能，而把语言的行为功能或实践功能，视为语言最基本的功能。语用学认为语言有诸多功能，语言的行为或实践功能在语言诸功能中处于支配地位，而表征、反映和描述等其他功能都是派生出来的功能。语言的行为或实践功能，是指我们借助语言表达，可以完成各种各样的行为，能够运用语言来做各种各样的事情。例如，言语行为理论发现实际使用的语言都具有实施行为的述行功能，"说出这个句子就是实施一种行为，或者是实施一种行为的一部分"[1]，运用这一功能，人们在日常交往中几乎每时每刻都在用说话做事情。例如在大街上不小心踩到别人脚时，你通过说"对不起"这句话完成了一个道歉的行为；又如老师说："现在开始上课"，通过说出这句话，开始了一堂课的教学活动和行为。描述和叙述一件事情，甚至也是一种言语行为。人类的许多日常实践活动和行为，都是依靠语

---

① J.L. 奥斯汀. 如何以言行事［M］. 杨玉成，等译. 北京：商务印书馆，2012：2.

言来推动和完成的，语用学因此把语言看作为人类的一种实践行为，语用学这一面向生活的取向，为语言研究开辟了广阔的前景。

此外，除了本体论语言观、实践论语言观外，现代语言观念还把语言与人的生存关联起来，提出了一种可以概括为存在论的语言观念，这主要是由 20 世纪欧洲现象学-存在主义-解释学哲学做出的贡献，这派观点也反对传统的工具论语言观，认为语言不是供人们使用的一种工具，而是我们赖以生存的家园，用海德格尔的话来说："语言是存在之家。人居住在语言的寓所中。"[①] 这深刻揭示了语言与存在的深层次关系，以及语言对人生存的重要意义，因而也受到人们的普遍关注。

三 不断发展的文学与语言关系

了解了上述当代语言观念从传统到现代的发展和演变脉络，我们就可以在此基础上具体探讨文学与语言的关系。可以发现不同时期的语言观念对文学与语言关系，都产生了重要的影响，所以文学与语言的关系也在不断发展和变化。

在传统语言观的影响下，传统文学理论在论述文学与语言关系时，往往强调"语言是作家用以塑造艺术形象、反映社会生活必不可少的工具"[②]。语言只属于作品的形式部分，而不是内容部分，对作品中文学语言的评价，主要取决于它对现实生活反映和描述的真切程度。这种文学语言观很明显是为传统文学观念，诸如模仿论、再现论和反映论服务的。

进入 20 世纪，现代语言观，尤其是本体论语言观的崛起，直接促进了 20 世纪初文学研究领域的"语言学转向"，催生了一批影响巨大的语言文论出现，如俄国形式主义、布拉格学派、结构主义、英美新批评等，它们力图把索绪尔的结构主义语言学理论或瑞恰兹开创的经验语义学理论，移植到文学领域，从语言自身的符号系统或语义系统出发来阐释文学语言特征和文学观念，建构的各种文学理论都突出了语言自身的重要地位，体现了以语言为本位的鲜明特色。在本体论语言观的影响下，语言不再是工具的角色，而是上升到文学本体的地位。著名作家汪曾祺所说的"写小说就是写语言"，就很能代表这种观念。本体论语言观促进了西方现代派和中国先锋文学的发展。当然，这种本体论语言观的缺陷也很明显，因为文学虽然是由语言写成的，但是文学不等于语言，文学依赖语言，但也有超越语言的部分，人们诚然会被文学作品中一些优美的语言吸引，但这不是文学作品的全部。文学创造的生动世界、曲折的故事、丰富的意蕴、深刻的思想、充沛的情感，等等，都是其文学吸引力所在。所以上述这些文论的缺陷正在于，过多地聚焦于语言自身，这就有可能使文学语言、文学活动远离人类的社会生活实践。

20 世纪中期崛起的实践论语言观弥补了本体论语言观的局限，语用学把语言放置在实际使用的环境中去考察，让语言回归日常生活。这就突破了以往形式主义、结构主义或文学语义学仅从某一维度考察文学语言的局限，为我们从整体上把握文学与语言的关系，开辟了新的思路。

---

① 海德格尔. 路标 [M]. 孙周兴, 译. 北京：商务印书馆，2000：366.
② 以群. 文学的基本原理 [M]. 上海：上海文艺出版社，1980：330.

实践论语言观首先强调的是文学活动也是一种人类实践活动，文学语言也与日常语言一样，拥有做事和交流的特征。那么，文学作为一种实践，究竟要做哪些事呢？答案可能很多，例如，传递情感、思想和价值观念，讲述生动有趣的故事，进行教育，展示魔法、想象力，创造虚构，等等。但是其中最基本和最重要的是：创造和编织一部语言艺术作品，用语言的艺术和魔法创造和建构一个艺术世界，正如海德格尔所言，"作品存在就是建立一个世界"①。读者在阅读文学作品时，最常见的感受便是好像进入了另一个世界，这是文学最有魅力的地方。美国文论家米勒说过，每一部文学作品的开端，都像微型的"创世"，文学语言就像上帝在《创世纪》中说的"要有光，于是就有光"那样神奇地创造了一个崭新的世界。而且，每一部作品的开端语言，都带有突然性。例如：

> 秋天的后半夜，月亮下去了，太阳还没有出，只剩下一片乌蓝的天；除了夜游的东西，什么都睡着。华老栓忽然坐起身，擦着火柴，点上遍身油腻的灯盏，茶馆的两间屋子里，便弥满了青白的光。（鲁迅《药》）
>
> 车站是乱得不能再乱，成千上万的人都在说话。（阿城《棋王》）
>
> 1975年二、三月间，一个平平常常的日子，细蒙蒙的雨丝夹着一星半点的雪花，正纷纷淋淋地向大地飘洒着。（路遥《平凡的世界》）

不论读者打开书时身在何方，这些词语都会让读者立刻中断现实的生活，将他们一下子带到一个新地方。每部作品的开篇对读者来说都是突兀的，将他们拽入一个新世界，这是文学语言的特点和魅力之一。

文学世界显然是人运用语言建构起来的，我们在前面谈及语言建构论时也指出，现实世界其实也离不开语言的建构，这当然不是说现实世界的事物是由语言创造的，而是说现实中的事物本身无法自我呈现，必须借助语言才能呈现在人们的意识中。我们眼中的"世界"，其实是在语言层面上呈现出的"现实世界"。那么文学世界与现实世界的差别在哪里？

从使用语言的主体心理意向来看，日常语言所建构的世界通常仍是直接指向外部客观世界的，也就是说，日常言语行为的目的是指称现实事物和事件，并为人的日常交往实践活动服务。这样一来，就容易造成日常语言依附、反映和描述现实生活的假象。事实上，从语用学角度看，正是依靠这种指向客观现实的日常语言，人类才能区分和识别混沌的客观世界，并使得现实世界清晰有序地显现出来。

而文学语言在主体心智活动和心理意向上，首先就不指向外部客观世界，而是指向一个新的可能世界和想象空间，所以人们往往称其为"虚构世界"。在这种情形下，文学语言的世界建构不受到现实客观事物依据的限制，所以称其为"创造"要更为合适，因为它的创造性要更为自由，更能体现语言创造可能事物的本性。米勒说："文学可以定义为一种奇特的词语运用，来指向一些人、物或事件，而关于它们，永远无法知道是否在某地有一个隐性存在。这种隐性是一种无言的现实，只有作者知道它。它们等待着被变成言语。"② 从

---

① 海德格尔. 林中路 [M]. 孙周兴，译. 上海：上海译文出版社，1997：28.
② J. 希利斯·米勒. 文学死了吗 [M]. 秦立彦，译. 桂林：广西师范大学出版社，2007：67.

这个角度说，文学语言确实具有一种奇特的魔力，它可以创造一个想象的可能世界。只有当这个世界创造出来后，我们才能围绕它来谈论伦理、政治以及其他思想观念和意识形态内蕴。所以，在今天的实践论语言观看来，文学与语言最基本和最核心的关系是：文学作品和文学世界是由人运用语言建构和创造起来的。文学与语言的关系，已经从"文学是语言的艺术"走向了"文学是一种话语实践或言语行为的艺术"。

第二节　多维视角下的文学语言特征

探讨文学语言的特征是研究文学与语言关系的重要体现，以往人们在谈论和研究这个问题时，常常是把文学语言与日常语言或其他语言进行比较，寻求差异，以此来概括文学语言的特征，并总结出文学语言之形象性、生动性、精确性、凝练性、暗示性、多义性、贴切性、模糊性、独创性、丰富性、情感性等特点。但是只要细致考察一下，就可以发现，这些特征或多或少也都适用于日常语言或其他类型的语言，并非文学语言独有的特征。因此，这种建立在二元对立思维下的比较方法，带有极大的主观随意性和非系统性。

综上所述，20世纪的现代语言观，早已不再把语言看成是一个单纯透明的工具和载体，而是一个具有多维度、多层次特征和功能，并与我们的生存紧密相连，与人类生活不可分离的中介。从这个意义上说，文学语言特征也应从多维度和多层次的角度加以审视。我们已经指出，在当代实践论语言观的背景下，文学与语言的关系可以概括为：文学作品和文学世界是由话语或言语行为构建和创造的。只有始终把握和围绕这一基本目标，我们才能摆脱以往对文学语言孤立、随意和零散的理解，才能从整体上系统考察文学语言在这一基本关系上呈现出来的诸多特点。

从语用学维度看，文学行为在建构文学作品和文学世界的过程中，主要涉及主体的心理意向、语境、语言自身系统特征和语义学四个维度，文学语言的特征具体就是从这四个维度体现出来。

"诗言志"指的就是主体的心理意向，所有的文学语言首先表达的都是作者自己的内心意图、心智活动和心理意向。作者在创作时的心智活动复杂丰富，内心会浮现出形象、音符、情绪、氛围等各种心理活动，有时也会浮现出一个词或一串语句，有人称之为"心象""心语"或"内部语言"。严格地说，这些心理活动仅仅是浮现，还算不上用语言表达，正是作者的语言让这些心智活动清晰起来，把它们整合呈现为一个艺术世界。这个艺术世界是审美的，充满生动的形象和气韵，而且带有很强的主观感受和体验。例如下面的诗：

> 我对你的思念充满春意
> 前面是波纹鲜明的流水
> 背后展开一片绿色的原野
> 寂静的云彩下面
> 你的微笑有如鸟群翩飞

（蔡其矫《思念》）

思念是一种不可见的内心活动，诗人却用生动具体的语言将思念幻化为让人可感可触的、充满春意的世界图景，前有流水，后有绿野，上有云影，下有微笑，中有鸟群翻飞，这个世界秩序井然，又充满生气。文学语言的审美性、生动性、灵动性和形象性，都围绕建构这一生机盎然的世界而体现出来了。

有的文学世界时空复杂，描述的是主体内心复杂丰富的心智活动，而语言却能将其创造性地表达出来，如马尔克斯《百年孤独》的开篇：

> 很多年以后，奥雷连诺上校站在行刑队面前，准会想起父亲带他去参观冰块的那个遥远的下午。

叙事人从现在开始遥想未来场景，却又从未来回忆到过去，这一穿越时空的世界充满魅力，令人着迷。这里的文学语言展现了创造性、自由性和丰富性等特征。事实上，文学语言能够描述和创造许多奇异的场景和事件，如《西游记》《爱丽丝漫游仙境》《哈利·波特》《魔戒》等，都表现出极大的自由性和创造性特征。

语境在语用学中占据着十分重要地位，对文学语言也具有重要影响。在文学活动中，文学语境大体来说包括内外两类：一是对作品内部理解中的上下文及其构建的言语环境，二是文学交往活动中作者与读者分别所处的不同现实环境和背景。文学内部语境是由语言创造和构建的，而文学外部语境则与一般日常语言交往所处的语境有很大的不同。因为日常语言交往模式通常是一种面对面的口头交往，说话人与听话人处于同一具体的语境，伴随说话交流，人们同时也在做其他行为，这些行为往往与语言行为相互支持，能够帮助人们更方便、也更任意地廓清语言交流意义，增进相互理解。而文学交流活动则很不同，除了口头文学外，大部分文学活动现在主要以书面文字的方式进行，因此作者与读者往往并不处于同一语境中，作者和读者甚至根本不可能会面，他们仅有的共同的基础就是作品。所以，文学活动更依赖文学作品和语言，也更依靠作品和语言创造的内部语境。这也就造成了一系列后果，如文学语言往往会表现出模糊、朦胧、多义，甚至矛盾、悖论的意义特征。尤其是诗歌作品，由于语言简练，它所创造的内部语境会留下很多空白，需要读者自己填补，这往往导致诗歌和诗句可以有多重理解，甚至产生歧义和言外之意也是极为常见的。例如王之涣的《登鹳雀楼》后两句"欲穷千里目，更上一层楼"已脱离作品登楼的内部语境和作者当时所处的外部语境，而具有更多的象征含义和言外之意。反过来说，不同的语境也造成读者对文学作品和文学语言的理解具有创造性、丰富性、开放性和多样性等特征。例如，曹禺在写作《雷雨》时，最初并没有"暴露封建大家庭罪恶"的意图，其意图更多源于他对宇宙间许多神秘事物不可言喻的憧憬，所以在第二幕，周朴园与鲁侍萍再次相遇时，面对周朴园的追问："你来干什么？谁指使你来的？"鲁侍萍悲愤地回答："命！不公平的命指使我来的。"曹禺运用这些台词所要表达的是对天地间冷酷的命运的敬畏和憧憬之意。但更多的观众和读者则会从现实环境出发，认为这是对罪恶的封建大家庭的有力控诉。由此可见，语境会影响对文学作品和文学语言意义的理解。

语言自身的符号特征，是实际使用语言必须考虑的重要因素之一。文学活动也不例外，作家在运用文学语言建构文学作品和创造文学世界的过程中，要熟练掌握本民族语言系统的自身特征，并充分运用这些特征来为自己的创作任务服务。汉语、英语、俄语与法语等不同国家和民族的语言系统，都有各自不同的语言符号特征，它们对本民族文学的形态和发展都产生了重要的影响。就中国文学而言，汉语符号的自身特征给中国文学打上了深深的烙印。例如，中国古代诗词文学中形成的押韵、平仄等格律特征，主要就是由汉语符号能指的发音特点促成的。中国古代的诗和词通常都要押韵，这既是为了造成声音回环的美感，也是为了为文学世界赋予美感。这是中国古代诗词的一个重要特征。如杜牧的《山行》：

> 远上寒山石径斜（sia），
> 白云生处有人家（jia）。
> 停车坐爱枫林晚，
> 霜叶红于二月花（hua）。

唐代"斜"字发音并不读 xie，而是读 sia。全诗四句，三句尾字押 a 韵，由于处于同一位置，读来有音韵和谐的美感，这就是押韵的效果。

又如中国诗词格律讲究平仄，这主要也来自古代汉语的四声特征，古汉语主要有平、上、去、入四个声调，古人将四声分为平仄两类，平是平声，仄是上去入三声，表示不平之意。诗词句子讲究平仄两类声调交错排列，由此带来声调铿锵的美感。如王维《山居秋暝》头四句：

> 空山新雨后，天气晚来秋。
> 明月松间照，清泉石上流。

它们的平仄是：

> 平平平仄仄，仄仄仄平平。
> 仄仄平平仄，平平仄仄平。

平仄不仅在诗句中要交错排列，而且在对句中也要对立排列，这样才能使诗句声调去除单调化，产生多样化的审美音韵感。它同时也形成了中国诗词特有的节奏感，如上五字句诗的节奏是：

> 平平—平仄—仄，仄仄—仄平—平。
> 仄仄—平平—仄，平平—仄仄—平。

不仅汉语符号的能指声音会对中国文学的形式造成重要影响，中国文学一些重要的修辞技法，也同样受到汉语符号自身特征的影响。例如，中国古典诗词中特有的对仗或对偶，就与汉语的符号特点有密切关系。汉语是表意文字，以单个方块字和单音词为基本单位，汉语符号音形义是结为一体的，一词一字一形一音一义，不会混淆、千年不变，这就促使对仗或对偶成为中国古代诗词文学最显著的特征，对仗不仅强调上下句的平仄音调要相对立，而且在词性、词义甚至人名、地名等专名上也要形成相对的模式。这形成了汉语文学特有的整齐美感："草枯鹰眼疾，雪尽马蹄轻"，"无边落木萧萧下，不尽长江滚滚来"，"水光潋滟晴方好，山色空蒙雨亦奇"，对仗在绝句、律诗和词曲，甚至散文中都普遍存在。

尽管中国现代文学主要使用的是现代汉语，与古代汉语有较大差异，在韵律、平仄、节奏和对仗方面，已经有很大的改变，但是在中国现代文学的发展中，汉语符号的自身特征仍然在发挥影响。例如，现代诗歌的主流虽然强调自由体诗歌形式，但韵律和节奏仍然是许多诗人和诗派探索的重点之一。新月诗派代表闻一多就提出了"三美"理论，强调诗歌形式要具有音乐美、绘画美和建筑美，其中音乐美就是强调诗歌要有音尺、有平仄、有韵脚，建筑美则是强调诗歌要有节的匀称、句的整齐。这都与汉语符号的自身特征有密切联系。在这方面，徐志摩的《再别康桥》、戴望舒的《雨巷》，无论在音节上，还是形式上都取得较高成就。在自由体诗歌中，对称和整齐仍然普遍存在。即使在现代散文和小说中，不少优秀作家的遣词造句除了考虑语义等内容外，也很关注汉语的音调和形式特征。例如，汪曾祺的《受戒》结尾：

> 芦花才吐新穗。紫灰色的芦穗，发着银光，软软的，滑溜溜的，像一串丝线。有的地方结了蒲棒，通红的，像一枝一枝小蜡烛。青浮萍，紫浮萍。长脚蚊子，水蜘蛛。野菱角开着四瓣的小白花。惊起一只青蛙，擦着芦穗，扑噜噜飞远了。

这段对湖上自然风光的描述，文笔优美清新，除了语义等因素外，其中语词错落有致的组合搭配，音调的平仄，对仗的运用，也使作者建构的文学世界透露出愉悦的情绪和质朴的情调。

语义学维度是实际使用语言必须考虑的另一个重要因素，文学世界主要就是由语词的意义建构起来的。语言的意义也是由不同层次构成的，从日常语言的使用角度看，主体要利用公共集体约定的语义系统来传达个人内心思想形成的语用意义。对文学活动而言，作家同样需要运用公共语义来传达个人独特的感受和经验，从而建构艺术世界。当然，文学语言的语义相对日常语言的语义追求有所不同，日常语言的语义主要是为交流信息服务，力求语义简单、清楚、没有歧义，主要倚重于语词公用的词典意义和惯例，而文学语言的语义则追求传达主体独特而丰富的体验和感受，往往具有朦胧、模糊和新奇等特征。这主要是因为文学语言的语义，往往受到语词不同层面意义的相互影响和制衡，由此形成张力，并共同构建了丰富复杂的文学语言意义。文学语言的使用往往要突破语词的词典意义，打破运用的惯例和常规，形式主义提出的语言"陌生化"说的正是这个意思。

日常语言的使用往往会造成人的感受的"自动化"和"迟钝化"，而文学语言的陌生化则恰恰可以对抗和突破日常语言使用造成的这一效果，让人产生新奇的感受。如夏承焘在《望江南·避暑莫干山》中有"夕阳红漏数州山"句，其中"漏"的字典意义是指物体从孔隙中透出、泄露，日常语言中通常运用于"漏水""漏壶""沙漏"等搭配中。但是，夏先生却一反常态，用"漏"描写从云层中泻下的晚霞之光，生动贴切且富有创造性，传达了诗人对夕阳之下的莫干山独特和新鲜的体验和感受，这就是文学语言的陌生化运用。此外，文学语言的"言外之意"除了受语境因素的影响外，也与文学语义的多层意义混合交织和相互影响有密切关系，"欲穷千里目，更上一层楼"，不仅在字面意义上为表现诗中的登楼望远服务，还在象征意义上超越了诗歌语境，透露出诗人的哲理思考。

文学语言要传达主体独特的审美感受和体验，构建丰富的意义和生动具体的艺术世界，还需要打破语言一般语义系统的凝固性和规范化，使文学语义发生变化，甚至畸变，而文学修辞手法正是帮助文学语言突破一般语义系统，实现语义变化的重要手段。所以，文学语言也往往被视为修辞语言，修辞被认为是文学语言的重要特征。常见的修辞手法有比喻、象征、夸张、拟人、对比、借代、通感、双关、反讽等，试举例如下。

比喻：
世界是座舞台，所有男男女女皆是演员。——莎士比亚
比拟：
桃树、杏树、梨树，你不让我，我不让你，都开满了花赶趟儿。——朱自清
夸张：
蜀道之难，难于上青天。——李白
排比：
东市买骏马，西市买鞍鞯，南市买辔头，北市买长鞭。——《木兰辞》
对偶：
海内存知己，天涯若比邻。——王勃
借代：
圆规一面愤愤地转身，一面絮絮地说。——鲁迅
对比：
有的人活着，他已经死了；有的人死了，他还活着。——臧克家
通感：
微风过处，送来缕缕清香，仿佛远处高楼上渺茫的歌声似的。——朱自清
双关：
春蚕到死丝方尽，蜡炬成灰泪始干。——李商隐

上述这些修辞手法的运用，实现了语义的创造性畸变，生成了新的审美意义，也创造和延伸了文学世界的意义和意蕴。此外，文学语言的语义往往具有模糊性和不可确定性，这当然也与文学语言往往指向虚构世界密切相关。

◇ 阅读实践

解读白居易的《长恨歌》

白居易的《长恨歌》是一篇脍炙人口、千古传唱的名作，《长恨歌》成为经典名篇，离不开其独特的语言艺术魅力，以下从语用、语形和语义等维度对该作品做简要分析。

首先从语用维度看，这部作品从外观看是由840字组成的120行诗句构成的，从作品内观看，则是通过这些诗句创造了一个瑰丽的文学世界。关于这个文学世界的主题是什么，作者究竟要在其中传达什么样的内心感受和体验，历来众说纷纭，莫衷一是。有的人持"讽喻说"，认为该作品主要讽刺和揭露统治阶级

荒淫误国；有的人持"爱情说"，认为作品通过抒写李杨经历，歌颂了真挚的感情；有的人持"双重主题说"，即作品讽喻与惋惜兼具，对唐玄宗批判与同情兼有；还有的人主张"主题转移说"，认为白居易原想"惩尤物，窒乱阶"，但在创作过程中逐渐对李杨爱情产生同情，这是白居易思想矛盾的体现，等等。

由于语境久远，读者与作者所处的语境不同，关于作品的意图，已经很难从外部语境得出确切结论，只有依靠作品内部语境，即文学作品本身提供的信息来加以分析和判断。如果仅从作品自身语言提供的信息来看，很容易看出《长恨歌》表现的是一个缠绵悱恻、凄美哀婉的爱情悲剧，"情"自始至终是这一作品的主旋律，《长恨歌》歌颂的是穿越生死界限的伟大爱情。

以往关于它的内容与主题的争论，很大程度上是由于人们把诗歌创造的文学世界与现实世界混淆造成的，因而从历史真实的角度对李杨的爱情提出了质疑，甚至探讨帝王与后妃之间有无真正的爱情等问题。应该明确的是，《长恨歌》首先是一部艺术作品，其文学世界首先是按照作者的主观意图，按照作者取舍的材料，运用语言进行创造构建出来的。

全诗120行，前30行写李杨相爱和恩爱的过程，可以看出玄宗是非常宠爱杨贵妃的。其后写生离死别仅12行，再其后78行都是写玄宗对杨贵妃的无尽思念和痛苦煎熬，甚至派临邛道士上天入地，穿越生死界限，几经周折，在海上仙山找到了杨贵妃。杨也经历了同样的痛楚和思恋，并以信物回赠玄宗，重申当初长生殿的定情誓言，将两人真挚的爱情推到高潮。历史上的李杨关系，确实并非诗中写得那么美好和纯洁，甚至杨贵妃之死与玄宗的自私自保亦有直接关系，但白居易却有意忽略了这些史实，全诗极尽渲染的是玄宗对杨贵妃的相思之情和坚贞之爱。实际上是借李杨故事歌颂人类美好的爱情，爱情可以经历生死战乱的考验，最终战胜死亡的阻隔。《长恨歌》创造的是一个无比深情的爱情世界，这是这首诗成为"千古绝唱"的一个重要原因。《长恨歌》还表达了作者对爱情的理解和认知，长恨歌的"恨"则非常明确地点出了中国人对爱情悲剧的独特理解和认知。伟大的爱情往往无法长相厮守，但情又是可以穿越生死界限，永恒流传的。

其次从语义维度看，《长恨歌》也最能体现白居易诗歌语言运用艺术的显著特征，即通俗易懂，明白晓畅，极少用典。这是他的诗妇孺皆能看懂且能广为流传的一个重要原因。白居易的诗歌虽然用语寻常、文辞质朴、平易近人，但细察之，可以发现作者对语言的锤炼，意象的选择和修辞的运用，都达到了炉火纯青的地步。许多诗句在平常中见神奇，如"杨家有女初长成，养在深闺人未识""遂令天下父母心，不重生男重生女"，朗朗上口，却又语浅意深，给人印象深刻。为了营造这个缠绵悱恻的爱情世界，诗中对杨贵妃之美极尽铺陈，创造了许多描述美人的佳句，如"回眸一笑百媚生，六宫粉黛无颜色""春寒赐浴华清池，温泉水滑洗凝脂""侍儿扶起娇无力""云鬓花颜金步摇"，诗人抓住笑容、肤色、步伐、动作，从各个角度想象美人风姿，笔法华丽摇曳。诗中还以"芙蓉"比喻杨贵妃，如"芙蓉如面柳如眉""芙蓉帐暖度春宵""太液芙蓉未央柳"。芙蓉在中国群花中地位尊贵，以这一意象作为美貌的代名词，形容杨贵妃是恰如其分的。诗中前半部分大肆渲染唐玄宗对杨贵妃的娇宠，"求不得""不早朝""无闲暇""夜专夜""在一身""看不足"等，这些看似口语化的运用，却造成了陌生化的效果，淋漓尽致地刻画了李杨恩爱的情形。诗的后半部分抒写李隆基对杨贵妃的苦苦思念和孤独痛苦时，诗人注意挑选富有特点的景物意象来营造凄冷的氛围，如"黄埃散漫""云栈萦纡""夜雨闻铃""夕殿萤飞""孤灯挑尽""迟迟钟鼓""耿耿星河"等。尤其是为了描写唐玄宗对逝去的杨贵妃的思念，诗人还改变了唐玄宗入蜀不经峨眉的史实，本应写为"剑门山下少人行"却写成"峨眉山下少人行，旌旗无光日色薄"，原因在于"峨眉"能呼应"宛转蛾眉马前死"，触景生情，这是为了语义互文而有心设计的。全诗在结尾，洗尽铅华、直写性情，李杨虽贵为天子和贵妃，白居易却以普通人的儿女情长来描写他们的爱情。这是全诗最动人之处，"七月七日长生殿，夜半无人私语时。在天愿作比翼鸟，在地愿为连理枝。天长地久有时尽，此恨绵绵无绝期"。

最后从语形维度看，诗人充分发挥了汉语歌行体的形式特征，重视声律但又不拘泥声律，全诗120句，近百分之六十句子入律，却又不是一韵到底，而是或两句一韵，或四句一韵，或交叉换韵，而且用韵的音响度处理上也极见功夫。在音节方面，七言诗的每句四拍整齐匀称，节奏感强。加上后三言的节拍变化，又平添了几分摇曳之姿，节奏整齐而又多变，随情节而顿挫。诗中双声、叠韵和重言词的多处运用，造成了声情缠绵的效果。诗中顶针格的运用，如"后宫佳丽三千人，三千宠爱在一身""忽闻海上有仙山，山在虚无缥缈间"，使得音韵更加和谐嘹亮，婉转动人。全诗流丽婉转、珠圆玉润的声律节奏，也为白居易营造的爱情世界增添了缠绵悱恻、荡气回肠的氛围。

◇ 关键词解析

一、文学语言

有多种解释，在语言学中指标准语，即经过高度加工、符合规范化的语言，在文学中，一般是指文学作品的语言。文学语言究竟是指一门专门语言，还是指语言的运用，在文论界是有争议的，现在后一种用法较多。文学语言的特征是文学研究的重要组成部分。

二、工具论语言观

20世纪之前流行的一种语言观念，通常认为语言是描述现实、传递思想观念和情感的一种简单透明的工具和载体，在这种语言观念中，语言只处于依附现实世界的被动地位。

三、本体论语言观

20世纪初，伴随索绪尔的结构语言学理论流行起来的一种语言观念，这种语言观重视被工具论语言观忽视的语言自身的形式结构特征，把语言视为一种独有结构的符号系统，突出了语言的本体地位。本体论语言观对文论界影响极大，直接影响了 20 世纪初文学研究领域的"语言学转向"，并催生了俄国形式主义、布拉格学派和结构主义、解构主义文论的出现和发展。

四、实践论语言观

20 世纪中期，随着言语行为理论、话语理论和对话理论等语用学理论的兴起，而发展出的一种语言观念。这种语言观强调把语言放置到现实实际使用的语境中去考察，重视对实践语言的研究。实践论语言观把语言视为一种行为或实践，突破了本体论语言观的局限，让语言得以回归日常生活，从更为综合的视角来研究语言。

五、语义学

语言学中研究语言意义的分支学科。现代语义学是由瑞恰兹、奥登、燕卜荪和莫里斯等在 20 世纪上半期发展起来的。现代语义学有众多分支，最有名的有经验语义学和可能世界语义学。语义学对文学研究也产生了重要影响，催生了文学语义学分支，英美新批评主要就属于文学语义学研究。

六、语用学

研究语言在一定语境中的实际使用的学科。语用学是在 20 世纪中期以来发展起来的，言语行为理论、话语理论和对话理论都是其代表。语用学研究实践的语言，对文学研究领域也产生了重要的影响。

◇ 本章小结

文学与语言的关系一直深受语言观念演变的影响，从工具论语言观到本体论语言观，再到实践论语言观，每一种语言观都独特地影响了人们对文学语言的理解。今天，研究者在实践论语言观的影响下，对文学语言的看法不再是单一的，而是从语用学、语义学和语形学等多重视角出发，把握文学语言的特点。

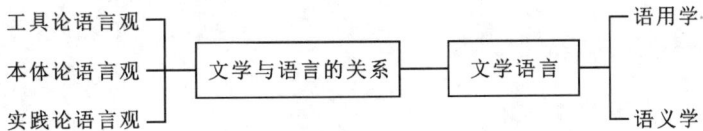

```
工具论语言观 ┐
本体论语言观 ├─ 文学与语言的关系 ── 文学语言 ┬ 语用学
实践论语言观 ┘                              └ 语义学
```

◇ 思考与练习

1. 文学作品包含各种体裁，试结合课文进一步思考小说语言、诗歌语言和戏剧语言的特征。

2. 请对戴望舒的《雨巷》的语言艺术做出分析。

3. 请对余华小说《十八岁出门远行》开头的语言艺术做出分析。

柏油马路起伏不止，马路像是贴在海浪上。我走在这条山区公路上，我像一条船。这年我十八岁，我下巴上那几根黄色的胡须迎风飘飘，那是第一批来这里定居的胡须，所以我格外珍重它们。我在这条路上走了整整一天，已经看了很多山和很多云。所有的山所有的云，都让我联想起了熟悉的人。我就朝着它们呼唤他们的绰号。所以尽管走了一天，可我一点也不累。我就这样从早晨里穿过，现在走进下午的尾声，而且还看到了黄昏的头发。但是我还没走进一家旅店。

我在路上遇到不少人，可他们都不知道前面是何处，前面是否有旅店。他们都这样告诉我："你走过去看吧。"我觉得他们说得太好了，我确实是在走过去看。可是我还没走进一家旅店。我觉得自己应该为旅店操心。

我奇怪自己走了一天竟只遇到一辆汽车。那时是中午，那时我刚刚想搭车，但那时仅仅只是想搭车，那时我还没为旅店操心，那时我只是觉得搭一下车非常了不起。我站在路旁朝那辆汽车挥手，我努力挥得很潇洒。可那个司机看也没看我，汽车和司机一样，也是看也没看，在我眼前一闪就他妈的过去了。我就在汽车后面拼命地追了一阵，我这样做只是为了高兴，因为那时我还没有为旅店操心。我一直追到汽车消失之后，然后我对着自己哈哈大笑，但是我马上发现笑得太厉害会影响呼吸，于是我立刻不笑。接着我就兴致勃勃地继续走路，但心里却开始后悔起来，后悔刚才没在潇洒地挥着的手里放一块石子。

第六章
文学与文体

学习目标	了解什么是文体
重难点	了解文体的意蕴，逐步尝试辨析作家文体
推荐教学方式	课堂教学与学生讨论相结合
建议学时	4 学时

情景导入

刘勰《文心雕龙·体性》云：

> 若总其归涂，则数穷八体：一曰典雅，二曰远奥，三曰精约，四曰显附，五曰繁缛，六曰壮丽，七曰新奇，八曰轻靡。……若夫八体屡迁，功以学成，才力居中，肇自血气；气以实志，志以定言，吐纳英华，莫非情性。[1]

其中所谓"体"与后世所论"文体"大致相近。文体的基本意蕴如何？古代文体论的基本发展历程如何？影响文体的基本要素有哪些？

---

[1] 范文澜. 文心雕龙注 [M]. 北京：人民文学出版社，1958：505-506.

◈ 理论阐释

●● 第一节　文体的基本意蕴 ●●

体论是中国古代文学批评十分突出的特点，尤其汉魏文学观念自觉之后，不仅关于为文之体的意识更加鲜明，而且以辨析体裁源流、提炼体裁特征、标举各体名篇为主的体论也日益丰富，成为中国古代文学理论的主要内容之一。在西方文论中，内涵能与"体"基本实现转译的是"style"，译作"文体"或"风格"。由于新文化运动以来文学理论批评风尚的影响，"文体"逐步成为流行表述。文体论的指涉比较宽泛，中西相关论述也有比较大的差异，本章有关文体的论述以中国古代经典论述为基础，适当结合西方文学理论的相关思想。

从当代视角考察文体，其定义可以大致概括如下：文体就是创作主体的禀赋气质、体裁选择、作品风格的统一性呈现。也可以说，成熟作家的成功作品之中，流淌着独到的格调，其间既能显现作者的风骨气质，也能显现如此气质对于文学表达形式（包括体裁、题材、文辞组织特质）的选择倾向。如此能够贯彻具体作品首尾、创作周期始终的文学艺术呈现，即被命名为文体（style）。文体论具有如下三个鲜明意蕴。

（1）文体最终要落实于作家风格，皆以文辞形式为其载体与表征。为什么文体最终要落实于作家风格呢？法国学者丹纳认为，影响艺术效果的因素有三：心灵；具有显著性格的人物、遭遇或事故；风格。三者之中："（风格）是唯一看得见的原素。其他两个原素只是内容，风格把内容包裹起来，只有风格浮在面上。"如果再具体一下，则所谓浮在"面上"的风格，最终会落实于"一连串的句子"，这其间还贯穿了"大作家"层出不穷的"技术"。① 丹纳的论说是以叙事文学为主体的，我国的抒情文学本质上与此没有区别。

一个作家能够在批评视野下彰显其文体，相当于这个作家具备了自我独到的风格。歌德将风格推为艺术所能企及的最高境界，一如王尔德所谓"任何艺术的真正条件便是风格，风格是判断艺术优劣的标准"②。当然，这一表述也可以反过来表达：一个作家如果具备了自己独到的风格，则意味着他具备了独到的文体。

（2）文体的成就标志着创作主体的禀气之体、体裁之体、风格之体三者在审美意义上实现了统一。它源自创作主体，显象于作品。

"体"古作"體"，《说文解字》云："总十二属也。"所谓"十二属"，段玉裁《说文解字注》云："首之属有三：曰顶，曰面，曰颐；身之属三：曰肩，曰脊，曰尻；手之属三：曰厷，曰臂，曰手；足之属三：曰股，曰胫，曰足。"③ 也就是说，"体"的本义指向人的

---

① 丹纳. 艺术哲学［M］. 傅雷，译. 北京：人民文学出版社，1988：398-399.
② 参见汝信. 西方美学史（第三卷）［M］. 北京：中国社会科学出版社，2005：953.
③ 段玉裁. 说文解字注［M］. 上海：上海古籍出版社，1988：166.

躯体，就是由首、身、手、足等十二部分所构成的总合，包融着主体的完整形质、气血性质，有着生命的圆活性、系统性、有机性。先民依据近取诸身的理念将其纳入哲学研思，审美论体便由此引申而来。体的以上生命特质决定了中国古代文体论的如下观照倾向：体裁的擅长与否、风格的最终限定，皆要追溯于作家的才性气质、人格精神。

先看体裁的擅长与否。六朝肇兴"文笔之辨"，唐代承之有"诗文相异"的命题。宋代文人以此为基础形成了诗文"各有本色"、词"别是一家""诗有别才"等重要而深刻的论题，强调诗有诗人、词有词人，专擅则独诣，双鹜则两废，兼长虽不可谓无而罕睹。杨万里《黄御史集序》论称："诗非文比也，必诗人为之。"① 诗歌体裁与诗人的才性气质不可分割，那些"挟其深博之学"者虽然学究天人，却未必能够创作出优秀的诗章。明代邓云霄《冷邸小言》中有以下问答：

> 问：能文者多不能诗，何也？曰：打铁手那堪绣花？
> 问：能小词者诗反稚弱，何也？曰：婢那可作夫人？②

同样从体裁擅长与否追溯到主体的不同，而人之不同，根本在其才性。

再看风格的成就。文体论发端之初，曹丕《典论·论文》便将作家不同的风格归因于禀气："气之清浊有体"，禀气即才性，清浊各异，因人不同。如论徐幹"时有齐气"③，这个"齐气"既表示徐幹具有地域特点的个性气质，也表示受其影响所形成的一种略显舒缓的创作风调。《文心雕龙·体性》则明确宣言篇体为"才气之大略"，即将风格与主体的才性气质密切关联。又如《文心雕龙·才略》之"贾谊才颖，陵轶飞兔""仲宣溢才，捷而能密"等，才性与风格之间，具有直接的因果。

以上从主体才性气质至文体擅长，再到创作风格，这种文体的统一性，在中国古代文艺理论中经常表达为"胸有成竹""一气如话""一气呵成"，刘大櫆将其概括为："文章者，人之心气也，天偶以是气界之其人以为心，则其为文也必有辉然之光。"（《海门初集序》）④ 皆以作者生命才性为本源，延伸出作品的风格气象，前后之间具有高度的浑融性、整体性。西方文体风格论同样重视这种整体性。用T.E.休姆的话说，这种"整体性"会彰显为"形式坚实"：就如同一部"真实的泥塑的书"，其中看到的"不是川流不息的词汇"，而是"牢牢抓着黏土的、用劲的手在泥塑上留下的指痕"。主客融合、形式内容统一，这样的创作，才是真正的"风格完美"。⑤ 黑格尔《美学》第一卷也称："（真正的独创性）它就得显现为整一的心灵所创造的整一的亲切的作品，不是从外面掇拾拼凑的，而是全体处于紧密的关系，从一个熔炉，采取一个调子，通过它本身产生出来的，其中各部分是统一的，正如主题本身是统一的。"⑥

---

① 辛更儒. 杨万里集笺注 [M]. 北京：中华书局，2007：3209.
② 吴文治. 明诗话全编 [M]. 南京：江苏古籍出版社，1997：6431.
③ 严可均. 全上古三代秦汉三国六朝文 [M]. 北京：中华书局，1958：1098.
④ 刘大櫆. 海峰文集 [M]. 刘继重刊本，1874（同治甲戌冬月）.
⑤ T.E.休姆. 语言及风格笔记 [M] // 赵毅衡. 新批评文集. 天津：百花文艺出版社，2001：306-308.
⑥ 黑格尔. 美学 [M]. 朱光潜，译. 北京：商务印书馆，1979：376.

（3）文体具有与他人的区分度。具体到实际的创作，优秀作家的文体不仅能够实现自我才性与风格之间的对应，更显示出一种独到的、可以和他人区分的优长。它体现于审美风格，如王骥德《曲律》云，马致远著《黄粱梦》具种种妙绝，但"一遇丽情，便伤雄劲"。或偏于雄劲，或偏于妙丽，二者难以兼备，在形成自我风格大概之外，往往会造成与其他审美风格的隔膜。又体现于题材选择，如袁枚《再与沈大宗伯书》论唐代诗人："庙堂典重，沈、宋所宜也，使郊、岛为之则陋。山水闲适，王、孟所宜也，使温、李为之则靡矣。边风塞云，名山古迹，李、杜所宜也，使王、孟为之则薄矣。撞万石之钟，斗百韵之险，韩、孟所宜也，使韦、柳为之则弱矣。"① 庙堂、山林、风月、香艳等题材，皆有着与其不可离析的基本风格限定，只有这种类的限定与作家才性偏宜吻合，作者始能驰骋才情于其间，并通过主体性情面目的贯注，创造出各自所宜的风格，否则即难臻上乘。

综上所论，诗歌体裁选择、格调定位最终归结于主体才性气质、人格精神这一审美观照特征，深深呼应了中国古代文体论的生命性质，其所强调的也就是创作者彼此之间艺术面目的差异性。

这一点上中西所论基本一致。西方文论的文体（style）源出希腊语，随后演化为拉丁文"stilus"，德文作"stil"，英文、法文皆作"style"，意味着三者同源。拉丁文"stilus"的本意为刻字刀，即在蜡板上刻字的铁笔。② 其本然意义中的这种力度感以及锐利突出特征，形成了它以"深刻印象"为主的精神底蕴，能够与他人相区分的风格之意即由此孵化。这种以"深刻印象"喻指风格的理念在布封《论风格》一文中，表达为"风格即人"：风格是应该刻画思想的，而非徒事乎锤炼字句与音调。③

中国古代文学理论中"风格即人"的意蕴在魏晋之际已经出现。上文有关文体对才性的呼应论述中都体现了这种指向。陆机《文赋》所谓"夸目者尚奢""论达者唯旷"，也部分包含"如此才性对应如此面目"的内容。而《文心雕龙·才略》篇云："才难然乎？性各异禀。一朝综文，千年凝锦。余采徘徊，遗风籍甚。无日纷杂，皎然可品。"古人创作之所以使后人皎然清晰，如对面品味，原因就在于其创作之中含蓄着作家的主体才性，于是，性情褊隘者其词躁，宽裕者其词平，端清者其词雅，疏旷者其词逸，雄伟者其词壮，蕴藉者其词婉，确乎能够实现"文如其人"。明人冯时可《雨航杂录》卷上也曾论称：

> 永叔侃然而文温穆，曾子固介然而文典则，苏长公达而文道畅，次公恬而文澄蓄，介甫矫厉而文简劲，文如其人哉。④

"文如其人"是对富有性情才能者创作的艺术概括，是对最高品位作品的礼赞，也是一种至高境界的设定。其就文辞风格而论文体，本质即在于强调创作者彼此之间的才性气质差异，并由此伸张文学创作的个性化审美。

① 袁枚.袁枚全集（第二册）[M].南京：江苏古籍出版社，1993：285.
② 威克纳格.诗学·修辞学·风格学[M]//歌德，等.文学风格论.王元化，译.上海：上海译文出版社，1982：16.
③ 布封.论风格[M]//高建平，丁国旗.西方文论经典（第二卷）.范希衡，译注.合肥：安徽文艺出版社，2014：635.
④ 文渊阁四库全书（第867册）[M].影印本.上海：上海古籍出版社，1987：329.

❀❀ 第二节 文体核心意蕴的发展路径 ❀❀

中国古代文体论经历了一个从体裁特质言说为主，再到风格或风调言说这一意蕴凸显的过程。

中国古代文体论起初集中于体裁辨析，而风格意蕴也正是在体裁辨析之中逐步发展起来的。早期文体的主要意蕴之一就是体裁。依据现存文献，体裁关注的发端可追溯于《尚书》著名的"诗言志"论，《庄子·天运》《庄子·天下》篇有关六经分类的论述，也可以视为体裁分类的滥觞。随后，以体裁为主的文体关注，便成为魏晋六朝文学批评的主流。或概括体征，如桓范《世要论》、陆机《文赋》、李充《翰林论》等，归纳了诸多体裁的基本内涵与特征。或梳理源流，挚虞《文章流别论》对诗、赋、契、箴、铭、颂、哀辞、诔、碑等源流做了辨析，其中对体裁特征有更富理论意蕴和审美高度的提炼。及于《文心雕龙》，则以二十篇专门讨论各种体裁，相关讨论采用了统一的规则，即梳理体裁的流变，阐释各种体裁的名称及命名所包含的意义，以相关体裁的名篇来说明这种体裁所具有的核心特征，提炼各种体裁的基本特征及写作要求。较之此前对体征、源流的简单概括，这种体裁研究自可谓之兼综。

以上体裁及其类别的研讨，早期尚无总体而专门的称谓，至曹丕《典论·论文》开始直接名之曰"体"。文章前有"文非一体，鲜能备善"之论，继而则云："夫文本同而末异，盖奏议宜雅，书论宜理，铭诔尚实，诗赋欲丽，此四科不同，故能之者偏也。唯通才能备其体。"其中体即体裁的意思显而易见。他如陆云《与平原书》所云"体便欲不清""体都不似事""不体"等，皆就言辞形式、表现体制与规模是否合乎体裁的要求而言。萧统编辑《文选》，自道"凡次文之体，各以类聚"，也是以体裁论文体。

在这种体裁辨析过程中，体裁本身的特征或曰体裁风格的提炼是其核心内容。曹丕以"雅""理""实""丽"概括奏议、书论、铭诔、诗赋的体裁性质，其本质就是风格提炼。陆机《文赋》所谓"诗缘情而绮靡，赋体物而浏亮"，显然是在以"缘情绮靡"与"体物浏亮"概括诗歌与辞赋的体裁风格。而《文心雕龙》更是处处体现了以上理路，诸如檄文："檄者，皦也。宣露于外，皦然明白也。"如奏章："章义造阙，风矩应明。"如表："表以致禁，骨彩宣耀。"又如史论"师范于核要"、箴铭等"体制于弘深"，等等，皆就体裁来研讨其风格的走向与限定。

体裁风格论与禀气论、才性论的融合，促成了文体论的全面成熟。这种融合的主要理论资源是以王充为代表的禀气论，禀气论在汉魏之交影响深远，它通过人物品目、政治铨选与清谈形成才性话题论辩，进而融入了文艺批评。这种转化与融合的重要标志依然是《典论·论文》。该文之中，曹丕着重涉及了以下两方面内容。

其一，"文非一体，鲜能备善"，必须"审己度人"。其中之"己"与"人"不是随意的指称，二者鲜明地指向创作主体的个人才性，表达了才性对体裁的限定之意。

其二，才性的敏迟、清浊通过艺术手段可以基本显现在依托体裁进行的创作之中，此为个人风调。

以上二者属于一个系统，不可析分。所以在体裁之论以后，曹丕便把论述视点转移至才性与风格的关系："文以气为主，气之清浊有体，不可力强而致。譬诸音乐，曲度虽均，节奏同检，至于引气不齐，巧拙有素，虽在父兄，不能以移子弟。""气"指创作主体的禀气，为才性的物质性表达，出于天赋，有其分量，不可更易，不可传习。禀气如此的规定性成就各自主体之"体"，这个主体之"体"对应着不同文学体裁独到的审美要求，进入作品便能够赋形为不同的与本然之气对应的风格体调。禀气之体、体裁之体、风体之体三者在审美意义上实现了统一。

文体论的以上发展历程，体裁是发端，是基础，如同人体的骨骼架构初成；风格风调是个性闪耀，类似人的风貌精神。创作能符合相应体裁的内在规定要求，此为"得体"；体裁之中能够充分呈现自我风调即标志着"成体"。能够"得体"进而"成体"，是艺术成熟的体现。

第三节　影响文体的主要因素

中国古代文体论以"诗言志""吟咏情性"为根基，从"人"的主体生命之气出发，讲究前后贯通，浑然一体。"人"代表着修辞立其诚前提之下的一种独到个性，而"文"就是能够鉴照自我的一面镜子。关于文体，当然离不开时代、地域的外在影响，其内在主要影响因素则可概括为如下两点。

其一为才、气、学、习。《文心雕龙·体性》云："夫情动而言形，理发而文见，盖沿隐以至显，因内而符外者也。然才有庸俊，气有刚柔，学有浅深，习有雅郑，并情性所铄，陶染所凝。"情虽然提供了创作动力与内容，但才、气、学、习的庸、俊、刚、柔及浅、深、雅、郑，又对情的书写有着决定作用。其中，学、习为后天，可以调整；才、气——本然才性，兼融着潜能与性情气质——得自先天禀赋，不是功夫可以更定。

其二，主体的道德人格。早在先秦之际，"修辞立其诚"的思想已经确立。两汉察举以德、才为主，及于东汉文人评论屈原及其创作，虽然有人盛赞"体统诗雅"，但班固仍然以其"露才扬己"而不以为然，道德已经成为重要的作家批评标准。《文心雕龙·程器》之中又明确将道德、器用纳入创作主体的素养系统。从隋唐开始，"风格即人"的批评之中更是开始融入浓重的道德内容，如王通《文中子·事君》论六朝文人，所谓"谢灵运小人哉，其文傲""沈休文小人哉，其文冶"等论，已是鲜明的道德评价。从此，文学艺术的品位便不仅仅系于作者的才情学力，而是与其胸襟人格、道德器识息息相关。柳公权论书法："心正则笔正。"随之后人敷衍出"人正则书正""作字先做人"诸论。画也是如此，王昱《东庄论画》有云："学画者先贵立品。立品之人，笔墨外自有一种正大光明之概。否则画虽可观，却有一种不正之气隐跃毫端。文如其人，画亦有然。"[1] 如此，诗自然概莫能外：

> 要知心正则无不正，学诗者尤为吃紧。盖诗以道性情，感发所至，心若不

---

① 王伯敏，任道斌. 画学集成（明—清）[M]. 石家庄：河北美术出版社，2002：421.

正，岂可含毫觅句乎？昔有人问余曰："谚云'歪诗'，何谓也？"余戏之曰："诗者，心之言，志之声也。心不正则言不正，志不正则声不正；心志不正，则诗亦不正。名之曰'歪'，不亦宜乎？"①

即使并非直接从道德考究诗人，一般文艺批评之中，在期待"一读其诗而其人性情入眼便见"的效验之际，便同样赋予了如下考量：创作本身必须属于"诗本性情"的"真诗"范围。这其间既有心画心声的省示，也兼容了才学技艺的考量，同样有着对作者道德人格规范的要求。

不仅主体涵养的要求如此，即使作品之中也要贯彻这种源发于主体人格修为的风范，以成就厚人伦、美教化、移风易俗的事业。于是《诗经》有郑风，孔子即云"放郑声"，原因则是"郑声淫"。此后类似唐代"咸、乾今体才调歌诗"的沉湎声色、部分宋元词曲的纤艳轻薄、庸俗才子佳人小说的荡佚秽亵，皆为文体风格论者所批判。作为一种审美理想，对于立言与立人立品立德统一的高度期待，标志着中国文艺风格论的道德关怀，立文之体与立人之体，由此实现了统一。

◇ 阅读实践

李太白体与其天才、体裁、风格

"李太白体"是诗歌盛唐体的典型代表。那种放旷风流、神来情来气来的气象在李白诗歌中得到完美呈现。而"李太白体"本身并非一个抽象的或泛化的笼统存在，而是融会其天才禀赋、体裁选择与风格调度所形成的审美范畴。可以说，"李太白体"是李白依托其天才禀赋、体裁选择以及其灵心妙笔所成就的最终创作风格而建构起来的。

（1）天才禀赋。理论界对李白才优早有定论，如唐代孟棨《本事诗》："李白才逸气高。"唐代苏颋为益州长史，见李白而异之："是子天才英特。"宋人单独表彰李白之才者也大有人在，如宋祁云："太白仙才。"欧阳修宣称李白"天才高放"。《海录碎事》云："唐人以李白为天才绝。"《沧浪诗话》称"太白天才豪逸"。清代徐增《尔庵诗话》云："诗总不离乎才也。有天才，有地才，有人才。吾于天才得李太白，于地才得杜子美，于人才得王摩诘。"

（2）体裁选择。严羽《沧浪诗话》云："少陵诗法如孙吴，太白诗法如李广，少陵如节制之师。"法如孙吴、李广，系指成法与变法。李白不拘成法而自成天地，而少陵之法乃是以汉魏六朝为渊薮。如此诗法的差异，直接影响到李白对于体裁的选择。古人以李白杜甫对比而论，多有心得之语，如明代王世贞《艺苑卮言》云："五言律、七言歌行，子美神矣，七言律圣矣。五七言绝，太白神矣，七言歌行圣矣，五言次之。"李白杜甫对比，李白略显下风的是五言律诗、七言

---

① 薛雪. 一瓢诗话 [M]. 杜维沫. 校注. 北京：人民文学出版社，1979：92.

律诗，而其余绝句、歌行诸体，李白皆有巨大成就。回到李白的创作，也可以发现，他所流传的诗歌，其主体是歌行之体。之所以有如此选择，关键正在于歌行体于诗歌律法要求不似律诗森严，而李白的才气横溢，不拘法度，因而歌行更适合其才气的自由放飞。

（3）审美风格。严羽《沧浪诗话》云："子美不能为太白之飘逸。""飘逸"与其"诗仙"的才性正得一体。这种"飘逸"，正是古人所倾倒的"登闾风，坐天姥，傍日月，挟飞仙"。如此风格实为"神来"，必由天资，与其才性气象呼应；如此创作，是天才艺术生命的赋形，不可模仿而得。

李白的天才、李白对于歌行的侧重、李白诗作所呈示的飘逸风格，三者统一，共同凝聚为了"李太白体"。

◇ 关键词解析

一、体裁

体裁，初始之意就是以身体为依据的裁量布置。类似裁缝衣物，不同的人有着不同的体格形态，因而裁制的肥瘦长短便各有细微或显著的区分，体即成为裁的依据。从文学创作意义而论，起初的体裁就是创作所依托的文类，如诗歌、小说、词、文章等；再具体区分，或如文章之名目以下的诏、表、序、诔、碑等。其中附丽着各种文类的基本规则、法度。魏晋六朝文学批评的重要内容之一便是辨析体裁，如从桓范《世要论》、陆机《文赋》至李充《翰林论》、挚虞《文章流别论》以及刘勰《文心雕龙》等，皆致力于归纳体裁特征，梳理体裁源流。但早期体裁仅仅以各自命名相称，如直称为诗、赋、契、箴、铭、颂、哀辞、诔、碑等，尚无总的概括，直至曹丕《典论·论文》，开始直接名之曰"体"，体裁概念方始逐步明晰。当然，中国古代论文类意义的体裁仍以称"体"为主，"体裁"在古代也往往有其更为具体的所指。"体裁"的流行应用受到了新文学体裁分类的直接影响。

二、体类

就体裁而言，在诗、文、词、赋等等之外，中国古代文学还有诸多"亚文体"或"次生体裁"，如诗歌之下，可以细化出古体、近体，近体又可分为律体、绝句体，律体又分五律、七律、排律；就题材而论，诸如山林体、宫体、边塞体、闺怨体、田园体、公宴体等也皆入其类。以上体裁、题材汇总而言之即可称之为体类。

三、体派

由文体观照风格，同样有着众多的衍生文体风格。以严羽《沧浪诗话·诗体》为例，即包括时代之体，诸如建安体、黄初体、永明体、盛唐体、晚唐体等；个人之体，诸如陶渊明体、谢灵运体、李长吉体、元白体、东坡体、山谷体、杨诚斋体等。此外，历史上还有宗派之体，诸如江西宗派体、江湖诗派体等；另有地域之体，诸如竟陵体、云间体、浙派诗体等。以上不同文体风格具有审美的相似性、传承性，皆可称为"体派"。

◇ 本章小结

　　中国古代的文体论肇发于体裁风格的辨析，是主体才性气质、体裁选择、创作风格的统一。它具有高度的浑成性、完整性，具有创作面目的相异性，进而形成个性化审美。而自《文心雕龙》关于才、气、学、习影响文体风格的论述之中，已经蕴含了对于作家道德器识修养的期待。文体论不可与道德论离析，是中国文体论的显著特征。

　　与中国略有不同，西方有关 style 的基本论述则发生于修辞术。修辞术又称雄辩术，主要指公开演讲的艺术，属于一种道德告诫方式与专门的技术体系。它关注词语的力量与说服力。这种本源的差异使得中西关于文体的理论在相通之外有着一定的差异，尤其体现于其主观风格与客观风格的划分等理论思想中。

　　文体是文学的肌体与灵魂。无论何时何地，文艺的大道都在于：明乎文体，建构风格。

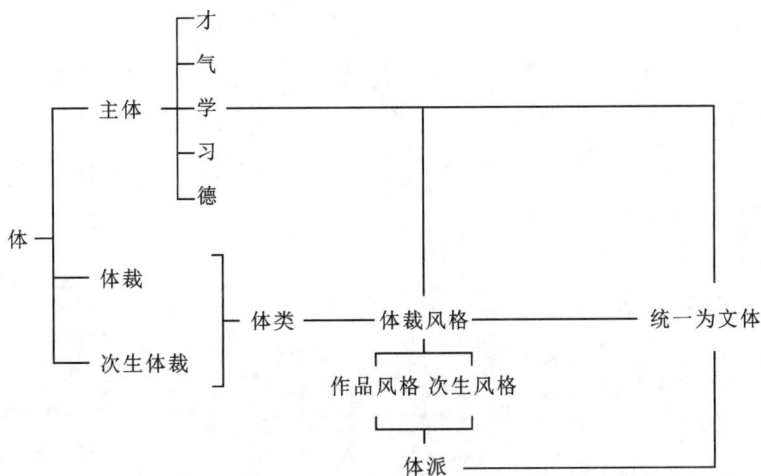

```
                     ┌── 才
                     ├── 气
         ┌── 主体 ───┼── 学 ───────────────────────────┐
         │           ├── 习                            │
         │           └── 德                            │
  体 ────┤                                             │
         │   ┌── 体裁 ──┐                              │
         └── ┤         ├── 体类 ── 体裁风格 ──────── 统一为文体
             └── 次生体裁┘              │
                              ┌────────┴────────┐
                              作品风格  次生风格
                                       │
                                     体派
```

◇ 思考与练习

1. 文体的基本内涵是什么？
2. 简述文体的具体意蕴。
3. 影响文体的主要因素有哪些？

第三编

文学与人学

第七章
文学与情感

教学导航

学习目标	了解文学情感的基本特点和分析方法，培养理解文学中隐含情感的能力，提高对身体、主观感受和语言关联的认识
重难点	文学情感的基本定义，如何解读文学作品中的情感
推荐教学方式	课堂教学与学生讨论相结合
建议学时	2 学时

情景导入

陈世骧曾对诗歌的情感基调做出过如下解释："诗所流露的精神或情绪的'感动'，此物不可隔离，分布于全诗；所以我们称之为'气氛'，并以为我们已经体会到某种'诗情'。"① 如果"诗情"很难从"诗歌"整体中分离出来，那么我们如何判断文学话语中的情感？为什么要研究文学中的情感？研究文学情感如何帮助我们理解人类社会的历史、现状与未来？

---

① 陈世骧. 原兴：兼论中国文学特质 [M] //陈国球，王德威. 抒情之现代性："抒情传统"论述与中国文学研究. 北京：生活·读书·新知三联书店，2014：77.

理论阐释

●●第一节　基本定义●●

"情感"是人们对事物直接而主观的评价，是人们所谓主观性的最重要征兆。感官知觉捕捉到的信息对人体产生某种影响，呈现为一种主观感受，这种感受与判断和评估过程相结合，也经常呈现为某种行动力或行动倾向，这种与判断和行动相连的主观感受就是情感。我们可以说"疼痛"是一种感觉，与此相伴生的恐惧或憎恶就是情感，因为恐惧和憎恶，代表人对外界事物的主观反应和态度。这种主观反应可以直观显现为观念，也可以经由更曲折的过程，转化为有关情感的观念。比如许多人即使不反思自己的心理状态，也知道自己正在经历愤怒或恐惧等情感，但也有些人一时难以定义自己的主观感受，只能陷入沉默或借用通行的语言模式和文化脚本来尝试表达。焦虑和抑郁等词可以被认为是难以名状情感的替代性表达，难以穷尽主观层面的感受，也经常导致后者的屏蔽和异化。未与观念和语言相连的感受，很难称之为"情感"，也就是说，即便没有"愤怒"这个表述，与"愤怒"相似的生理变化和应激行为还是可能发生，但没有转化为观念的"愤怒"，很难得上是主观性感受，与日常语言中对"情感"的理解相悖。

无意识的情感与主观性情感类似，也体现了身体对内部或外界环境的评估和反应，但也有重大差别，因此不同的学者以不同方式对其命名，将其区别于主观性、观念性情感。情感神经学开创人之一勒杜（Joseph LeDoux）在 1996 年提出情感发生的两条回路，一条从丘脑通向杏仁核，快速简易，直接产生身体反应，另一条回路从感觉皮质通向杏仁核，进程较慢，与意识相通，形成情感观念。二十年之后，勒杜建议将由下皮质回路引发的人体抵制外界威胁的自动反应，称为"防御回路"（defensive circuits），与依赖前额叶回路和顶叶回路生成的主观性"情感"加以区别。[①] 在哲学领域，德勒兹使用"情动"（affect）这个词汇来表示身体强度的变化，这种变化凸显了身体与外界不间断的物质交换过程，不会凝结为观念或成为稳定意识的一部分，也不会被语言和社会规范捕获。affect 一词源于17 世纪荷兰哲学家斯宾诺莎，他用 affectus 表示情感，这是一个与身体"奋争"（conatus）力度强弱变化相对应的观念。德勒兹借鉴斯宾诺莎，强调情感与身体强度变化的关联，并对斯宾诺莎将身体与观念相连的早期现代观念，做出了后现代的改造。

---

① Joseph LeDoux. The Emotional Brain：The Mysterious Underpinnings of Emotional Life［M］. New York：Simon and Schuster Paperbacks，1996；Chapter Six. LeDoux ，Pine D S. Using Neuroscience to Help Understand Fear and Anxiety：A Two-system Framework［J］. American Journal of Psychiatry，2016，173（11）：1083-1093.

一 从身体性到建构性

不论我们使用"情感"这种日常观念（在英语中可以对应 feeling、emotion、affect 等词汇），还是特指无意识的"情动"，都必须将其追溯到物质性身体与环境交互后发生的物质性过程。有时候想象的事物——比如一个虚构人物或意象——也会激发情感，但视觉或听觉想象的机制，与视觉和听觉本身非常相似，需要依靠感官和身体性经验才得以成立。没有身体和感官，哲学家所设想的"缸中之脑"——即被从身体分离而与电脑连接的大脑——无法产生和体验人类日常语言所定义的情感。

与此同时，情感的建构性——即其与社会环境的关联——也不容忽视。研究情感的科学学者和人文社科学者都深刻认识到这一点，虽然他们的观点也有重要差异。认知科学家和心理学家指出，情感不只是身体变化的主观投射，与认知也有重要交接，这里的认知包括非反思的直观认知，也包括以语言和社会规范为媒介的规训式认知。美国神经心理学家拉塞尔（James Russell）指出，所有观念性情感都与某种被直观认知的感受相连。观念性情感的生成过程有一个出发点，即"核心情感"（core affect）。所谓"核心情感"，就是"可以有意识通达的作为最简单原始（非反思性）情感的神经生理状态"，这些情感会沿着"激活程度"（activation）和"愉悦程度"（pleasure）两个轴线变化。"核心情感"没有明确的目标，"不具有反思和认知的性质"，是直接被给予的。但"核心情感"与原因和对象绑定之后成为"被归因情感"（attributed affect），语言在这个环节中发挥了"元情感"的作用，使得切身感受与普遍范畴相连。拉塞尔将完整的情感表达称为"情感篇章"（emotional episode），强调其建构性，说明情感不仅依靠神经回路，也是一种文化脚本。[①] 换言之，情感并不是一个单纯的主观感受，而是在特定文化语境中的集体性建构。

与情感科学相比，社会科学中的情感构建理论更强调社会对心理的塑造作用和情感认知的社会性，注重情感生成中情境的作用。这也就是说，社会科学同样认可情感的直观基础，但将其与个体的直接感受拉开距离，凸显了情感经验的形塑和规训作用。民族历史学家舍尔（Monique Scheer）明确地提出情感是一种实践，包括启动、命名、交流和管理等诸多环节，并勾勒了"社会结构对身体的渗透"以及两者在情感生产中共同发挥的作用。[②]这个观点在 1970 年代人类学家的研究中已经非常显著，如后面正文所述，与舍尔同时代的社会学家维瑟雷尔（Margaret Witherell）等学者也提出了类似观点。

二 无意识情感如何浮现于意识

在情感科学看来，无意识情感与观念性、建构性情感之间虽有交集，但不会互相干

---

① James A. Russell. Core Affect and the Psychological Construction of Emotion [J]. Psychological Review，2003，110（1）：145-172.

② Monique Scheer. Are Emotions a Kind of Practice（And Is That What Makes Them Have a History）? A Bourdieuian Approach to Understanding Emotion [J]. History and Theory，2012（51）：193-220.

扰，也不会互相转换。勒杜就主张将表达主观状态的情感词汇，与"位于非由主观控制行为基底的神经回路"相区分。[①] 但精神分析学和人文社会科学对主观情感和无意识情感关系的认识并不相同，在这些领域看来，无意识是一个与语言和文化辩证相通的领域，两者的互动和转化，会使得肉身经历及其情感生涯发生变形。

我们以弗洛伊德的"压抑"（repression）理论为例，初步说明人文社科领域如何看待情感在意识与无意识之间的跨越。《压抑》（1915）一文延续了弗洛伊德早年有关歇斯底里和强迫性神经官能症的研究。他表示，某些心理驱力以及与之相伴随的情感，会被阻挡在意识之外，但这些驱力和情感的表征会产生与自身相关、但距离足够远的衍生物，后者就可以"自由通抵意识"。[②] 比如某些禁忌性欲会转变为一种对特定事物的恐惧而进入意识。这种压抑机制告诉我们，无意识情感（情动）与意识是相通的，但只能以一种类似隐喻和象征的隐微方式出现。

三 情感的悖论性定义

总之，"情感"源于身体与物质和社会环境的交接，会因为神经运作的性质与社会脚本的限制等因素的共同作用，而以不同形式浮现于观念。有时候，观念与身体性情感之间有着紧密的契合，赋予人同一性。这种同一性并不是主体性的唯一源泉，却是其重要根基。但在其他情境下，情感却呈现出一种不可知的特性，是意识中的异己之物，使人产生与自身的疏离与隔膜，取消主体性。因此，我们必须在这里对宽泛意义上的"情感"——包括观念性情感和无意识情感——做出一个充满悖论性的定义：一方面，情感是主观世界显现自身的方式，在很大程度上被直观感知而进入意识；另一方面，情感又是不可知的，无意识的情动有时候与意识隔绝，有时曲折地通向意识，其间会受到物质环境、社会性语言规范和权力结构的多次中介。身体的讯息与观念建构之间有着许多不完全敞开的通衢，正是这些通道使得被建构的情感成为符号，既不能被遮蔽又无法被揭示。因此，情感也是主观世界边界模糊，受到语言和社会干扰形塑的一个表征。总之，情感是自我之所以成立的基础，也是自我瓦解的缘由。

第二节 文学情感研究的目标和方法

从文学的角度来说，最关键的可能不是确定最为复杂合理的情感分类系统，而是以情感问题为契机，考察主体构成、社会情境和话语系统之间的错综关联，以及这种关联对观念构成的作用和影响。简而言之，文学情感研究的基本任务是考察处于社会情境和话语系

① Joseph LeDoux. Semantics, Surplus Meaning, and the Science of Fear [J]. Trends in Cognitive Science, 2017, 21 (5): 303-306.

② Freud. Repression [M] //The Standard Edition of the Complete Psychological Works of Sigmund Freud. James Strachey trans eds. London: The Hogarth Press, 1981: 146-158.

统之中的身心互动机制，即考察文学语言如何构建身心关系，如何与同时代其他形塑身心关系的社会环境与话语系统发生互动。

一 如何在文学文本中辨别情感经验

我们在阅读文本的时候，一般要从判断文本中呈现了什么样的"情"入手，但因为经验性情感并不完全与观念性情感对应，因此文学情感研究的第一步就非常困难，我们往往需要依靠许多迂回的方式来解读文学文本中的情感。

在西方文学研究的脉络中，情感向来就是一个复杂的问题。雷迪在《感情研究指南》一书中提出"衔情式话语"（emotives）这个概念，指"直接改变、构建、隐藏或强化情绪的工具"[①]，但这个话语的边界很难划定。文学文本中的所有语言，都可能是衔情话语。我们可以分四个类别说明。

（1）情感范畴。如果文学作品中直接出现"悲伤""惊讶"等字眼，那自然会给予读者较大的提示。但虚构人物的内心世界经常十分复杂，即便叙事者指出他们的情感状态，仍然有很多有意识和无意识的内心活动，藏在冰山之下。海明威提出了这个"冰山理论"，也在自己的作品中践行了这种创作原则。如果一个故事的叙事者并不可靠，那读者就更不能把叙事中的情感范畴当真，康拉德、亨利·詹姆斯和麦尔维尔等作家，都以使用不可靠叙事者著称。

（2）情感征兆。文学作品中经常对人物的行为举止进行描绘，也会通过内心独白和心理转述等手段描绘内心活动，但不直接使用表示情感范畴的词汇来对人物的情感状态加以揭示。与此同时，有很多情感状态是复合而模糊的，可能是有意识情感和无意识情感的叠加和交织。这时候，读者只能从文本中包含的线索和征兆中推测人物的情感状态。契诃夫的短篇故事和剧作《海鸥》中都出现了突然拔枪自杀的人物，但并没有向我们揭示其心理动因，这时候读者就需要做出揣测。20世纪小说对人物内心的展示愈发隐晦，当代黑奴叙事、犹太人大屠杀小说和女性小说，刻画了不少因为过往的创伤而因承受忧郁、焦虑等情感状态的主人公。

（3）情感特质。文学中的情感不仅与虚构人物有关，也与作品整体的精神取向有关，在抒情诗中与"言说者"相连，在叙事作品中与叙事声音相连，有时候显现为"语调"，有时候显现为"美学特征"。倪诏雁曾经分析过"语调"（tone）这个叙事元素，认为在形式分析中，语调经常被理解为"态度"或"立场"，但其实这两者都与情感相关。对文学作品"语调"的解读，是对文本总体价值取向的解读。比如"paranoid"（偏执）这种情感基调，被认为是后现代小说中常见的情感基调，托马斯·品钦的小说《拍卖第四十九批》（1966）是其中的代表，小说主人公是一位居住在加利福尼亚州的主妇，因为观察到城市中遍布的一些记号，而开始怀疑是否存在一个秘密的收递邮件的地下组织。这种对不可见和无法确定的系统性力量的阴谋论式揣测，引发了不安感，使人惶恐也使人自嘲。这种复

[①] 威廉·雷迪.感情研究指南：情感史的框架［M］.周娜，译.上海：华东师范大学出版社，2020：139.

杂的情感不仅笼罩着女主人公，也可以认为是小说叙事者的心理状态。情感特质也同样蔓延在文学作品的审美取向中，我们经常使用"崇高"或"秀美"等审美范畴来描写文学作品，这实际上隐含着对作品总体情感倾向的判断。比如雪莱的《勃朗峰》就是"崇高"诗学的一个例证，它描写了阿尔卑斯山勃朗峰的险峻巍峨之相，思考强大的自然是否能与基督教信仰兼容的时代性问题，最终给出了一个较为肯定的回答，认为自然与精神相通，自然贯穿着神秘而宏大的精神力量。因此，"崇高"这个审美范畴有一种乐观的信念相连，表达的是对人与世界和谐关系的肯定，《勃朗峰》的崇高背后渗透着拨云见日的欣慰感。

（4）情感暗示。文学作品中看似与人物情感无关的细节和描写，都可能是某种情感的暗示。《包法利夫人》中的景物描写是最为著名的文学案例，小说中包含大量对城市、小镇和农庄自然风光和家居物什的描写，这些描写不仅还原了历史背景，也具有重要的情感功能，一方面是以景写情，暗示人物情感，另一方面是暗示叙事者看待景物的方式，隐含对包法利夫人追求感官和情感满足方式的批判，提示她摆脱自身狭窄视野的可能。同理，我们在狄更斯、巴尔扎克、乔伊斯、格里耶等作家笔下，都能看到大量对物品的描写，比如狄更斯《荒凉山庄》中的典当铺，和《驴皮记》中的一众商品萦绕着"异化"的浓重阴影，凸显了人被物役使，也因此沦为物的伤痛。

这告诉我们，文学作品中的所有元素都具有表情功能，都可以被认为是"衔请式话语"，对文学作品的"情感"做出阐释，既是对整部小说展现的多重内心世界——包括人物和作者的内心世界——的合理阐释，也是对这种内心世界的生成语境和政治批判意义做出解读。这也就是文学情感研究的特殊难度。

从中文语境来说，"情"的用法一般也总是与语言联系在一起。中国文学如何表情也是一个基础性问题，对情的呈现也以各种形式手段实现。除了使用情感范畴和情感征兆来写情，使用物和景物的描写也很常见，对文学作品整体性的情感基调，也有诸多解释方式。

陈世骧先生于1969年撰写了《原兴：兼论中国文学特质》一文，为他在1971年提出的"抒情传统"的论证打下了基础。他在该文中指出，《诗经》中"兴"这种手法模拟"原始舞蹈时人们发出的激动的呼声"，使得"韵律与意念的交互感应"。[①] 徐复观在《释诗的比兴——重新奠定中国诗的欣赏基础》中也将"兴"的手法与情相连："兴的事物和诗的主题的关系……是由感情所直接搭挂上、沾染上，有如所谓'沾花惹草'一般；因而即以此来形成一首诗的气氛、情调、韵味、色泽的。""兴"并非无意义的语言重复，而是标志着情感被事物触发而外显的过程。[②] 李志春对这种说法做了补充，认为"兴"所寄寓的情感并非自然情感，而是"凝聚着生活世界的伦理价值"的道德情感，作为言此意彼的手法，兴不仅仅搭建了一条符号链条，更是在其中注入了感物兴情这种物质性的流转变迁。[③]

---

① 陈世骧.原兴：兼论中国文学特质［M］//陈国球，王德威.抒情之现代性："抒情传统"论述与中国文学研究.北京：生活·读书·新知三联书店，2014：77.
② 徐复观.中国文学论集［M］.北京：九州出版社，2014：93.
③ 李志春.从"即生言性"看自然情感与道德情感之关系：以《性自命出》为契机［J］.国际比较文学，2022，5（1）：123-140.

中国诗词中的景物描写对情感呈现的重要地位同样不言而喻。基于高友工先生有关律诗是中国抒情文学"美典"的断言，吕正惠曾对律诗中景物描写的情感功用做出过分析。她指出，古风是"感情直接的表现"，而律诗却将情感熔铸在固定形式之中，律诗的中间四句描摹意象，并构成两个对句，此处描写的自然意象因为对句的使用，而得到固定和强调，经历了一个"本质化"过程，而一首律诗的最后两句，也就因此可以顺利地将感官印象转变为对情感的呈现和感悟。我们可以在李商隐《锦瑟》的最后两句"此情可待成追忆，只是当时已惘然"中清晰地看到感官经验如何变成作为生命最真实核心的情感。

在中国文学中，如在西方文学中一样，"衔情式话语"不仅与物和景物的书写相关，也体现在中国诗歌贯穿的整体性情感基调中。陈世骧在分析"兴"的文章中，也同时对何谓诗歌的情感基调加以了解释："诗所流露的精神或情绪的'感动'，此物不可隔离，分布于全诗；所以我们称之为'气氛'，并以为我们已经体会到某种'诗情'。"[①] 这也可以追溯至刘勰对情的看法，他在《文心雕龙·情采》篇中提出"文采所以饰言，而辨丽本于情性"；在《文心雕龙·物色》篇中提出"物有其容；情以物迁，辞以情发"。[②] 蔡宗齐也从刘勰的观点出发，总结出有关六朝"情文"的理论，蔡宗齐认为创作意象的过程即"情、物、言三者的互动"[③]。正如陆机《文赋》所言："情瞳昽而弥鲜，物昭晰而互进。倾群言之沥液，漱六艺之芳润。"[④] 同样的观点甚至可以延伸至小说。萧驰曾经富有新意地指出，才子佳人小说与骈偶现象与小说中嵌入的诗歌有很多同构之处，体现了规则和对称的宇宙，流露出一种"感性的乐观主义与理性的乐观主义的统一"[⑤]。

可见，情的含蓄是一个跨文化现象，不能简单归于某一民族的表情方式。情感作为一种建构和实践，急切召唤着读者的阐发和解读。我们对文本情感的指认，也是对其内涵的整体性阐释，需要调动文学研究的所有工具。

●● 第二节　情感与主体 ●●

为什么要研究文学中的情感？也就是说，研究文学中的情感应该受到什么样问题意识的指引？一般来说，分析作品中的情感是为了说明情感构建与生活世界的关联，说明生活世界中贯穿的人与物的交感兴会，对我们理解每个时代心灵与社会构成的方式，都有着重要作用。文学情感研究有很多主题，比如医学、法学、政治、经济、伦理学话语与意识构

---

① 陈世骧.原兴：兼论中国文学特质［M］//陈国球，王德威.抒情之现代性："抒情传统"论述与中国文学研究.北京：生活·读书·新知三联书店，2014：77.

② 刘勰.文心雕龙义证［M］.詹锳，义证.上海：上海古籍出版社，1989：1157，1732.

③ 蔡宗齐."情"的概念何以拓展——从先秦"情""性"论辩到两汉六朝文论中的情文说［J］.探索与争鸣，2020（2）：47.

④ 转引自蔡宗齐."情"的概念何以拓展——从先秦"情""性"论辩到两汉六朝文论中的情文说［J］.探索与争鸣，2020（2）：46.

⑤ 萧驰.从"才子佳人"到《石头记》［M］//陈国球，王德威.抒情之现代性："抒情传统"论述与中国文学研究.北京：生活·读书·新知三联书店，2014：566.

成之间的关联，不过所有这些主题都必然与不同时代身体与心灵交接的方式，以及意识不同维度的互动方式有关。因此，也都与主体在历史中演变的问题紧密衔接在一起。所谓主体，所谓"主体性"，在当代现象学理论中指的是自我觉知，即自我的"被给予性和可达性"，这种觉知是所有意向性行为的有机组成部分。① 自我觉知不依赖反思，但反思有助于形成更清晰连贯的自我观念，加强主体性。

这一部分先分析西方文化史上情的观念及其与主体观的关联，再转向中国。

17、18世纪情感理论在西方的大量出现是有着明确的社会和政治背景的。对启蒙时期的欧洲来说，情感能否在物质性身体与理性之间进行斡旋，并使两者达成某种协调的问题，具有重要的社会和政治意义，不论是商业社会的有序发展，还是政治主权从绝对君主向公共领域的迁移，都以特定的"人"为条件。能自发构成和谐共生的私人和公共领域的个体，必须有充沛但可知且可塑的情感，这样的人具有内在性，能根据自身感受制定道德规则，同时又向他人敞开，能感知他人情感并以普遍感受为标准，调节自身感受。因此，17、18世纪出现了大量情感理论，成为"人类科学"（休谟所谓 Science of Man）的关键组成部分。对情感机制、功能及其是否会溢出理性控制的探讨，是启蒙时期道德哲学、美学、人类历史书写和社会学的一个核心任务。层出不穷的情感话语，旨在论证现代人是否能以情感为纽带使身体和心灵实现整合，是否可以依据情感树立道德和审美判断的标尺，而不至于被强烈的身体性激情所左右。用当代理论术语来说，这就是在论证人是否具备"主体性"。正是有关情感的探讨，决定了启蒙思想中有关"内心""私人"和"社会"的思考，决定了西方现代文化的走向。这些理论的涌现体现的是对人是否能成为人这个重要问题的思考。以往我们一直认为，18世纪启蒙时期见证了现代占有性个人主义的崛起，但此时形成的现代主体观念，实则是个人权利与人际和谐的共存。

写实性短篇小说，即私人内心的写照，在18世纪的欧洲小说中快速发展起来。18世纪小说试图协调个人主权与外在限制之间的冲突，与我们之前总结的启蒙时期的主体观的内在丰富性，具有互文关系。这些作品一方面强调私人内心和情感可以被描摹、概括，是由私人占有的财产，另一方面强调私人内心总是向公共流通和交往的领域敞开。不断表演的姿态和没有确定的真相，无法被任何个体完全占有。西方现代小说在延续之前叙事文学的基础上，做出重要创新，发展出了凸显人物多维度内心，体现人物与环境之间复杂关系的多种叙事和描写手法。情感小说通过对私人领域和个体"内心"的描摹，构建国家政体的隐喻，将个人情感选择的权利作为公民主权的隐喻，因而具备社会与政治批评的功能。用麦基恩的分析来说，18世纪小说中"政治统治的公共术语被用来考察和指涉家庭的性质"②。

中国文化和文学研究者与莱布尼茨的思路有共鸣之处，也同样认为中国人讲究个体之

---

① Dan zahavi. Subjectivity and Selfhood：Investigating the First-Person Perspective ［M］. Cambridge：MIT，2015：12.

② Michael McKeon. The Secret History of Domesticity ［M］. Baltimore：The Johns Hopkins University Press，2005：120.

间流转依存，而情感就是这种循环关联的表征。这种观点有其依据，在中国思想史和文学史中都有所体现。

李泽厚提出的"情本体"论，就是试图强调中国文化思想中情的根本地位，就是将人的生发与人的本质都基于万物感应和流动之中，"反对以伦常道德作为人的生存的最高境地，反对理性统治一切，主张回到感性存在的真实的人"，回到"群居动物的自然本能"。①这种立场可以称之为"情本体"论，这里的"本体"指的是经验的核心及其物质性基础。李泽厚特别指出，"心性之学"并非中国文化神髓，宋儒所谓"心统性情"，是把道德律令放置于"情"之上。然而，如果我们将"仁"视为"性"，即超越经验的"天理"，那就是错误地从具体的情境、情感转向了抽象的理性本体。在今天看来，虽然李泽厚的"自然本能"说应该加以调整，与生活世界的伦常勾连，但"情本体"论准确地言说了情作为世界物质性链接表征属性，对中国人主体观念的流动性，表述得也比较到位。

从文学研究来看，受"抒情传统"理论体系影响的学者在中国文学传统中，勾勒出一种特殊的写情传统，在文学中考掘出了情感发源于人与自然的交感应和的观点。郑毓瑜在研究先秦诗赋和六朝情境美学的时候，特意强调中国传统中常见的"感性的主体"（这种说法不仅与李泽厚的"情本体"理论相通，还可以追溯至更早的牟宗三著作《才性与玄理》）。郑毓瑜指出，《诗经》《楚辞》或汉赋中大量的重言叠字，既写物也表情（比如"灼灼"不仅描写桃花的美盛，也体现了女性婚嫁顺应时节的状态），体现了人与物之间界限的消弭，连接不同物种，将宇宙视为"人与万物共存共感、相互应发，也同步显现的'相似所在'"②。与此相比，六朝文人创作也同样体现了"感物"原则，不仅继承了先秦两汉"感于物而动，故形于声"（《礼记·乐记》）等应物情动的讲法，"而是更在情、物之间联系以思心之用"，将情与物的交接凝成具体的思。③

不过，中国的情感理论是复杂而多维的，儒家思想中的内在平衡，最鲜明地体现于宋明时期的理学、心学之争中。朱子将"性"等同于"理"，将"情"理解为外界事物引起的已发之态，因此，虽然朱子延续张载之说认为"心统性情"，但实际上排除了使性情融合，并复归于心的可能。王门心学认为"性"就是"心"，并在"心"中分出道心和人心，就是将伦常原则与自然欲求融合，而王门后学又以此为基础提出"心不离身""即情即性""情性皆体"等说法。不过，心学所主张的道心与人心为一心之说，也难以完全弥合情与性的裂隙。因此情是否能够与贯穿天地宇宙的"理"合二为一，并不清晰。中国思想史中并没有特别稳固的主体观，正是因为情的流动是否能与"理"融合，并没有确定答案，这与17和18世纪西方思想史中笛卡尔的身心二元论，形成了鲜明的差别，也与浪漫主义时期在内心与外部世界和神性之间构筑一致性的"内在超越"论，有着重要差别。④

宋明儒学思想在情感观念上的犹移，也体现在文学层面。阳明心学与晚明"世情小说"的联系也已经有很多学者指出，冯梦龙所谓"我欲立情教，教诲诸众生"，就是要以

① 李泽厚. 李泽厚对话集：中国哲学登场 [M]. 北京：中华书局，2014：60，64.
② 郑毓瑜. 引譬连类：文学研究的关键词 [M]. 北京：生活·读书·新知三联书店，2017：9.
③ 郑毓瑜. 六朝情境美学 [M]. 台北：里仁书局，1997：8.
④ 参见韩振华. 突破、抑或迷思？儒学"内在超越说"的跨文化考察与批判重构 [J]. 复旦学报，2019（2）：26-34.

载情的笔记和拟话本故事形塑和启迪心灵。不过，这个时期中国文学中的情感观念非常复杂。①林凌翰认为，晚明时期中国对情感的理解具有鲜明的"外在性"特征，正如《牡丹亭》所言，"情不知所起，一往而深"，无法与性整合在一起，因而统率性与情的"心"，具备着不可规约的多维性，而个体与外在规约以及他人之间，也有着不可弥合的裂痕。这个时期的情感观点偏离了《礼记》中关于"情生于性"的理解，不认为情感出自一个完整独立的内心，同时也偏离了另外两个情感隐喻——即"风"与"梦"——所暗示的内外交感兴会的状态。②

以上论述告诉我们，在中西两个场域中，有关情感与主体关系的认识，有着比较明确的差别。17和18世纪的欧洲在构建现代主体性的过程中，将情感与知性做了一个整合，而在中国情感话语中，很早就已经形成的交感兴会理论，使得二者始终无法分离，到宋明理学中，却开始呈现出分离的状态。不过，虽然两者的发展路径和具体历程不一样，但两者都包含着相似的悖论。西方情感理论主体观的建立并非一蹴而就，情感始终是一个难题，无意识对主体的内在分裂作用，主体的构成和裂解，始终是一个动态过程，情感在其中起到了重要作用。在中国也是一样，孔子的心性之说十分复杂，一方面强调心具有内在的"仁性"，另一方面强调其欲性，因此重视对礼义法度的认知和依傍。正如杨泽波所言，我们不需要争辩孔子的本意为何，后世儒学中的朱子理学强调情感的外在性，即其被物引动也能受到礼法约束的特点，象山阳明系重视情感的内在性，强调仁性是一种直觉，但二者都"只是孔子之一翼"，彼此间有张力但也不可分离。③

总之，所谓文学中的情感研究，有两个基本要素。① 情感的辨认和构建：拆解文学文本中的各类形式细节，建立其与同时代历史语境的对话，由此指认作品中人物与叙事者（或言说者）的情感基调。这些情感往往呈现为复合情感或难以名状，只能以约定俗成的术语概括的情感，如"焦虑"和"忧郁"。随后，考察文本中的情感类型书写与心理学、医学、社会学等话语体系中的症状和成因描写是否有差异，以及文本中的情感书写与同时代物质文化、印刷文化、媒介文化的关联。② 问题意识的提出：探讨文本中的情感书写如何展示身体和心灵的关系以及心灵与各官能的关联。情感与知性可以合为一体，还是情感可能颠覆知性？情感书写如何呈现又颠覆人的主体性，在具体语境中具有什么样的社会与政治功能？

换言之，从文学研究角度来说，最重要的是在一个具体语境中，考察情感的生成和社会功能，勾勒情感书写与同时代其他话语体系的互文关系，以及其与物质文化的勾连，即以情感问题为契机，考察主体构成、社会情境和话语系统之间的错综关联，考察小说如何在具体的社会情境和话语系统中，建构身心互动机制，建构和展望人格与社会形态的变迁。文学中的情感研究方法千变万化，不可穷尽。

---

① 冯梦龙. 情史类略 [M]. 长沙：岳麓书社，1983：1.
② Ling Hon Lam. Spatiality of Emotion in Early Modern China：from Dreamscapes to Theatricality [M]. New York：Columbia University Press，2018.
③ 杨泽波. 儒家生生伦理学引论 [M]. 北京：商务印书馆，2020：371.

◇ 阅读实践

穆旦《野兽》

黑夜里叫出了野性的呼喊，
是谁，谁噬咬它受了创伤？
在坚实的肉里那些深深的
血的沟渠，血的沟渠灌溉了
翻白的花，在青铜样的皮上！
是多大的奇迹，从紫色的血泊中
它抖身，它站立，它跃起，
风在鞭挞它痛楚的喘息。

然而，那是一团猛烈的火焰，
是对死亡蕴积的野性的凶残，
在狂暴的原野和荆棘的山谷里，
像一阵怒涛绞着无边的海浪，
它拧起全身的力。
在暗黑中，随着一声凄厉的号叫，
它是以如星的锐利的眼睛，
射出那可怕的复仇的光芒。

1937 年 11 月 （收入《探险队》）

这是穆旦第一个阶段诗作中的一首，创作于他参军之前，1937—1941 期间收入诗集《探险队》。这个阶段是他作为"新中国"的先知和过去决裂的分界。七七抗战在穆旦看来是一个崭新的开始，一切过去，皆为序章。《野兽》这首诗的言说者与诗歌的猛兽，有着很深刻的认同，全诗弥漫着一种悲痛与愤怒之情。在古希腊伦理学中，愤怒和正义之间有一定的联系，亚里士多德认为愤怒是一种必要的情感，"一个人如果从来不会发怒，他也就不会自卫，而忍受侮辱和忍受对朋友的侮辱是奴性的表现"[1]。愤怒还有一种更深刻的意义，它使人认识到，灵魂中理智和欲望这些部分并不足以解释灵魂的全部，愤怒揭示了"情感"这个意识领域的存在，及其可能迸发的潜能。这也正是为何柏拉图在《理想国》第四卷中谈论城邦和灵魂的三个组成部分时，将激情称为"我们借以发怒的那个东西"[2]。穆旦书写猛兽的愤怒正是在描写民族灵魂深处情感的觉醒，灵魂主体性的觉醒。

---

[1] 亚里士多德 . 尼可马各伦理学 [M]. 廖申白，译注 . 北京：商务印书馆，2003：115.
[2] 柏拉图 . 理想国 [M]. 郭斌和，张竹明，译 . 北京：商务印书馆，2019：168.

同样重要的是，这首诗也是对 19 世纪英国浪漫主义诗人布莱克的《虎》的回应。布莱克的诗作开头一句："老虎、老虎，明亮地燃烧，在暗黑的森林中：是什么不朽的手和眼，敢于构造你可怕的对称?"穆旦描写的野兽也是"一团猛烈的火焰"，射出复仇的光芒，在形象上与布莱克的老虎有相似之处。穆旦在清华就读期间，曾在燕卜逊指导下读过布莱克的诗歌，对《虎》应该也至少是有印象的，这里出现的虎必然是对布莱克的首肯和致敬。

布莱克诗中的言说者"我"对着老虎发问，质询老虎这样凶猛野蛮的动物从什么地方来，被什么可怕的力量所创造，这些质询流露出对于造物者的不解和不满。如果造物主与被造物之间总有一些相似性的话，老虎令人可怖的对称，似乎指向一个特别阴森的创造者。由于老虎并非原生于英国，是首先从印度引进的物种，这里可怖的造物者可以指印度本土政治，也可以指英国在印度殖民侵略种的因和结的果。与此同时，这首诗也是对机械造物时代物质至上态度的批判，凶猛的虎可以被认为是机械时代的总体投影。"我"将造物主造虎的过程与机械锻造联系在一起，显示了布莱克在沿用诺斯替主义异教思想。诺斯替主义的二元论认为物质和精神分属两个世界，物质世界堕落邪恶而精神世界纯洁，物质世界的缔造者被称为巨匠（Demiurge，源自柏拉图《蒂迈欧》中的术语）。

同样，穆旦的野兽也与时代语境相连。它有着"对死亡蕴积的野性的凶残"，与魔鬼有着共通之处，这个魔鬼是抗日期间集体呼号的一部分，与爱国话剧《怒吼吧，中国!》（1932）等抗日剧目中的情感基调共振。更广义地说，这里的野兽也是反抗时代洪流的魔鬼。在《神魔之争》中，穆旦将魔鬼与资本主义奴役的劳工相等同，根据魔鬼的自我陈述："我有什么!／无言的机械按在你脚下，／充塞着煤烟，烈火，听从你／当毁灭每一天贪婪的期待，／他们是铁钉，木板。相互／磨出来你的营养。"穆旦对资本主义的批判，使他与英国浪漫主义诗人之间有着明确的呼应，愤怒是剧烈变动时代中各种抵抗运动的共享情感资源，正如费舍尔（Philip Fisher）所言，愤怒是"外在抗议和警告"与内在有关受到"毁坏和伤害"意识的结合。[①] 穆旦对政治暴力的批判与雪莱笔下的西风有着同样的豪迈，但也笼罩着更多阴霾。

穆旦在书写具体的历史，抒发历史中弥漫的愤怒。愤怒谈不上是个体对所处时代主动积极的回应，而是个体陷落在时代中无法获得主动性，无法摆脱被限制和矮化处境的标志，但愤怒也是社会机体发生剧烈不平衡，某种系统性变化即将到来的先兆。虎和猛兽是时代的表征，也是群体性情感的具象表达，可以说是一种典型的情动，投下猛兽般的可怕阴影，也会在适当的时机，孕育一场摧枯拉朽的革命。

---

① Philip Fisher. The Vehement Passions ［M］. Princeton and Oxford：Princeton University Press，2002：195.

◇ 关键词解析

一、情感

有关情感，我们可以有两种认识，可以分别称之为直观情感和不可名状的情感。情感的直观论认为情感是一种具身感知，身体由于外因或内因发生改变，将这种变化传递至大脑形成感知，并引发主观反应，这种反应随后又牵动身体行为，这种主观反应即情感。情感可以分类，并在大多数人类语言中找到相应概念。从这个角度来看，情感代表着一种威胁或取消个体完整性的力量，代表意识内在的他者。有些生理-精神的波动无法成为意识的一部分，难以被凝结为主体感受，标志着自我的分裂。当然，这并不意味着这些不向意识敞开的潜在感受，与意识完全隔离，经过许多层阐释和转译，它们仍然可以在意识中成型。从某种意义上说，所有的情感都始于"潜在感受"，都要经历一个"转译"过程，才能显现在意识中，成为需要依靠先验或经模仿而习得的概念。因此，我们可以对情感做出身体性和建构性的区分，前者一般指徘徊在意识之外的那些个体感受，而后者指经过认知机制和语言、社会规范的中介作用后，被清晰勾勒出来的感受。认知机制及其依赖的语言符号体系，往往具有规训和遮蔽作用，并不揭示情感，相反会遮蔽情感，使得身体性情感变成衣冠楚楚而迷雾重重的情感范畴。

二、情动

这里的情动特指法国哲学家德勒兹的情感理论，对应的是"affect"这个词。德勒兹的"情动"理论面对的正是不可名状的情感这个难题，"情动"是非主观化的情感，无须被认知，无须进入语言或意识，彻底打破了身心互动构成的主体性。德勒兹的"情动"观念可以认为是对弗洛伊德无意识的改写。弗洛伊德的无意识理论认为身体的内在驱力及其引发的情感，可能会因为内化的社会规训而被压抑，由此导致各种精神症候。但德勒兹从"情动"观念出发，试图治愈意识分裂，试图揭示被压抑的私密欲望本身就是对身体的规训，正是精神分析理论强化了压抑机制。德勒兹完全改写了情感的意义，将其定义为身体与其他身体互相沟通的过程。它不以构成主体为目的和条件，也不再是主观性感受。这也可以解释为什么德勒兹理论中由 affectus 转化而来的 affect，在中文语境中被译为"情动"。德勒兹不是要找到私密的欲望，解开焦虑、罪恶感、羞耻等消极情感之谜，而是要重写欲望，将包括欲望在内的主观感受，重写为身体装置内生的动能。从情感转向情动，意味着人不复为有机体——德勒兹认为这个概念是基督上帝创世观念的遗留——意味着身心瓦解和主体迸裂的过程。① 不过，德勒兹并没有完全抛弃自洽的现代主体，这一点人们一般会忽视。这也提醒我们，情感的两个维

---

① Gills Deleuze，Felix Guattari. A Thousand Plateaus［M］. Brian Massumi Trans. Minneapolis：University of Minneapolis Press，1987：159.

度——乃至主体的两个面向——并不互相排斥，情感是一个生理机制和语言不断协商博弈渗透的过程，主体在构建自身的过程中，不断自我解构，但"自我"的内核又恰恰是这种解构不可或缺的条件。

三、情

这里指中文语境中有关意识中感性部分的理解。梅道芬（Ulrike Middendorf）和蔡宗齐等学者都特别做过对"情"的术语梳理，一般包括下列几种含义。① 一般指的是"情感"，即在外物作用下发生的生理和心理变化，有"应物感动"之言。自然景象、无生命之物、他人行为和生活波折都会引发情。中文中也有更直接强调身体性变化的辞藻，虽然没有类似"荷尔蒙"这样的科学术语，但对生理性变化却有丰富的隐喻，比如："忧心如惔"（火烤），或"免丧之外，行于道路，见似目瞿，闻名心瞿"（瞿为鹰隼睁眼的动作），这都是将身体器官状态变化与动作相连。② 情感在行为、姿势和语言层面的表达，所谓"动于中形于外"。以上两点是"情"的主要内涵，它也可以囊括以下几点，当然这样就会有失宽泛。比如：③ 人际交往的态度；④ 情感倾向或特征（比如爱）；⑤偏好；⑥欲望、驱力和本能。爱、性和其他欲望能可以被认为是一种驱力，与情相伴随，却又有着明显的意向性，与情感中潜在的意向性有所不同。正如荀子所言："欲者，情之应也。以所欲为可得而求之，情之所必不免也。"同时，我们也需要知道"情"这个词的词义也在历史中发生了变迁，并不一直与意识中的感性部分对应。战国初期，"情"为万物之本质；战国中晚期，"情"是有关"情感与人性的判断"，开始接近上述对"情"的各种理解。孟子云："乃若其情，则可以为善矣，乃所谓善也。若夫为不善，非才之罪也。"同时需要注意的是，诸子百家反复探讨"情"与"性"的关系，荀子将情视为性的质地，庄子有"性命之情"一说，表示自性本心可能被寻常之情——即欲和好恶——束缚，郭店楚简文献《性自命出》则代表了早期儒家思想融通情与性的观点："性自命出，命自天降。道始于情，情生于性。始者近情，终者近义。"到两汉时期，"情"成为语言、礼义之文的结合；六朝文论中，"情"的概念更明确地将情感与表示书写文字的"文"进行了融合。①

◇ 本章小结

"情感"是一个经常在文学研究中被不假思索使用的观念，人们往往预设所谓情感即为喜怒哀乐，无须定义或解释。然而，对"情感"观念进行比较深入的剖析，对我们理解文学语言的基本特征，有着非常重要的作用。所谓"情感"往往是无可名状、部分被遮蔽的感受，在文学语言中也经常呈现为暗示、联想与氛

---

① Ulrike Middendorf. Again on "Qing". With a Translation of the Guodian "Xing zi ming chu" [J]. Oriens Extremus，2008（47）：97-159. 蔡宗齐 . "情"的概念何以拓展——从先秦"情""性"论辩到两汉六朝文论中的情文说 [J]. 探索与争鸣，2020（2）：39-48.

围，理解文学情感，也是理解文学语言朦胧而蕴含多义性特征的过程。与此同时，对文学情感进行分析和阐释，也有助于深入理解文学作品如何建构身心同一性和主体性，又如何标志了人类主体性的边界。最终，我们发现，不论是个人情感还是群体情感，在根源上都与天然具有社会属性的语言交接，也必然在与语言和社会生活的缠斗中不断演化和转变。

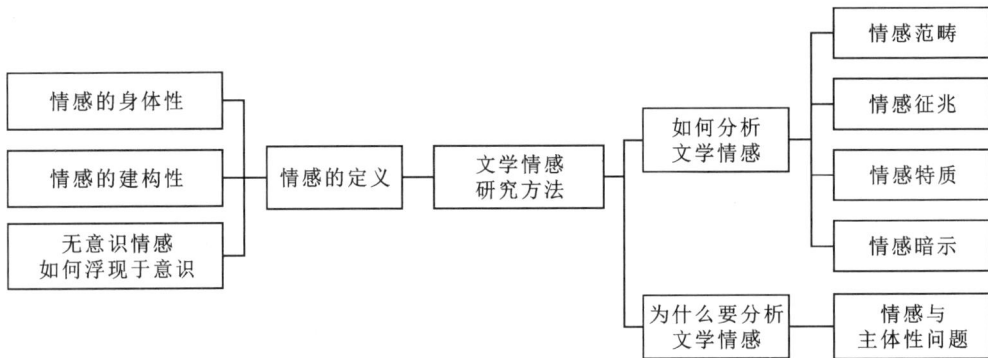

◇ 思考与练习

1. 从古希腊开始，哲学家就喜欢给情感分类，中世纪对情感已经形成比较完整的分类学。中世纪神学家阿奎那将情感分为 passions 和 affectus（以及近义词 affectio）两种，对前者的定义主要接续亚里士多德对"感官脾胃"（sense appetite）的理解，表征灵魂在某个外在事物作用下发生的运动，其中包括渴求、欢乐、憎恶、悲伤；希望、绝望、大胆、恐惧和愤怒，后者代表意志和知性的倾向（如对全善的爱），前者显示了灵魂的被动性，后者并非灵魂的主动选择，但较之前者显示了对感性的超越。[①] 笛卡尔提出了六种"基本激情"，包括惊奇、爱、恨、渴求、欢乐、悲伤，达尔文扩大了基本情感的概念，将人类与动物共享的感受与表情和行为规律相连。到了 1960 年代，美国当代心理学家汤姆金斯（Silvan Tomkins）明确主张将驱力与情感相区分，辨认了八种"主要情感"（primary affects），即兴趣、欢乐、惊讶、痛苦、恐惧、羞耻、蔑视、愤怒。[②] 上述这些常见情感——或"基本情感"——也可以组合而成为更复杂的情感状态。请大家思考，"爱情"是否可以被认为是一种复合情感。假如我们按照古典和中世纪的情感类型学，欲望也是情感之一，那么"爱情"可以被认为是渴求与其他情感的结合，包括欢乐、惊奇、对全善的爱，有时也包括恐惧、嫉妒等较为负面

① Nicolas E. Lombardo. The Logic of Desire：Aquinas on Emotion［M］. Washington DC：The Catholic University Press，2011：34-40，55，62，78-79.
② 笛卡尔. 灵魂的激情［M］. 贾江鸿，译. 北京：商务印书馆，2013：55-56. Eve Sedgwick，Adam Frank. Shame and Its Sisters，A Silvan Tomkins Reader［M］. Durham and London：Duke University Press，1995：74.

的情感，除此之外，还有什么情感也参与其中？15 世纪以来，西方有关爱情的文学作品成为文学主流，以《傲慢与偏见》或《简·爱》为例，我们如何分析文学中的爱情书写，它们如何与特定语境中的主体观和社会想象对话？

2. 什么样的历史性话语可以与文学中的情感书写形成互文关系（即互相对话的关系）？比如 16 和 17 世纪的物活论，18 和 19 世纪医学和生理学中的忧郁观，19 和 20 世纪之交从弗洛伊德到克尔凯郭尔再到海德格尔笔下的焦虑观，都可以与同时代文学作品中的情感书写相互对照。这说明文学一方面应和着同时代的情感话语，另一方面又提出了自身对情感的洞见。请找到一两篇文学情感研究的论文，考察其中建构的文学与相邻话语体系的对话关系，并梳理其论证过程。

第八章 文学与才性

✓ **教学导航**

学习目标	了解"才性"的"天才"的基本定义，掌握古今中外关于才性与文学关系的理论
重难点	"才性"和"天才"的区别以及在中西方思想脉络里的位置
推荐教学方式	课堂教学与学生讨论相结合
建议学时	2 学时

✎ **情景导入**

〔北朝〕颜之推《颜氏家训》："学问有利钝，文章有巧拙。钝学累功，不妨精熟；拙文研思，终归蚩鄙。……必乏天才，勿强操笔。"

〔英〕雪莱《为诗辩护》："诗人是天生的。"

古今中外的文人们，虽然总是努力学习各种写作技巧，但却又都不得不承认天才对文学创作的重要性。那么，文学创作中的天才从何而来？为什么天才能够成就伟大的作品？人与人之间的天才是相同还是相异？天才究竟呈现的是作者的个性，还是世界的普遍真理？先天禀赋和后天学识技巧之间有何关系？

♻ **理论阐释**

文学领域的"才性"问题，主要涉及文学才能与天赋的关系问题。汉字中的"性"字，最早由"生"字分化而来，在先秦文献中，"性"的主要意思是"天生""天赋"。《说文解字》中"才"字的本义是"草木之初"，引申为草木的性质、材质，到了个人评价的领域，又引申为人的才能。到了东汉之后，人们将"才性"连为一词，用以指代人天生的禀赋。"才性"在西语中的对应词为"天才"（genius），在拉丁文中，"天才"（genius）来自动词"gigno""gignere"，有"出生""产生"的意思，"genius"最早含义为"天性""本性"，引申到才能方面，则表示"天才""天赋"之意，大致接近中国古代"才性"的意思。

在文学创作领域，不同的作者总是会显露出才性或天才的差距。有些作者毫不费力就能创作出伟大的杰作；有些作者虽然极其努力，但创作成就始终不能到达一流水平，人们常常将前者的成功原因归结为天赋的才能。此外，作家在创作伟大作品时，其精妙之处常常出自片刻灵感的迸发，这种灵感迸发的能力，因为其神秘性，常常也会被认为是天生的。因此不论东方西方，在探讨创作主体的问题时，才性和天才永远是无法绕开的话题。

●● 第一节　中国的才性观概论 ●●

在中国古代的思想中，"天人合一"是一个非常重要的观点。上古认为人由天地所生，人与生俱来的"性"也就来自于天。郭店楚简说"性自命出，命自天降"，《荀子·性恶》说："凡性者，天之就也，不可学，不可事。"强调的都是这一点。这样一来，了解人的"性"，就能进一步上溯天道，这在儒家心性学说中尤其重要，《孟子·尽心》就说："尽其心者，知其性。知其性，则知天矣。""才"也是天赋，但更多偏指具体解决问题的能力，在中国古代的语境中，"性"是人人都有，但"才"不是；"才"有高低有无之分，而"性"没有。正如西晋袁准在《才性论》中总结的："性言其质，才名其用。""才"可以看作"性"在解决实际问题时的表现。

到了东汉以后，"才"开始频繁用以形容文学创作能力。东汉学者王充在《论衡·佚文》中说："文辞美恶，足以观才。"如果一个人拥有能够顺利写出优秀文章的天赋，常被称为"才子"或"才士"。刘勰在《文心雕龙》中对才性问题做了比较系统的探讨，《体性》篇中说"才有天资，学慎始习"，《事类》篇中说"才自内发，学以外成"，明确将文学创作中源自天性的部分称为"才"，源自后天修养的部分称为"学"。

那么文学方面的"才性"，是源自哪里呢？既然"性"是由"天"产生，那么文学方面的"性"也是源于"天"。《文心雕龙·原道》中认为，人间的文章与日月星辰等"天文"和山川草木等"地文"一样，都是"天"之华彩的自然流溢。因此，人们认为擅长文学写作的人与"天"的联系更为密切，由此产生了很多"文才天授"的传说，比如《梁书》说梁代文学家任昉出生之前，母亲"尝昼寝，梦有彩旗盖四角悬铃，自天而坠"，《开元天宝遗事》说李白年少时"梦所用之笔头上生花"。这些天降神物的梦境，正是"文才天授"观念的具象化表达，其中五彩的旗、云、凤、笔等事物，与文章才华一样，都是天道的产物。

由于文章天赋与万物姿彩都来源于天，拥有文章天赋的人，被认为更擅长表现天地万物的真美。袁枚在《续诗品·神悟》中说："鸟啼花落，皆与神通。人不能悟，付之飘风。唯我诗人，众妙扶智。但见性情，不著文字。"认为一般人无法领悟鸟啼花落中蕴含的自然之道，而诗人由于天赋性情与自然相合，才能在自然物象中感受与展示天地之道。有的时候，天才诗人的表现能力甚至可以与天地媲美，韩愈在《答孟郊》中说孟郊"文字觑天巧"，李贺在《高轩过》中称赞韩愈"笔补造化天无功"，都将文才说成是"天工"的流溢。从作品特征上讲，天赋之才相对于后天之学的最大区别，就是能够开创出前所未见的写作手法，南宋学者周密在《浩然斋雅谈》中说："文章有天分，有人力，而诗为甚。才高者语新，气和者韵胜，此天分也。"认为天才的最重要体现就是"语新"，叶燮在《原诗》中说："于人所不能言，而惟我有才能言之……此之为有才"，也强调了天才的特异性与独创性。

缺乏文学天赋的人，则常常会被认为不适合文学创作。北朝学者颜之推在《颜氏家训》中告诫自己的后辈"学问有利钝，文章有巧拙。钝学累功，不妨精熟；拙文研思，终归蚩鄙。……必乏天才，勿强操笔。"认为学问可以依靠后天的努力提高，而文学创作方面若无天才，则终身不能达致最高境界。清代袁枚在《何南园诗序》中说："诗不成于人，而成于其人之天。其人之天有诗，脱口能吟；其人之天无诗，虽吟而不如其无吟。"从这些观点看来，对诗文之才来自天赋的强调，一方面直接促生了中国古代的文才崇拜，推进了中国文学的发展；另一方面也在一定程度上阻碍了无法发现自己才华的人的学文热情。

第二节　西方的天才观概论

在古代中国，从周朝开始，"天"已经脱离了具体的形象，成为一个相对抽象的概念，因此"才性"在大多数情况下都与抽象的"道"相关联。但在古代希腊-拉丁传统中，广泛存在对人格神的信仰，因此"天"常常与具体的某一个神明相关联。在古希腊，人们普遍认为文学的天才来自缪斯女神。古希腊史诗《伊利亚特》的开篇说，"女神啊，请歌唱佩琉斯之子阿基琉斯的致命的愤怒"。在希腊诗人那里，诗人并非诗歌的作者，而是将神明的诗歌吟唱出来的媒介；被神灵选中吟唱诗歌者，是受到了缪斯女神的眷顾，如赫西俄德所说，是"一种神圣的声音吹进我的心扉"。文学天赋既然是神明赐予，文学作品就不仅仅是一种娱乐的工具，而是带有了真理和启示的意味。如柏拉图在《伊安篇》中认为，诗人在创作诗歌时，灵魂受到了神灵的依附，进入一种迷狂状态，此时就能够通过诗歌揭示理念世界的某些真相。相反，如果没有得到神灵的依附，则"无论谁去敲诗歌的门，他和他的作品都永远站在诗歌的门外"（《斐德若篇》）。古罗马诗人贺拉斯则在《诗艺》中把希腊神话中的诗人俄尔浦斯称为"神的通译"，认为"神的旨意是通过诗歌传达的"。既然诗歌传达的是神的旨意，那么诗歌的天才也是神赋予的。在漫长的中世纪，基督教成为欧洲的主流宗教，教会把持着"人"与"天"之间的联系，艺术上的天才很少受到关注。到了文艺复兴时期，人们重新将文学天赋和"神"联系起来，不过这个时候的"神"已经替换成了基督教的上帝。比如在《堂吉诃德》中，塞万提斯借堂吉诃德之口说："有天才的人，一出娘胎就是诗人。他单靠天赋，不用学问和技巧，写出诗来就证明'我们心里有个上帝……'"

启蒙运动之后，人们开始将文学天才解释为文学家自身对世界本质的体认能力，而非人格神的赐予。在欧洲观念论兴起之后，哲学家们意识到人类在观察世界时，不可避免会受到自身认识能力的影响，因而大部分人都只能观察到经过人类认识能力加工过的现象世界，而天才则成为少数可以触及世界本真的人。如在康德的理论中，人们认识世界需要通过概念和规律，而概念与规律是经过人类自身认识加工的，因此无法触及世界的本真"物自体"。但是天才的创作却不是依赖现有的概念和规律，他们可以依靠灵感直观自然的本质，并通过艺术作品将之呈现出来。在黑格尔的理论中，宇宙的历史就是绝对精神自我生成、完善的历史，对于人类来说，主观和客观在矛盾中不断融合发展，最后达到统一，才能接近绝对精神，而天才的艺术家却可以通过想象和创造活动，在内心中把绝对理性转化为现实形象。叔本华的哲学则认为，我们所观察到的世界，是经过人类认识能力处理之后的世界，在这个意义上讲，世界是认识主体"我"自身的表象，而在所有表象背后，都反映了"我"的意志。意志发展到一定级别，就产生了认识能力。理性认识能够把直观的东西抽象化、概念化，但也因此抛弃了很多细节，永远不能达到直观表象的完整效果。而天才却能够在直观中遗忘自己，摆脱意志的控制，因而可以摆脱表象，直接面对世界的本质，并通过艺术作品将之纯粹客观地复制出来。上述观念论哲学家对于天才的定义各有不同，但都有一个共通点，那就是天才能够突破人类认识的局限，直接观照和呈现现象背后的真理。

认为天才可以通过自己的力量，直接观照宇宙的真理，这已经逐渐离开了传统天才神授说的范畴，将天才的力量从"神"转移到"人"身上。这类天才观的前提，在于世界上有一个亘古不变的普遍真理等待人们去了解、去认识。但在欧洲浪漫主义者眼中，世界并不是一个完成的、封闭的状态，而是在不断发展、不断变化的；因此天才的意义，并不在于呈现世界已有的法则，而是在于不断创造新的事物。浪漫主义先驱杨格在《试论独创性作品》中将创作分为独创和模仿两类，前者生机勃勃，后者则充满暮气，而独创性作品只有在天才手中才能产生。雪莱在《为诗辩护》中认为诗人通过想象力"不仅创造了语言、音乐、舞蹈、建筑、雕塑和绘画：他们也是法律的制定者，文明社会的创立者，人生百艺的发明者"，而诗人的这些成果"如果不加上自己的天才，却并非勤劳所能造成的。……诗人是天生的"。莱辛在《汉堡剧评》中甚至认为天才就是对造物主的模仿，他们"为了从小处摹仿至高无上的天才，把现实世界的各部分加以改变、替换、缩小、扩大，由此造成一个自己的整体，以表达他自己的意图。"我们现在提到天才时，常常将之与创造力、创新性联系起来，这主要是受到了浪漫主义天才观的影响。

综合而言，中国传统文论受天人合一观念的影响较深，"天才"更多呈现为对天地万物形象的描绘和呈现能力，所有的人或多或少都与天地万物有所联系，所以天才在人群中相对普遍一些；西方文论中，"天才"与相对抽象的"神"或者"理念"关系更为密切，更偏向于神明或自然的特殊赐予物，因此天才只是少部分人的特质。此外，由于汉语中"才"带有达成实际功用的特性，人们在讨论"才性"或"天才"时，大多是站在创作的角度展开论述；西方传统中"genius"与"创造""创生"关系更为密切，学者们讨论天才时更关注创造力，以及这种创造力在人类文明发展中的作用。

●● 第三节　个性与共性 ●●

不论是中国的"才性"论，还是西方"天才"论，都强调文学方面的天赋是与生俱来的，但是古往今来伟大的文学家不止一人，不同天才身上具备的文学天赋，究竟是人人各异的，还是具有共同的特性？这深刻影响到人们对"天才"意义的理解。

在中国，从先秦开始，就有不少关于天性同异的争论，儒家强调人性在根本上的同一性，《论语·阳货》说不同人"性相近也，习相远也"，认为人的天生本性相似。孟子的性善说，荀子的性恶说，都是在"性相近"的基础上才成立的。相比之下，道家思想则比较注重万物本性的不同，《庄子·骈拇》说："凫胫虽短，续之则忧；鹤胫虽长，断之则悲。故性长非所断，性短非所续，无所去忧也。"认为凫与鹤天生腿脚的长短不同，强求一致反而会带来灾难。魏晋时期，随着老庄哲学的流行，"性"方面的不同又扩展到"才"的方面，魏晋南北朝文论中，也倾向于将文章方面的才性分成不同的类型。曹丕在《典论·论文》中说："文以气为主。气之清浊有体，不可力强而致。"认为作者的"气"影响了文章的风格，而这里的"气"指的就是每个人天生才性中不同的部分，各人"气"的不同，会产生不同的风格，且难以改变。刘勰在《文心雕龙》中完善了这种"文气"说，加入了后天的因素，《文心雕龙·体性》云："才有庸俊，气有刚柔，学有浅深，习有雅郑，并情性所烁，陶染所凝。"认为不同的人先天才气和后天学习不同，会呈现不同的创作风格，而拥有不同才性的作者，应该"随性适分"，根据自己的才性选择适合的文类与风格。后世文论中也常会关注作者的天生才性之异。比如萧子显在《南齐书·文学传论》中说："文章者，盖性情之风标……莫不禀以生灵，迁乎爱嗜"，强调文章品味的多样性与才性多样性的关系；皎然《诗议》说"文章关其本性……巧拙清浊，有以见贤人之志矣。"也认为才性的不同，会影响作品的风格和水平。

宋明以后，随着理学的兴起，才性观产生了很大的变化。宋明理学继承了儒家的心性思想，认为万物之性同出于天理，又与天理为一，正如程颢所说："在天为命，在义为理，在人为性，主于身为心，其实一也。"（《二程集》）。以此推演，万物的天生之性从根源上也应该是相同的，那么万物的区别又是从哪里来的呢？在这里，理学家开始将"性"与"才"进行拆分，程颐认为"性无不善，而有不善者，才也。性即是理，理则自尧舜至于涂人，一也。才禀于气，气有清浊"（《二程集》）。程颐将人的天性中纯善的部分拆分出来，称为"性"；其余的部分则称为"才"。"才"和"性"都出于禀赋，但性是符合天道而万物皆同的；"才"则是善恶混杂而人人相异的。

宋儒对"才"和"性"的区分，在两个方面影响了中国文论。一方面，人们为了追随天理，需要找到那个人人相同而纯善的"性"，这种对共性的追求，导致对个性的抹杀，宋代诗文宗尚"平淡"的观念，很大程度上就受到这一方面的影响。另一方面，"才"的特殊性开始得到充分的认识，文论家在谈论不同文学家风格与禀赋的区别时，大多会从"才"入手，大力鼓吹风格的多样性，如徐乾学《宋金元诗选序》说："天之生才无穷，物之变态无穷，以才人之心思与事变相遭，而情景生焉，而真诗出焉。"认为既然作家所禀之"才"是人人相异的，那么作品的风格也应该百花齐放，追求变化和独创性。

到了明代后期，阳明心学反对理学将人类自然禀赋分出一个纯善之"性"的做法，认为所有天生的都应该叫作"性"，不应该故意忽视天性中不符合理学要求的部分。这样的观点，将"才"归入"性"中，重新开始强调"性"之区别。具体到文论中，就是认为各人情性本不相同，文学创作只要符合情性本真就是好的。如李贽在《读律肤说》中说文章的风格："有是格，便有是调，皆情性自然之谓也。莫不有情，莫不有性，而可以一律求之哉！"只要是情性自然中流露出的文学作品，就会有不同风格，不需要强求一致。既然每个人的性情不同，那么对自身性灵独特之处的展现就成了文学创作的职责，袁宏道在《叙小修诗》中称赞弟弟的作品"大都独抒性灵，不拘格套，非从自己胸臆流出，不肯下笔"，就是从展现性灵独特性的角度，论证文学作品之"真"和"异"的共通性。

在古希腊，人们普遍认为自然本性是因人而异的。柏拉图《理想国》中，根据人的天赋为他们设定不同的社会分工，亚里士多德以古希腊医学中"四液说"解释各人性格的区别，认为拥有较多"黑胆汁"的人属于"抑郁质"，更适合做诗人。著名希腊修辞学家朗吉努斯的《论崇高》则将天才与崇高联系起来，说拥有崇高天才的人"虽则绝不是白璧无瑕，却毕竟是超乎常人之上"，强调天才超乎常人的特征。由于天才常被看作是神眷，天才的独特性中也附着了神性的光辉。杨格在《试论独创性作品》中大力称赞剧作家艾迪生的天才，认为这种天才显示了基督的荣耀，而艾迪生的死则是"像翅膀上落下一根羽毛，这翅膀使他飞升于同代人之上"。叔本华在《文学的艺术》中说天才是少部分能够摆脱意志奴役的人，他们"和千百万人之间，总会出现一条鲜明的界限"。

在欧洲观念论哲学家那里，"天才"的最大特点，就是他们拥有对宇宙自然本真的直观体悟能力和将之呈现为艺术作品的能力，这些能力不是通过理性从已有的知识中推演出来的，而是自然直接赋予的，因此依靠归纳推理获取知识的科学家被排除出了"天才"之外，而艺术方面的才能则成为"天才"最典型的体现。康德在《判断力批判》中说，天才"它是怎样创造出它的作品来的，它自身却不能描述出来或科学地加以说明"，因此"大自然通过天才替艺术而不替科学定立法规，并且只是在艺术应成为美的艺术的范围内"。谢林发展康德这一理论，认为天才指一种在创作过程中将有意识和无意识结合，将必然性赋予有意识创造物上的能力，因此"天才只有在艺术中才可能"。

当然，以上的观点只是观念论体系下独有的思路。与康德、谢林同时的其他欧洲学者，大多更加关注天才在超越常人方面的特性，认为不同领域的天才可以相通。如狄德罗在《论天才》中表示："有天才的人，诗人、哲学家、画家、音乐家都有一种我不知道是什么的特殊、隐秘、无从规定的心灵品质；缺乏这种品质，人就创作不出极伟大、极美的东西来。"狄德罗将这种各方面天才共有的品质归纳为身体的某种特殊结构和透彻观察力的结合。歌德则将持久性的创造力看作是天才的本质属性，他认为："天才与所操的是哪一行一业无关，各行各业的天才都是一样的。……关键在于有一种思想、一种发明或所成就的事业是活的，而且还要活下去。"

总体来说，中国古代的"才性"观既强调人类在"天理"方面的共通性，也承认每个人的特殊个性。大部分文论家相信，禀才不同的人，适合使用不同文体、创作不同风格的作品，只要作品符合自己的才性就是好的，至于不同才性之间的差别，并没有优劣之分。在欧洲的天才观中，天才是上天的某种恩赐，因而只有少部分人拥有天才，拥有天才的人是神明或宇宙真理的代言人，是人间秩序的设立者，和凡人之间有比较大的隔阂。具体到文艺创作方面，欧洲的天才观较少区分不同文体、不同风格的天才，更加强调天才在创造力、想象力方面的超越性。

第四节 先天与后天

要成功地创作出文学作品，除了天赋的才能之外，后天学问的培养与技巧的掌握也非常重要。那么，在文学创作中，先天禀赋和后天学习各扮演着怎样的角色？文学作品的优劣，究竟由先天决定还是由后天决定？这也是对文学与才性关系的讨论中非常重要的部分。

儒家思想中，一方面承认人有天赋之才，另一方面又始终强调后天学习的重要性。《论语·述而》中，孔子自称"我非生而知之者，好古，敏以求之者也"。伟大如孔子，也是通过后天学习成就的。扩展到文学创作领域，大多数文论家也都主张才与学的结合，如刘勰在《文心雕龙·事类》中说："才自内发，学以外成……学贫者，迍邅于事义；才馁者，劬劳于辞情。"认为才和学需要内外相成，有才无学和有学无才，都无法创作出最优秀的作品。严羽在《沧浪诗话》中认为"夫诗有别材，非关书也"，但也承认"然非多读书、多穷理，则不能极其至"。

学的主要功用，在于为有天才者提供更多的创作材料，让才力依附在这些材料上充分发挥出来。刘勰在《文心雕龙·事类》中说"将赡才力，务在博见"，李维祯在《郝公琰诗跋》中说"才得学而后雄"，都强调学问有助于天才的施展。因此，"学"在总体上还是处于辅助地位，刘勰在《文心雕龙·事类》中依然认为"才为盟主，学为辅佐"。袁枚在《蒋心馀藏园诗话序》中说得更加直接："作诗如作史也，才、学、识三者宜兼，而才为尤先。……诗人无才不能役典籍、运心灵，才之不可已也如是夫。"认为后天的学问再丰富，也需要依赖先天的才能，方可有所成就。

除了"学"之外，前人的技巧和法度，也是影响才性发挥的重要因素。中国古代文论中，多才者在创作中虽然思维活跃，但也会出现繁复冗长的弊病，此时就需要搬出规则来加以节制，《朱子语类》引朱熹之语说："有才性人，便须取入规矩；不然，荡将去。"明代诗论家徐增在《而庵诗话》中也说："律者，才之约束，守而不肆。"不过，法度规矩对有天才的人方能起到作用，对于无才者来说，法度规矩再严谨，也没有办法写出一流的作品。谢尧仁《张于湖先生集序》中说："文章有以天才胜，有以人力胜，出于人者可勉也，出于天者不可强也。"那些天才不足的诗人，即使在人力方面"雕肝琢肺，求工于一言一字间"，水平还是与天才有差距。

过于强调法度，有时候反而会压抑天才的呈露。公安派领袖袁宏道在《雪涛阁集序》中批评当时诗坛过于崇尚古人法度的做法，使"有才者诎于法，而不敢自伸其才；无才者拾一二浮泛之语，帮凑成诗"，是对文学才能的束缚和压制。清初诗论家叶燮在《原诗·内篇》中将诗歌才能分为才、胆、识、力四个层面，其中独创之才是核心："于人之所不能言，而惟我有才能言之……以是措而为文辞，而至理存焉，万事准焉，深情托焉，是之谓有才。"而胆、识和力，可以加强有才者的信心、判断力和表达能力，使他们的创新之才得以完全发挥。清代袁枚在《随园诗话》中进一步说："须知有性情，便有格律；格律不在性情外。"认为格律法度并不需要后天学习，它们正蕴含在先天的性情之中。

在古希腊哲人那里，诗歌是由诗神借诗人口中吟唱出来的，没能天生得到诗神眷顾的人，自然不能成就一流的作品，故柏拉图《申辩篇》引苏格拉底之语说："诗人写诗并不是凭智慧，而是凭一种天才和灵感。"不过，在古希腊和古罗马，修辞学已经相当发达，在注重修辞学的诗人那里，后天的技巧也是文学创作中不可或缺的能力。古罗马的诗人贺拉斯同样承认拥有天生才华的人适合写诗，但又觉得罗马人的诗歌天赋不及希腊人，因此作为罗马诗人的他转而试图用技巧来弥补，在《诗艺》中，他花了很大篇幅总结各类文章的创作技法，认为"苦学而没有丰富的天才，有天才而没有训练，都归无用；两者应该相互为用，相互结合"。朗吉努斯的《论崇高》中，虽然承认天才超出常人，但是认为天才的创作靠激昂的情绪驱动，若不加以控制，就会泛滥无归，因此"天才常常需要刺激，也常常需要羁縻"。此外，对于一般人来说"在文学方面有些仅凭天分的效果，我们也只能从技巧上学来"。

在观念论哲学家那里，天才一方面能够直观到宇宙自然的真理，另一方面又要主动将这种真理以文学和艺术的形式表现出来，前者依靠的主要是先天禀赋，后者则需要借助后天的技巧。康德在《判断力批判》认为，自然通过天才向艺术提供规则，天才的作品本身就应该抛弃成法，以自身为艺术的典范，因此"独创性就必须是它的第一特性"。然而这种完全脱去依傍的"天才"只适用于对自然真理的体悟，当创作者要将自然真理通过文学艺术表现出来的时候，就需学习掌握文学艺术固有的加工方式。谢林接着康德的观点，认为在文艺创作中，创作的过程是自由意志的选择，而创作出来的作品却又包含着客观必然性，天才的过人之处在于能把有意识和无意识结合起来，创作出既有技巧、又有诗意的作品。黑格尔也强调艺术创作实践中技巧和规则的重要性，他在《美学》中认为"艺术家的才能和天才虽然确实包含有自然的因素，这种才能和天才却要靠思考，靠对创造的方式进行思索，靠实际创作中的练习和熟练技巧来培养"。

在浪漫主义者那里，天才主要以创造者和引领者的形象出现，他们不需要遵守和学习既有的技巧与法度，反而应该破坏它们。杨格在《试论独创性作品》中区分了独创性作品和模仿性作品，认为天才的特征是"不能规定的优美和没有先例的卓越"，它们"存在于学问的权威和法则的藩篱之外，天才者必须跳跃这个藩篱才能获得它们"。杨格认为"独创性作品……从天才的命根子自然地生长出来，它是长成的，不是做成的"，也就是说天才遵循自然本性，就能写出优秀的作品。在实际的创作活动中，这种让作品自行生长出来的创作方式显然是很难贯彻的，不管作品的独创性多么强，要让读者观众能够理解，总需要在一定程度上遵守既有的技巧与规则。因此后来的浪漫主义文论家又对这一观点进行了发展，柯尔律治延续了杨格的天才有机生长论，但是认为"真正的天才作品，不可以没有适合的体式"。不过归根结底，规则依然是天才自己创造的，因为"天才是在自己创造的法则之下，进行创造性活动的能力"。莱辛在《汉堡剧评》中批评了那些认为规则会限制天才的说法，他认为，天才"自身就有一切规则的标准"，天才对规则的学习，并不是生搬硬套，而是在规则中找到适合艺术创作的普遍规律，帮助自己发挥才能。

综上所述，中西方文论家一致认为文学创作中天才占据核心地位，学问和技巧的作用也不容忽视，但是其主要价值是让天才能够更好地发挥出来。在比较保守的文论家那里，文学家即使天才再高，也要遵守文学创作的基本规律，学问和技巧能够对天才起到一定的控制作用，帮助才华走到正确的轨道上。但在将创新当作天才最重要使命的文论家那里，摆脱已有规则才能完全发挥天才的力量，学问和技巧则是对天才的干扰和阻碍。当然，文学到了具体的写作阶段，多少需要借助现有的学问和技巧，只要后天的学问和技巧是用以帮助天才构思的实现，而非限制天才的想象力，它们对天才的创作就是有益的。

◇ 阅读实践

李白的"天才"体现在哪里？

李白和杜甫是唐代诗歌的两座高峰。两位诗人的诗才自然都毋庸置疑，但后人评价两人的才能，常常更加强调李白"天才"的一面，如宋初钱易《南部新书》说"李白为天才绝"，严羽《沧浪诗话》说"太白天才豪逸，语多率然而成者"，欧阳修评价李白、杜甫诗歌优劣，甚至认为"李白天才自放，非甫可到也"。

那么，李白的诗歌在内容和形式上究竟有什么过人之处，导致后世人都倾向于感叹他的"天才"呢？从上文"理论梳理"的部分，我们归纳出了古今中外文论中"天才"的一些共同特征，正可以用来分析李白的作品以及他被称为天才的原因。

首先，不论是中国还是西方文论中，"天才"都是上天赋予的，从来源上说带有很强的神秘性与超越性。李白信仰道教，曾经认真研读道经，试图修炼升仙，他的作品中频繁出现想象中的仙界场景，如《梦游天姥吟留别》中"霓为衣兮风为马，云之君兮纷纷而来下"，《庐山谣》中"遥见仙人彩云里，手把芙蓉朝玉京"，等等，在这些诗句中，李白不但目睹了仙界的场景，还作为主人公亲自与仙人交往，并得到了仙人的赏识，为自己的形象注入了浓厚的神秘色彩。与此同时，李白还通过与当时名流的交往塑造自己"仙人"的形象，比如他在不止一首诗中称呼自己是"谪仙人",在《上安州裴长史书》中说当时的文坛领袖苏颋称赞自己"此子天才英丽"等,都让人不由自主地将他的才华来源与"天"建立起联系。

其次,天才的一个重要特点,在于其作品的突破性与创新性。李白的诗歌在两个方面给人带来了突破与创新的感觉。第一是诗歌意象对常识的突破。谈及李白的诗歌,人们常常会强调其想象力的丰富,而想象力正是天才的重要素质之一。李白诗歌的想象力,不仅体现在常常营造出一个虚荒诞幻、光怪陆离的神仙世界,还在于他常常会把神仙世界与日常生活世界连接起来。如李白《夜宿山寺》云:"危楼高百尺,手可摘星辰。不敢高声语,恐惊天上人。"前两句还是在人间的游山场景,后两句突然将这样日常的场景和"天上人"这样想象中的场景连接起来,让人分不清现实和幻想。又如《寄王屋山人孟大融》云:"我昔东海上,劳山餐紫霞。亲见安期公,食枣大如瓜。"内容分明是想象的场景,却用一种陈述日常事件的语气说出。这样的作品,将读者从一般日常中突然掷入违背常识的想象空间,这种人间和天界的突然跳转,很容易被人认为是来源于天才的灵感。第二是诗歌结构和手法对文学传统的突破。李白对传统文学作品的主题、结构和技巧都有非常深入的理解,但他从不一味模拟传统,而是致力于在传统基础上对主题和手法进行拓展。比如他的《梦游天姥吟留别》,其中运用了大量谢灵运山水游览诗的语典,"脚着谢公屐,身登青云梯"源于谢灵运《登石门最高顶》的"惜无同怀客,共登青云梯","湖月照我影,送我至剡溪。谢公宿处今尚在"等句源于谢灵运《登临海峤初发强中作与从弟惠连见羊何共和之》中"暝投剡中宿,明登天姥岑"。但是谢灵运山水诗中的景物均是现实所见,而李白则将这些素材用来写虚幻的"梦游",写想象中的山水和仙境,这就在很大程度上突破了传统游览诗"写实"的规则和限制,创制出了一种新的"梦游"诗。又如南朝鲍照曾写作组诗《拟行路难》,其中一首描写世道的不公与人才的屈抑,开头写"对案不能食,拔剑击柱长叹息",以食不下咽形容自己的落寞和悲愤;结尾写"自古圣贤尽贫贱,何况我辈孤且直",将自己人生的失落归结为孤直者必然贫贱的历史定律。李白《行路难》开头沿用了鲍照"对案不能食,拔剑击柱长叹息"的意象,将之扩展为"金尊清酒斗十千,玉盘珍羞直万钱。停杯投箸不能食,拔剑四顾心茫然",同样表现了面对曲折世路的迷茫,但结尾却转而以"长风破浪会有时,直挂云帆济沧海"收束,展现出在艰难世道中依然对自己的未来充满信心的豪情壮志,实现了对鲍照《拟行路难》主题的突破。这些既吸纳经典作品语言、主题和技法,又在此基础上融入自己的创意,最终产生崭新诗歌形式的作品,充分体现了天才应该具备的创新性和突破性。

中国古代文论里,更加强调天才的独特性和不可捉摸性。与李白相比,杜甫的诗歌成就也很高,但杜甫强调"晚节渐于诗律细""熟精文选理",作诗强调理路脉络,内容上又多为写实之作,给了后人学习揣摩的着手点。至于李白,由于作品以跳跃的构思和超脱常理的意象为特点,其意脉很难把握,给人一种无法循其思路的感觉，而这种"不可学"的特质，正好与天才灵感来源的神秘性相合，很容易会被看作"天才"的象征，正如赵翼《瓯北诗话》所说："读者但觉杜可学而李不可学，则天才不可及也。"

综上所述，李白诗歌内容方面的超现实性，语言运用上的超常规性，以及作品写作思路的跳跃性，是他相较其他诗人更容易被人看作"天才"的主要原因。

◇ 关键词解析

一、才

在汉字中，"才"字的本义是"草木之初"，引申为草木的性质、材质，到了个人评价的领域，又引申为人的才能。东汉以后，出现了"才性"一词，其内涵与"性"相似。到了魏晋以后，"才"开始常被用以形容文学之才。"才"有独异性和实用性两个方面的义涵。在独异性方面，每个人天生本性不同，"才"也有所不同，所以"才"常与"气"结合成为"才气"一词，"气"也有天生禀赋的意思，但是更偏重于各人禀赋的区别。如果这种天生禀赋偏向于情感性格方面，文论中常常会使用"才情"一词，主要指向作者作品中展现自身情感特点与调动读者情感的能力。在实用性方面，"才"有时候也偏指解决问题的能力，此时"才"就失去了一部分"天生禀赋"的义涵，与"才能"意义相近。在这个意义上谈论"才"时，"才"就会与后天学问与涵养结合，产生"养才""广才"等种种概念。

二、天才

"天才"（genius）最初来自拉丁文动词"gigno""gignere"，有"出生""产生"的意思，在古罗马，"genius"常常被用于指代一个人出生时与本命星象相关的专属守护神，人的天赋才能就是由之而来。在文艺复兴前后，具体的守护神概念逐渐变为抽象的天生才能，人们常常会使用从"genius"衍生出的表示"智慧"的"ingenium"一词。由于"genius"在词源上与"创造"有关，因此西方在使用"天才"时，常常偏指独创性和想象力等天赋。到了18世纪前后，人们开始将具有独创性和想象力的人称为"天才"，从此"天才"既可以指天生禀赋本身，也可以指具有天生禀赋的人。启蒙运动之后，人们开始普遍接受进步与发展的思想，由于天才总能展现出创新性和创造力，因而被视为人类文明发展的引导者，莫扎特、拜伦、伏尔泰、拿破仑等天才的事迹开始广为流传，欧洲掀起了对天才之人的广泛崇拜。现代科学兴起之后，科学家在脑科学、心理学等领域，用实验的方法研究天才的来源，但也逐渐减弱了"天才"的神秘性，再加上20世纪中期以来平等观念深入人心，人们开始相信，每个人都可以是某个领域的天才，每个人都可以通过训练找到自己的天赋所在。

三、灵感

在文学创作中，灵感主要指创作时的想象力与创作欲涌动的状态。英文中的"灵感（inspiration）"来自拉丁语 inspirare，有"吸入"的意思；在中国古代文学批评中，则常用"神思""悟入"等术语来表达"灵感"的意思。中西方文论家都认为，在创作构思时，灵感不是按部就班逐渐形成的，而是在某一时刻突然出现的，因此在解释灵感的来源时都带有一定的神秘色彩，如古希腊的柏拉图认为诗人在创作时会被神灵凭附，陷入一种迷狂状态，从中产生灵感。中国古代则以大量"梦中得句""托梦得诗"的故事暗示灵感与超人力量之间的关系。灵感来源的非理性和神秘性，与天才的神秘性有所关联，因此灵感的多少，常常被人看作与天才相关。近代以后，灵感更多被解释为与感受力、想象力等心灵能力有关，但依旧和天才密切相关，如黑格尔就将灵感描述为天才受到外来材料触动之后产生一种创造艺术形象的动力。

四、独创性

文学作品的独创性，主要指作品内容和技巧的新颖性与独特性。英文中"独创性（originality）"有"最初"的意思，后来引申为"独创""非模仿"的意涵。在浪漫主义文论中，天才的意义在于打破传统束缚，不断开拓和革新，因此"独创性"成为天才最重要的特征。在中国古代，对独创性的要求主要体现为作品要反映作者天生的情性，这在明清性灵论文学思想中最为突出，晚明李贽认为"天下之至文，未有不出于童心焉者也"，清代袁枚认为"诗人者，不失其赤子之心者也"。童心和赤子之心的最重要特点就是寻求自己原初的性情，而不是听从传统和权威的教导，这和"独创性"中"原初"的含义是相符的。

◇ 本章小结

总结来说，东西方的不同文明，对文学创作中天赋才能的来源、作用与特性，都有着丰富而深入的讨论。不论是中国还是西方的文论家，都认为才性或天才源于人先天的禀赋而非后天努力，天才创作的文学作品，能够用感性的形式，使人感受到天地自然中的某种真理，同时也会打破常规，显示出明显的新颖性与独创性。对于文学创作来说，天才为文学提供了学问和技巧无法达到的对世界本真的感悟，提供了前所未见的个性化创作风格，也提供了大量新的词汇、修辞、主题、技巧与创作方向。虽然在当今社会，对"天才"的崇拜已经没有过去那么强烈，但是只要世界的奥秘还没有被全部揭晓，人类还有继续前进发展的空间，"天才"以及"天才"创作的文学作品，就依然对人们保有强大的吸引力，也依然肩负着推动社会和文学发展的责任。

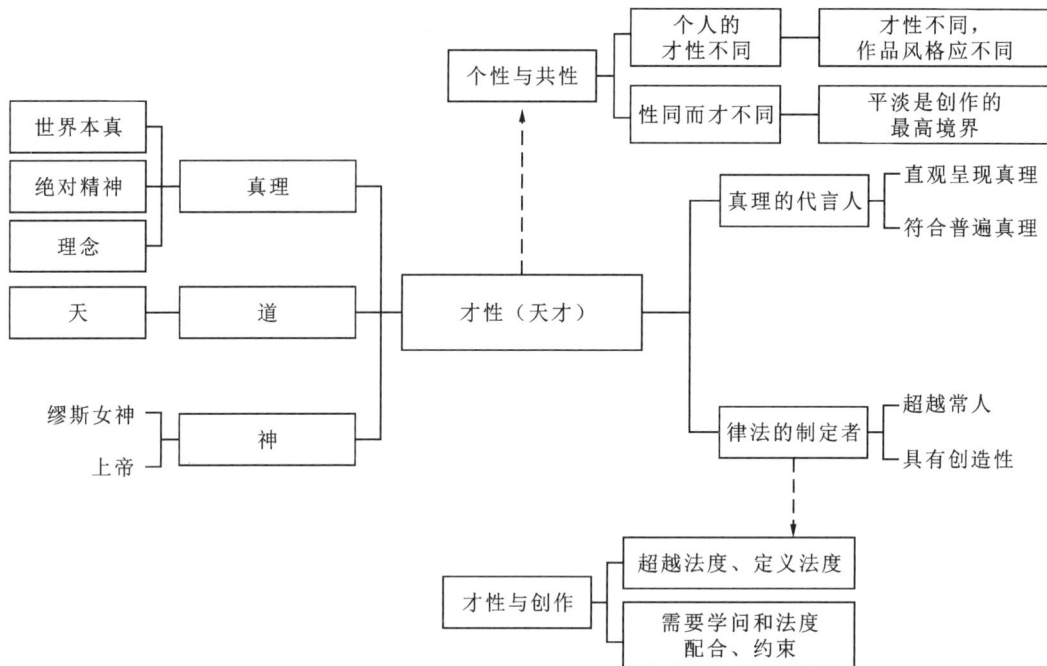

◇ 思考与练习

1. 不论古今中外，文学和艺术领域的成功者，似乎比其他领域更容易被视为"天才"，这体现了天才在哪方面的特点？

2. 在当今社会，人们似乎越来越少强调成功者具有天才，而更倾向于强调他们的勤奋，这是为什么？

3. 从古今中外对于"才性"的定义来看，人工智能是否具有"才性"？

第九章 文学与心理

教学导航

学习目标	1. 认识文学是一种特殊的心理活动 2. 从心理角度，了解文学创作、文学接受的基本理论 3. 掌握文学心理分析的经典概念，并能够运用其进行文学批评实践
重难点	当代心理学的发展，及其对文学心理批评的影响
推荐教学方式	精神分析基本概念讲解与具体文学作品研讨相结合
建议学时	2 学时

情景导入

鲁迅说他写《补天》，是受到奥地利精神分析学家弗洛伊德理论的影响，欲解释创造的起源，这个起源，既包括了人类的创生，也包括了文学从何处来。鲁迅借用精神分析学说，重构女娲补天的传统故事，谓之"新编"。同时鲁迅也支持精神分析对文艺来源的解释。在他翻译介绍的日本文艺理论家厨川白村的《苦闷的象征》中，厨川白村认为文艺是生命力受到压抑而来的苦闷的象征。

现代心理学是如何解释人类的文艺活动的？这些理论又对作家的文学创作产生了哪些影响？文学作为一种社会意识形态，是作家对世界进行的有立场、有观点的艺术创造。这不仅包含作家的个人感发和心理活动，也呼应读者在阅读活动中的情绪感染，更是一定时期社会心理的凝聚与表现。凡此种种，构成了本章对于文学与心理关系的理论探索。

中国文论素来重视文艺与心理问题。早在《礼记·乐记》中，就有"凡音之起，由人心生也，人心之动，物使之然也"之论，将音乐视作人心的活动。随着现代心理学科的发展，在借鉴吸收心理学研究成果的基础上，精神分析文论建立起了一套解析人类欲望的文学研究理论。弗洛伊德、荣格和拉康等人的心理学研究成果，被广泛应用于对文学心理的讨论，涉及作家创作心理、主体结构和社会意识形态等维度。

♻ 理论阐释

❥❥ 第一节　文学：一种特殊的心理活动 ❦❦

中国古典美学的物我相合，是一种感觉和谐、天人合一的美学观。文学艺术被视为受外物感染的深层次心理活动。故有《礼记·乐记》"凡音之起，由人心生也。人心之动，物使之然也。感于物而动，故形于声"[①]，将声音的发作，视为人心所生，而人心的活动，又在于外物的刺激："是故其哀心感者，其声噍以杀。其乐心感者，其声啴以缓。"[②] 正是外物刺激引发心理的不同反应，发出了不同的声响，相和应成为"乐"。反过来，乐也可以影响人心，所以先秦儒家重视音乐的教化意义。类似观念贯穿中国古典文论，例如韩愈的"不平则鸣"[③] 就强调，正是诗人心理上的不平，才使得沉积在心中的情绪，一鸣惊人为优秀的文学作品。朱熹视"诗者，心之感物，而形于言之余也"[④]，亦是将诗歌视为心理受到外物感触，并以语言文字来表达的心理活动。

西方文论传统则多将文艺视作对客观世界的模仿。根据柏拉图著名的"迷狂说"，诗人在创作诗歌的过程中，会陷入一种迷狂的心理状态，身体不受自己的控制，是缪斯女神的代言人。因此艺术是陷入心驰神迷，而无法自制的陶醉状态的心理活动。这一从作家创作的角度，将诗人的创作心理解读为受神力感染的"迷狂说"，也被视为文学创作的"灵感论"。稍后的亚里士多德则从读者心理的角度，以"净化说"探讨了读者接受文艺活动的心理状态。在对古希腊悲剧的研究中，亚里士多德提出，观众在观看这些悲剧时引发的恐惧和哀怜情感，需要得到净化。通过净化，观众在思考之余，才会获得一种理性和知识的心理快感。

中西文艺理论都揭示了文学与心理的紧密联系。无论是中国古典的言为心声，抑或西方的"迷狂说"和"净化说"，都揭示了文学与心理的某种同构性。但文学影响心理，具体是如何运作的，内在的心理起伏是如何外化为文学作品的创作和阅读，中西传统文艺理论对类似问题则缺乏更为科学和准确的把握。随着近代心理学的发展，对人类心理结构乃

---

① 礼记正义 [M]. 郑玄，注. 孔颖达，疏. 北京：北京大学出版社，1999：1074.
② 礼记正义 [M]. 郑玄，注. 孔颖达，疏. 北京：北京大学出版社，1999：1075.
③ 韩愈的原文为"大凡物不得其平则鸣"，出自韩愈的《送孟东野序》一文。
④ 朱熹. 诗集传序 [M] //诗集传. 北京：中华书局，2017：1.

至人格结构的深入探究，使得文学与心理的关联，走向更为学科化和科学化的方向，并逐渐成为现代文学理论的一个重要流派，这就是精神分析文论。精神分析虽是一套医学治疗方法，但其无意识理论、梦的工作理论等，均影响了 20 世纪以来的文学艺术，构成了涉及文学动力、文学本质、文艺价值和文艺创作等多个维度的精神分析文论体系。

在 19 世纪的尽头，当一位奥地利的犹太医生，第一次使用"精神分析"（psychoanalysis）来概括和命名自己的工作时，他自信地认为这一思考早已超越了一般的疾病治疗，将引发人类的新哥白尼革命："精神分析有两个假设触怒了全世界，并使之不受欢迎。其一是冒犯了理性的成见，其二是冒犯了美育或道德的成见。"① 弗洛伊德的"心理地形图"和性本能理论，尤其是多被批评为"泛性论"的观点，不仅引发了心理学领域的广泛争议，也深刻影响了文学创作者们，如上文提到的鲁迅。

弗洛伊德首先以无意识（unconscious）概念，改写了人类作为一种理性存在的信念。在哥白尼否认了地球中心说，达尔文否认了人类中心地位后，弗洛伊德发起的心理学的第三次致命进攻，以无意识的发现，敲击了人类的朴素自恋，否认了人类主体拥有完整的自我意识、具备自我决断的认知自满。在弗洛伊德看来，人类必须压抑一部分追求快乐和满足的愿望，这些无法实现的欲望被放逐之处，即被命名为无意识。它是人类心理的基本力量，同时也是一个无法自控、甚至无从知觉的所在。根据弗洛伊德的空间比喻，无意识是一个大的前厅，其中各种本能的心理冲动相互拥挤地挤在一起。与前厅相毗连的一个小房间作为前意识系统，像"一个接待室，意识就停留在那里"②。两个房间之间的门卫，负责对大房间的各种本能冲动加以考察和检验，有些冲动被许可，转化为意识，进而付诸行动。被守门员拒之门外的冲动，不为意识所接受，成为"被压抑的"。这些被压抑的无意识并不会消失，日常生活的笔误和口误，正是无意识躲过守门员稽查，得以现身的伪装活动。文学活动，表露的亦是无意识的心理活动过程。

但对弗洛伊德来说，文学又是一种极为特殊的心理活动。艺术和科学活动，作为升华（subliming）作用，显示了超越生理本能（instincts）③ 的可能。作为一位医师，弗洛伊德对于人类文明的起源和发展，始终表现了浓厚的兴趣和探索的热情。在写于 1908 年的《"文明的"性道德与现代神经症》中，弗洛伊德指出，"我们社会神经症的增加乃是性禁忌被强化的结果"④。20 世纪的开端处，弗洛伊德将神经症归因于现代文明的这一思考，使得他成为现代性进程的一个批判者：正是现代生活的竞争高压，社会发展的一路加速，

---

① 弗洛伊德．精神分析导论［M］//车文博．弗洛伊德文集（第四卷）．张爱卿，译．葛鲁嘉，校．长春：长春出版社，2010：11.

② 弗洛伊德．精神分析导论［M］//车文博．弗洛伊德文集（第四卷）．张爱卿，译．葛鲁嘉，校．长春：长春出版社，2010：173.

③ 弗洛伊德早年把本能分为生存本能和性本能，并认为性本能受到压抑，是现代神经症增多的主要原因。弗洛伊德的性本能理论提供了有关人类成长的动力学路线图，由于这一人格结构的发展是以性本能为动力的，也被批评者总结为"泛性论"。晚年弗洛伊德把本能分为性或爱的本能和死亡本能，后者的任务就是让机体的生命回到无生命的状态。

④ 弗洛伊德．"文明的"性道德与现代神经症［M］//车文博．弗洛伊德文集（第三卷）．宋广文，译．戴淑艳，校．长春：长春出版社，2010：88.

财富地位的骤变转折，要求个体不得不付出全部的、甚至更多的能量，特别是心理能量，以应对这个加速的全新世界。精神神经症（psychoneuroses）的病因学所在，"正是施加于文明人（或阶层）的'文明的'性道德对性生活的压制，而导致了神经症的产生"①。

弗洛伊德认为这一压抑，既是我们的不幸，又与人类的创造性紧密相关。那些被压抑的、难以实现甚至都无法进入意识的无意识欲望，可以被导向一种更有社会价值的目标："拿出巨大的能量用于文明活动，在实现这一目标中其物质强度并未减少，这种将原来的性目标转移到另一不具性特征的目标上的能力叫做升华"②。文学（包括艺术）正是一种升华，是人类驾驭本能，将其转移到更高目标的活动。在《达·芬奇对童年的回忆》《陀思妥耶夫斯基与弑父者》等文中，弗洛伊德提出了两个有关文艺的著名观点，一个是他强调童年经验（记忆）对艺术家创作的决定性意义，"列奥纳多的童年时代与画中的情景异常准确地相似"③。另一个是，那些被压抑的性本能，以升华的方式，导向了作家的创作活动，促成了其在艺术上的创造性成就。

弗洛伊德深受当时流行的达尔文进化论的影响。他将人类视为尚未完全进化的、受着野蛮本能动机驱动的动物；但同时文明驯化动物本性，以及人类群居生活的要求，又对人类提出了文明的道德规范。在当时动物学和动物心理学研究的影响下，弗洛伊德将动物本性视作纯粹和贪婪的快乐追求，而人类不得不向他人乃至自己，隐瞒这些纯粹享乐的动机与欲望。弗洛伊德一生致力于治疗和解释的精神神经症，就是这一生理本能与文明要求的冲突所在，是身处这一根本矛盾、饱受折磨的痛苦病症。正是社会化过程本身，需要人压抑本能并进行自我调适。弗洛伊德据此发明了一套"谈话疗法"，试图挖掘这一被伪装、被压抑的本能秘密。在弗洛伊德的诊疗室里，患者被要求以自由联想的方式，说出想到的一切事情，精神分析医师则鼓励患者排除禁忌，畅所欲言，从而解码无意识。这一无意识理论和压抑说，奠定了精神分析的基本理论架构。

第二节　文学精神分析批评

弗洛伊德虽是一位医生，但对文学艺术抱有强烈兴趣，是一位不折不扣的跨学科研究者。他援引文学艺术作品，来说明乃至证明自己的精神分析理论，并亲身示范了一套适用于文学作品分析的方法，这集中体现在他对梦的分析中。

《释梦》仍然围绕着无意识展开。弗洛伊德认为，梦是无意识欲望的满足。在梦中，被压抑的本能欲望改头换面得以实现，这就是梦的工作。弗洛伊德把梦的意义分为显意和隐意。显意是表面的意思，但是梦的真正意义，则是潜隐的梦念（dream-thought）。他提

---

① 弗洛伊德."文明的"性道德与现代神经症［M］//车文博.弗洛伊德文集（第三卷）.宋广文，译.戴淑艳，校.长春：长春出版社，2010：84.

② 弗洛伊德."文明的"性道德与现代神经症［M］//车文博.弗洛伊德文集（第三卷）.宋广文，译.戴淑艳，校.长春：长春出版社，2010：86.

③ 弗洛伊德.达·芬奇对童年的回忆［M］//车文博.弗洛伊德文集（第七卷）.刘平，译.廖凤林，校.长春：长春出版社，2010：106.

出了凝缩、移置、具象化和润饰等四种梦的工作，其中凝缩（condensation）是对大量丰富的无意识内容的简约，移置（displacement）是用其他事物来取代无意识的真正内容，具象化（representation）是将潜在的内容表现为视觉的意象，润饰（secondary revision）是解决梦的荒谬和不连贯问题，使其更接近理智的经验模式。正是通过这些伪装工作，梦的隐意，也就是无意识的本能冲动，转化成了显在内容，本能欲望在梦中得到了满足。

这一套梦的工作，极大启发了文学研究者。一部文学作品的真正意义，可能要比作者表述出来的显意更为隐蔽，甚至显意与隐意可能是南辕北辙的。弗洛伊德用了一个比喻，"梦念与显梦就如同同一主题的一本书的两个不同译本"[①]，通过比较原文和译文，无意识的秘密得以侦破。这样文学研究者就和精神分析师站在了一起，他们共同面对着解谜的工作：对于前者而言，是作者的无意识欲望在艺术作品中的升华表现。对于后者，则是以梦为钥匙，发现精神病患的症结所在。

弗洛伊德的理论，自诞生伊始，就处于饱受争议的境地，反对者甚至包括他自己的学生。荣格早年是弗洛伊德的学生和合作者，两人于1913年决裂后，荣格发展了一套自己的精神分析学说，多被称为"分析心理学"。集体无意识，是荣格最广为人知的文学理论思想，也是他跟弗洛伊德之间重要的理论分界点。荣格虽然认可弗洛伊德的无意识概念，却不认同弗洛伊德将无意识视作性本能冲动的"泛性论"观点，转而将无意识视为巨大的历史仓库。弗洛伊德的无意识是被压抑的，荣格则将无意识视为原始时代遗传下来的心理功能体系，这就是集体无意识。荣格的集体无意识，并非简单为弗洛伊德的无意识概念加上一个"集体"的前缀，以将无意识放大为一种群体的属性。荣格承认无意识含有个人特性，属于个人独特的隐秘经验，但是这种建基于个人独特经验的无意识，实际上有赖于更深的层次，那是来自原始社会的集体经验。

这一集体无意识的内容，被称为原型（archetype）。在荣格处，原型与集体无意识基本是同义语。原型具有较浓厚的神学背景，且总是显示在形象之中，是人类长期积淀的、未被直接感知到的集体无意识的显现，只要人们遇见普遍一致和反复发生的领悟模式和行为模式，就是在与原型打交道。荣格认为原型在人类最原始阶段已经形成，因此每一个个体，生而就拥有一系列意象和模式。原型跟原始人的秘密传授，以及从古代继承而来的神话和童话紧密相关。原型尽管有些神秘，但是这却解释了何以不同文化背景的人，会具有一些相似甚至相同的文化意象。这意味着在每个心灵深处，"存在着柏拉图式的活跃的先天倾向和理念，虽然它们是无意识的，但是它们持续地影响着我们的思想、情感和行为"[②]。荣格关于原型的概念，表达的是某种隐秘的心理能量，或者说某种内化的心理功能，是某种集体无意识在个体心理中的表现。荣格对探索这些原型抱以极大的热情，这些原型包括：母亲、再生、精神、巫师等，以及一些东方文化的原型，例如中国的龙凤原

① 弗洛伊德. 释梦［M］//车文博. 弗洛伊德文集（第二卷）. 吕俊，等译. 长春：长春出版社，2010：186.

② 荣格. 母亲原型的心理学视角［M］//荣格文集Ⅱ：原型与原型意象. 蔡成后，等译. 长春：长春出版社，2020：6.

型、月亮原型等。

荣格表达了与弗洛伊德迥异的文学观念。首先，在文学与心理学的关系问题上，荣格并不赞成弗洛伊德的做法，即在作家的个人经历与其创作的文学作品之间，寻找到某种对应关系。知道歌德和他母亲之间的特殊关系（参见本章关键词解析"俄狄浦斯情结"），确实或多或少有助于我们理解歌德的创作，"然而这并不足以使我们明白，从歌德对母亲的依恋中，如何能产生出浮士德戏剧本身，虽然我们从歌德这个人身上可以准确无误地感觉到在这两个人之间确有一种很深的联系"[①]。荣格认为，这种把艺术创作还原为个人因素的解释模式，并不是文学心理学的题中之义。与弗洛伊德将艺术家等同于神经症患者，"一些发育不全的、具有童年和自恋品质的人"[②] 不同，荣格感兴趣的是，艺术家身上那些超越了个人生活的东西："事实上，作品中个人的东西越多，也就越不成其为艺术。艺术作品的本质在于它超越了个人生活领域而以艺术家的心灵向全人类的心灵说话。"[③]

这一艺术家超越个人经验的超越说，显然对立于弗洛伊德的个体压抑说，后者将艺术创作视为无意识受到压抑后的升华作用。荣格为艺术找到的这一超越之路，就是集体无意识。这种集体无意识隐藏于意识之下，艺术家则以个人的艺术才能，从中召唤出治疗和拯救的力量。因此艺术家能够深入为所有人类共享的生命模式中，这种生命模式赋予人类共同的生存节律。荣格甚至认为，艺术是一种天赋的动力，是它抓住一个人，使艺术家为其所用。艺术家并不是拥有自由意志的个人，而是允许艺术通过自己实现艺术目的的人，是集体的人。艺术家当然也需要承受痛苦，但不同于弗洛伊德揭露的困于童年创伤经验的达·芬奇和陀思妥耶夫斯基，荣格的艺术家承担着书写人类集体无意识精神生活的重任，他们需要牺牲的恰恰是个人的、普通人的生活经验。当荣格主张，艺术家是去个性化的时候，其实距离柏拉图的"迷狂说"已经很近了。只不过柏拉图主张诗人为神代言，而荣格将之视为集体无意识的书写者，他们都认为诗人的个性，较之他们的作品，并不是那么重要。因此对于艺术家个人心理经验和个体心理的研究，应当让位于对艺术产生过程的心理模式的探讨。

弗洛伊德之后，精神分析分立为不同学派，却没有产生比肩弗洛伊德的学者，直到拉康的出现。拉康精神分析格外重视语言的作用。这集中体现在拉康有关主体结构的三界（I-S-R）理论中。想象界（the Imaginary），顾名思义是想象的。在拉康的理论设定中，这一想象，具有两个重要特征。首先，这一想象不符合现实。在现实中，幼小的婴儿尚不能完全控制自己的躯体，无法独立进食，更不能使用语言表达自己的要求，这是一个身体不协调又不会说话的前语言阶段，完全依赖母亲的照料。但婴儿借助照镜子，获得了一种完整的身体想象。这个镜中像，是一个完整且协调的形象，婴儿甚至可以通过做动作来操控这个形象。其次，这一想象是积极的想象。尽管与现实不符，充满了偏差与误认（见本章关键词解析"镜像阶段"），但是婴儿通过自己的镜中像，获得了一种他/她理想中的自

---

① 荣格．心理学与文学［M］．冯川，苏克，译．北京：生活·读书·新知三联书店，1987：124-125.

② 荣格．心理学与文学［M］．冯川，苏克，译．北京：生活·读书·新知三联书店，1987：140.

③ 荣格．心理学与文学［M］．冯川，苏克，译．北京：生活·读书·新知三联书店，1987：140.

我形象。这一对理想自我的想象，将会伴随婴儿一生。因此，想象界是对完整性和圆满性的积极想象。象征界（the Symbolic，又译符号界）则与父亲相关，是不以个体意志为转移的规范和规则所在。父亲不仅是真实的人，也是拉康命之为"父之名"的象征秩序，代表着语言本身的调节和象征功能。儿童学会说话，看似是掌握了一门表达自己内心的语言符号系统，事实上，语言秩序规则先于儿童存在，我们只能说出既存的象征体系允许我们表达的东西。看上去是儿童用语言表达自己，语言只是工具，实际是儿童只能表述语言结构允许他/她说出的东西。实在界（the Real）则是完完全全抗拒符号化之物，无法被象征性的意指结构所吸收，是在象征化作用之外存在的界域。拉康一生，对实在界有很多不同界定，总体上是将实在界视为一种不可能性，这个不可能性，不是实际存在的不可能，而是指难以被人类语言符号化的这种不可能。三界理论并非简单指涉人类特定年龄阶段的心理体验，而是用以解释人类普遍的主体结构。例如想象界指示的是，主体在成年后的心理状态中，对一个更理想的自我的完美想象始终存在。正是受到拉康有关理想自我的启发，流行文化的研究者，用想象界解释现代人在追星等活动中，感受到的自我满足与快乐。

拉康本人曾介入过法国超现实主义文学运动，同时《哈姆雷特》《安提戈涅》《尤利西斯》等作品，亦不停闪烁在他晦涩的理论文字中。这显示了精神分析理论家拉康文学的一面，却令众多文学研究者感到不安。拉康对文学作品的征引多带有明确的功利目的，文学文本和文学人物分析，往往服务于拉康个人隐晦的哲学思想，为其提供可资谈论之物，为其超验设定锚定落地之点。与其说这是文学分析，不如说是精神分析的案例解读。于是拉康之后的文艺研究者，力图将拉康式的文艺阐发，转化为文艺理论自身的建设性资源。例如，电影学者们发现，电影就呼应着拉康的镜像阶段，只是镜子被银幕替代，却同样展现了自我认同的过程。观影情境（固定不动、黑暗的影院空间）和影像的生产机制（摄影机的光学投射），都在诱使观众持续将自己内心的欲望投射到银幕中。

总结现代心理学对于文学与心理问题的探索，我们可以发现，精神分析学家们不仅带来了一种理解文艺活动的新观点，例如弗洛伊德的压抑说；同时探索了一套文学批评的新方法。从心理的视角看文学，带来的是对文学自身的深入认知：文艺活动凝聚的是人类经过升华作用，达成的创造性辉煌；亦是始自远古而来的集体无意识铭写；还是主体欲望法则的显形。精神分析学家们揭示出文学活动中潜伏的各种无意识动机（童年经验、创伤），也将对于医学病症的分析方法应用于文学（例如症候分析）；以此建立了一套对文学象征意义进行破译的方法。相较于其他哲学流派，精神分析与文学批评的联系似乎格外紧密。一方面无论是弗洛伊德本人，还是后继的拉康、齐泽克等理论家，都试图通过具体文学文本的分析，发明独具个人理论色彩的精神分析概念；另一方面文学批评者援引各路精神分析理论家著述，进行特定的文学文本分析，形成了蔚为大观的"精神分析文学批评"。

值得一提的是，从弗洛伊德到荣格，再到拉康，都表示过对中国文化的强烈兴趣。弗洛伊德承认自己其实不懂汉语，但是"因为想要从中发现与梦的不确定性相类似的东西"[①]，而去了解中文。弗洛伊德认为，中文没有语法，没有性、数、时态和语态的变化，

---

① 弗洛伊德 . 精神分析导论 ［M］//车文博 . 弗洛伊德文集（第四卷）. 张爱卿，译 . 葛鲁嘉，校 . 长春：长春出版社，2010：135.

正显示了汉语的不确定性，需要交谈者根据上下文来判断具体意思。弗洛伊德对中文的理解，当然有其片面性，但却提出了一个重要观点，即类似汉语的不确定的表达，一样可以传达深邃的思想，而非模棱两可，这正是他对于梦的态度。荣格一生致力于考察非西方世界的集体无意识，虽然也不懂中文，但是他与好友汉学家卫礼贤（Richard Wilhem）合作，译介了中国道教和藏传佛教的经典，并写了《〈易经〉序》。拉康曾跟随法兰西学院院士、汉学家程抱一（Francois Cheng）学习中文，其中老子有关"道生一，一生二，二生三，三生万物"的思想，与拉康对空无的思考，不谋而合。拉康也曾接受中国大使馆邀请，计划访问社会主义中国，虽最终未能成行，但拉康从不掩饰对于这个东方马克思主义国度的迷恋。[①] 上述精神分析学家们对遥远的东方文明的兴趣和理解，都是立足西方文化自身。在精神分析学家们看来，正是西方现代文明生病了，才促使他们追寻西方文化的异质性他者。中文（汉字）由此成为不确定的、无意识的语言，提供了反思乃至批判西方理性主义传统的可能资源。这当然是对中华文明的想象性误认，却构成了我们今天理解和吸纳西方精神分析文论的重要基础。想象的他者是自我确立的必须，文明的交流与互鉴，尽管总是存在着误读与误认，却提供了通过他者理解自我的契机。

精神分析同样是文学的他者。借助这一来自临床医学的诊疗实践，文学与心理学理论相互交融，推进了对于人类欲望之谜的持续探索。包括精神分析在内的文学心理学告诉我们：文学不仅能够记录人类的心理困境，也能够治愈乃至修正人类的自我认知。

◇ 阅读实践

对《阿Q正传》的人物心理分析

精神分析批评擅长对文学人物展开一种临床的精神病学分析。这一批评范式的基本逻辑在于，将文学人物等同于患者，批评家/读者则承担精神分析师的工作，这时候文学作品犹似病例，需要读者抽丝剥茧，从中找出无意识的欲望真相。例如鲁迅的《狂人日记》以狂人为主人公（鲁迅文中注明狂人是一个"迫害狂"），甚至《狂人日记》也可以被看作一个疯子的癔症，癔症正是弗洛伊德最早展开的临床分析的病症。有趣的是，这个疯狂者却是鲁迅笔下的觉醒者。鲁迅写过很多知识分子，尤其那些身处五四落潮期，消沉而迷茫的知识分子。当鲁迅把觉醒者塑造为一个狂人的时候，他很接近弗洛伊德的理解，狂人"语颇错杂无伦次，又多荒唐之言"，却泄露了无意识的真正秘密。恰是在这个狂人视角里，吃人的无意识秘密显露出来，鲁迅借作为觉醒者的疯子狂人，完成了对旧制度和旧礼教的批评。

阿Q是鲁迅塑造的典型形象，亦是鲁迅国民性批判的代表作。精神分析的人格结构理论，提供了建构文学人物形象及其行为动机的可能途径。弗洛伊德将人

---

① 伊丽莎白·卢迪内斯库. 拉康传 [M]. 王晨阳，译. 北京：北京联合出版公司，2020：393-394.

格结构分为三个层次，即本我（id）、自我（ego）和超我（superego）。其中本我是最原始和非理性的心理结构，它极端利己，充满本能和欲望的强烈冲动，不受任何道德约束，在快乐原则支配下一味寻求满足。自我是从本我中分化出来的一部分，它受知觉系统影响，奉行现实原则，控制和压抑本我的欲望和非理性冲动，又在可控可接受的范畴内给予本我适当的满足，力图寻求一种适应现实的、有节制的快乐。超我是从自我分化的、道德的、超自我的心理结构，它以良心、自我理想等至善原则来规范自我。因此，自我始终是处在外界环境、本我和超我严厉管制三重监控危机下的一个复杂协调产物。

以阿Q这个人物为例，他的本能是生存和繁衍，作者安排第五章"生计问题"和第四章"恋爱的悲剧"，揭示阿Q的本能欲望受挫。于是阿Q正传，可以被视为封建制度迫害下，一位底层中国农民在本能欲望注定无法满足的困境下，进行的悲剧性的自我调适。阿Q发明了自我满足的精神胜利法，来淡化乃至遗忘生平的屈辱事，乃至欺负比自己更弱的人。正是这个典型的阿Q，一个无法形成现代主体人格的人物，显示了改造国民性的迫切性。

鲁迅在《〈故事新编〉序言》中，直接承认自己写《补天》，是"取了茀罗特说，来解释创造——人和文学——的缘起"[1]，这里的茀罗特即弗洛伊德，有时也译为佛洛伊特。鲁迅借用上文介绍的弗洛伊德的文明来自性欲升华这一观点，来重构女娲补天的传统故事，谓之"新编"。鲁迅还翻译介绍了日本文艺理论家厨川白村的《苦闷的象征》，后者认为文艺是生命力受到压抑而来的苦闷的象征。在写于1933年的《听说梦》中，鲁迅赞同弗洛伊德的压抑说，反对《东方杂志》刊登的观点，将梦视作个人心底的秘密而无涉社会。鲁迅质问："人为什么被压抑的呢？这就和社会制度，习惯之类连结了起来。"[2] 但是鲁迅对所谓的"茀罗特说"，从来不盲信。他随后在下文中，批评了弗洛伊德的泛性论："不过，佛洛伊特恐怕是有几文钱，吃得饱饱的罢，所以没有感到吃饭之难，只注意于性欲。有许多人正和他在同一境遇上，就也轰然的拍起手来。诚然，他也告诉我们，女儿多爱父亲，儿子多爱母亲，即因为异性的缘故。然而婴儿出生不多久，无论男女，就尖起嘴唇，将头来转去。莫非它想和异性接吻么？不，谁都知道：是要吃东西！食欲的根柢，实在比性欲还要深，在目下开口爱人，闭口情书，并不意味肉麻的时候，我们也大可以不必讳言要吃饭。"[3] 鲁迅认可弗洛伊德的压抑说，也批评其中的泛性论过度穿凿附会，强调"吃"这一生存本能在精神生活中的重要作用，并重新赋予"吃人"以隐喻意义。正因此，鲁迅也被视为中国现代文学较早进行文学心理学探索的先行者。

---

① 鲁迅. 鲁迅全集（第二卷）[M]. 北京：人民文学出版社，2005：353.
② 鲁迅. 鲁迅全集（第四卷）[M]. 北京：人民文学出版社，2005：483.
③ 鲁迅. 鲁迅全集（第四卷）[M]. 北京：人民文学出版社，2005：483.

◇ 关键词解析

一、无意识

弗洛伊德早有自知之明，"精神分析所提出的第一个令人不快的主张是：心理过程自身是无意识的，并且整个心理生活只有个别的活动和部分才是意识的"①。在奠定了弗洛伊德思想基础的"心理地形图"理论中，他提出人的心理结构包括三个领域，即无意识（unconscious）、前意识（preconscious）和意识（conscience）。无意识是人的本能、欲望以及与此相联系的被压抑的情感、意向的贮存库，它是人类心理活动的终极动力，是所有进入意识状态的正片的"底片"。意识作为后天产物，是心理继发性过程，既与人类文明进程相联系，又是心理过程的最高形式。前意识则是无意识与意识之间的一种过渡领域。无意识过渡到意识必须经过前意识领域，借助于前意识的某种形式才能实现。三者之间的关系并非泾渭分明，前意识、无意识和意识始终处在互相渗透、互相流动的变化过程之中。

弗洛伊德在他的全部理论重心中，强调了无意识的重要作用，根据这一理论，弗洛伊德成功破除了区隔正常/反常、高雅体面/可耻罪恶、善人/恶人的壁垒。所谓"正常"，只是因为意识成功狙击了无意识，或借助替代物以意识认可的某种方式，曲折表达了无意识；而精神病人/变态的心理状态，则是无意识与意识的冲突外在化和公开化的表现，意识不善于稽查并压抑无意识所致。因此，无论正常还是非正常、善良还是为恶，其原初的心理基础都是一样的。在人际紧张的现代社会，有些人无法成功适应这一生存环境，在无意识向意识转化的过程中，在从前厅走向接待室的路途中，遭遇了种种挫折与迷惑。弗洛伊德通过无意识理论，将人的存在状态复杂化的方式，在今天几乎已经成为大众文化特别是好莱坞电影的叙事套路，即一个变态扭曲、十恶不赦的杀人犯，必然拥有一段令人心酸同情的童年往事。

二、白日梦

在《作家与白日梦》中，弗洛伊德提出了他有关文艺的基本思想，这一对文学作品的理解是建立在一个基本类比基础上的，即将作家类比于做梦者，将作品类比于白日梦。

弗洛伊德以一个重要概念：幻想（phantasying），推出了精神分析版本的文学起源论，即"作家与玩耍中的孩子做着同样的事情"②。小孩在喜爱和投入的游戏活动中，能够享受一种快乐，就是在游戏中按照自己的喜爱，却又是严肃的方

---

① 弗洛伊德.精神分析导论［M］//车文博.弗洛伊德文集（第四卷）.张爱卿，译.葛鲁嘉，校.长春：长春出版社，2010：11.
② 弗洛伊德.作家与白日梦［M］//车文博.弗洛伊德文集（第七卷）.孙庆民，等译.长春：长春出版社，2010：60.

式创造乃至重置一个世界；同时儿童能够将现实世界和游戏世界准确区分开来。通过游戏来满足自己的愿望，这种快乐会一直伴随到成年时期，不过成年后换了一种形式。幻想就是我们从儿童时代开始的将想象中的物体，与现实世界中真实存在的事物联系起来的能力。但与儿童直接表达自己的愿望不同，成年人学会了伪装，羞于表现乃至隐瞒自己的幻想。弗洛伊德使用了一个比喻形容幻想的私密性，"他珍爱自己的幻想恰如对待自己的私有财产那样"①，却不知道那种自以为别人不会有的隐秘幻想创造，其实是普遍存在的。作家正是保留孩童创造幻象能力的人，做游戏和创造幻想，具有相互依附的行为动机。弗洛伊德的这一论述，可以通达从康德到席勒的"游戏说"传统，即认为文学起源于游戏，起源于人类过剩经历的发泄，并在发泄中享受自由创造的愉悦。较之传统的游戏说，弗洛伊德的幻想论，更强调这一想象世界的虚构性，孩童以极为严肃的方式，认真投入这一虚构世界的创造，且能准确区分其与现实世界不同。

　　弗洛伊德认为，一些神经症的受害者向我们泄露了从健康人口中不可能听闻的幻想特征，弗洛伊德总结为如下几点。首先，幻想的动力是尚未满足的愿望。"每一个幻想都是一个愿望的满足，都是令人不满足的现实的补偿。"② 这些愿望又可以分为两种类型，或者是提高自身地位的野心欲望，或者是性欲望的满足。性别在这一愿望满足的幻想中充当了一个变量，弗洛伊德认为，在年轻的女性身上，性欲望的满足占据主要地位；而在年轻男子身上，则结合了野心和性的愿望满足。其次，幻想显示了灵活多变的特点，会随着幻想者对生活理解的变化而变幻。幻想随着最新的印象而调整的变化，被弗洛伊德称为日戳（date-mark）。这一由现在某个场合刺激产生的幻想，会在过去经历的基础上，描绘一幅未来愿望得以实现的美好画面："这样，过去、现在和未来就串联在一起了，愿望这根轴线贯穿其中。"③ 弗洛伊德指出幻想和白日梦一样，都是愿望的满足，那些在现实中难以启齿的、无法实现的愿望，都可以在白日梦中获得满足。

　　作家笔下的主角有如神助，那种刀枪不入、英雄不死和美人爱慕的故事，正是作家建构的、获得读者由衷认同的白日梦。于是弗洛伊德上述关于幻想的理论，被移用作阐释白日梦，且突出了作家童年记忆的重要性。现时的一个强烈经验会唤起作家对童年时代经历的记忆，此记忆又催生出一个在其作品中可以得到满足的愿望。于是弗洛伊德得出了一个对文学心理分析十分有用的思路，就是"其作品本身能够显示出近期的诱发事件和旧时记忆这些因素"④。这

　　① 弗洛伊德.作家与白日梦［M］//车文博.弗洛伊德文集（第七卷）.孙庆民，等译.长春：长春出版社，2010：60.

　　② 弗洛伊德.作家与白日梦［M］//车文博.弗洛伊德文集（第七卷）.孙庆民，等译.长春：长春出版社，2010：61.

　　③ 弗洛伊德.作家与白日梦［M］//车文博.弗洛伊德文集（第七卷）.孙庆民，等译.长春：长春出版社，2010：62.

　　④ 弗洛伊德.作家与白日梦［M］//车文博.弗洛伊德文集（第七卷）.孙庆民，等译.长春：长春出版社，2010：64.

对文学批评的启发在于，通过重组作家的童年和近期经历，窥见作家创作过程的幻想密码。

弗洛伊德也尝试解答读者在阅读文学作品中所获得的快乐。弗洛伊德在儿童和作者那里发现的共同点（幻想和白日梦），也同样适用于读者。读者阅读文学作品的快乐，正在于那些被压抑的、不能公之于众的幻想，被作家以公开的方式畅快表达出来。弗洛伊德将这种快乐命名为额外刺激或前期快乐，读者正是在对一部想象力作品的喜爱和欣赏中，紧张和压力得到一定程度上的缓解。作家向读者分享自己的白日梦，让读者得以在作者的故事中，沉迷于愿望的满足，而不必自责或害羞。弗洛伊德由此提供了一个作者、作品和读者的关系图谱："作家通过改变和掩饰利己主义的白日梦以软化他们的利己性质，他以纯形式——即美学的——快感来俘房我们这些读者。"作家是成年人中的儿童，保留了幻想的创造力，并以这一幻想的公开的和成熟的形式，也即文学作品来感召读者。与其说是作者和作品的魅力，持续吸引着读者，不如说是文学作为公开的白日梦，满足了读者的潜在欲望。

三、俄狄浦斯情结

俄狄浦斯情结，亦称恋母情结，是精神分析的基本概念，被广泛运用于文学批评和社会心理分析，源于古希腊传说中俄狄浦斯王（Oedipus）杀父娶母的故事。

在"俄狄浦斯王"传说中，俄狄浦斯降生时，得到神谕，预言他长大后会弑父娶母，众人极力避免这一预言，但是俄狄浦斯仍在不知不觉中，验证了神谕的预言。古希腊悲剧作家索福克勒斯基于此传说，创作了悲剧《俄狄浦斯王》，意在表明：人没有办法逃脱自己的命运。其悲剧效果正在于，神的最高意志与人类无力摆脱厄运控制的对照。弗洛伊德借用这个故事情节，自撰了"俄狄浦斯情结"概念，指出俄狄浦斯王的"感人之处并不在于命运与人的意志之间的冲突，而应在于那些构成冲突的材料的特殊性质"①。这里的"特殊性质"，指的是其基本情节：杀死自己的父亲，并娶自己的母亲。

根据弗洛伊德对于儿童性欲的研究，大致在2—5岁时，各种性冲动会汇合到一个对象身上，就男孩而言，这个对象是母亲。此时，男孩会表现出对于父亲的妒忌和敌意，这就是弗洛伊德在对文学作品的分析中，得出的一个文学母题：弑父。索福克勒斯的《俄狄浦斯王》、莎士比亚的《哈姆雷特》和陀思妥耶夫斯基的《卡拉马佐夫兄弟》，是弗洛伊德用俄狄浦斯情结解释文学作品的代表。就此，弗洛伊德进一步肯定了文学的作用："诗人展示了过去，揭露了俄狄浦斯的罪恶，同时又迫使我们去认识我们的内心世界，在我们的内心深处，这种冲动虽

---

① 弗洛伊德. 释梦［M］//车文博. 弗洛伊德文集（第二卷）. 吕俊，等译. 长春：长春出版社，2010：176.

然被压抑下去，但仍可以发现。"① 换句话说，文学的重要作用在于，那些已经被压抑、被驱逐的原始欲望，会由诗人替我们重新表述出来。

弗洛伊德提出埃勒克特拉情结（electra complex）作为俄狄浦斯情结的性别对应物，用以表述小女孩在获得性别身份过程中的杀母恋父情结，同样借自古希腊神话。埃勒克特拉是希腊联军统帅阿伽门农之女，在父亲阿伽门农被妻子及其情夫杀害后，埃勒克特拉和弟弟一起杀死了母亲与其情夫，为父报仇。弗洛伊德从未充分论述过这个概念，也没有用以分析过任何文艺作品，后续这种缺失，也受到了女性主义理论家的批评。

四、镜像阶段

拉康在 1936 年的国际精神分析学会报告上，首次提出了镜像阶段这个概念。后以《助成"我"的功能形成的镜子阶段——精神分析经验所揭示的一个阶段》②正式成文。早在拉康之前，已经有鲍德温的镜像实验研究，指出人类婴儿与同龄黑猩猩面对镜中像时的巨大差异。小黑猩猩很快发现这个镜中的影像只是幻影，就此失去兴趣，然而，人类婴儿却对自己的镜中像表示出了持续的迷恋和狂喜。

拉康的镜像阶段指的是婴儿在 6 到 18 个月的心理过程：这是从母亲经常把孩子抱在怀中，到母亲渐渐离开孩子的过程。当母亲（或相当于母亲的人）把孩子抱到镜前，婴儿初次看到自己的镜中像时，尚不能分辨自己的身体与怀抱着他/她的母亲的身体，婴儿体验的镜像，实际是母子同体的一种圆满想象。在 6 到 18 个月的婴儿岁月里，孩子的全部身体体验是支离破碎的，不仅不能自主控制身体，也不能整体地感知和把握自己的身体。没有基本的行动能力，完全依靠来自外部（父母）的照顾，在相当长的时间，也无法用语言表达自己的基本需要与痛苦（直到学会说话）。但是镜中像，却提供了一个异化的完美形象，这种对更理想自我的想象，将伴随人类一生。

拉康认为，想象世界就源于幼儿的镜中像经验。首先，这个想象世界，是完整和理想的。儿童既享有完全掌控自己镜像的满足感，同时处于母子同体的愉悦中，因为镜中像呈现的是母亲抱着自己，正如子宫中的母子一体状态。其次，这个通过镜中像来识别出自我的过程，经历了一定程度的异化。儿童辨认镜中像的过程，是一个想象性的误认与误识的过程。一开始婴儿无法辨认镜中像就是自己，当他/她意识到镜中像就是自己的时候，这个身体协调的镜中像，其实并不是现实中尚不能控制身体的"我"。这是一个深刻的误认，也提供了关于自我与他者关系的重要论述。按照常识来说，自我是一个具有独立判断能力的人类，拉康却发展了自我的另一个版本：自我的确立，需要借助外在于自己的镜像。换句话说，自我是在与他者，另外一个镜中像的认同过程中，才产生的。这个外在的对象，虽然是一个想象的投射，却揭示了人类的自我感其实需要借助对其他客体

---

① 弗洛伊德. 释梦［M］//车文博. 弗洛伊德文集（第二卷）. 吕俊，等译. 长春：长春出版社，2010：176-177.

② 雅克·拉康. 拉康选集［M］. 褚孝泉，译. 上海：华东师范大学出版社，2019：83.

的认同，才能获得一种虚构的统一。

精神分析学家甚至认为，人类社会的秘密，人类之所以不同于动物（与同龄的小黑猩猩相比）的重要之处，都蕴含在这个镜像阶段。这个过程包含了与周围环境的互动，对于双亲的依赖，以及初步的社会化。换句话说，这个过程是一个跟外在他者打交道的过程。不同于其他哺乳动物，人类有一个漫长的不近情理的成长期。婴儿不会说话，他/她不能以成人的方式（语言）来表达自己的生理需要，于是在婴儿声嘶力竭的嚎叫、阴晴难定的哭闹中，另外一些东西出现了，这就是朝向他者的要求（demand）。这一他者对象，最初就是母亲：母亲的乳房提供了食物，母亲的臂弯提供了安稳，母亲负责响应、满足婴儿的任何需要。于是每一项要求都不仅仅是某种简单的需要，还是对爱的无条件要求，是对于匮乏的否认与拒绝。残酷的是，对于人类来说，要求不可能获得无条件的满足，婴儿迟早要面对不得不与母亲分离，不得不独自长大的境地。这意味着匮乏不会消失，且会随着儿童的成长，发展成为人类永远渴求某物的欲望。

◇ 本章小结

```
                              ┌─ 中国古典美学          ┌─ 韩愈："不平则鸣"
                              │  感觉和谐、天人合一 ──┤
                              │                      └─ 朱熹："诗者，心之感物，
           ┌─ 文学：一种特殊的 ┤                            而形于言之余也"
           │  心理活动         │
           │                  │                                    ┌─ 柏拉图："迷狂说"
           │                  └─ 西方文论传统 ──┬─ 对客观世界的模仿 ─┤
文学与心理 ┤                                    │                    └─ 亚里士多德："净化论"
           │                                    │
           │                                    └─ 精神分析 弗洛伊德 ─┬─ 无意识
           │                                                          │
           │                                                          └─ 升华：艺术和科学活动
           │
           │                  ┌─ 弗洛伊德：《释梦》 梦是无意识欲望的满足
           └─ 文学精神分析批评 ┤─ 荣格：原型说
                              └─ 拉康：三界（I-S-R）理论
```

◇ 思考与练习

1. 尝试记录自己最近做过的一个梦，并做分析。你同意弗洛伊德对于"梦是无意识欲望的满足"这一结论吗？

2. 阅读索福克勒斯的《俄狄浦斯王》。你同意弗洛伊德对"俄狄浦斯情结"的阐发吗？

3. 阅读鲁迅在《听说梦》中对弗洛伊德理论的批评。你同意鲁迅的批评吗？

第十章 文学与身体

教学导航

学习目标	了解有关身体思想的理论谱系。试图将理论与实践联系起来，用以解读相关文本
重难点	身体思想的发展流变和基本特点，如何解读文学作品中的身体
推荐教学方式	课堂教学与学生讨论相结合
建议学时	2 学时

情景导入

汪民安在《身体、空间与后现代性》中写道：

为什么面对死亡无所惧怕？柏拉图借苏格拉底之口解释道，真正的哲学家一直是在学习死亡，练习死亡，一直在追求死之状态。因为，死亡不过是身体的死亡，是灵魂与肉体的分离；处于死的状态就是：肉体离开了灵魂而独自存在，灵魂离开了肉体而独自存在。[1]

身体的内部战争，在某种意义上，也是身体的内在性和外在性的战争，是身体能指和所指的战争。女性的身体，通常是这种战争的场所：内在性和外在性，在这里残酷对决。女性的身体，因此变得负荷累累，其叙事，则跌宕起伏。女性的身体，也因此变成今天最重要和最有吸引力的文化主题之一。在此，与其说女性身体的巨大魅力是性和性感本身，不如说女性对性感的执着追逐意愿，是性感

---

[1] 汪民安.身体、空间与后现代性 [M]. 南京：江苏人民出版社，2005：4.

强烈的表意形式，是性感和健康之间的戏剧性的深刻分歧。吸引人的并非裸露的身体，而是裸露身体不可抑制的意念，是这种意念的强烈的战争形式。我们已经看到，这种身体内部的战争最常见的表现形式是节食，它携带着身体内部的巨大矛盾出场，使快感和审美展开了一场长达半个世纪的大战。[①]

从上述引文出发，我们可以继续追问以下问题：什么是身体？人们对身体的认识经历了怎样的变化？女性的身体有怎样的特殊性？

♻ 理论阐释

在西方思想中，自古希腊时期开始，"身体"的概念就与"灵魂"的概念相对，并始终处于弱势。古希腊哲学家柏拉图在《斐多篇》提出了"无身认知"的观点：尽管人是由身体和灵魂两部分组成，但灵魂才是人的本质部分。灵魂在肉体之中无法专心认识世界，因此，要获得真正的知识，必须摆脱身体的桎梏。柏拉图甚至提出"灵魂回忆说"，将知识和灵魂绑在一起，认为知识来源于对灵魂中本就存在的东西的回忆。但是，尽管古希腊人贬斥身体，还是承认身体的存在，只是他们认为身体会对灵魂的纯净性造成损害，身体应该被遗忘，乃至于被贬斥成物体。16世纪以后，西方思想中的认知模式和思维方法发生了断裂，人们不再用神谕、想象、魔法、相似性去探索世界，而是在培根、笛卡尔的质疑中开始用分析、推理、实验等理性原则把握世界，寻找让世界如此这般的那个本质结构和根本秩序。例如，这在绘画上就表现为运用透视原则，将事物组织在一个有序的图景中。笛卡尔将事物的属性都化约为广延，即可延展的、可伸缩的、可变动的东西，也就是算术和几何研究的对象。事物广延的属性都蕴含在精神之中，于是，数学（算术、几何）、广延（平面、图形、运动）、精神（知性）互相对应，共同构成了一个平面化的世界，这种平面化的处理使得机械论的宇宙观得以可能。而世界的问题最终要落实在身体之上，于是，笛卡尔将这一模式用于身心的论述，他认为精神不可分，而肉体可分，这种可分性（divisibilité）将身体化约为一种广延，身与心的不平衡关系在笛卡尔的身心二元论中发展到了极点，笛卡尔将身体和心灵当成两个相异的实体，他认为心灵属于灵魂、精神或思维范畴，而身体则与物体的广延性保持一致，被独立在心灵之外。这也导致心灵和身体分别作为认知的主体和被认知的客体，呈现出一种对抗的关系。笛卡尔的思考模式几乎奠定了近代西方哲学关于身心思考的基本范式。但到了19世纪末20世纪初，身体的位置被凸显出来，不少理论家认为笛卡尔以来的主客二分范式赋予我们的只是身体的思想或观念的身体，而不是身体的经验和实际的身体，尼采、梅洛-庞蒂、柏格森、德勒兹等一大批理论家开始从身体出发体悟知觉、思考世界，进而探索一种新的感觉谱系和思考方法。

---

① 汪民安. 身体、空间与后现代性 [M]. 南京：江苏人民出版社，2005：44-45.

●● 第一节　基本定义和理论谱系 ●●

柏拉图将世界分为经验世界和理念世界，身体被归属于相对低级的经验世界，笛卡尔的身心二元论基于"我思"确定了意识的主体地位，区分了内部的心灵与外部的身体，这之后，在西方传统中渐渐形成了一种惯性思维："把身体定义为无内部的部分之和，把灵魂定义为无间距地向本身呈现的一个存在"①，身体则被当作认知对象被简约化，进而被忽略、被贬低。

而斯宾诺莎修改了笛卡尔形而上学的身心二元论，认为身体是一个无限实体派生出来的诸多样式。样式的本质是强力的一种确定的程度，是不可化约的力量的量的程度。也就是说，斯宾诺莎认为实体可以分解成无数样态——将一个巨大且无限的力量分有为无穷多的、彼此差异的力量值，而承担力量值的样态就是身体，世界由无数身体组成，每个身体都是差异的、唯一的、独特的。每个身体并不是整体之局部，而是包含着全部，即便在微小的身体中都蕴藏着无限的力量，如同一花一世界，一树一菩提，在一个身体中就可以看到整个世界。世界是不同身体、多种符号的交融和混杂，在混杂中，每个元素都是平等自由的，保持着自己的奇异性，不会被另一方同化或整合。世界是身体之间的感触，是无数复杂的"多元的力的统一"相互碰撞产生的涌流，身体属于一个相遇的世界，世界属于这些差异的身体。每一个物体都有一个身体，除了个人身体之外，家庭、社会、共同体都有身体，这是一个由各种力组装而成的世界。

尼采则认为身体是权力意志的一个形态，是意愿生命本身的全部本能、欲望和激情的统一体。身体内部的各种权力意志以及身体之间也都处于相互斗争的动态关系之中。而梅洛-庞蒂进一步强调了身体的重要性，他认为身体不像意识那样透明，不像意识那样通过同化、建构和改造等方式思考，身体经验显示了一种模糊的存在方式，只能在体验中认识身体。身体是一个天然的主体，是一个存在的临时轮廓，它不受制于二元对立，具有优先性与含混性，是可见的和可动者，它使事物围绕在自我周围，意味着主动和被动、作用者和被作用者的统一。梅洛-庞蒂认为身体的知觉是视觉、听觉、触觉等身体经验的综合体，感知过程中呈现的事物是身体各个感官相互交流、相互渗透、共同作用的结果。感知的对象不仅是物体的几何形状，还包括其他维度，它们被不同的感官所接受并混合，例如，当我们看到玻璃的外观的时候，还可以感觉到玻璃的平滑的触感，想象到玻璃清脆的碎裂声音，等等。可以说，身体是一个协作系统，各种感觉在相互作用下形成了一个不可分割的整体。事实上，身体与世界彼此交织：当我注视世界时，世界也在注视我。这不同于笛卡尔式的理性直观，而是说我观看世界时已身处其中，我与世界同在，在相互影响中获得意义，世界就是身体的延伸，世界就是我的境遇。他者与我的目光交汇，他者将他的境遇借出，我将我的境遇借出，相互融通交流，我才见出我自身。通过"身体"，我与世界的关系得以建立。物体在被我感知之前就已经和我发生了关系，自然与我并不对立，而处于等

① 莫里斯·梅洛-庞蒂. 知觉现象学 [M]. 姜志辉，译. 北京：商务印书馆，2001：256-257.

待召唤、相互召唤的和谐中，尤其是在追求美的过程中，人不再感到自身的匮乏或虚无，而是被世界询问、召唤，等待被融合、吸纳，在其中见出自身与世界的价值。世界即肉身，无数他者的肉身交织构成了世界的整体性。

梅洛-庞蒂与斯宾诺莎观点相似，他认为身体与其他事物是由相同的材料组成的，因此事物能够与身体发生一种内在的相互作用和交流，从而在我们的身体之中，形成一种内部等价物。身体类似于镜子，镜子的特征在于能够使万物在自身内部映现出来，而身体也处于与世界其他物质不断交流的情景中，所以，身体可以接受万物的作用。梅洛-庞蒂指出："镜子的幽灵从外面拽着我的身体，与此同时，我身体的整个不可见之处，也可以包容我所看见的其他人的身体。从这时起，我的身体就能包括一些取自他人身体的部分，好像我的实体进入到他们的身体。人是人的镜子。说到镜子，这是一种普通的魔术器具，它把事物改换成景象，又把景象改换成事物，它把我改换成他人，又把他人改换成我。"① 于是，感觉就是在不同的身体之间相互交流、相互作用产生的一种共振。可以说，感觉是身体之间的感触，是无数复杂的、多元的力在相互碰撞时产生的涌流，它标志着身体属于一个相遇的世界，也标志着世界属于这些身体。

如果说梅洛-庞蒂的"身体知觉"依然是一种主体哲学，那么德勒兹的"感觉逻辑"是一种无主体的、游牧的、去中心化的、更为彻底的解构哲学。在后现代的思潮中，身体已经被理性、主体、权力裹挟，如果要恢复身体的原初状态，必须去主体化。例如，福柯的谱系学工作表明身体不完全是自然的实体，而是一个文化编码的社会实体，它是话语的塑形效果。这种可塑性表明身体随着权力、制度、历史而不断流变、转换。因此，身体远不是本质主义的概念，而是一个生物学、社会学、话语之间的交汇场所。主体是知识、权力塑造的结果，福柯称之为"权力的微观物理学"的技术，这些技术具有规范性、生产性，在精神层面，它生产知识、真理、权力，在物质的层面，它生产监狱、医院、学校，身体是权力控制下的傀儡，但同时也具有抵抗的潜能。

基于此，德勒兹认为"肉"——这种原始的、携带动物本能的身体，穿越了多种层次的运动与无限可能的变动体，是感觉得以产生的载体，也拥有无限抵抗的能量，德勒兹所谓的身体，不再是笛卡尔以来在心灵控制下的有机组织。有机组织意味着根据理智的指令各种器官被综合在一起进行有序的、中心化的运作，这是对生命之力和机能强度的禁锢，身体只有成为"无器官的身体"才能触摸感觉，也就是说，身体是独一的，不需要器官。"无器官的身体"不是针对器官，而是排斥有机组织对器官的控制与组织。"无器官的身体"是一个强度的身体，一道波贯穿于身体之中，根据不同的广度和力度，划出不同的层次或界限，身体不再有器官，只有各个层次和界限，同样，感觉也不是质的、量化的，而是一种强度现实，它不再现元素，而是同素异形的变化，是一种震颤。

德勒兹援引了莱布尼茨的微积分理论，认为强度是潜能的、"交错的（perplexes）"复杂体，是由微分元素间的比值构成，通俗化的微分可以用运动来解释：我们所熟知的速度是距离除以时间，但这是一个理想状态中的匀速直线运动，现实中是不可能存在的。真

---

① 莫里斯·梅洛-庞蒂. 眼与心：梅洛-庞蒂现象学美学文集［M］. 刘韵涵，译. 北京：中国社会科学出版社，1992：137-138.

正的运动每时每刻都不同，将运动处理为均质、等量的值，这不仅不能把握运动，反而会失去了真正的运动。感觉也是一样，每一瞬间的感觉都是差异的。只有无器官的身体呈现出的感觉是"未定的"（indéterlniné）和"多价的"（polyvalent）[①]："未定的"是指身体在外力的作用下形成，并随着力节奏而改变，身体的层次、运动的状态、器官的边界也发生变化，身体中各个器官是暂时的、随机的，每时每刻都是差异的；"多价的"是指器官之间的关系开放、可变，如同"块茎"一样构成了身体的多元功能性，这不是倒退回过去，而是向着未来的生成。当感觉穿过有机组织而达到身体时，它带有一种力量的强度和过度的狂热，会打破有机组织的界限，在肉体之中，它直接诉诸神经之波或生命的激动，可以说"无器官的身体"就是肉体和神经的非组织状态。当感觉与身体相遇时，各种力量如同一道道波在身体上发生作用，感觉实现了一种强度的逻辑。

●● 第二节　理论延展：身体与裸体、东方与西方 ●●

在西方艺术中，我们最常见的裸体的表现形式，就是绘画和雕塑，那么，裸体与身体有何不同？

身体是生命之动态，是活生生的、流动的、情绪性、感觉性的，无法通过理性的静观来将它固定凝滞或盖棺定论，而裸体恰恰相反，用朱利安的话来讲"裸体产生自停顿及固定"，我们只能在一定距离之外"观看"裸体。而我们之所以能够观看裸体，就是因为它"存在"，而且是以富有理想性，且能够提供理念的"形象"存在。还"迫使我们面对自己，在自己的视线之下，看到自己的无法逃避[②]，因此，本质只能是裸体而不能是裸着的身体。

事实上，本质是"一个终极已然达到，不能更向前进，而停留于此"的状态。分割事物，直到它不能再被分割为止，剩下的那个不能被分割的就是本质。至于本质是如何将自己展现出来的，笛卡尔举了这样一个例子：把一块儿黄色的、凝固的、有香味的蜡靠近火炉，等到它融化了，变成液态的物质，它的本质就出现了，即一个具有延展性的物质。它融化掉的只是它作为蜡的一个短暂的、外在的性质，通过融化，它剥掉了盖在本质上的外衣。裸体如何体现本质？借用笛卡尔的这个例子，通过融化掉蜡的外在形态（它的颜色、气味、形状等），我们看到了它的本质。裸体也是同样的道理，把所有的外衣都剥掉，我们就看到了赤裸的状态，除此之外就什么也没有了，已经达到了终极，即本质。

当然，这里的"赤裸"只是一个状态，意味着把附加物全部移除，并不是说裸体等同于赤裸。朱利安认为裸体无法完全与其他事物融合，"它每次的出现都是突然，就像是第一次出现的裸体，却又总是无法完全融入"[③]，他用了这样一个代词来形容裸体——闯入

---

① Gilles Deleuze. Francis Bacon-Logique De La Sensation［M］. Paris：l'Ordre philosophique，1981：50.

② 弗朗索瓦・于连. 本质或裸体［M］. 天津：百花文艺出版社，2007：10.

③ 弗朗索瓦・于连. 本质或裸体［M］. 天津：百花文艺出版社，2007：5.

者。这些裸体无论放在什么地方，不管他们的背景是什么，他们永远都是"闯入者"，不接受任何安排，拒绝融入其他事物，而直接闯进视野。他们是相同的，正如朱利安所认为的，"所有其他的主题，现实的或杜撰的，随时间演变亦相互地变化：街道、服装、发型，甚至'自然'、风景。然而裸体没有变化，不能有变化亦不改变：它即是相同者，或说本质"①。裸体消除了欲望与理念，面对裸体，欲望会变得不真实，也不会就此衍生出一些理念作为补偿，更不会被"意义"裹挟，它只是裸体，即存在的本质。

中国绘画为什么没有裸体？在西方，本质的理念是用"形式"来固定的，换言之"形式确立了裸体的地位"。这里的"形式"是一个很重要的概念，在西方文化中，形式意味着凝固，固定某个瞬间让其成为永恒，并且让人看见这一永恒。而在中国文化中，形式意味着一个演变过程暂时的实现，这个演变过程也是所有生命必然经历的过程（出生、长大、衰老、腐化等一系列时间段），"形式此时只能被想为一团能量的个体化过程，并且也因为此一个体化，进而暂时可见"②。我们的身体一直受到某种不是眼睛所能看见的，变化流转的过程的控制。这是个持续进行的过程，它永远也不会停止，因此也无法将它固定。在中国文化中，没有永恒的形式，因此也不存在能够凝固瞬间的本质。不存在本质，也因为它不存在"存有"这一学说。"它不用存有的角度来构想这个世界，而是以过程为角度。"③ 所以，中国没有与西方对等的裸体概念，取而代之的是将身体视为能量的载体。

可以说，西方从古希腊开始，尘世的身体就被当作是变动、堕落、感性的指称，对于理性、认知、灵魂、精神而言，身体是一种阻碍，被长期忽略、诋毁，甚至缺席。西方人崇尚本质的身体，即一种完美的抽象的裸体，但中国文化中，更注重阴阳变化、身体在岁月的变迁中随遇而安、随物赋形，感觉每时每刻都是差异的、复数的，身体无时无刻不在体会时间中的变幻，保持敞开。道家认为真人其息深深，真人之息以踵，而众人之息以喉……身体的每一部分都在呼吸，呼吸意味着持续更新，"在吸气的中间已经含有呼气，一如呼气的中间业已包含吸气：它们不是将在场—缺席截然对立，而是相互引发，且不明确地进行着。"④，呼吸中难以区分主动与被动，不同于通感、常识，不是基于主体对客体的把握。呼吸让内与外在身体中交流、融汇，"息以踵"意味着任何体内的一切，皆不会阻绝从外而来的更新作用，呼吸散发出的"气"能够超越本质主义，宇宙万有虽呈现出千差万别的分殊相，但追索其背后的生成动力和本性，万象实则皆出自于连续性的气之流动，即气在不同的因缘情境下，所呈现的不同模态之变化。气聚气散导向的是世界之气"于我而扩充"，气在变化中的因缘聚合，令万物暂时存在或消散。这一思想解构了西方传统的主客二元对立思维，解构了主体、理性、系统、中心和权威。

在中国思想中，修身并非针对物理的形体，而是生气灌注充盈的身体。"气"体现的是一种差异思维，用德勒兹的概念来说，是一种"解辖域"的有效方案。可以说，中国思

---

① 弗朗索瓦·于连. 本质或裸体 [M]. 天津：百花文艺出版社，2007：6.
② 弗朗索瓦·于连. 本质或裸体 [M]. 天津：百花文艺出版社，2007：40.
③ 弗朗索瓦·于连. 本质或裸体 [M]. 天津：百花文艺出版社，2007：41.
④ 朱利安. 大象无形：或论绘画之非客体 [M]. 张颖，译. 郑州：河南大学出版社，2017：33.

想是从身体的孔洞、以"进-出"的方式思考整体生命的，这一根本的展开状态构成了虚待，它是一种可被通过、可培养和部署的能力；透过整个身体来呼吸的虚待。存有轻松自如，而不再紧绷、僵化。正如庖丁解牛能游刃有余，畅通无阻，正是在于找到了骨肉之间的通道，不拘泥、不固定、善于变通。在中医中，养生通筋、运气活血，就取自身体的呼吸、运行和调理。可以看出，中国文化之端，就孕育着内外共生的"之间"思维，它不否认差别，也不故意区分、依附或凝化，而是在差别之内溯源而上，使差别得以相通、彼此转化，获得活力。

为了深化这一点，可以以"闲适"与"疲惫"的比较来说明。在西方语境中，身体总是不能摆脱疲惫的阴影，疲惫意味着从精神饱满的状态变得萎缩泄气、从高度紧张的状态变得松弛下来，这是高效性的工作与思维之后的缓解和调试，其背后的逻辑是身体需要在理性的支配下认真思考、进行强度工作，而在中国语境中，身体最佳的状态则是"闲适"，闲适不是主体对他者的占有，而是以"气"的轻盈，激活双方的生命能量，这正是一种离开线性时间、逃脱以理性效率为标准的悠然自得，从中可以获得一种"真生活"，其"真"并非认知之真，而是存在之真与感受之真，正如中国禅宗诗所言："安闲端坐无所用心，春天来临青草自生。"所以，西方语境中的身体与"生命"密切相关，"生命"是时间性的延展，即从出生到死去的展开，这是在外部视野下的一个客观、超验的维度。而在中国语境中，身体与"生活"密不可分，"生活"不能倒退，不能延长，不是活在出生与死亡的起点和终点之间、也不活在生命的间隔里。因为，主体的意识无法看到自己生命的开端或终点，出生和死亡只是一种随机且偶然的节点，它们都是从见证者，也即他人眼里得出的，而"生活"所涉及的却是连续性的活动。"生活"不需辨识开始和结束，不需要意识的分辨与建构，在"生活"中，时间不能用形而上学的尺度来把握，而是需要从直觉、感觉的维度来体悟。"生活"是过渡性（transitionnel）的，属于内在性样式。在这个意义上，中国的"时"破除了西方二元对立、本质主义、形而上学等僵化固定的思维模式，它可以"游刃有余"（通畅）、"迂回进入"（自由）、"气韵生动"（生成），在时的变幻中逍遥自得。

第三节　中国现当代文学中的身体

文学与身体的关系复杂而多元，无法面面俱到，此处仅围绕中国现当代文学中的身体书写展开。尽管中国文化拥有独到的身体思想，但在中国传统文学中，与在西方传统哲学中一样，身体总体上也是被压抑的，普通人身体的喜悦和沉重很少有资格作为它们自身被叙述出来，无法成为自身的目的。它们往往只能作为某一庄重主体进行自我认同时的"他者"被呈现，或是在某种宏大主旨在宣扬它的教谕时被征用，成为话语系统的一枚螺丝钉、一个注脚。不过，当中国现代文学到了张爱玲那里，到了20世纪80年代的阿城、刘震云、王安忆这里，到了90年代的毕飞宇、林白、陈染这里，中国电影则是到了贾樟柯这里时，平淡的生命和普通人的身体，逐渐变得不再是其他事物的任意注脚，它们就是它们自身，它们自身就是起点和归宿。这样一种祛除意识形态迷雾，平淡的生命以及普通人的身体自行呈现的艺术精神，是在家国天下、帝王将相、才子佳人等宏大叙事和虚构框架之外的另一种真实，于是，这样的叙事速度一定是缓慢的，因为现实生活自身没法"快进"，不可能"倒带"，更不会如蒙太奇一般随意拼贴。缓慢不同于慢镜头的"慢"。慢镜头中止了现实生活自身的速率，把原本转瞬即逝的生活流片段一个个驻留下来，生活于是以迥异于自身的样态舒展开来。缓慢是现实生活自身的样态，现实生活中的各种人就像一盘散沙似的，"慢慢地开始，慢慢地推进，慢慢地结束"①。在缓慢的叙事中，缠绕复杂的人事就那么不紧不慢地飘着、荡着，仿佛永远不会消逝。可是，当一个叙事语段过去之后，我们猛然发现，那样的人、事竟过去了。过去了，就不会再来，就像生命本身，也就是在这样的文学叙事中，身体才呈现出来，尤其是普通人的身体状态、衣食住行、喜怒哀乐才浮出水面。从这个角度说，身体书写既不是一种宏大叙事，也不是回避生活、再造生活的浪漫化表达，而是一种贴近生活的现实书写。限于篇幅，此处仅以身体书写为线索进行阶段性的勾勒与描绘，试图简要勾勒身体在中国现当代文学中被发现的过程。

随着夏志清的《中国现代小说史》被大陆学者广泛阅读，张爱玲，这个曾在文学史上默默无闻的失踪者出土，并日渐风靡，甚至成为与鲁迅并驾齐驱的新文学之外的另一个传统。师承夏志清的王德威也发展了这一观点，他认为："自鲁迅、茅盾至杨沫、浩然，现实以及现实写作的意旨及有效性，总浮现于字里行间。相对于此，张爱玲一脉的写作绝少大志。以'流言'代替'呐喊'，重复代替创新，回旋代替革命，因而形成一种迥然不同的叙事学。"② 这之后不少学者对此论调颇为认同，可以说，鲁迅和张爱玲已被学界认为是二水分流，一个是"民族寓言"式的大叙事，一个是儿女情长的小叙事。上述判断无疑是中肯的，那么问题是，张爱玲是如何实现这一个与鲁迅分庭抗礼的小叙事的？她真的与鲁迅及五四精神对立吗？她是如何书写身体的？又呈现出何种现代性？

五四所倡导的个性解放、鲁迅宣扬的"立人说"实际上是在精神上立人，正如他小说里的孤独者始终有着布道的激情和启蒙的焦虑，然而启蒙、解放、立人要落到实处，无论如何不能绕开身体的维度，若不谈身体、不涉日常，解放、立人很可能会凌空蹈虚，甚至回到新文学派避之唯恐不及的传统中的"圣人"哲学（儒家"人皆可以为尧舜"，佛家"立地成佛"，禅宗"一悟即至佛地"）。而张爱玲从被压抑的身体出发，颠倒了精神与肉体的等级秩序，把身体置于精神之前，正如尼采所说，"身体直立，也即生命之力……完全是肉体，不再是别的什么……在你的思想和感觉后面站着一个强有力的统治者……他们住在你的体内，他就是你的肉体"③，在某种意义上，身体比精神更具解放的力量，更能直观地显示颠覆性、对抗性和思想性，如此一来，张爱玲似乎对立于以鲁迅为代表的大叙事，但实际上，两者相辅相成，都具有解放的力量。

到了 20 世纪八九十年代，身体书写在承接张爱玲等人传统的基础上，又增添了浓墨重彩的一笔，这一时期的作家对身体的描写多种多样、各有特色，例如，毕飞宇擅长描摹

---

① 麦家．非虚构的我［M］．广州：花城出版社，2013：118.

② 王德威．落地的麦子不死：张爱玲和"张派"传人［M］．济南：山东画报出版社，2004：22.

③ 弗里德里希·威廉·尼采．查拉图斯特拉如是说［M］．黄明嘉，译．桂林：漓江出版社，2000：28.

女性，三言两语就能勾画出女性的身形外貌、风姿神韵，亦能用绵长的篇幅来密密地揣度和铺排女性心里那些曲里拐弯的爱恨贪痴嗔。他的"玉氏三章"分别塑造了玉米、玉秀和玉秧这三个少女形象，三姐妹各个不同，却都灵动、生辣，处处皆见毕飞宇传神写照的功力，无论是玉米谋划夺权所使用的手段，还是玉秀讨好小唐阿姨的假意殷勤，还是玉秧对庞凤华形迹丝丝入扣的推理，都入木三分地呈现出女性之间不动声色却又锋芒毕露的挤兑与较量，挖掘出女性在男权语境中百般周旋的机巧、无奈和悲哀。例如，毕飞宇在"玉氏三章"中描写施桂芳为了给王连方生一个儿子，饱经磨难，从风华正茂到年老色衰，没有爱情关怀可言，没有尊重体谅可言，有的只是寻花问柳的丈夫和年复一年的生子工程，这样的女人是何等的悲哀。小说是这样描述她怀孕的："施桂芳动不动就要站在一棵树的下面，一手扶着树干，一手捂着腹部，把她不知好歹的干呕声传遍了全村。施桂芳十几年都这样，王连方听都听烦了。施桂芳呕得很丑，她干呕的声音是那样的空洞，没有观点，没有立场，咋咋呼呼，肆无忌惮，每一次都那样，所以有了八股腔。"这样的身体书写让人感觉到传统文化对女性的压抑，女性的身体成为一种空无的、无感觉的、造作的样态。

而王安忆、陈染、林白等女性作家的身体书写则总是呈现出细腻、敏感、模糊、难辨的特征，身体不再是理性的傀儡，而是感性的、自由的、充满想象力的，呈现出女性身体独有的脆弱、压抑和倔强。例如，《我爱比尔》中阿三冒着夜雨奔波，蜷缩在屋檐下，看到肉色蛋壳上的一抹血丝，"这是一个处女蛋，阿三想，突然间，她手里感到一阵温暖，是那个小母鸡的柔软的纯洁的羞涩的体温。天哪，它为什么把这处女蛋藏起来，藏起来是为了不给谁看的？阿三的心被刺痛了，一些联想涌上心头。她将鸡蛋握在掌心中，埋头哭了"。小说并未长篇大论地为阿三辩解，却在细节处理和措辞上，向我们传递了一种悲悯、感动和理解，阿三的悲伤也因一抹血丝向四面八方扩散，我们由此想象出一个牵肠挂肚、知根知底的温爱的隐含作者来。而林白笔下身体书写则更加大胆，在她笔下，身体冲破世俗羁绊、等级关系和仁义道德，呈现出丰富、独特、越界的特征，例如，在《私人生活》中，女性不仅与男性平等，还是高傲的、不屑的，她们甚至干脆去了男性的势，使男性成为一个尴尬的空。于是，在倪拗拗的世界中，父爱是缺失的，T先生是猥琐的，尹楠是羸弱的，男性要么是一段遥远的创伤记忆，要么是无足轻重、可有可无的，在静谧的私人空间与幽暗的心理时间的交融中，倪拗拗乃至一代女性的成长史，一缕一缕却又无比有力地铺陈开来——"时间流逝了我依然在这里"。倪拗拗和禾寡妇难以言传的暧昧情愫，以及唯美动人的身体描写，展现了一种水乳交融的爱与理解，是生死与共的通感和援助，就像倪拗拗觉得："她身上所有的空白都是我的沉默，她的喜悦在我的脸上总是映出笑容。当她目不转睛地望着我一天天长大成人，用她那双纤瘦的手指攥紧生活这一根带刺的铁栅，我的手上立刻就感到疼痛，指缝里便会渗出鲜红的血珠……我感到她是我的母亲，但她的确不是我的母亲。她从我很小的时候起，就孤独无助地站立在那里等着我，等待我长大成人。"如此满蕴着深情和体恤的身体书写，一下子捕捉到女性无处逃遁、无法挣脱的悲伤，以及唯有女性之间才会存在、才能拥有的唯美、刻骨的相知相怜。

因为拥有了身体，因而也更世俗、个人、日常的书写，进一步体现了人的解放。文学中的身体被塑造得有血有肉，放逐了一部分精神性，落实到了身体和日常。这样的人一定是"不彻底"的、"千疮百孔"的、"小奸小坏"的，一定是在鸡毛蒜皮的日常生活中，挣扎或沉溺的，需要作家俯下身去走进凡人的世界，去体味他们千百年来就如此，却又不得不如此的哀乐人生。这种建立在对身体肯定基础上的个性解放和个人主义，被称为"日常现代性"[①]——这是否定封建主义对于人的扼杀，也拒绝精英知识分子对于现代性的高蹈设定的现代性，是承接五四精神却又有别于启蒙现代性的另一种现代性。

而到了 21 世纪之后，身体书写又呈现出另一种景象，自 1977 年伊哈布·哈桑声称"首先，我们应该明白，人类形态——包括人类的愿望机器各种外部表现——可能正在发生剧变，因此必须重新审视。当人类主义进行自我转化，成为某种我们只能无助地称之为'后人类主义'的新事物时，我们就必须理解五百年的人类主义历史可能要寿终正寝"开始，世界开始逐步进入"后人类"语境。随着科技的发展和人们生存境遇的变化，人已经无法离开机器而存在，身体也不再是单一的肉体，而是人机结合体。此时，人类与技术之间最基本、最常见的关系是人类经验被技术的居间调节所改变，人类与技术融合为一体。所谓"居间调节"，即人经由工具来知觉世界，而非直接知觉世界，比如眼镜使视觉更加清晰，显微镜能使人进行逾越人眼极限的精细观看。在这个过程中，技术媒介的存在会在使用中呈现出某种部分透明性，渐渐与人类融为一体。比如，人初次戴眼镜看到了清晰正确的世界，而此时镜框在鼻梁上、镜片在眼睛前有强烈的存在感。而当人渐渐熟悉了戴上眼镜的感觉，眼镜就成了经验的一部分，很少被注意到，呈现出一种"部分透明性"。更加先进和完备的机器也是如此，比如智能手机、虚拟游戏、人工智能等，身体借助机器来进行运作，这在科幻小说《三体》中表现得尤为突出，机器已经渐渐融入人的知觉经验中，成为人意向的延伸。

综上所述，在中国现当代小说中，身体书写不断更迭、变化多端，这正说明了身体的重要性和特殊性，它与我们息息相关，是人存在、认知、感觉、行动的载体，在文学中，身体永远是一个谜，召唤我们不断探索，却无从揭晓谜底。

◇ 阅读实践

张爱玲的身体书写解读

具体到文本中，张爱玲的小说中身体是如何被打捞，如何被呈现的呢？

一、生命体验中的身体

为了突显身体的重要，张爱玲在书写中采用陌生化的手法，使那些在习见的指称中一直被忽略、遗忘的身体通过陌生化带来的效果，而被重新凝视、重新发现，它们就不再是面目模糊、一笔带过的肢体，而是有温度、有气息，有快感、有痛感，有占有的冲动、有被占有的渴求，有生的欢恣、有死的恐惧。张爱玲的

[①] 刘锋杰. 论张爱玲的现代性及其生成方式 [J]. 文学评论，2004（6）：118-124.

这类用词颇多，此处试举一例——"腔子"①。在《倾城之恋》里，香港沦陷成全了流苏、柳原。流苏拥被而坐，听着窗外悲风，觉得："在这动荡的世界里，钱财，地产，天长地久的一切，全不可靠了。靠得住的只有她腔子里的这口气，还有睡在她身边的这个人。"张爱玲不用习见的"胸中"，却特地说成"腔子"。《金锁记》中婆婆过世，姜家请叔公九老太爷主持分家。七巧置身"嫁到姜家来之后一切幻想的集中点"，"脸上烫，身子却冷得打颤"。叫祥云倒杯茶来，"茶给喝了下去，沉重地往腔子里流，一颗心便在热茶里扑通扑通跳"。张爱玲不用"肚子"，也说成"腔子"。《茉莉香片》中有："他用一只手臂紧紧挟住她的双肩，另一只手就将她的头拼命地向下按，似乎要她的头缩回到腔子里去。她根本不该生到这世上来，他要她回去。"张爱玲同样不说"肚子"，也说成"腔子"。"腔子"以陌生化的形式，把"肚子""胸中"之类普通词汇所指称，却又因为普通而被遗忘的身体，生生地打捞上来。身体不是现成的，而是对于生命的一次淘洗，一次发现，一次化蛹为蝶般的创造。这种身体就是张爱玲创作的基点。只有把流苏、七巧当作这种身体，而不是从某一高处俯视，她们才会向我们打开隐秘的生命。

值得我们深思的是，"身体"的概念早已被柏拉图以来的哲学篡改得面目全非。这里的身体不是指与灵魂相对，单单沉溺于感官刺激的肉体，而是指栖居于灵肉二分以前、之外，它的些微变化都会使我们整个存在感到疼痛和欢欣的身体。或者说，灵肉很难二分，灵肉胶着一体，身体就是存在本身，这样的身体，颇类似于梅洛-庞蒂的"世界之肉"②。比如，《秧歌》中顾冈感到饿，"心头有一种沉闷的空虚，不断地咬啮着他，钝刀钝锯磨着他。那种痛苦是介于牙痛与伤心之间"。牙痛是肉体的痛，伤心是灵魂的痛，介于两者之间的痛就是非灵非肉，亦灵亦肉，远远无法用灵肉涵括的身体之痛。又如《色，戒》里易先生杀了佳芝，他想："他们是原始的猎人与猎物的关系，虎与伥的关系，最终极的占有。她这才生是他的人，死是他的鬼。"仅有的两次欢爱不会导向"最终极的占有"，汉奸与刺客的名头，更不会泯灭这种占有。这种占有正是原始的、本真的、生生死死的灵与肉的占有。就这样，张爱玲以非哲学、反哲学的方式，刺破种种流俗见解的厚幕，天才地发现了寒风里、日头下温热的身体，懂得了身体乍暖还寒的痛楚，载悲载喜的癫狂。

---

① "腔子"不是张爱玲专属的词汇，其他一些作家也偶或用到，比如，贾平凹《秦腔》中的夏天义说："我夏天义几十年在任上，我可以拍腔子说……"，再如，刘恒《冬之门》写道："他把火通条插进他腔子的时候……"《龙戏》写道："不知腔子里空空的那一块掉到什么地方去了。"不过，张爱玲对这个词汇近乎迷恋。

② 尼采哲学是身体哲学，是与逻辑、语法、知识、真理相对立，更与基督教精神相对立的哲学。这里所说的身体无意陷溺进这种对立，而接近于梅洛·庞蒂所说的身与心、物质与精神、可见者与不可见者相交织而成的"世界之肉"。对于"世界之肉"的体认，是对"含混"之境的把捉，是迥异于普通哲学省思的"非知""非思"。

二、作为情欲表征的身体

在冷热、疼痛、生死的直观感觉中，身体拥有了存在感，但仅仅存在尚显不足，身体需要获得意义，而获得意义的通道是情欲。在巴塔耶看来，生命力的典型特征是：一旦存在就要消耗，只有在消耗中，生命才能获得意义，走向极致，显示出真正的本质，而情欲最集中地体现了这一点，情欲这种无规律的洪水，冲破了理性控制，获得解放的意义。由此观之，尽管"腔子"一词精妙地描绘出七巧一副知冷知热的身体，可这具身体渴念着另一具同样温热的身体的拥抱。于是，她试着在季泽身边坐下，将手贴在他的脚上道："你碰过他的肉没有？是软的、重的，就像人的脚有时发了麻，摸上去那感觉……"软的、重的肉就是死肉。七巧和二爷的婚姻，不就像汝良骑车载的那根枯骨？季泽轻佻一笑，俯下腰，伸手又去捏她的脚道："倒要瞧瞧你的脚现在麻不麻！"脚成了情欲的触媒，身体的发言人。七巧的脚怎么会麻呢？她伶俐地接收到了情欲的信号，不由翻肠搅胃地哭道："天哪，你没挨着他的肉，你不知道没病的身子是多好的……多好的……"居于深宅大院的七巧，无由寻觅到另一具温热身体，从前的事便蓦然闪回：隔着密密层层的一排吊着猪肉的铜钩，她看见肉铺的朝禄。朝禄赶着叫声巧姐儿，她就一巴掌打在钩子背上，无数空钩子荡过去锥他的眼睛。朝禄摘下一片生猪油重重抛来，"腻滞的死去的肉体的气味……她皱紧了眉毛。床上睡着的她的丈夫，那没有生命的肉体……"，丈夫就是那片生猪油，朝禄却是宰割着生猪油的温热身体。蒙太奇再清楚不过地剪切出死亡的恶心。七巧却舍弃温热身体，选择了生猪油，给自己戴上黄金的枷，追悔也来不及。

张爱玲以肉身为基点看取人生，就能一眼看穿种种高调的轻浮和残酷，而坚守人人都明白，却被高调魇住而说不出口、忘了怎么说的常识：肉身需要衣食住行，需要爱，饮食男女就是生命的主旋律。需要指出的是，肉体、性欲、衣食住行相互照应、彼此勾连，属于同一个意义范畴，福柯《性经验史》中有过论述："性活动是通过大自然规定的、却又易于放纵的各种力量的相互作用表现出来的，这一点使得它与饮食及其可能提出的道德问题有关。性道德和饮食道德之间的这一联系在古代文化中是一个常见的事实。"[①]即食物、饮料、女人与性构成了一种相似的伦理内容，紧接着福柯提出：该如何"享用"这种动态的快感、性欲呢？

张爱玲的书写恰如其分地回应了这个问题——即对世俗的再现，对日常生活的体察，发现其中的乐趣。于是，张爱玲的创作世界对于饮食男女，一枝一叶总关情。单以衣为例，在《更衣记》里，张爱玲想象着各时代衣裳的款式，为袖口、领子、前襟的一点点改动所体现出的生意而激动，仿佛从厚厚尘埃里拉出一位遥远的知音。她甚至突发奇想：要是把世世代代的衣裳一起放在六月天里晒，该是一件多么辉煌热闹的事。空中飘着樟脑的香，"甜而稳妥，像记得分明的快乐，甜而怅惘，像忘却了的忧愁"。《沉香屑——第一炉香》中，薇龙打开衣橱，看见织锦的、纱的、绸的、软缎的，晚礼服、披风、睡衣、浴衣，色色俱全，一

---

① 米歇尔·福柯.性经验史（第二卷）[M].上海：上海人民出版社，2016：45.

夜不曾合眼，才合眼便恍惚中在试衣服，一件又一件，"毛织品，毛茸茸的像富于挑拨性的爵士乐；厚沉沉的丝绒，像忧郁的古典化的歌剧主题歌；柔滑的软缎，像《蓝色多瑙河》，凉阴阴地匝着人，流遍了全身"。衣裳的魔力是可以侵入人们的梦里，把人融化的。张爱玲更不会放过细细勾画人物衣着的机会，因为衣中有人，呼之欲出。老年七巧穿一件青灰团龙织缎袍，她是阁楼上的疯女人。娇蕊穿曳地长袍，是最鲜辣的潮湿的绿色，隐隐露出里面深粉红的衬裙，她是"热烈的情妇"，一朵红玫瑰。烟鹂穿灰地橙红条的绸衫，她是"圣洁的妻"，一朵白玫瑰。薇龙穿中学生制服，翠蓝竹布衫，长齐膝盖，窄窄裤脚管，却又在竹布衫外加了件绒线背心，显得非驴非马，她是既清纯又大胆，既谨言谨行又蠢蠢欲动，犹犹豫豫即将打开魔瓶的女学生。

可以说，张爱玲笔下的身体及由身体延伸的衣食住行都展现了其自主性和自足性，身体拥有救赎意义，所谓救赎，即颠倒原先的等级秩序，使被压抑、被忽视的部分重新获得新生，但她并非通过大声疾呼的方式实现身体的解放，也不是站在道德的高地评头论足，而是自然地、仿佛本就应该如此地娓娓道来，对被迫抛入人世的脆弱无助的人，切己地俯下身去体味他们的哀乐人生。

◇ 关键词解析

一、身体

古希腊柏拉图将身体视为灵魂的监狱或束缚。他认为灵魂是永恒且神圣的，而身体则是短暂的、物质的，会干扰灵魂对真理的追求。身体的欲望和感官体验会阻碍人们获得真正的知识，只有通过灵魂的沉思才能接近理念世界的真理。亚里士多德则强调身体与灵魂的紧密联系，认为灵魂是身体的形式，身体是灵魂的质料，两者不可分割。身体具有各种功能和能力，这些功能的实现对于人类的生存和发展至关重要，通过身体的活动，人们能够获得各种德性和幸福。在近代哲学中，笛卡尔提出了身心二元论，认为心灵和身体是两种相互独立的实体。心灵是思维的实体，身体是广延的实体，二者相互作用。这种观点强调了心灵的主导地位，身体被视为一种机械的、物质的存在，如同机器一般，其运动和功能可以用机械原理来解释。康德虽然主要关注的是认识能力和道德法则，但也涉及对身体的思考。他认为身体是人类认识世界的必要条件之一，通过身体的感官，人们获得了感性材料，进而通过知性和理性进行加工和整理。同时，在道德领域，身体的行为受到道德法则的约束。

二、"肉"

梅洛-庞蒂提出超越身心二元论框架的"肉"的概念，"肉"是一种先于主体与客体、心灵与身体之分的原初存在，是两者尚未分化的统一体。身体不再仅仅是物质性的躯体，心灵也不是独立于身体的精神实体，它们都源于"肉"，并在"肉"的基础上相互交织、相互作用。"肉"具有可逆性的特征，这意味着看与被看、触摸与被触摸等行为之间不存在绝对的界限。例如，当我们用手触摸物体时，我们不仅能感受到物体的质地、形状等，同时也能感觉到手在触摸过程中的自身感受，手既是触摸的主体，又是被触摸的对象，这种主体与客体之间的可逆关系体现了"肉"的本质属性。梅洛—庞蒂认为这种可逆性是身体与世界相互交融的基础，打破了传统哲学中主体与客体的对立关系。身体是"肉"的一种特殊形态，它与周围的世界相互渗透、相互依存。我们通过身体感知世界，同时身体也将自身的结构和意义赋予世界，世界成了身体的延伸，而身体则成了世界的重要组成部分，两者共同构成了一个不可分割的整体。身体作为"肉"的具体体现，通过各种感官与世界接触，这种接触并非简单的物理刺激，而是"肉"与世界之间的一种相互作用，从而产生了知觉经验。

三、感觉

经验论的代表洛克认为感觉是知识的重要来源，他提出了"白板说"，认为人的心灵在出生时如同一块白板，所有的知识都是通过后天的感觉经验在上面书写而成的。感觉分为外部感觉和内部感觉，外部感觉通过五官感受外部世界的刺激，内部感觉则是对心灵自身活动的感知。到了 20 世纪，感觉被认为是身体与世界的交互：感觉不是被动地接收外部信息，而是身体与世界之间主动的、相互的交互过程。身体是感觉的主体，同时也是感觉的媒介，我们通过身体的各种感官来感受世界，而世界也通过这种感受向我们呈现自身，这种双向的感觉体验体现了身体与世界的紧密联系。感觉具有意向性，即感觉总是指向某个对象。但这种意向性不是传统哲学中那种纯粹意识的意向性，而是基于身体的意向性。身体通过自身的感觉活动，将世界中的事物作为有意义的对象呈现给我们。比如，我们看到一朵花，眼睛接收光线等感觉材料，但更重要的是身体的意向性将这些材料整合为有意义的"花"这一知觉对象，使我们能够真正感知到花的存在。感觉具有整体性，各种感觉之间是相互关联、相互渗透的，共同构成了一个统一的感知体验。我们对世界的感知不是各种孤立感觉的简单相加，而是一个有机的整体。

◇ 本章小结

笛卡尔的"我思"指的是一种具体的思维活动及其主体，他将身体和心灵看作两种独立的实体，他从"我思"中演绎出灵魂与肉体、精神与物质两个分离实体的同时，也建立起了哲学史上的主体性原则——"我"是一个纯粹的精神实体，和身体没有任何本质的内在关联，人的主体性应完全归结为"思"的存在，身体被驱逐出人的主体性内部。主体离开了外部之物，仅仅通过发现自己是个精神，才把自己清晰地界定下来，换言之，自我是一种不占据空间的存在，不是在物体的广延之中展开的，而只是纯粹的自我意识。

而到了 20 世纪，人们认为世界最原初的意义在一个被知觉的世界中向我们展开，这个被知觉的世界又是我们主体投身于其中的处境，因此，存在是一种处境，我们在世界中的存在不是一种空间位置的摆放，而是我们用身体去"占据"这个世界。身体在最初意义上并不是在空间中，而是其本身就是一个空间，与某个世界相连，成为主体与世界之间的枢纽，身体是一个含混的概念，而不是那个可以供我们清晰描摹的范畴化的对象。我们始终就是以身体的方式存在着，身体-主体就是在我们意识或思维发生之前，就存在的那个整体。这样的身体是一种"活"的身体，在理论化和客观化之前，世界就在这样的身体和知觉中被给予。

而在中国现当代小说中，身体书写也经历了压抑—解放的过程，五四之后，经过启蒙的一代知识分子，从传统的仁义道德、封建礼教中挣脱出来，试图解放人的身体，并将身体的快感、痛感、朦胧性和不确定性都书写出来。到了张爱玲等作家那里，他们以独特的笔法和个人化的体验极大地拓宽了身体书写的深度广度，而20世纪八九十年代以后，身体书写开始变得异常活跃，不仅写法多样、内容丰富，甚至突破禁忌、挑战传统，以此来宣扬身体的至高无上与女性的性别觉醒。21世纪之后，身体拥有了新的言说语境，人机结合、身体与机器的共在，以及随之产生的伦理问题、审美问题是需要我们重新思考与书写的新难题。

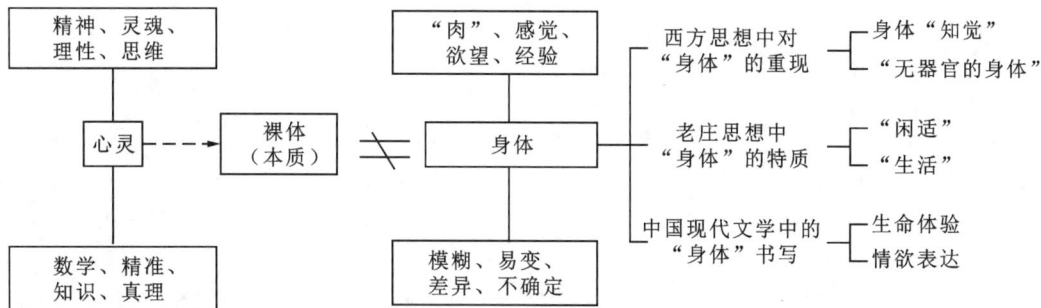

◇ 思考与练习

1. 请试着梳理西方理论中身体思想的谱系。

2. 身体与裸体有什么差别，中国古代艺术中为什么缺少裸体？

3. 在中国，20世纪90年代以林白、陈染、卫慧、棉棉为代表的"身体写作"曾产生巨大影响，请试着谈谈"身体书写"有怎样的特征。

4. 中国文化是怎么思考身体的？

第四编

文学与审美

第十一章
文学与寄托

✓ 教学导航

学习目标	了解什么是文学寄托，学会鉴赏文学作品，提升鉴赏能力
重难点	了解文学寄托的传统，学会鉴赏文学作品
推荐教学方式	课堂教学与学生讨论相结合
建议学时	2 学时

✏ 情景导入

周济曾在《介存斋论词杂著》中说：

　　初学词求有寄托，有寄托、则表里相宣，斐然成章。既成格调、求无寄托。无寄托、则指事类情，仁者见仁，知者见知。①

周济提出的"有寄托"与"无寄托"的具体内涵是什么，相互之间又是一种怎样的关系呢？

---

① 周济．介存斋论词杂著［M］．北京：人民文学出版社，1959：4.

第一节　何为寄托

　　寄托是文学中比较常见的一种艺术表现手法。所谓寄托，是将情感、志向、理想、道德等借助某一客观的人、事、物、境等，主要以比兴的方式来构建艺术形象，并通过读者的想象与联想，指向更普遍、更深层、更本质的个人精神层面、理想道德层面或社会政治层面精神内蕴的表现手法。寄托的产生，是由抒情文学的本质和需求所决定的。

　　早在先秦时期，《诗经》与《楚辞》中不少作品便用到了比兴寄托或香草美人的艺术表现手法，汉魏与唐宋文学作品中类似的运用比比皆是。钱锺书曾说："诗中所未尝言，别取事物，凑泊以合，所谓'言在于此，意在于彼'。"① 这种"言在于此，意在于彼"的文学表现方式在不同时期的文学作品中被广泛运用。只是寄托作为一个独立的美学概念，在很长一段历史时期内尚未被正式提出，且往往与比兴、象征等存在界定上的模糊地带。寄托之意首次出现是在晋王羲之的《兰亭序》中："或因寄所托，放浪形骸之外。"而"寄托"一词作为术语正式提出要晚至清代，常州词派的周济在常州词派开山鼻祖张惠言比兴论词的基础上，进一步开疆拓宇，第一次开宗明义地提出词体创作的"寄托有无"与"寄托出入"说。此后，寄托也因常州词派的词论而被广为接受与流传，并普遍运用于文学批评。

第二节　寄托的文学传统

　　"寄托"一词虽在清代词论中被正式提出，但事实上寄托的文学传统古已有之。寄托在诗词创作中尤为盛行。诗人们通过寄托从而获得诗外有诗、词外有词的审美效应。诚如陈廷焯《白雨斋词话》所言："意在笔先，神余言外。写怨夫思妇之怀，寓孽子孤臣之感。凡交情之冷淡，身世之飘零，皆可于一草一木发之。而发之又必若隐若见，欲露不露，反复缠绵，终不许一语道破。"② 在文学发展历程中，从《诗经》的"比兴寄托"，《楚辞》的"香草美人"，陈子昂提出的"兴寄"，到周济论词的"寄托有无"与"寄托出入"，寄托存在于文学进程的每一个阶段。

一　《诗经》之"比兴寄托"

　　文学创作中作者情感志意在文本上的投射，往往通过文学艺术表现手法来实现。就如

---

　　① 钱锺书. 管锥编（第一册）[M]. 北京：中华书局，1979：108.

　　② 陈廷焯. 白雨斋词话 [M]. 北京：人民文学出版社，1959：5.

沈祥龙在《论词随笔》中所言："咏物之作，在借物以寓情，凡身世之感，君国之忧，隐然蕴于其内，斯寄托遥深，非沾沾焉咏一物矣。"① 其实不仅在咏物之作中，其他文学创作也是如此，中国古典诗歌历来有"比兴寄托"的传统。

远溯先秦时期，《诗经》中便大量运用比兴手法。比即比喻，以彼物比此物；兴即先言他物，以引起所咏之辞。这是中国古典诗歌创作传统中的两种基本修辞手法。比兴最早出现于《周礼·春官》："教六诗，曰风，曰赋，曰比，曰兴，曰雅，曰颂。"其中，"风雅颂"为诗之"三体"，"赋比兴"为诗之"三用"。在汉代经学家的解读下，《诗经》中的"比兴"主要与"美刺""风雅"等政教内容相结合，并逐渐生成一套意象思维体系，采用形象化的方式表情寄意，以达到言在此而意在彼的效果。刘勰在《文心雕龙》中认为："故比者，附也；兴者，起也。附理者切类以指事；起情者依微以拟议。起情故兴体以立；附理故比例以生。比则畜愤以斥言，兴则环譬以记讽。"② 因此，寄托是在比兴传统的基础上发展而来的，源于比兴又不完全等同于比兴，其往往借比兴手法来寄寓幽微的情感，表达主体的情志。

二 楚辞之"香草美人"

"香草""美人"本是浪漫主义诗人屈原的《离骚》中常见的具有象征意义的意象，汉代王逸《楚辞章句·离骚序》："《离骚》之文，依《诗》取兴，引类譬谕，故善鸟香草，以配忠贞；恶禽臭物，以比谗佞；灵修美人，以媲于君；宓妃佚女，以譬贤臣；虬龙鸾凤，以托君子；飘风云霓，以为小人。"③ 屈原用"香草美人"的意象来比喻忠贞贤良之士，借以表达政治理想与愿望。他继承和发展了《诗经》的比兴手法，创立了新的文学传统，建立了一种新的抒情模式，使之成为后世的文学经典。明代朱鹤龄《李义山诗集注原序》写道："离骚托芳草以怨王孙，借美人以喻君子，遂为汉魏六朝乐府之祖。古人之不得志于君臣朋友者，往往寄遥情于婉娈，结深怨于蹇修，以序其忠愤无聊，缠绵宕往之致。"④

屈原的"香草美人"用象征的世界构建了香草体系与美人体系，看似只是意象的构建，实则这些意象往往被用来完成其政治理想与抱负的隐喻寄托。因此，楚辞中的"香草美人"实则与寄托密不可分，"《楚辞》一书，文重义隐，寄托遥深"⑤。

---

① 沈祥龙. 论词随笔 [M] //霍松林. 中国历代诗词曲论专著提要. 北京：北京师范学院出版社，1991：524.

② 刘勰. 文心雕龙 [M]. 上海：商务印书馆，1933：64.

③ 王逸. 楚辞章句·离骚序 [M] //洪兴祖. 楚辞补注. 白化文，点校. 北京：中华书局，1983：2-3.

④ 朱鹤龄. 李义山诗集注原序 [M] //李义山诗集注. 王杰祥，校. 钦定四库全书荟要本：2.

⑤ 纪昀. 四库全书总目提要（卷一百四十八）[M]. 石家庄：河北人民出版社，2000：3819.

三 陈子昂之"兴寄"

"兴寄"说由初唐陈子昂提出，兴，即比兴的表现手法，兴发感情；寄，指有所寄托。"兴寄"是陈子昂由批判齐梁诗风、恢复建安风骨的文学思想发展而来，常与"风骨"并论。其在《与东方左史虬修竹篇序》中说："仆尝暇时观齐、梁间诗，彩丽竞繁，而兴寄都绝，每以永叹。思古人常恐逶迤颓靡，风雅不作，以耿耿也。"① 关于"兴寄"的概念，袁行霈认为兴寄是"诗歌的比兴寄托，这也是《诗经》'风、雅'的优秀传统。就其特点来说，它是通过'因物喻志'、'托物起兴'的表现方法，以进行'美刺'、'讽喻'"②，王运熙认为："所谓兴寄，就是比兴寄托。"③ 罗宗强认为："兴，是兴发感情；寄，是寄托。兴寄，就是有感而作，作而有所寄托，侧重点是在有所寄托上。这是对比兴说的一个发展。"④ 因此，"兴寄"往往与"比兴寄托"关联，陈子昂"兴寄"说包含了理想寄托之意，虽其目的在于革除诗歌华靡的诗风，主张文学的复古，改变"兴寄都绝""风雅不作"的创作现状，实则继承了先秦的比兴传统，同时将"兴"和"寄"相连，扩展传统比兴之说，注重主体情志的寄寓。初盛唐以来的"兴寄"说回归诗歌抒情言志的功能，其一，"兴寄"说并不等于提倡诗歌的教化功能；其二，"兴寄"说强调了个人抒怀的功能，表现出对时代和社会的充分关注。如盛唐诗人在抒情言志时，突出表现当时士子同声相应的心态，即乘时而起、建功立业的乐观自信，遭遇人生挫折时的不平之愤，以及对理想信念的孜孜追求。⑤ 与传统的"比兴"相比，"兴寄"更倾向于主观寄意。

因此，陈子昂的"兴寄"说由"比兴"发展而来，更强调寄托之意，要求作品有实质的思想内容和强烈的社会关注，寄寓诗人更深刻的人生思考与理想情怀。

四 周济之"寄托有无"与"寄托出入"

"寄托"一词虽由清代常州词派词人正式提出，但词学中的寄托观念在北宋时便已产生。张惠民在《宋代词学审美理想》中认为："宋代词学自北宋起即已有寄托观念产生，而至南宋，自觉的寄托说便已基本成型，虽尚欠周全，但规模已具，且已经相当深刻。"⑥ 而寄托观念的产生与推尊词体有着密切的关系。从文人笔下歌舞酒宴娱乐遣兴的小歌词，到可抒发情志寄托怀抱的严肃为词，词体也完成了由俗文学向雅文学的转化。及至常州词派的时代，其开创者张惠言在《词选序》中提出了意内言外、比兴寄托的主张，认为："词者，盖出于唐之诗人，采乐府之音以制新律，因系其词，故曰'词'。《传》曰：'意内

① 陈子昂.与东方左史虬修竹篇序[M]//郭绍虞.中国历代文论选（一卷本）.上海：上海古籍出版社，1979：119.
② 袁行霈，孟二冬，丁放.中国诗学通论[M].合肥：安徽教育出版社，1996：364.
③ 王运熙.中国古代文论管窥[M].上海：上海古籍出版社，2014：72.
④ 罗宗强.隋唐五代文学思想史[M].上海：上海古籍出版社，1986：81-82.
⑤ 黄琪.盛唐"兴寄""兴象"范畴中的诗歌体制实践和诗歌功能观念[J].北京大学学报，2022（1）：75-83.
⑥ 张惠民.宋代词学审美理想[M].北京：人民文学出版社，1995：243.

而言外谓之词.'其缘情造端，兴于微言，以相感动。极命风谣里巷男女哀乐，以道贤人君子幽约怨悱不能自言之情。低徊要眇以喻其致。盖诗之比兴，变风之义，骚人之歌，则近之矣。"① 意内言外即强调词的思想内容，比兴寄托主要指艺术表现手法，只是张惠言并没有直接提出寄托论，而是用"极命风谣里巷男女哀乐，以道贤人君子幽约怨悱不能自言之情"来生动表述比兴寄托之意。当然，自张惠言意内言外、比兴寄托提出，嘉道以还，词论家多以此为圭臬。常州词派后学则继续完善、补充，及至周济，他继承和发展了张惠言的意内言外说，进一步丰富了比兴寄托的理论内核，提出了"寄托有无"和"寄托出入"说。这里面主要涉及两个层面的问题。

其一，从创作层面来看，初学者写词需要有所寄托，即所谓"有寄托，则表里相宣，斐然成章"②。创作者需要将主体的情志、怀抱、理想等在作品中用艺术的形式呈现，移情于境，即王国维所说的"有我之境"。这是从尊体的角度对初学者的创作提出了相应的要求，以期有别于游戏为词的创作，这也说明常州词派对词体思想内容的重视。及至创作到了一定层次，手法娴熟后，作品则需要无寄托，"无寄托则指事类情，仁者见仁，知者见知"③。无寄托并非创作不需要寄托，而是词人的创作手法达到化境后所呈现的物我两融的状态，主体的情感志意隐去，也即王国维所说的"无我之境"。周济阐述创作门径时认为："夫词非寄托不入，专寄托不出。一物一事，引而伸之，触类多通。驱心若游丝之缫飞英，含毫如郢斤之斫蝇翼。以无厚入有间。既习已，意感偶生，假类毕达，阅载千百，謦欬弗违，斯入矣。"④ 周济的"非寄托不入，专寄托不出"指示了学词门径，要求创作既要有深刻的寓意，同时又要反复涵咏才能令人体会深意。

其二，从接受层面来看，周济的"寄托有无"和"寄托出入"说还涉及作者的创作和读者的接受之间的关系问题。因为寄托是一种艺术表现手法，尤其创作达到化境后呈现的艺术境界隐没了作者的主体情志，那么呈现在读者面前的作品如何被正确地解读，这一直是个难题。正所谓一千个读者有一千个哈姆雷特。所以，对于作者确定的寄托与读者不确定的接受之间如何能达到一个理论的平衡，周济只是用"仁者见仁，知者见知"这一模糊的说法予以阐发，实际上并没有很好地解答作者与读者之间的关系问题。而这一理论的薄弱点在常州词派的谭献这里得到了补充，谭献认为"作者之用心未必然，读者之用心何必不然"，这样便将作者的寄托与读者的接受进行了有效剥离，从而也解决了作者与读者之间对文本解读不一致的问题。

第三节　寄托的分类与特质

詹安泰说："自常州诸词老论词专重意格，窅言比兴，力崇词体，上媲风骚，以深美闳约为主，以醇厚沉着为归，阐发'意内言外'之旨。（见张惠言《词选序》及金应

---

① 张惠言.词选序 [M] //词选 附续词选 [M].北京：中华书局，1957：6-7.
② 周济.介存斋论词杂著 [M].北京：人民文学出版社，1959：4.
③ 周济.介存斋论词杂著 [M].北京：人民文学出版社，1959：4.
④ 周济.宋四家词选目录序论 [M] //宋四家词选.长沙：商务印书馆，1940：2.

珪《词选后序》）于是'寄托'之说，霞蔚云蒸，倚声之士，咸极重视。其评论古人之词也，虽一草一木之微，亦莫不求其有无寄托与其寄托之所在；其自为词也，虽身世家国之感，悲愤激烈之怀，亦类思隐约其辞，假诸美人香草贞虫巧鸟等物类以出之；大有非寄托不足以言词之概。"① 詹安泰此论，自然强调了寄托在词体创作中的广泛运用。事实上，寄托不仅存在于词体创作，也存在于诗歌、小说等其他文学形式中。比如清代蒲松龄《聊斋志异》中不少短篇文言小说，便将作者科场失意的孤愤、对科举制度不公的批判和对黑暗官场的揭露等寄托于花妖狐媚的形象艺术表达，诚如蒲松龄自序所言："才非干宝，雅爱搜神；情类黄州，喜人谈鬼。……集腋为裘，妄续幽冥之录；浮白载笔，仅成孤愤之书。寄托如此，亦足悲矣。"② 从文学中常见的内容来看，寄托主要可以分为如下几类。

一是个人情感寄托。作者将自己的思乡之情、朋友情谊、身世之感、羁旅愁思、怀才不遇等内心感受与体验，诉诸文学艺术的形象化表达，从而寄寓作者幽微的情感和隐秘的意绪。如陶渊明《归园田居》（其一）"误落尘网中，一去十三年。羁鸟恋旧林，池鱼思故渊"等句，用"羁鸟""池鱼"等形象寄寓自己因仕途失意而产生的对官场的厌倦和对田园生活的热爱之情。又如李白《闻王昌龄左迁龙标遥有此寄》"我寄愁心与明月，随风直到夜郎西"句，用明月的形象寄托了作者对好友王昌龄的思念之情。

二是社会政治寄托。作者将对社会现实的关注、家国的关心、社会问题的思考及社会价值观的审视等，以文学艺术的形象化表达来践行文学言志载道的传统。比如屈原《离骚》便以香草美人的意象寄托诗人忠而被谗的苦闷与矛盾和忧国忧民的爱国热忱："善鸟香草，以配忠贞；恶禽臭物，以比谗佞；灵修美人，以媲于君；宓妃佚女，以譬贤臣；虬龙鸾凤，以托君子；飘风云霓，以为小人。"③（王逸《楚辞章句·离骚经序》）白居易《卖炭翁》借两鬓苍苍十指黑的卖炭翁形象来反映底层人民的困境与挣扎，批判宫市对人民的掠夺，表达作者对劳动人民的同情。

三是历史兴亡寄托。作者将历史人物、历史事件和相关典故等融入文学艺术的形象化表达中，借叙述、评价、凭吊等来怀古抒情、借古讽今，或垂戒后世。如历朝历代诗人的咏史诗便是典型的寄托之作。又如陈鸿作《长恨歌传》，即"惩尤物，窒乱阶，垂于将来者也"④。

当然，文学中的寄托根据内容的分类也只是相对的。事实上，个人情感寄托、社会政治寄托、历史兴亡寄托等类别之间并不是互相排斥、完全独立的，往往呈现你中有我，我中有你的状态。在同一个作品中，可能同时涵盖不同类别的寄托内容。不同寄托内容的交织，往往又呈现出文本的复杂性和作者情感的多重性。

以上是从寄托的内容而言的，那么，作为一种艺术表现手法，文学中的寄托又呈现出哪些特质呢？这里主要涉及三个问题。

---

① 詹安泰. 论寄托 [J]. 词学季刊. 1936，3（3）：11.

② 蒲松龄. 聊斋志异自序 [M] //聊斋志异. 济南：齐鲁书社，1981：1-5.

③ 王逸. 楚辞章句·离骚经序 [M] //洪兴祖. 楚辞补注. 白化文，点校. 北京：中华书局，1983：2-3.

④ 陈鸿. 长恨歌传 [M] //汪辟疆. 唐宋小说精选. 上海：神州国光社，1946：4.

其一，寄托的空与实。周济在《介存斋论词杂著》中说："北宋词，下者在南宋下，以其不能空，且不知寄托也；高者在南宋上，以其能实，且能无寄托也。"又说："初学词求空，空则灵气往来。既成格调、求实，实则精力弥满。"①空和实是两个相对的概念。这里的"空"更多指的是文学作品空灵疏宕的美学韵致，就如严羽《沧浪诗话·诗辩》评盛唐诗人创作所言："羚羊挂角，无迹可求。故其妙处透彻玲珑，不可凑泊。"②又如司空图《二十四诗品》所谓的"不着一字，尽得风流"。"实"则是从作品的思想内容层面而言的，意味着作品需具有丰富的情感情趣和深刻的思想内涵。空和实又是辩证统一的。优秀的文学作品需既具有意蕴的丰富性与思想的深刻性，同时又能不着痕迹地用艺术形象呈现出来，浑融无迹。因此，没有丰富的思想内蕴且质实密丽、堆垛辞藻的作品是拙劣的作品；没有思想内涵作支撑，徒有形式，即便艺术上达到清疏空灵的作品也不是好作品；一味堆砌典实、饱寓情感与思想而不能透彻玲珑、超以象外的作品仍不是好作品；唯有空与实有机统一，思想与艺术达到高度和谐，才是寄托的绝佳典范之作。而思想内容上的"实"不是"自然形态的实，而是经过艺术概括的实，是空灵生动的形象、意境的充实内容"，需要经过艺术的概括化和艺术的个性化。"艺术概括的程度决定词的艺术形象普遍性的程度，艺术个性化的程度决定词的艺术形象鲜明生动的程度。二者得到高度统一的词，其艺术形象和意境既空灵生动又含蓄蕴藉，既疏宕又沉郁。"③

其二，寄托的显与隐。周济在《介存斋论词杂著》中说："初学词求有寄托，有寄托、则表里相宣，斐然成章。既成格调、求无寄托。无寄托、则指事类情，仁者见仁，知者见知。"这里的显与隐涉及两重含义。一是作者的艺术尚未炉火纯青之际，所寄托之意能被读者轻易捕捉、一目了然。周济所言初学阶段"有寄托"的词作，便属此类寄托的显性表达。但显性寄托由于"寄托不厚，感人不深，厚而不郁，感其所感，不能感其所不感"④，所以，及至作者的技术达到出神入化的阶段，消融了显性表达而将情志深隐其中，看似无寄托实则寄托遥深，这便是隐性寄托。"心之入也务深，语之出也务浅。骤视之如在耳目之前，静思之遇于物象之外。"⑤二是文学中寄托的显与隐和时代环境、社会变革密切相关。诚如詹安泰所言：

> 寄托之深浅广狭固随其人之性分与身世为转移，而寄托之显晦，则实左右于其时代环境。大抵感触所及可以明言者，固不必务为玄远之辞以寄托也。故唐五代词，虽镂玉雕琼，裁花翦叶，绮绣纷披，令人目眩，而不必有深大之寄托。（有寄托者，极为少数，殆成例外。）以其时少忌讳，则滞着所郁，情意所蓄，不妨明白宣泄发抒也。北宋真仁以降，外患寖亟，党派渐兴，虽汴都繁丽，不断声歌，而不得明言而又不能已于言者，亦所在多有；于是辞在此而意在彼之词，乃班秩以出。及至南宋，则国势陵夷，金元继迫，忧时之士，悲愤交集，随时随

---

① 周济．介存斋论词杂著［M］．北京：人民文学出版社，1959：4.
② 严羽．沧浪诗话校释［M］．郭少虞，校释．北京：人民文学出版社，1961：24.
③ 邱世友．周济论词的空实和寄托——常州派词论之二［J］．文学遗产，1981（3）：121.
④ 陈廷焯．白雨斋词话［M］．北京：人民文学出版社，1959：1.
⑤ 陈匪石．宋词举（外三种）［M］．钟振振，校点．南京：江苏古籍出版社，2002：187.

地，不遑宁处；而时主昏庸，权奸当道，每一命笔，动遭大僇，逐客放臣，项背相望；虽欲不掩抑其辞，不可得矣。故词至南宋，最多寄托，寄托亦最深婉。①

概而言之，相对开明的时代，作者能借助文学作品将盘郁于中的思想宣泄于外，直陈其事，直抒其情，一望了然，也即无关寄托，或也可用相对容易解读的显性寄托来表达主体情志；忧患之世则言在此而意在彼，寄托遥深的作品大量出现，也即作者更善于用隐性寄托来表达主体情志。所以，寄托的显性与深隐程度，很大程度上取决于时代环境的松紧，但有时也与作家的气质禀赋与艺术选择有关。比如同样是晚唐，杜牧的诗歌更多呈现显性寄托，而李商隐的诗歌则要晦涩难懂许多，属于隐性寄托。寄托的显与隐在文学作品中创造出多层次、深入和丰富的阅读体验，作者隐含的意图与文本呈现出来的多义性，也带来了在个人化阅读体验中读者解读的多重性。由此，寄托的显与隐也常带来文学接受中作者之意与读者之意不一致的情况。这一文学接受中的困境直到谭献在《复堂词录·序》中提出"作者之用心未必然，而读者之用心未必不然"，才被较好地解决，同时也为文本接受中个人化阅读的可能性与自由度提供了空间，这也与西方接受美学的观点较为一致。事实上，读者的能动性解读、历史性的接受实践，也是文学作品意蕴构成的一部分。接受美学家伊瑟尔在《文本的召唤结构》中认为："意义不确定性与空白在任何情况下都给予读者如下可能：把作品与自身的经验以及自己对世界的想象联系起来，产生意义反思。这种反思是歧异百出的。从这种意义上说，接受过程是一种再创造的过程。"② 而这种"意义不确定性与空白"常是由寄托的深隐带来的。当然，尽管由于寄托的深隐会带来文学作品接受中多义的可能性与合理性，但也并不意味着作为读者的一方可以枉顾事实，穿凿附会。事实上，作品的解读仍应在基于知人论世、以意逆志的基础上，尽可能还原和尊重作者的本意。

其三，寄托的雅与俗。此处的雅俗问题主要是针对文学作品中言志缘情与言情宣志的矛盾所造成的张力而言的。《诗大序》说："诗者，志之所之也，在心为志，发言为诗。"尽管这只是提及了诗歌中思想情感与文学表现之间的关系，但在后世的阐发中，上升到了文学的政教功能与创作之间的关系，因此，情志问题便无形中上升到了文学雅俗的定位问题。那么，在文学寄托中的雅俗又当作何解呢？事实上，寄托所呈现的雅俗并不是二元对立的。在诗歌中，由于言志载道功能深入人心，因此，"风谣里巷男女哀乐"这一俗的形式所表现的"贤人君子幽约怨悱不能自言之情"即谓雅。而在词体创作中，这一过程则要相对复杂许多。词体产生之初，歌舞绮筵之间，娱宾遣兴、合乐应歌的词作只能视之为一种俗文学。随着文人加入创作，词体诗化之路开启后，从歌词的文学表达来看则由俗变雅，但本质上，这一时期以应歌为目的的作品虽具备了形式上的雅，但因无寄托而仍改不了歌词的本色，属于俗文学一路。经历苏轼以诗为词的尝试、后世词人不断推尊词体后，即便是秉持本色论的尊体派，也仍提倡用闺襜软语、香草美人的形式来表达作者丰富的情感，"夫《风》《骚》之旨，皆本言情。言情之作必托于闺襜之际"③，当这些虽以俗的闺襜

① 詹安泰．论寄托［J］．词学季刊，1936，3（3）：13.
② 杜东枝，等．美·艺术·审美：实践美学原理［M］．昆明：云南大学出版社，2015：358.
③ 陈子龙．三子诗馀序［M］//安雅堂稿．孙启治，校点．沈阳：辽宁教育出版社，2003：47.

软语、香草美人等形式与作品的寄兴托意相联系，词体的寄托便由男女之情联系到个人情志、身世之感、黍离之悲等，"善言词者，假闺房儿女子之言，通之于《离骚》变雅之义"①。因此，一旦词体创作融入作者之寄意，那么其本质上便由俗向雅转化。一如朱彝尊点评南宋末年唐珏等人的咏物词："诵其词，可以观志意所存，虽有山林友朋之娱，而身世之感，别有凄然言外者，其骚人《橘颂》之遗音乎？"②而在戏曲小说等俗文学中，作者同样可以用俗的文学样式来寄托自己内心的悲愤与哀思，抒发难以外宣的苦衷，呈现雅的一面。比如清代传奇，"即古者歌舞之变也。然其感动人心，较昔之歌舞更显而畅矣。盖士之不遇者，郁积其无聊不平之概于胸中，无所发抒，因借古人之歌呼笑骂，以陶写我之抑郁牢骚；而我之性情，爱借古人之性情，而盘旋于纸上，宛转于当场"③。因此，寄托的雅俗只是相对的，常常存在着以俗为雅、由俗入雅、外俗内雅等混融状况，难以截然区分，亦无优劣高下之分，只不过是艺术表达的不同方式而已。

◇ 阅读实践

陶渊明的田园生活与寄托
——以《归园田居》（其一）为例

归园田居（其一）

陶渊明

少无适俗韵，性本爱丘山。误落尘网中，一去三十年。
羁鸟恋旧林，池鱼思故渊。开荒南野际，守拙归园田。
方宅十余亩，草屋八九间。榆柳荫后檐，桃李罗堂前。
暧暧远人村，依依墟里烟。狗吠深巷中，鸡鸣桑树巅。
户庭无尘杂，虚室有余闲。久在樊笼里，复得返自然。

"采菊东篱下，悠然见南山"的田园生活，在古代文人笔下往往成为远离俗世纷扰与官场尔虞我诈的理想生活，是表达他们不同流合污的高洁品性与志向的绝佳文学题材。由此，"归园"便逐渐成为一个符号与载体，成为文人寻求精神自由与灵魂慰藉的寄托所在。而这一切，要归功于东晋文人陶渊明，他也被认为是中国第一位田园诗人，"古今隐逸诗人之宗"。陶渊明的田园诗远承《诗经》农事诗传统，并有所开拓和发展。他将田园生活、田园风光和农事劳作的感受融入诗歌创作中，通过艺术凝练与加工，寄托自己远离官场的隐逸情怀和社会理想。

在陶渊明之前，贵族文人并不屑涉足这一看上去似乎比较粗鄙的题材，认为

---

① 朱彝尊．陈纬云《红盐词》序［M］//曝书亭集．上海：商务印书馆，1935：662（卷四十）.
② 朱彝尊．乐府补题序［M］//曝书亭集（七）．上海：商务印书馆，1935：603（卷三六）.
③ 吴伟业．北词广正谱序［M］//北词广正谱（明）．台北：台湾学生书局，1987：1-2.

这是"田家语",难登大雅之堂。所以东晋以前的文人诗,我们几乎很少看到这类题材。甚至到陶渊明稍后的时代,南朝梁文学批评家钟嵘的《诗品》也仅仅将陶渊明列为中品而已。但是,陶渊明将田园这一俗的题材内容与雅的诗歌体裁有机结合,并进行艺术提炼,从而使得田园生活焕发出文学的独特魅力。而这其中很大一部分原因则在于:陶渊明所塑造的归园生活触动了古往今来无数文人士大夫灵魂深处渴求自由、洁身自好的精神内核。所以,不管是真诚地归园,还是仅仅为了向自己可望而不可即的理想致敬,抑或是贪恋官场但因骨子里文人的傲气仍需借此向世人展示自己的清高,无论何种原因,陶渊明之后,文人涉足田园题材的比比皆是。诸如孟浩然《山中逢道士云公》"春余草木繁,耕种满田园"、李颀《无尽上人东林禅居》"顾余守耕稼,十载隐田园"、李白《田园言怀》"何如牵白犊,饮水对清流"、王维《淇上田园即事》"牧童望村去,猎犬随人还"、陈师道《别负山居士》"田园相与老,此别意如何"等。由此,文人笔下的田园便不再简单地成为文学书写的对象,而是文人精神的寄托所在。

宗白华在《美学散步》中强调美源于心灵时提到:"晋人向外发现了自然,向内发现了自己的深情。山水虚灵化了,也情致化了。陶渊明、谢灵运这般人的山水诗那样的好,是由于他们对于自然有那一股新鲜发现时身入化境浓酣忘我的趣味;他们随手写来,都成妙谛,境与神会,真气扑人。"① 这同样适用于陶渊明的田园诗,陶渊明在田园中发现了自己的本真,所以田园生活便不再是一种物质生活的简单观照,诗人通过对田园生活的艺术构建,在"境与神会"中,完成自己精神层面与理想层面的投射,也即完成了田园生活与个人情感寄托之间的实质联系。而陶渊明笔下田园生活所承载的寄托主要表现为如下几个特质。

其一,田园生活的空与实。如陶渊明在《归园田居》(其一)中写道:"开荒南野际,守拙归园田。方宅十余亩,草屋八九间。榆柳荫后檐,桃李罗堂前。暧暧远人村,依依墟里烟。狗吠深巷中,鸡鸣桑树巅。户庭无尘杂,虚室有余闲。"诗人用白描手法描绘了一个岁月静好的农村生活场景,看似只是简单地写农村风光与农村生活,但在"情动于中而形于言"的诗人笔下,"羁鸟恋旧林,池鱼思故渊"又意有所指。"羁鸟""池鱼"的意象实则指向了久在官场不得自由、内心苦闷的作者自己,"尘网"便是让他无法自由伸展、厌倦至极的官场和世俗的束缚,造成他急于逃离的根源在于"性本爱丘山"。所以,当官场的一切与他的自然之性相悖时,田园便成了他逃离现实的寄托所在,也是他的理想所在。因此在诗歌中,诗人对自由闲适生活的向往与高洁情志的抒发是内核,是"实"的一面;但作者借助田园生活进行艺术的提炼与概括,营造空灵疏宕的意境,境与神会,物化忘我,这是"空"的一面。全诗无一字表现作者对官场的厌倦,但在田园生活整体意境的构建中,却处处流露出作者逃离官场后的精神愉悦和自由。

其二,田园生活的显性寄托。陶渊明《归园田居》(其一)中,田园生活虽经过艺术加工,成为诗人逃离官场、追求自由的寄托所在,但这一寄托的呈现,

① 宗白华.美学散步[M].上海:上海人民出版社,2000:179-180.

我们不妨视之为显性寄托。这种"言在此而意在彼"的表达方式，由于诗人使用相对简约明了的语言，创造了情、景、事、理有机融合的诗歌境界，诗风质朴平淡、贴近生活，读者结合知人论世、以意逆志，较容易从中解读出作者所要表达的思想内核，因此，寄托的指向相对单一，不容易引发扑朔迷离、雾里看花的多义解读。后世文人以田园生活为题材的文学作品中，总体而言，以显性寄托为多。

其三，田园题材的雅与俗。毫无疑问，在陶渊明创作《归园田居》时，田园题材仍是贵族阶级耻于涉足的题材，即所谓粗鄙的"田家语"。但即便在陶渊明时代，当他一旦将田园生活与自己的高洁志向结合，经过提炼后的田园生活便成为其精神寄托所在，田园题材便由"下里巴人"向"阳春白雪"转化，也即化俗为雅。这样的一种雅俗转化也为后世文人所借鉴，并造就了后来者对该题材创作的趋之若鹜。由此，田园题材便不再是鄙俗的"田家语"，而似乎自带光环地与归隐及高洁情操紧密联系。因此，雅俗并不是一成不变的，而是在不同时代、不同的文学创作和不同语境中，存在发展变化的可能。

◇ 关键词解析

一、知人论世

这是一种文学批评方法。也即考察作品要了解作者本人的身世经历、思想、个性及其所处的时代背景。语出《孟子·万章章句下》："一乡之善士斯友一乡之善士，一国之善士斯友一国之善士，天下之善士斯友天下之善士。以友天下之善士为未足，又尚论古之人。颂其诗，读其书，不知其人可乎？是以论其世也，是尚友也。"[①] 孟子提出"知人论世"的目的在于阐释"尚友"，也即与古人交朋友。对于孟子提出的"知人论世"，从汉代以来大致有四种不同的理解：一是认为它不是一个诗学问题；二是在理解孟子的说法时涉及"诗"，但没有把它作为一个诗学问题；三是把"知人论世"与论诗或对文学的理解联系起来，认为它是一个重要的文论或诗学问题；四是借鉴西方现代诠释学把它理解为一个诗学或文学诠释学的问题。[②] 现代多数学者认为"知人论世"是一个诗学或文学理论相关的命题，如学者周裕锴在《中国古代阐释学研究》一书中就认为，要理解文辞所表达的"志"，就必须先了解作者是一个什么样的人；要了解作者是一个什么样的人，必须先分析作者所处的时代环境，也即考察时代环境对作者的影响，就能了解其人品和思想，了解了其人品和思想，就可以领会文辞中蕴藏着的真实意图。因此，现在"知人论世"通常作为一条重要批评原则运用于文学批评中。我们在解读文学作品的寄托时，也往往要用到"知人论世"。

---

① 杨伯峻，杨逢彬．孟子［M］．长沙：岳麓书社，2016：207.

② 李建盛．作为一个诗学命题的"知人论世"说及其诠释学问题［J］．江淮论坛，2021（4）：12.

二、以意逆志

这是一种文学批评方法。语出《孟子·万章章句上》："故说诗者，不以文害辞，不以辞害志。以意逆志，是为得之。"① 这是继"诗言志"后中国传统诗学的又一个重要命题，但对"以意逆志"的理解与"知人论世"一样，存在着多种解读，主要的分歧在于对"意"的理解。汉代赵岐与宋代朱熹都认为，"意"乃说诗者之"意"，赵岐认为"志"为诗人之"志"，朱熹认为"志"为"作者之志"。清代吴淇和近代王国维认为"意"乃"作者之意"或"古人之意"，而非"读者之意"。近人朱自清在《诗言志辨 经典常谈》中认为"以意逆志"是以己意己志推作诗之志；"志"都是献诗陈志的"志"，是全篇的意义，不是断章的意义。总之，汉代以来，"以意逆志"的内涵得到不断丰富和深化，并成为中国诗学的一个经典命题。② "以意逆志"作为读诗解诗的方法，根本目的是为了更好地理解和把握作者在作品中寄寓的内在思想。在文学作品鉴赏中，"以意逆志"常与另一种文学批评方法"知人论世"结合使用，文学寄托的解读中也常用此法。

三、意内言外

"意内言外"原指语词字义与形声的关系，语出汉代许慎《说文解字》："词，意内而言外也。"段玉裁注："意者，文字之义也；言者，文字之声也；词者，文字形声之合也。"清代常州词派开山鼻祖张惠言将其用到词学主张的论述中，并成为词学专有名词："词者，盖出于唐之诗人，采乐府之音以制新律，因系其词，故曰'词'。《传》曰：'意内而言外谓之词。'"③ 张惠言特别强调"意"的主导地位，认为学词的根本在于"求其意"，也即重视词的思想内涵，努力突显词中的"比兴寄托"之义。"言外"则是词的特殊表现形式，即通过"风谣里巷男女哀乐"来表现"贤人君子幽约怨悱不能自言之情"。张惠言的"意内言外"说由于过分强调词的社会内容，存在一些不完善的地方。经常州词派后继者周济"有寄托入、无寄托出"、谭献"作者之用心未必然，而读者之用心何必不然"等理论的不断补充与完善，解决了寄托内容与外在形式、作者之意与读者接受不一致等理论缺陷，"意内言外"说也成为常州词派的重要理论基点。

◇ 本章小结

寄托是文学的一种艺术表现手法。它作为古代文论概念，虽晚至清代才由常州词派的周济正式提出，但文学中寄托的传统自古有之，如《诗经》的"比兴寄托"，《楚辞》的"香草美人"，陈子昂的"兴寄"，周济的"寄托有无"和"寄托

① 杨伯峻，杨逢彬．孟子［M］．长沙：岳麓书社，2016：179．
② 李建盛．"以意逆志"诗学命题的诠释学探讨：从汉代理解到当代阐释［J］．中国社会科学院大学学报，2023（5）：52-71．
③ 张惠言．词选序［M］//词选 附续词选．北京：中华书局，1957：6-7．

出入"。文学中的寄托可分为个人情感寄托、社会政治寄托、历史兴亡寄托等。寄托同时又具有空与实、显与隐、雅与俗等特质，在文学批评实际运用中需要辩证分析。

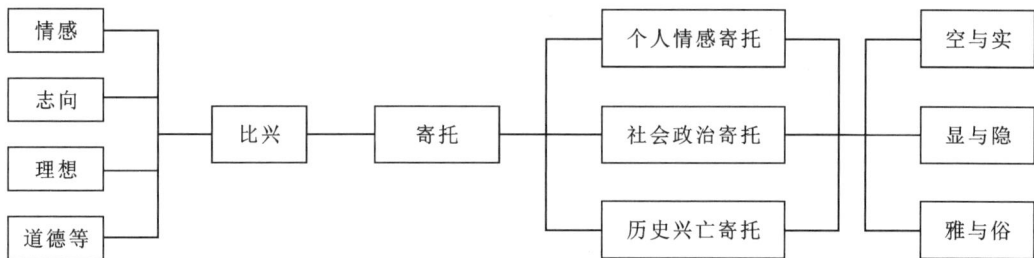

```
情感 ┐
志向 ┤
理想 ┤── 比兴 ── 寄托 ┬── 个人情感寄托 ┬── 空与实
道德等 ┘              ├── 社会政治寄托 ──── 显与隐
                     └── 历史兴亡寄托 ──── 雅与俗
```

◇ 思考与练习

1. 文学中的寄托从内容上主要分为哪几类？
2. 如何理解周济提出的"夫词非寄托不入，专寄托不出"？
3. 试从寄托的角度分析岳飞《小重山》词。

　　昨夜寒蛩不住鸣，惊回千里梦，已三更。起来独自绕阶行，人悄悄，帘外月胧明。　白首为功名，旧山松竹老，阻归程。欲将心事付瑶琴，知音少，弦断有谁听？

第十二章
文学与趣味

教学导航

学习目标	了解趣味的基本内涵和相关理论难题，理解何谓良好的文学趣味
重难点	趣味概念所包含的多种矛盾
推荐教学方式	课堂教学与学生讨论相结合
建议学时	2 学时

情景导入

《红楼梦》第十七回中，贾政带着贾宝玉和一帮门生食客验收新落成的大观园，看过潇湘馆、沁芳桥、怡红院等多处，走到一个地方，颇有田园风味，贾政等人赞赏不已，只有宝玉觉得不及潇湘馆多矣。贾政听了非常生气，骂他只知朱楼画栋为佳，喜欢庸俗的富丽，不懂这清幽气象，是不读书之过。宝玉反驳道，古人说的是"天然图画"，如果人工制造田园之趣，"即百般精巧，终不相宜"，把贾政气得要打人。宝玉有没有挨打暂且不表，此处的争端涉及趣味问题，值得好好探究。究竟何谓趣味？趣味有什么用？趣味有高下之分吗？

理论阐释

趣味又作"品味"，有时也同于"品位"。我们既可以讨论日常生活中的趣味（包括衣食住行各个方面），也可以讨论相对专门的审美趣味（包括文学、音乐、绘画、曲艺甚至风景等各类对象）。本章将从文艺理论的视角进入趣味问题，关注的焦点是趣味概念为什么对于理解文艺的一般性质非常重要，它关联着哪些既有深度又有活力的理论问题。与此同时，本章也会通过一些具体的案例，展示作家在作品中是如何思考趣味问题的，看看这类思考能否产生理论的效应。简言之，我们希望借助文学更好地理解趣味，也希望借助趣味更好地理解文学。

◉ 第一节　趣味中的感性与理性 ◉

趣味首先是"味"，这个"味"与我们平时所说的"滋味""味道""口味"大有关联。我国古代文献记载表明，最初所谓"美"常指味、声、色之类。许慎《说文解字》解释说："美，甘也，从羊从大，羊在六畜给主膳也。"美是味美，与"甘"互训，故有"羊大为美"之说。孔子"在齐闻《韶》，三月不知肉味"，显然是把欣赏美的音乐等同于享受美食。两汉之后的文艺理论批评著作常以味论文，如刘勰《文心雕龙》中所谓"繁采寡情，味之必厌""吟咏滋味，流于字句"，钟嵘《诗品》中所谓"众作之有滋味者也"，唐代司空图所谓"辨于味而后可以言诗也"，都是将诗的鉴赏家视为特殊的美食家。苏轼对司空图论诗的方式十分赞赏，他印象特别深刻的是，"其论诗曰：梅止于酸，盐止于咸，饮食不可无盐梅，而其美常在咸酸之外"（《书黄子思诗集后》）。李泽厚、刘纲纪认为，在味觉的快感中已包含了美感的萌芽，并且显出三方面的特征："首先，味觉的快感是直接或直觉的，而非理智的思考。其次，它已具有超出功利欲望满足的特点，不仅仅是要求吃饱肚子而已。最后，它同个体的爱好兴趣密切相关。"[1] 之所以味觉能够用到文学的鉴赏上，是因为文学的鉴赏虽非浅层次的口腹之欲，却同样依赖鉴赏者的直觉感受。梁启超以趣味论美术与文学，他的说法是，审美本能人人都有，但感官不常用或不会用就会退化，最终人会变成没趣的人，民族会变成没趣的民族。美术的功用，就在于经常锻炼审美的感官，"把那渐渐坏掉了的爱美胃口，替他复原，令他常常吸收趣味的营养，以维持增进自己的生活康健"[2]。所谓"食不厌精，脍不厌细"，爱美、对美有鉴赏力正如爱吃、会吃，本身是生命力强健的体现，个人如此，民族亦然。

相似的情况也出现在西方。德文"geschmack"一词，既有审美、鉴赏之义，也有口味、味道之义。法语中的"le goût"作为以直接的方式和直觉的方式判断美学价值的能力的词汇，也与分辨食物特有味道的能力的含义分不开。英文"taste"一词的早期含义与古法文"taster"和意大利文"tastare"相近，既指"以嘴辨味"，也指触摸（touch）或者感觉（feel）。以"good taste"指称"好的理解力"，在 15 世纪的文献中就可以找到例子。人的味觉既是完全直感的，又能够实现精细的区分，正体现出人特有的判断力。早在古希腊时期，亚里士多德就有关于味觉的论述，他认为味觉是触觉的变种，味觉相比嗅觉有更强的区分能力，而人在这点上相较其他动物更为灵敏。17 世纪西班牙作家巴尔塔沙·葛

---

① 李泽厚，刘纲纪. 中国美学史：先秦两汉编 [M]. 合肥：安徽文艺出版社，1999：74-77.

② 胡经之. 中国古典美学丛编 [M]. 南京：凤凰出版社，2009：630-631.

拉西安认为,趣味是我们感觉里最动物性和最内在的一种感觉,它是以最直接的方式享有的接受和拒绝。但是趣味并非单纯的本能,而是介乎感性本能和精神自由之间的东西,因而也可以借助教养得到提升。① 其后,康德给出了更为精细的解说,他认为审美鉴赏是"玄想的口味",却与一般对食物的口味有着本质的区别,后者是味觉的反射,前者却是反思。虽然评论家跟厨师一样,并不能为他们的判断提供严格的证明,但是前者通过对自身状况(愉快或者不快)的反思,却有望获得另一种依据。②

趣味很快成为文艺批评的重要概念,它被认为凸显了审美活动既"可说"又"不可说"的特征。文艺复兴后期,人们开始以趣味来说优雅,认为要区分真正的优雅与附庸风雅,依赖的不是规则而是判断力,而判断力就是趣味。英国哲学家夏夫兹博里则在其代表作《论人、风俗、舆论和时代的特征》(1711)一书中说,"在高雅世界中最为可爱迷人,最给人快乐、娱乐的东西,如果不先培养起一定的趣味,那就无论如何也无法得到解释、赞扬和确立"③。法国神父杜博《对诗与画的批判性反思》(1719)一书,更将"第六感"引入了批评。他指出,没有人会依据某种规则去判断某一食物好不好吃,判断一部作品的好坏同样如此,只不过前者依赖味觉,后者则依赖"第六感",一种说不清道不明的情感机能。

趣味给人的印象是"众口难调",但是所谓"趣味无争辩",其实并不是说所有的意见都是对的,而只是说趣味的差异难以通过争辩解决。那么,趣味是否有客观的标准?这成为有关趣味的讨论中的关键问题。法国神父夏尔·巴托在《归结为同一原理的美的艺术》一书(1746)中提出,趣味可以是多样的,因为自然是丰富多彩的;但是,好的趣味总体上只有一种,与美的自然相符的趣味是好的,与美的自然不相符的趣味则是坏的。只有在臻于完美的对象面前,趣味才能得到满足,因为这样的对象可以"让我们的观念更为丰富,并似乎允诺带给我们一些具有新特性与新层次的印象,把我们的内心从习以为常的对象所导致的麻木状态中抽离出来"④。英国学者亚历山大·杰拉德(Alexander Gerard)《论趣味》(1759)一书作为该论题最早的专著之一,宣称趣味研究的目的是表明"科学原理构成了美术中最准确的卓越标准",趣味原理与任何科学的原理一样,具有不容置疑的确定性和高度的精确性。爱尔兰哲学家埃德蒙·伯克同样认为,只要趣味是自然的,其做出的判断就能对所有人有效。只不过有些人天赋感觉能力特别强,有些人曾经对事物进行过长时间细致的观察,所以趣味起作用的程度就有差别。在伯克看来,趣味是一种精确的判断力,"是由来自对感官初级感觉、想象力的次级感觉以及理性能力所得结论的整体把握"⑤。他甚至认为,当涉及整体安排、条理化和协调一致这类考量时,在趣味中起作用的是理性能力而非其他。如果我们通过增进知识、持久地观察事物以及经常性的训练来提高

① 伽达默尔.真理与方法(第1卷)[M].洪汉鼎,译.北京:商务印书馆,2010:56.
② 康德.康德美学文集[M].李秋零,译.北京:中国人民大学出版社,2016:114.
③ 夏夫兹博里.论人、风俗、舆论和时代的特征[M].董志刚,译.上海:上海三联书店,2018:472.
④ 夏尔·巴托.归结为同一原理的美的艺术[M].高冀,译.北京:商务印书馆,2022:56.
⑤ 埃德蒙·伯克.关于我们崇高与美观念之根源的哲学探讨[M].郭飞,译.郑州:大象出版社,2010:24,27.

自己的判断力，趣味也会随之提高。伯克拒绝将趣味神秘化，他不迷信第一印象，认为真正有趣味的人会依据理性调整自己的印象。这一说法符合我们对行家的想象，不管行家做出判断是否凭借趣味，其判断给人的突出印象是知识的准确、观察的敏锐和细节的丰富。一百多年后，重要的艺术评论家克莱门特·格林伯格仍持相近的看法，认为审美裁决貌似具有主观意见的特点，却并非主观意见，而必须具有普遍的适用性。趣味越丰富，越能严格、敏锐地鉴别品质，从艺术中得到的满足就越多。[①]

英国哲学家休谟的《论趣味的标准》（1757）一文，专门讨论了趣味的标准问题，他的看法又有特别之处。首先，与伯克不同，他不认为理性在趣味中可以起主导作用。或许理性可以让我们在评价一部作品时少犯一些事实性的错误，但是起决定作用的还是情感。休谟承认趣味的主观性，但不认为这种主观性一定会导致相对主义或者独断专行，"尽管趣味仿佛是变化多端，难以捉摸，终归还有些普遍性的褒贬原则；这些原则对一切人类的心灵感受所起的作用是经过仔细探索可以找到的"[②]。他试图以经验所蕴含的真实的、相对的确定性，取代形而上学或传统所蕴含的绝对的、欺骗性的确定性。也就是说，趣味的功用不是去把握难以言说却又不可怀疑的真实，而是把握经验性的真实，文学艺术所提供的正是后者。这一看法对于趣味理论的发展影响很大，它反向启发了康德的思考，由此形成趣味问题的经验论与先验论两种传统。

◉◉ 第二节　趣味的经验论与先验论 ◉◉

休谟和康德分别提出了某种"趣味悖论"，前者出现于《论趣味的标准》一文，可以总结如下。

> 正题：关于趣味问题不必作无谓的争论，想发现真正的美或丑，就和妄图发现真正的甜或苦一样，纯粹是徒劳无功的探讨；
>
> 反题：谁要是硬说所有人在天才和优雅方面完全均等，人们就一定会认为他是在大发谬论。

后者则出现于《判断力批判》。

> 正题：鉴赏（趣味）判断不是建立在概念之上的，因为否则对它就可以进行争辩了（即可以通过证明来决断）；
>
> 反题：鉴赏（趣味）判断是建立在概念之上的，因为否则尽管这种判断有差异，也就连对此进行争执都不可能了（即不可能要求他人必然赞同这一判断）。

---

① 克莱门特·格林伯格. 自制美学：关于艺术与趣味的观察 [M]. 陈毅平，译. 重庆：重庆大学出版社，2017：118，124.

② 休谟. 论趣味的标准 [J]. 吴兴华，译. 古典文艺理论译丛，1963（5）：1-18.

　　这两个悖论其实隐含了同一个悖论：趣味问题既关乎概念又不是概念问题。在《论趣味的标准》中，休谟开篇亮出他处理趣味问题的核心逻辑：概念（或者说名词）本身不重要，重要的是如何使用。人人都喜欢同样的好词，没有哪个民族会喜欢"丑"而厌恶"美"，所不同的是把什么当丑，什么当美。但是，整个讨论并非以概念的精确定义为前提，没有先行宣布什么是好什么是坏，一样可以凭着经验评论某一作品写得好不好。美丑好坏这类概念不是从经验中获得定义，而是在经验中获得意义，换句话说，正确的问题不是真正的善恶美丑是什么，而是如何能让人的经验和常识真正发挥作用，让人以最自然的方式辨认善恶美丑。休谟的学生亚当·斯密发挥说：所有的批评和道德规则，当追根溯源时，都是每个人都认同的一些常识原则。此处的常识与其说是一些确定的想法与趣味，不如说是一种与观念编织在一起的共通感。它并非就是陈词滥调，而是一池经验的活水。正因为有此"源头活水"，被公认有趣味的人做出的判断才有权威，其意见虽未必总是被普遍接受，却不必担心随时会受到质疑；也正因为同样的理由，趣味才能始终保持感性、自然、无中介的特征，而不会被抽象的原则所取代。

　　康德则将问题导向了先验论逻辑，他探讨的是先于经验而又使经验成为可能的条件。他强调，不存在任何经验性的证明根据，去强迫某人说某个对象好或者坏。使一个概念不以定义的方式作用于鉴赏（趣味）判断，并引起普遍赞同，必须以对鉴赏（趣味）判断的先验规定为前提，重要的不是判断的依据，也不是判断的结果，而是判断的形式本身，后者应该是我们在做鉴赏判断时能够反思性地把握到的："被知觉到与心灵中对一个对象的纯然评判相结合的这种愉快的普遍有效性，在一个鉴赏判断中被先天地表现为对判断力、对每个人都有效的普遍规则。"[1] 也就是说，之所以一个真正凭趣味做出的判断会预设他人的赞同，与其说是确信自己一定对，不如说是确信自己做判断时所凭借的仅仅是趣味，因为这一判断符合这一形式（或者说逻辑）：它仅仅针对某一对象的表象做出，而非依据某种理性原则或者私人好恶，因而有理由要求其他人赞同自己。倘若一个人真心认为自己没有理由要求他人的赞同，反倒有可能说明他意识到自己的判断要么是纯粹的偏见，要么是根据抽象的教条做出的空洞的评判，而非真正意义上的趣味判断。

　　不难看出，康德所建立的是一种本质性的对立，趣味判断的纯粹性决定了美之为美的纯粹性，纯粹性显然是问题的焦点所在，趣味判断与知性判断、道德判断之间存在本质性或者原则性的差别。康德很少谈文学作品，甚至不太愿意谈艺术，而更愿意谈自然之美，因为在他看来对自然的鉴赏较少掺杂概念的成分，能够让趣味充分发挥作用。休谟没有这类忌讳，他做的是一种程度性的比较。他当然赞赏那种高妙的趣味，比方他说："对这些（诗歌天才的）神性的美的那种感受性，或者说一种精致的趣味，其本身在任何人物身上都是一种美；因为它传达出一切享受中最纯净、最持久和最无害的享受。"[2] 但是，与这种神性的美所带来的享受形成比照的，也不过是不那么精致、纯净、持久和无害的享受而已。对康德来说，美的东西引起广泛共鸣，这是趣味判断先天的规定；而对休谟来

① 康德.康德美学文集［M］.李秋零，译.北京：中国人民大学出版社，2016：117-118.
② 休谟.道德原则研究［M］.曹晓平，译.北京：商务印书馆，2017：113.

说，越是出类拔萃的美，越容易赢得认同，这是经验或者说常识。如果大多数人都对某一对象有同样的反应，就无妨认为对象的确有某些特征与人类内心结构的本来条件一致，大多数人在大多数情况下的情感反应是"对"的，有些人还要"更对"一些。我们可以说这里有一个普遍人性的观念，但这个普遍人性只是经验性或者说"姑妄言之"的设定。

休谟特别强调，快乐或者痛苦不是我们的感知和认识能力对某一对象的形式的简单反应。特定的形式之所以让我们愉悦或者不愉悦，原因是多方面的，或是由于我们天性的原始组织，或是由于习惯，或是由于爱好适于使灵魂发生快乐和满意。有时重要的不是对象的特征是怎样的，而是发生了怎样的情感体验。在器官健全的前提下，如果人们的感受相同，或许能因之得出"至美"的概念，但这也只是一种体验而已。而对康德来说，重要的是要让趣味更为纯粹，让鉴赏只针对那些形式化的特征进行，比方圆的美就只能针对圆形本身；而休谟坚持认为，美不是圆的性质，而仅仅是这个图形在某个因具备特定的组织或结构而容易感受某些情感的心灵上，所产生的效果。换个例子说，假如一首诗让人觉得美，那只是容易对这首诗产生情感反应的人所感受的一种效果。必须在观察者的情感中，一首诗的好，才能像圆的雅致和美一样产生出来。我们不能控制自己是否喜欢某一对象，正如我们不能控制趣味的运作，但是我们可以不断向那些拥有出色趣味的人学习，学得越好，就越懂得什么是真正的美。这不是因为真正的好在那里等待认识，而是因为越是接近一个共同体内的共识，真正的好对我们也就越有意义。这实际上是一个经验的扩大的问题，所以休谟说"有训练的鉴赏力毋宁说是增进了我们感性能力的一切素质和一切适当的热情，同时使心灵拒绝了那些比较粗鄙狂暴的感情"，它"扩展了我们的快乐和悲哀的范围，使我们能感受到别人往往感受不到的痛苦和快乐"①。

这种说法与康德的说法未必就截然对立。德国哲学家伽达默尔认为，康德想说的是，趣味并不要求每个人都同意我们的判断，而只是要求每个人都应当与我们的判断相协调。趣味的规范力量就在于，它确切地知道一个"理想共同体"的同意。②康德本人还有一个很有意思的说法，他说趣味（仿佛是形式上的感官）旨在将自己愉快或不愉快的感情传达给别人，并由于这种传达本身所激起的愉快而包含着这样一种感受性，即它与别人共同地感受到在这上面的欢喜。说一个人有趣味就等于说自己有趣味，赞美一种趣味，其实也就是分享一种趣味，凭借趣味与他人达成共识并由此获得愉悦感，本身也是一件能够促进道德的事情。这应该也是休谟愿意接受的逻辑。我们读到一部作品，发现自己能够认同那些最有趣味的人的判断，同时又不觉得是被别人的意见或者某个教条左右，就会感到自己也更有趣味了。我们的判断未必次次准确，但审美的经验一定是更丰富了。康德的先验论和休谟的经验论可以在这一点上联结起来。

① 休谟.鉴赏力的细致和情感的细致［M］//瑜青.休谟经典文存.杨适，译.上海：上海大学出版社，2002：56-57.
② 伽达默尔.真理与方法（第1卷）［M］.洪汉鼎，译.北京：商务印书馆，2010：60.

❋❋ 第三节 趣味中的精英主义与平等主义 ❋❋

谈趣味总有一种精英主义色彩，但这种精英主义有时又隐含着平等主义。康德谈什么是真正的趣味判断时非常严格，要去掉一切利害考量，一般人当然很难做到，但他是针对所有人提出的原则，并不在意这些人是什么身份。在康德之前，葛拉西安已经指出趣味高的人自带一种高贵气质，在趣味高雅精纯者面前，即使最伟大杰出之士也不免诚惶诚恐，最完美者也会失掉其自信心。好的趣味不仅仅是外在的高雅，更是内心的朴素与自然，这是一种理直气壮的精英主义，甚至可以说，它为人与人的平等提供了依据，只要一个人有高尚的趣味，那么哪怕他地位比较低，也一样可以获得尊敬。

但是人和人的趣味毕竟有差异，我们能否把差异视为高下？有趣味的人做的事情应该与一般人不同。一般人更容易从众，他们所理解的趣味，很多时候只是时髦。康德强调时髦无关趣味，甚至可以是极端反趣味的，它主要关乎虚荣。格林伯格也认为时髦不是趣味，趣味的确求新，但是最佳、最新的趣味并不就是时髦。时髦是变动不居的，趣味的求新却是在寻找一种稳定的共同趣味，后者总是毫不留情地对待那些被认为仅仅是时髦的东西。[①] 康德还指出，一般人喜欢华丽，华丽是为了迎合大多数群众的，包括许多顽劣之徒在内，他们迟钝的鉴赏力要求感官的感受比要求评价能力更多一些。美学家宗白华曾论及"常人欣赏文艺的形式"，指出"常人要求的文学艺术是写实的，是反映生活的体验与憧憬的"，"然而这个'现实'却须笼罩在一幻想的神光中"。[②] 用现在的话说，就是一般人都喜欢既有代入感又有点白日梦的作品（比方常被人嘲笑的"霸道总裁"剧）。这种趣味大多数情况下无伤大雅，但以纯文学的眼光来看就未免肤浅。朱光潜曾列出十种低级趣味，其中五种与作品内容相关，即"侦探故事""色情描写""黑幕描写""风花雪月"和"口号教条"；五种与作者态度相关，即"无病呻吟，装腔作势""憨皮臭脸，油腔滑调""摇旗呐喊，党同伐异""道学冬烘，说教劝善"和"涂脂抹粉，卖弄风姿"。[③] 朱光潜明白，一般读者会发现他们平时所沾沾自喜的东西被看成低级趣味，或许会觉得太过苛求，但是要养成高尚纯正的趣味，除开多多品鉴玩味第一流文艺杰作，没有捷径可走。

批评家哈罗德·布鲁姆毫不含糊地说，读书就应该读经典，读经典最强烈、最真实的动机，是寻找一种有难度的乐趣，这是一种"读者的崇高"，几乎是我们能够获得的唯一的世俗超越。[④] 作家纳博科夫则指出，读书要有不掺杂个人感情的想象力和艺术审美趣味，以便在读者作者双方心灵之间形成一种艺术上的和谐平衡关系。读者应该丢开道德上的关

---

① 克莱门特·格林伯格．自制美学：关于艺术与趣味的观察［M］．陈毅平，译．重庆：重庆大学出版社，2017：130.

② 宗白华．常人欣赏文艺的形式［M］//宗白华全集（第2卷）．合肥：安徽教育出版社，2004：317.

③ 朱光潜．文学的趣味［M］//朱光潜全集（第4卷）．合肥：安徽教育出版社，1988：178-193.

④ 哈罗德·布鲁姆．如何读，为什么读［M］.黄灿然，译．南京：译林出版社，2011：14.

切，沉浸在这种和谐平衡关系之中，尽情享受伟大作品的真谛所在。[①] 这些都是很难达到的境界，但是有趣味就是要与一般的大众拉开距离，要想做有文学趣味的人，就不能处处想着跟别人一样，而恰恰就要读不一样的书，而且以不一样的方式读书。

能够这样读书的读者当然不是凭空出现的，而且从数量上来说始终是少数，这就带来一个问题：在趣味问题上我们究竟要不要在乎多数人的意见？英国诗人华兹华斯认为关键还是要看作家，一个诗人不仅要创造作品，还要创造能欣赏那种作品的趣味。英国作家阿诺德·本尼特认为，经典作家之所以为经典作家，是因为作家的名声完全不受大众支配。如果莎士比亚的名声要靠一般路人维持的话，恐怕火不过两个星期，经典文学作家的名声，是靠狂热的少数派人群发掘并且维持的。[②] 不过，也有一些人更愿意相信公众（the public），这里的公众不等于大众或者说普通人，也不是简单的大多数，而是一个理想的共同体。杜博就认为，只有公众才是超脱的，始终服从于常识的，能够让趣味独立发挥作用。批评家太过先入为主，他们做判断时依据的不是感觉，而是概念和准则；艺术家也没有特别的权威，一则他们往往跳不出是非利害，二则他们评论作品常常攻其一点不及其余，三则他们像批评家一样喜欢抽象议论。虽然艺术家的意见的确会被公众高看，但假以时日，其偏颇就会暴露出来。格林伯格在这个问题上的看法要更辩证一些，他认为公众和艺术家都很重要。一方面，艺术家在最佳趣味的形成中扮演着重要角色，最佳艺术的发展大体上都是跟公众的艺术趣味有差别的，而最佳趣味是在最佳艺术的压力下发展起来的；另一方面，我们不能把某个时期的最佳趣味锁定在具体个人身上，它更像是一种氛围，在一个群体中以微妙的、无迹可寻的方式流通，让人分明感觉到它的存在。

格林伯格同时指出，最佳趣味不是普通的穷人或没有最起码闲适生活的人可以具有的。这倒不是说穷人的趣味天生不如富人，而是说趣味需要培养，一般穷人显然没有条件去培养趣味。拥有最佳趣味的人当然不能以此自矜，但最佳趣味的存在本身没有问题。对此，法国社会学家皮埃尔·布迪厄另有话说。布迪厄认为，趣味首先是对其他趣味、他人趣味的厌恶，尤其是对迫使人享乐的对象的厌恶，以及对满足于这种强加的享乐的粗俗和庸俗趣味的厌恶。纯粹趣味的美学就是一种精神气质的理性化，清除一切可感的或肉欲的兴趣。对于那些认为自己是合法趣味的持有者的人来说，最无法忍受的是良莠不分。布迪厄进一步指出，趣味作为文化习性的一种突出表现，乃是阶级习性的一个关键性的区隔标志，也就是说，与其说趣味有高低，不如说趣味的用处就是制造和维持人和人的区分。趣味所要求的对艺术品的形式主义的解读，抹杀了趣味所赖以发生的社会条件，看起来是为艺术而艺术，其实背后有特定的文化资本支撑。

布迪厄认为，趣味以及以纯粹趣味为核心的美学，其实是一套社会制度。我们要养成认识和辨认特定风格特征的能力，就要受到特定的训练。在大学里学习经典作品，掌握一套精深微妙的形式分析技术，与其说是因为文学就应该这样读，不如说是拥有相应文化资本的人才配得上这样读。学校教育系统提供了将偏好提升到准则的表达工具，由此使对趣

---

① 纳博科夫. 文学讲稿［M］. 申慧辉，等译. 上海：上海三联书店，2005：4.
② 阿诺德·本尼特. 文学的品位［M］. 姜忠伟，译. 苏州：古吴轩出版社，2021：19.

味的支配成为可能。特别重要的是，通过将"美感"理性化，让人们掌握种种法则（比如和声法或修辞法）、规则和方法，而不是让他们信任即兴的、偶然的东西，这样就建立起一套学院美学的趣味。学院并不排斥趣味，但趣味不在学院的知识制度之外。有关趣味的美学又并不是把人们理所当然地分隔开，让人们"各美其美"，或者形成一个个"趣缘群体"（即人们因兴趣爱好相同而结成的社会群体），各行其是，互不干涉，而常常会把人们混在一起进行无差别的讨论。虽然不同的人有可能趣味不同，却需要在一起面对同一部作品。趣味的美学越是要求人们跳出身份的限制，忠实于自己的直觉感受，对作品做出公正的评价，越容易让人显出身份的不同甚至高下。

　　布迪厄的趣味论引发了不少批评。格林伯格认为它是对马克思主义的误用，趣味是否有资本、阶级之类因素支持是一个问题，是否存在更好的趣味是另一个问题。伽达默尔则指出，趣味之所以重要，是因为"好的趣味"的理想，关系到"好的社会"的理想。后者之所以能够被承认和合法化，不再是由于出身和等级，而恰恰在于它知道：应该使自己超出兴趣的狭隘性和偏爱的自私性而做出判断。哈罗德·布鲁姆不客气地说，我不知道我们是否欠上帝或自然一个死亡，但我们肯定不欠平庸任何东西，不管它打算提出或至少代表什么集体性。他引用诗人奥登的话说，评论劣书有害人品。如果存在更好的文学作品，那么有能力欣赏这些更好的作品的人，不管是否取得了先天或者后天的优势，一定会得到他人的肯定。如果拥有好趣味是值得肯定的事情，那么只要有条件，它也会被普遍地追求。不过，我们也可以继续追问：追求"好的趣味"是一回事，要求别人追求"好的趣味"是另一回事，我们有何种理由提出或者不提出这种要求？假如我们是文学的行家，要求别人——普通大众——像我们这样欣赏文学作品是否合理，宣称别人不必像我们这样欣赏文学作品，又是否合理？如果我们拥有更好的教养、更多的文化资本，并且有能力读更难的作品，是否就真的拥有更好的趣味？如果说教养能够促进趣味，那么我们如何将教养和趣味分开呢？

　　不难看出，有关趣味的考察一方面倾向于以自然的眼光看待人，另一方面又格外在乎人与人之间的认同，所以常常将人的自然性和社会性扭结在一起讨论。人的性情与能力有多复杂，人类社会有多复杂，趣味问题就有多复杂。这种复杂性中隐藏着人的虚荣，也蕴含着人的天赋和生气，值得我们在文学的内外做持续的探究与反思。同时，正如朱光潜所言，生生不息的趣味才是活的趣味，像死水一般静止的趣味必定陈腐。活的趣味时时刻刻在发现新境界，死的趣味囿在一个狭窄的圈子里。什么人有什么趣味是值得关注的问题，但这个问题并不能穷尽趣味问题本身，有关趣味的讨论的重要内容之一，是如何更新和发展趣味。我们一方面坚信没有绝对的好或者坏，另一方面又总是向往能够获得更好的趣味，而这个更好的趣味是包括了对新事物的接受的。事实上，一般人也不会那么狭隘，只有当认为自己的判断体现了对新事物的敏感时，才会更理直气壮地希望得到他人的认同。就以上种种问题，我们不必急于求取一套确定的说法，而不妨将趣味问题视为我们走向文学更深处的一种路径。

◇ **阅读实践**

一、香菱学诗中的勿爱浅近

直接用趣味来分析文学作品其实不太合适，至少不太方便举例说某部作品趣味高，某部作品趣味低，但是我们可以让文学作品中的人物替我们来做这类判断。我们先来看《红楼梦》第四十八回中的一段。

香菱道："我只爱陆放翁的'重帘不卷留香久，古砚微凹聚墨多'，说的真切有趣！"黛玉道："断不可看这样的诗。你们因不知诗，所以见了这浅近的就爱。一入了这个格局，再学不出来的。你只听我说：你若真心要学，我这里有《王摩诘全集》，你且把他的五言律一百首细心揣摩透熟了，然后再读一百二十首老杜的七言律，次之再李青莲的七言绝句读一二百首。肚子里先有了这三个人做了底子，然后再把陶渊明、应、刘、谢、阮、庾、鲍等人的一看。你又是这样一个极聪明伶俐的人，不用一年工夫，不愁不是诗翁了！"香菱听了，笑道："既这样，好姑娘，你就把这书给我拿出来，我带回去，夜里念几首也是好的。"黛玉听说，便命紫鹃将王右丞的五言律拿来，递与香菱，道："你只看有红圈的，都是我选的，有一首念一首。不明白的，问你姑娘；或者遇见我，我讲与你就是了。"

香菱拿了诗，回至蘅芜院中，诸事不管，只向灯下一首一首的读起来。宝钗连催他数次睡觉，他也不睡。宝钗见他这般苦心，只得随他去了。

一日，黛玉方梳洗完了，只见香菱笑吟吟的送了书来，又要换杜律。黛玉笑道："共记得多少首？"香菱笑道："凡红圈选的，我尽读了。"黛玉道："可领略了些没有？"香菱笑道："我倒领略了些，只不知是不是，说给你听听。"黛玉笑道："正要讲究讨论，方能长进。你且说来我听听。"香菱笑道："据我看来，诗的好处，有口里说不出来的意思，想去却是逼真的；又似乎无理的，想去竟是有理有情的。"黛玉笑道："这话有了些意思，但不知你从何处见得？"

香菱笑道："我看他《塞上》一首，内一联云：'大漠孤烟直，长河落日圆'。想来烟如何直？日自然是圆的，这'直'字似无理，'圆'字似太俗。合上书一想，倒像是见了这景的。要说再找两个字换这两个，竟再找不出两个字来。再还有'日落江湖白，潮来天地青'，这'白''青'两个字，也似无理。想来必得这两个字才形容的尽，念在嘴里，倒像有几千斤重的一个橄榄似的。还有'渡头余落日，墟里上孤烟'，这'余'字合'上'字，难为他怎么想来！我们那年上京来，那日下晚便挽住船，岸上又没有人，只有几棵树，远远的几家人家作晚饭，那个烟竟是青碧连云。谁知我昨儿晚上看了这两句，倒像我又到了那个地方去了。"

正说着，宝玉和探春来了，都入座听他讲诗。宝玉笑道："既是这样，也不用看诗。会心处不在远，听你说了这两句，可知'三昧'你已得了。"黛玉笑道："你说他这'上孤烟'好，你还不知他这一句还是套了前人的来。我给你这一句瞧瞧，更比这个淡而现成。"说着，便把陶渊明的"暧暧远人村，依依墟里烟"翻了出来，递给香菱。香菱瞧了，点头叹赏，笑道："原来'上'字是从'依依'两个字上化出来的！"

大观园的姐妹中，黛玉公认诗才第一，教香菱学诗是绰绰有余。而黛玉确实是个好老师，她的教法是从以研习经典、端正趣味开始。香菱初入诗门，见到浅近的就爱，所以喜欢陆游"重帘不卷留香久，古砚微凹聚墨多"这种句子，因为其形式的工巧一望而知，易懂好学。借用英国作家、批评家 C. S. 路易斯的说法就是，一般读者缺乏丰富的想象力，无法在一瞬间扩充简单的事实陈述，因此他们要的就是徒有其表的描写和分析，不必用心阅读，陈词滥调越多越好。[①] 但是黛玉教导香菱一定要取法乎上，要读就要读第一流的大诗人的经典作品，反复吟咏，细细品味，直到自己发现最好的诗与一般好的诗的区别，这时候趣味就提升了。像"大漠孤烟直，长河落日圆"这类句子，将俗字放入一般的文学语词中，产生点石成金的效果，才是真正可遇不可求的好诗。只有最好的诗读得足够多、足够细，才能有会于心。香菱虽然初入诗门，却悟性不凡，有可能成为一个很好的批评家，因为她对诗之好处把握得准，而且能够触类旁通，举一反三，使诗艺成为一个整体，在此整体中分辨好与坏，天才与庸才，是行家的做派。黛玉与香菱地位悬殊，文化教养更是相去霄壤，但是"我方示意，彼已会心"，说明趣味讲究明心见性，只要有天资，身份之隔并非不可穿越的厚障壁。不过香菱若非有在大观园中学习的优越条件，周围都是趣味不凡的人，恐怕也很难有这么迅速的进步，更不用说，还会有偏离正道的危险。趣味并非完全看天分，也并非完全看出身，硬要丢开一端，容易凌虚蹈空，流于玄谈。

二、张爱玲与反传奇的趣味

作为天才小说家，张爱玲对自身的文学趣味一直颇为自负。她抱怨说："中国观众最难应付的一点并不是低级趣味或是理解力差，而是他们太习惯于传奇。"她不喜欢那种太过追求俊男靓女和传奇情节的趣味，也就是不喜欢太过戏剧化，而后者正是一般观众的最爱。张爱玲写到乡里的戏剧表演，乡民们觉得旦角太丑，在台下起哄，她就很不以为然。她提供了这样一段外貌描写：

其实这旦角生得也并不丑，厚墩墩的方圆脸，杏子眼，口鼻稍嫌笨重松懈了些；腮上倒是一对酒涡，粉荷色的面庞像是吹涨了又用指甲轻轻弹上两弹而侥幸不破。头发仿照时行式样，额前堆了几大堆；脸上也

① C. S. 路易斯. 文艺评论的实验 [M]. 邓军海，译. 上海：华东师范大学出版社，2015：70.

为了趋时，胭脂擦得淡淡的。身穿鹅黄对襟衫子，上绣红牡丹，下面却草草系一条旧白布裙。和小生的黄袍一比，便给他比下去了。一幕戏里两个主角同时穿黄，似乎是不智的，可是在那大红背景之前，两个人神光离合，一进一退，的确像两条龙似的，又像是端午节闹龙舟。

表面看来，这段描写正好证明乡民们的看法是对的：确实不好看，而且很土。但是张爱玲的用意是，好的趣味不是那种从众的起哄，而是细致的观察与深切的体会。某种程度上，张爱玲是要以小说的逻辑代替戏剧的逻辑，要在细节处发现人的生气，"逐渐冲淡观众对于传奇戏的无餍的欲望"（《〈太太万岁〉题记》），但我们也可以理解为这是要在观众中建立一种新趣味，至于它有没有可能成为格林伯格所谓"最佳新趣味"另当别论。张爱玲赞赏韩邦庆《海上花列传》那种风格，"极度经济，读着像剧本，只有对白与少量动作。暗写、白描，又都轻描淡写不落痕迹，织成一般人的生活的质地，粗疏、灰扑扑的，许多事'当时浑不觉'"，虽然是妓家故事，却"并无艳异之感"，"最有日常生活的况味"（《忆胡适之》）。她喜欢的戏剧情节是"平淡得像木头的心里涟漪的花纹"，或者是反高潮的，"艳异的空气的制造与突然的跌落，可以觉得传奇里的人性呱呱啼叫起来"（《谈跳舞》）。张爱玲小说《年青的故事》中，男主人公怀着浪漫的憧憬去见他一见钟情的俄国女孩，结果"他所看见的是一个有几分姿色的平凡的少女，头发是黄的，可是深一层，浅一层，近头皮的一部分是油腻的栗色。大约她刚吃完了简便的午餐，看见他来，便将一个纸口袋团成一团，向字纸篓里一抛。她一面和他说话，一面老是不放心嘴唇膏上有没有黏着面包屑，不住地用手帕在嘴角揩抹。小心翼翼，又怕把嘴唇膏擦到界线之外去。她藏在写字台底下的一只脚只穿着肉色丝袜，高跟鞋褪了下来，因为图舒服。汝良坐在她对面，不是踢着她的鞋，就踢着了她的脚，仿佛她一个人长着几双脚似的"。这看起来有点尴尬，却是小说家才懂得的人的可爱。

对于那种把什么好东西都往家里堆的暴发户习气，张爱玲非常不以为然。小说《十八春》中，恶棍祝鸿才装修了一个房间，自以为得意，"那间房果然墙壁上画满了彩色油画，画着天使，圣母，爱神拿着弓箭，和平女神与和平之鸽，各色风景人物，密密布满了，从房顶到地板，没有一寸空隙。地下又铺着阿拉伯式的拼花五彩小方砖，窗户上又镶着五彩玻璃，更使人头晕眼花。"这是很明显的讽刺，把什么东西都堆在一起，毫无趣味可言。但是张爱玲在这个问题上又有宽容的一面，她谈到香烟画片，说自己最喜欢它的，是一种富丽中的寒酸："画面用上许多金色，凝妆的美人，大乔小乔，立在洁净发光的方砖地上，旁边有朱漆大柱，锦绣帘幕，但总觉得是穷人想象中的富贵，空气特别清新。"这种暴发户的趣味最为人唾弃，怎么会"空气特别清新"？原因在于，穷人想象中的富贵是最朴实的东西，就像"有人在自行车轮上装着一盏红灯，骑行时但见红圈滚动，流丽之极"（《道路以目》），这里面有一种真实的热情或者说热力，让张爱玲喜欢。作为小说家的张爱玲，接受那种"可爱的，曲折的自我讽嘲"，或者用另一种说法是"因疲乏而产生的放任"，生活太不容易了，俗一点就俗一点。俗有俗的动人处，因为俗是一种发乎人情的东西。这仍然是小说家的趣味，与那种诗性的精致趣味大相径庭，但它以另一种方式提醒我们注意趣味与热情的血缘关系。

◇ 关键词解析

一、趣味

趣味（taste）既是一种能力，又是一种习性，又是一种标准。就能力而言，它是一种以直觉经验和情感倾向为基础，对艺术与自然中的审美对象进行判断的能力，它不依赖概念和原则，却能够提供审美的裁决，并有望获得普遍认同。就习性而言，它既可以用来强调判断的个体性，因而人人都有其趣味；又可以被用来强调特定的文化身份，仿佛一类人有一类人的趣味。就标准而言，趣味是比较稳定的品质，是理性和感性结合得比较好的状态，我们往往说只有一部分人有趣味或者说有好的趣味，另外的人只有坏的趣味、平庸的趣味或者说缺乏趣味。

二、趣味判断

趣味判断（judgement of taste）即鉴赏判断或审美判断。康德对美的对象提给出了四个方面的规定：不依赖利害而能凭借其表象和形式引起愉悦的，不依赖概念而必然能引起愉悦的，不依赖概念而能普遍引起愉悦的，没有明确的目的却又能显出合目的性的。依照这四重规定做出的判断就是趣味判断。

三、共通感

《孟子》中早就有"口之于味也，有同耆焉；耳之于声也，有同听焉；目之于色也，有同美焉"（《孟子·告子章句上》）的说法，这是基于一部分经验事实做出的对人性的设定。康德则以"求同"作为审美的先天规定，某一趣味判断如果没有包含对人类审美共通感的预设，也就很难确定它是不是真的趣味判断。这一概念后来成为有关文学共同体的讨论的焦点之一，其所引发的质疑是：究竟是所有人的共通感（common sense），还是仅仅是某一共同体内的共通感？

四、区隔

区隔（distinction）又称区分，是布迪厄提出的概念。布迪厄认为审美的趣味如同任何一种趣味，起着聚集和分隔作用，作为与生活条件的特定等级相关的影响的一个产物，趣味将所有在相似条件下培养起来的人聚集在一起，同时又与另一些人分隔。趣味的区隔与一般的社群隔离不同，它通过一套复杂的制度实现，名义上以纯粹的美学价值为追求，宣称要打破外在的隔离；但它又以一套制度显出对既得文化资本的肯定与维护，因而以隐秘的方式强化了不同身份之间的对立。

◇ 本章小结

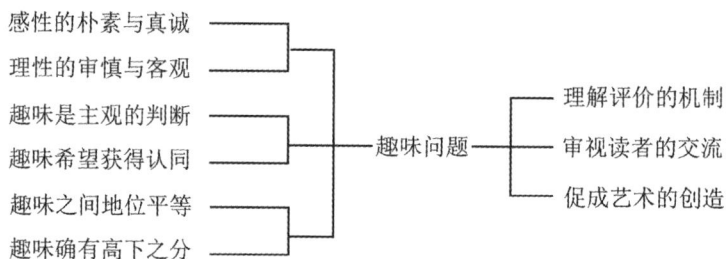

趣味问题并不只是一个文学问题，但是在"文学与趣味"这个题目之下，我们可以做一些特别的文章。首先，我们怎么判断怎样的文字才是"修辞立诚""明心见性"的好文字呢？只有靠好的趣味。好的趣味首先就要追求"诚"与"真"，这不是光靠文字功夫，所谓"信言不美，美言不信"，"心诚求之，虽不中亦不远矣"；但是好的趣味又分明不只是依凭本能，而应该先对文学的种种手法有广泛而精深的了解，虽然"文章本天成，妙手偶得之"，也需要"如切如磋，如琢如磨"。这是本章所讨论的趣味问题的第一组矛盾。其次，基于趣味的判断应该是基于"我"的意愿的判断，必须是"我"自己认为某首诗既美且真，而不能盲从权威或者人云亦云；但另一方面，所谓趣味判断，依据的并不只是"我的趣味"，而是"我认为好的趣味"，它是需要得到赞同的，不仅赞同对特定对象的判断，也赞同趣味本身，哪怕赞同者只是"无限的少数人"。这是本章所讨论的第二组矛盾。最后，谈趣味有时候是谈趣味的新与旧，你喜欢的是前卫风格、看起来不像诗的诗，他喜欢的是内容和形式上更传统、更有"诗味"的诗，是不是大家都是平等的，应该各美其美？当然，但是平等并不就是等同，各美其美并不就是各行其是。趣味问题一直隐含着精英的"最佳新趣味"与大众的常态化趣味的冲突，大多数情况下，这一冲突是健康的，与其说这是不同社会阵营的冲突，不如说文化本身就有守常与创新的两元。这是本章所讨论的第三组矛盾。有矛盾不要紧，矛盾不是思考的障碍，恰相反，只要矛盾在具体的情境中有内容，有变化，有特色，有关趣味的思考就能够生气勃勃，常出常新。而且，这种思考也能够帮助我们在文学中发现更多有意思的人和事。

◇ 思考与练习

1. 两个人看一部电影，一个说好，一个说不好，是常见的现象。在什么情况下我们会说他们趣味不同，什么时候会说他们趣味有高下？有没有可能两人趣味相投，却做出不同的判断？或者判断相同，趣味却不同？

2. 完整地读一读《红楼梦》第十七回中贾政、贾宝玉等人同赏大观园的段落，写一篇短文，说说对其中趣味问题的看法。

第十三章
文学与境界

教学导航

学习目标	了解文学境界的基本特点，培养超越的人生态度，提升人生境界
重难点	文学境界的基本特点，如何解读文学作品中的境界
推荐教学方式	课堂教学与学生讨论相结合
建议学时	2学时

情景导入

王国维曾提出三种境界说：

古今之成大事业、大学问者，必经过三种之境界。"昨夜西风凋碧树，独上高楼，望尽天涯路"，此第一境也。"衣带渐宽终不悔，为伊消得人憔悴"，此第二境也。"众里寻他千百度，蓦然回首，那人正在灯火阑珊处"，此第三境也。

这三种境界的具体内涵和相互之间的关系是什么？

♲ 理论阐释

⟫ 第 一 节　基 本 定 义 ⟪

　　美学意义上的境界，在唐代出现，明清时期已经相当普遍地被人们使用。不过在王国维标举"境界说"之前，它只是指某种艺术状态或达到某种艺术水平的一个美学范畴，到了王国维这里，才开始有意识地以此概念为核心建构起一个批评系统。

　　在历史演变中，境界的含义不断发展①，主要指涉三个层面。其一，指一个有物理边界的区域，以及区域内的一切事物所构成的一个整体（场景）及其氛围。这是"境界"的最初原义，今天我们所使用的"国境""入境"等词汇仍取此义。其二，指人的精神修养。它由第一层含义演化而来，由于人是由身体和灵魂两个部分组成，肉身属于实存的物质世界，而灵魂栖息于虚存的精神境界，由此它从原义引申为人的精神修养。其三，指文艺作品的审美体验。基本定义是"超以象外，得其环中"（《二十四诗品》）。"象"是文学作品塑造的各种形象，"象外"是形象蕴含的各种意义，这种意义是对人生、历史和宇宙的理性认知，文学作品不能只停留在文学形象本身，它还要提供哲理思考，这就是"超以象外"；但文学的特殊性在于它不是通过概念的方式直接陈述，而是将这种理性的认知通过文学形象加以传达，这就是"得其环中"。这种融汇了感性与理性、形象与哲理的精神体验就是审美境界。

⟫ 第 二 节　具 体 内 涵 ⟪

　　审美是文学的基本属性，照亮本真世界、超越现实种种限制从而获得精神自由，这是它的主要特征。因此，文学中的审美境界主要有三个特点：本体层面的"本真"，功能层面的"超越"，感受层面的"自由"。在此意义上，不仅人类生存世界的本真得以呈现，且通过美的超越，人生可进入无限广阔的天地，最终获得精神自由的审美体验。

一┃ 本真

　　王国维在提出"境界"范畴时，就表现出对其本体意义的重视。王国维意识到相较于此前严羽的"兴趣"和王士禛的"神韵"等范畴，"境界"更具有本体论的价值。境界的核心在于"真"，王国维认为："境非独谓景物也。喜怒哀乐，亦人心中之一境界。故能写

---

　　①　参见张郁乎．"境界"概念的历史与纷争［J］．哲学动态，2016（12）：91-98．

真景物，真感情者，谓之有境界。否则谓之无境界。"[①] 这里的关键是"真感情"，它是境界生成的必要前提，也就是王国维所讲的"赤子之心"。这是审美心胸论的思想，中国古代美学对此十分重视。刘勰说："是以陶钧文思，贵在虚静，疏瀹五藏，澡雪精神。"（《文心雕龙·神思》）苏轼说："欲令诗语妙，无厌空且静。静故了群动，空故纳万境。"（《送参寥师》）眼睛蒙上了尘垢，是看不清，甚至看不见世界的；人的心灵如果被欲望、功利等遮蔽，同样看不见美。只有空明澄澈的心灵，才能发现多姿多彩的美的世界。这也是西方美学的一个基本观点，康德认为，审美判断的一个基本要素就是没有任何利害关系，只有从各种认识的、功利的目的中摆脱出来，才能进入审美鉴赏的状态中。布洛的"心理距离说"则认为，人只有切断与对象的实际利害关系，才能发现对象的形象之美。这意味着"真我"是发现美的准备，是对感官欲望、概念认识和功利欲望的超越，只有超越了这些世俗的遮蔽，人才能回到原初的纯真状态，恢复敏锐的审美感知。

清代李渔说："若能实具一段闲情，一双慧眼，则过目之物，尽在画图；入耳之声，无非诗料。"（《闲情偶寄》）有了本真之心，才有超越世俗欲望的闲情，才有足以分辨判断的慧眼，洞悉事物的诗情画意。这是一个从"有"入"无"、又从"无"入"有"的过程，前者是指心灵从现实的日常状态（"有"）超越出来，进入虚静空明的状态（"无"），而在后者虚静空明的状态中（"无"），万物之美得以澄清显现（"有"）。张世英曾借鉴海德格尔的思想，认为审美境界是一种"澄明之境"：

> ……是万事万物的"存在聚焦点"，这个点是空灵的，但又集中了天地万物的最广博、最丰富的内涵和意义，它是真实的。……一般人都是有体会的本性和能力，但过多、或较多地沉沦于功利追求而很少能进入这万物一体的澄明之境，唯有诗人能吟唱这个最宽广、最丰富的高远境界。[②]

所谓"存在的聚焦点"既是指创作者的心灵，也是指文学作品塑造的形象，当下呈现的形象（"真景物"）并不是孤立的，而是汇聚了很多其他的形象，蕴含着丰富的内涵和意义。比如杜甫的"朱门酒肉臭，路有冻死骨"（《自京赴奉先县咏怀五百字》），虽然从字面上诗人只描述了两个形象，但却隐含了更多的形象和意义，从封建社会中阶级对立、贫富悬殊的社会事实，到作者悲愤的情感和忧国忧民的伟大情怀，再到对封建王朝倾向崩溃的无情隐喻。再如刘禹锡的《乌衣巷》："朱雀桥边野草花，乌衣巷口夕阳斜。旧时王谢堂前燕，飞入寻常百姓家。"曾经南朝王谢家族的高门大宅，如今已经成为普通百姓的住所，诗人通过野草花、夕阳、燕子这几个当下平常的景物描写，流露出对历史更替、荣辱兴衰的深沉感慨，并揭示了沧海桑田、世事变迁的现实。可见这就是文学作品中的"真"的境界和审美意蕴。

德国学者卡西尔说："艺术教会我们将事物形象化，而不是仅仅将它概念化或功利化。艺术给予我们以实在的更丰富更生动的五彩缤纷的形象，也使我们更深刻地洞见了实在的形式结构。"[③] 这里的"艺术"是广义的概念，也包含文学在内。较之于概念的陈述而言，

---

① 彭玉平.人间词话疏证［M］.北京：中华书局，2011：324.

② 张世英.进入澄明之境：哲学的新方向［M］.北京：商务印书馆，1999：140-141.

③ 恩斯特·卡西尔.人论［M］.甘阳，译.上海：上海译文出版社，2004：235.

概念的真实是明确的，从而是有限的，而文学的真实则是多元的、不确定的，趋向于无限广阔的心灵和美学世界，因此文学的形象具有另一种生动、完整的真实性。清代王夫之曾借用佛学的"现量"一词来说明"心"与"境"的关系，叶朗对此概括道："'现量'是真实的知识，是显现对象本来的'真实本性'的知识，是把对象作为一个生动的、完整的感性存在来加以把握的知识，不是虚假的知识，也不是仅仅显示对象某一特征的抽象的知识。"① 文学形象塑造的是一种更为真实的境界之"真"。

二 超越

朱良志说："中国美学是一种超越美学，对境界的追求成为它的重要特点。"② 可见，超越是审美体验通向境界的重要途径，这在前文引述的王国维著名的三种境界说中得以充分体现。

这三层不断超越的境界既指事业、学问，更指向审美。第一境的"独上高楼，望尽天涯路"是有我之境，第二境的"终不悔"和"人憔悴"是无我之境，而第三境的"蓦然回首"则是自我消融的化境。有我之境的世界是通过自我的直觉捕获的，而无我之境则是自我从现实世界的后退，转而追求更高的精神世界。正所谓"思理为妙，神与物游"（《文心雕龙·神思》），"神"虽是主导性的，但仍不能舍弃"物"，"神与物游"是"神"对"物"不即不离的超越，因此在"望尽天涯路"和"人憔悴"后，仍需"蓦然回首"，如果说前者体现了对"天"的追寻，最后的"回首"则表现出对"人"的返还，终而豁然开朗，通过境界的层层超越，最终也实现了将审美升华至最高处。

如何实现超越？关键在于具有超越性的"看"。明代哲学家王阳明的一段话经常被引用："尔未看此花时，此花与尔心同归于寂。尔来看此花时，则此花颜色一时明白起来"（《传习录》下），"看"不是以认识的、实用的态度去把握对象的属性，而是专注于形象，并通过形象构建境界。这就是文学的"看"，审美的"看"。没有这种"看"，花与心都处于被遮蔽的状态，也就是"寂"，一片黑暗。而有了这种"看"，花在心中的形象就会呈现出来，也就是说，若没有心灵的映射，是不足以谓美的。王国维在《人间词乙稿序》中说："原夫文学之所以有意境者，以其能观也。"③ 此处的"观"也就是王阳明所说的"看"，"观"物才使万物如其本然地显现，境界的审美体验也在此直观中获得，在此意义上可以说，审美的直观是实现超越的根本路径。

中国传统文化有重视直观的传统。诸子中对文学艺术影响最大的是庄子。在庄子看来，宇宙的形象变化万端，所谓真假、美丑、善恶都是相对的，唯有道才能体现绝对的真实。他提出的"以道观之"，对观的方式和目的都作出了具体规定，即通过"心斋""坐忘"来达到"物化""丧我"的境界，也就是去除认识、功利的态度，以虚静空明的心灵去体验道的境界。徐复观认为："庄子在心斋的地方所呈现出的'一'，实即艺术精神主客

① 叶朗.中国美学史大纲［M］.上海：上海人民出版社，2001：462-463.
② 朱良志.中国美学十五讲［M］.北京：北京大学出版社，2006：271.
③ 彭玉平.人间词话疏证［M］.北京：中华书局，2011：443.

两忘的境界。"① 可以说，庄子"以道观之"的思想虽然不是在审美层面提出的，但与文学境界的精神是相通的。西方美学也有类似的思想。例如，法国哲学家柏格森认为直觉是比概念更高的认识，直觉可以使主体获得超功利超概念的解放、人生的本真。德国美学家叔本华的观点颇具代表性，他十分重视审美直观。在他看来，天才以"立于纯粹直观地位的本领，在直观中遗忘自己，而使原来服务于意志的认识现在摆脱这种劳役，即是说完全不在自己的兴趣，意欲和目的上着眼，从而一时完全撤销了自己的人格，以便（在撤销人格后）剩了为认识着的纯粹主体，明亮的世界眼"②。这与庄子的"以道观之"相似，也即通过消除感官欲望和理性探索，获得一种虚静、空明的审美心灵。所以天才的直观能"把他的地平线远远扩充到他个人经验的现实之外，而使他能够从实际进入他觉知的少数东西构成一切其余的（事物），从而能够使几乎是一切可能的生活情景——出现于他面前"③。这同样是一种由在场的形象汇聚不在场的观点，从而尽可能地展现无限广阔的世界之"真"，其关键就在于直观。

作为审美直观的超越，大致有两个层次的超越：第一是对感官欲望的超越，由此人才可以进入理性认知的思想领域；第二是对理性认知的超越，由此人才可以返回感性的世界中，不再执着于对象的科学属性和实用价值，而是如其本然地看待世界中的万物。在这种直观中，理性与感性并存又统一，既有最深刻的哲理领悟，又蕴含着最生动的形象显现。冯友兰提出了人生的几重境界说，最高层次的是天地境界，其特点是："在天地境界中底人的最高底造诣是，不但觉解其是大全的一部分，而且自同于大全。……大全是万物之全体，'我'自同于大全，故'万物皆备于我'。……得到此等境界者，不但是与天地参，而且是与天地一。"④ 无限性被放置在天、地、人的框架中，成为天地境界，这与天人合一境界是相通的。这种境界的获得关键就在于老子所说的"致虚极，守静笃，万物并作，吾以观其复"，需要超越各种感官和理性欲望，但又并非一往不复的决绝而去，而是在当下的"物"（"有"）中体验到"神"（"无"），在"虚极""静笃"之后，最终再次"复"归。从天人关系的角度来说，这是一个由"人"到"天"的超越，又由"天"返回到"人"的超越。

三　自由

超越最终通向何处？超越的实质在于对有限性的摆脱，对无限性的追求。有限性是人作为现实存在的必然，而文学艺术则指向一个超越必然、解放精神的自由王国。自由首先是一个认识论和实践论的范畴，但这种自由观并非适用于一切领域，审美意义上的自由是一种境界论上的自由，其特点主要有三。一是心之体验。这是一种体验中的自由，是审美直觉或者说"观"的结果。二是内在超越。这是一种审美的"神与物游"，无限的万物一体的境界并非孤悬于万物之上的另一实体，也同样存在于当下之物中。三是天人合一。在

① 徐复观. 中国艺术精神 [M]. 上海：华东师范大学出版社，2001：52.
② 叔本华. 作为意志和表象的世界 [M]. 石冲白，译. 北京：商务印书馆，2009：258.
③ 叔本华. 作为意志和表象的世界 [M]. 石冲白，译. 北京：商务印书馆，2009：259.
④ 冯友兰. 贞元六书 [M]. 上海：华东师范大学出版社，1996：635.

境界中，物我浑忘，外不觉乎有物，内不觉乎有己，天地与我并生，万物与我一体，这是一种与物无对的自由。

如果说文学的功能在于使人超越自身的有限性，领会和把握宇宙和心灵的本真，从而得到境界的提升，那么自由便是文学境界所提供的感受和体验。陈望衡认为："有无相生，是境界在功能上的最大特点，它使境界最宝贵的自由感（注意，是自由感，而不是自由）得以充分的满足。……审美的自由是融化在境界中的自由感。它是精神的，而非实践的，作为自由感，它不是抽象的，而是感性的、体验的。"① 他尤其强调审美自由是精神维度和体验维度的，它既不是实体也非抽象，而是主体与美的境界冥合的状态下的产物。这种审美境界的自由体验用中国古代哲学的话来说就是"游"。

中国古代哲学家，谈"游"最多的是庄子。"游"是庄子超越感官欲望、世俗束缚的一种方式，其本质是一种精神自由。如，"乘天地之正，而御六气之辩，以游无穷"（《庄子·逍遥游》），"游心于物之初"（《庄子·田子方》）。在这种境界之中，时间回到了造物的最初，空间则延伸至无穷。人的精神超越了时空，超越了现实世界的一切限制和关系，只剩下与道浑然一体的境界。这种自由不能存在于现实世界中，只能是精神体验中的自由境界。庄子哲学成为中国文学艺术的思想基础之一，其关键就在于此，在嵇康、李白等人的诗歌中，在宋元之后的山水画论中，我们处处能看到这种思想的闪光。如果说庄子之"游"是远离社会、返回内心从而获得心灵自由，那么孔子的"游"就是积极入世、完善道德之后的人格自由。儒家对文学艺术的态度主要是从主体人格修养出发的，孔子说："志于道，据于德，依于仁，游于艺。"（《论语·述而》）明确将文艺视为人格完善的关键环节，或者说，完整的人格塑造必须有文艺之"游"。在与子路、曾点、冉有、公西华的一场对话中，孔子明确表示了这一思想：

> "点，尔何如？"鼓瑟希，铿尔，舍瑟而作，对曰："异乎三子者之撰。"子曰："何伤乎？亦各言其志也。"曰："莫春者，春服既成，冠者五六人，童子六七人，浴乎沂，风乎舞雩，咏而归。"夫子喟然叹曰："吾与点也！"（《论语·先进》）

相较于子路等人以治国、立功为志，曾点的回答呈现出一种审美的境界。孔子之所以赞赏曾点，是因为在他看来，治国、立功或者说兼济天下固然重要，但并非最终目的，而曾点的描述更符合孔子的理想境界，在积极入世、实现济世理想的同时，获得一种人格的至善至美的境界。徐复观认为：曾点之乐是一种"'大乐与天地同和'的艺术境界"，"孔子之所以深致喟然之叹，也正是感动于这种艺术境界。此种艺术境界，与道德境界，可以相融和。……一个人的精神，沉浸消解于最高艺术境界之中时，也是'物我合一'，'物我两忘'"② 境界并非只是审美范畴，道德修养也有各种境界，但在中国文化里，最高的审美境界与道德境界是相互融合的，或者说，尽善尽美。这就是审美中的自由感，这是一种超越有限、与物无对的境界。

---

① 陈望衡. 美在境界——一种美的本体论［J］. 武汉大学学报（哲学社会科学版），2000（4）：456-461.

② 徐复观. 中国艺术精神［M］. 上海：华东师范大学出版社，2001：11.

"境界"是王国维一改《人间词话》（1907版）中的"意境"，而在《人间词话》（1908版）中用来批评词学的用语，其开篇便说："词以境界为上。有境界则自成高格，自有名句。"可见他将境界视为审美评判的标准，实际上也是他"进入一种哲学视界，对人生进行一种哲学式的审美思索和艺术表达"[①]。而这种源于佛教用语的"境界"，经王国维的阐释和演绎，就具有鲜明的哲学意蕴，后来的学者不断对"境界"进行提炼和引发，将其扩展用于道德境界、审美境界、哲学境界，虽然具体的界定标准有所不同[②]，但都追求一种超越主客二分的内心和外物相即相融的精神境界，"在这种最高的人生境界当中，真、善、美得到了统一。在这种最高的人生境界当中，人的心灵超越了个体生命的有限存在和有限意义，得到一种自由和解放。在这种最高的人生境界当中，人回到了自己的精神家园，从而确证自己的存在"[③]。

◇ 阅读实践

明月

在中国古代，每一位文学家心中都有一轮明月。对这些文学家而言，学而优则仕是他们的主要出路。为了求学，为了做官，他们大多背井离乡，辗转四方。但现实中，在求学、做官的过程中必然会遭遇各种挫折，于是，故乡、亲人成为他们可望而不可即的一种精神慰藉。白天是公共时间，他们需要承担兼济天下的社会责任，只能展现刚强、进取的一面。在夜晚，在属于个人的隐私时空中，内心的痛苦与软弱则得以充分显现，由月亮引发的思乡、思亲之情成为一种主要的文学形式。从《古诗十九首》的《明月皎夜光》到张若虚的《春江花月夜》，从李白的《静夜思》《月下独酌》到苏轼的《水调歌头·丙辰中秋》《念奴娇·赤壁怀古》，无论其内容和形式有多少区别，但共同指向的是与社会集体身份不同的私人身份，如果说前者是"大我"，后者则是"小我"。在"小我"中，有软弱、痛苦，有怀疑、迷惘，进而也有对自我人生意义的终极思考。这种思考所针对的不是兼济天下的先忧后乐的社会责任，而是属于个人的生存价值。换句话说，它针对的是在兼济天下的"大我"之外，如何使"小我"独善其身。

从这个意义上讲，月亮虽然是一个客观存在的自然景物，但当它遇到人的心灵时，以心灵所带有的前理解为基础，构成了一个特定的属于"小我"的境界。李白的《静夜思》用平白如口语的方式传达了最具中国特色的游子情怀，从"举头望明月"到"低头思故乡"之间的承接、转换是如此自然。对于中国古代文学家来说，明月与故乡之间的联系是无须逻辑论证的，高蹈浪漫、积极进取如李

---

① 王国维.人间词话［M］.周兴陆，导读.南京：凤凰出版社，2009：4.

② 关于王国维的"境界说"，学界有诸多讨论，参见刘锋杰《生命之敞亮——王国维"境界说"诗学属性论》（上海教育出版社，2018年版）的第一至第四章.

③ 叶朗.美学原理［M］.北京：北京大学出版社，2009：451.

白，在月光的映射中，也毫不犹豫地从天子、朝堂转向故乡。明月的意义当然不止于此。张若虚的《春江花月夜》所表现的就是由游子、思妇的相思之情上升到宇宙之思。"人生代代无穷已，江月年年望相似。不知江月待何人，但见长江送流水。"这是一种无限的人生感、历史感和宇宙感。闻一多评论道："更夐绝的宇宙意识！一个更深沉，更寥廓，更宁静的境界！在神奇的永恒面前，作者只有错愕，没有憧憬，没有悲伤。'有限'和'无限'，'有情'和'无情'——诗人与'永恒'猝然相遇，一见如故，于是谈开了。"① 在一定意义上可以说，这是中国古代文学的最高境界。它不是对具体的人、事、物的描写或评论，也不是对自我遭遇的感慨，而是"与永恒猝然相遇"，是对无限的一种顿悟。

作为中国古代士人的典范，苏轼对月亮情有独钟，月亮是他笔下出现频率很高的意象，林语堂称他是"月下的漫步者"。南宋胡寅《酒边集序》论苏轼词："一洗绮罗香泽之态，摆脱绸缪宛转之度，使人登高望远，举首而歌，而逸怀浩气，超然乎尘垢之外。"② 这种深沉、阔大的人生感、宇宙感超越了具体的人和事，境界与意象的根本区别也在于此。意象可以说是审美的本体，塑造的是一个具体的审美对象，虽然也是情意和景物的结合，但它仍然是象，是融入了作者情意的象；境界则是源于意象，又超越意象的一种更高层次的精神体验，苏轼的"人有悲欢离合，月有阴晴圆缺，此事古难全。但愿人长久，千里共婵娟"（《水调歌头·丙辰中秋》），表现的不只是自然存在的月亮，也不是停留在审美意象上的月亮，而是无限的宇宙感。因此，文学中的月亮只是一个媒介，如同佛教所说的"以指指月"，手指只是引导人们看月的桥梁，不能认指为月。同样，中国古代文学作品中的月亮，也是指向境界的一个中介，我们可以说："以月指境，不能认月为境。"

王国维说："山谷有云：'天下清景，不择贤愚而与之，然吾特疑端为我辈所设。'诚哉是言！抑岂特清景而已，一切境界，无不为诗人设。世无诗人，即无此种境界。夫境界之呈于吾心而见诸外物者，皆须臾之物。惟诗人能以此须臾之物，镌诸不朽之文字，使读者自得之。"③ 这段话精确地概括了境界产生的原因和特征。境界是人的心灵与外界事物相遇之际，所产生的一种刹那的精神感受。只有艺术家，尤其是伟大的艺术家能将这种转瞬即逝的感受用文字、颜料、音符等物理形态凝固、传达出来，让其他欣赏者产生共鸣。境界是主观的，但也是与外界事物相关的。境界既不是纯粹的意（概念），或纯粹的象（景物），也不是作为审美本体的意象，而是在意象基础上构建的一种精神空间。晚清词学大家况周颐特别喜欢谈境界，下面一段话颇为典型："人静帘垂，灯昏香直。窗外芙蓉残叶飒飒作秋声，与砌虫相和答。据梧冥坐，湛怀息机。每一念起，辄设理想排遣之。乃至万缘俱寂，吾心忽莹然开朗如满月，肌骨清

① 闻一多.宫体诗的自赎［M］//唐诗杂论.太原：山西古籍出版社，2001：15.
② 胡寅.崇正辩［M］//斐然集.尹文汉，校点.长沙：岳麓书社，2009：373.
③ 彭玉平.人间词话疏证［M］.北京：中华书局，2011：439.

凉，不知斯世何世也。斯时若有无端哀怨枨触于万不得已。即而察之，一切镜像全失，唯有小窗虚幌，笔床砚匣，一一在吾目前。此词境也。"① 这段话的关键在于"吾心忽莹然开朗如满月"，我澄澈空明的心就是明月，它照亮了各种景物，万象皆在我心中显现。

◇ **关键词解析**

在理论阐释部分我们对境界的定义和内涵已经进行了阐发，这里我们再梳理和辨析文学境界的发展过程，以关键词的形式，进一步彰显文学境界的特征。大致来说，中国古代美学的发展过程，可概括为从物象、意象到意境、境界的嬗变过程。

一、物象

《周易·系辞上》："子曰：'书不尽言，言不尽意。'然则圣人之意，其不可见乎？子曰：'圣人立象以尽意，设卦以尽情伪。'"虽然汉字很早就已经出现并发展成熟，但中国先民同样很早就意识到，单靠概念、判断、推理等逻辑思维的语言无法完整准确地表现意，为了更好地表达意，就需要借助于形象。因为"言不尽意"，所以需要"立象以尽意"。形象指的是物象，凡物都有外在的形象，这就是物象。较之于语言，物象的形象性具有含义的模糊性和外延的广阔性，从而能更充分地传达意。但形象的获得则需要人从物中撷取。《周易·系辞下》："古者包牺氏之王天下也，仰则观象于天，俯则观法于地，观鸟兽之文，与地之宜；近取诸身，远取诸物，于是始作八卦，以通神明之德，以类万物之情。"这段话的核心是"观物取象"，揭示了物象产生的方法论。在中国先民看来，人与万物一样，都是阴阳交感、大化流行的产物，因此，通过观物取象从而效法天地是必要的。

《周易》通过形象传达意的方式奠定了文学意象的基础。先秦时期的物象，到了魏晋南北朝，终于演变为意象。意象的基本规定是情景交融，用刘勰的话说，就是"情在词外曰隐，状溢目前曰秀"（张戒《岁寒堂诗话》引），前者是隐而不显的情（意），后者是呈现出来的物象，二者相合，就是意象。刘勰说："独照之匠，窥意象而运斤；此盖驭文之首术，谋篇之大端。"（《文心雕龙·神思》）这可以视为文学意象出现的标志。文学意象并非纯粹的外在物象，而是经过了人的主观情意提炼后的物象，正如刘勰所说"情以物兴"，"物以情观"（《文心雕龙·诠赋》），人的情意需要通过物象兴发，物象也需要被人赋予情意，二者缺一不可，相互结合，构成完整的文学意象。

二、意象

意象在唐代得到广泛的运用，如张怀瓘《文字论》："探彼意象，如此规模。"

---

① 况周颐. 蕙风词话辑注［M］. 屈兴国，辑注. 南昌：江西人民出版社，2000：22.

王昌龄《诗格》:"久用精思,未契意象。"在这样的时代环境中,意境的范畴诞生了,学界多以刘禹锡的"境生于象外"为标志。从意象到意境的关键在于对意和象的双重超越。这种超越是中国哲学、中国美学的一个根本思想,其典型代表是王弼的"得意忘象"说:"夫象者,出意者也。言者,明象者也。尽意莫若象,尽象莫若言。言生于象,故可寻言以观象。象生于意,故可寻象以观意。意以象尽,象以言著。故言者所以明象,得象而忘言。象者所以存意,得意而忘象。"(《周易略例·明象》)这段话精确地概括了言与象、象与意的关系:言、象都只是表达的工具,虽然重要,但不是目的,意才是最终目的,因此,不能停留于言、象自身,而要超越自身,追求象外之意。王弼的这段话虽然没有涉及境,但从具体的物、言、象乃至意的不断超越,所揭示的超越性是中国美学从意象发展到意境的关键。

与"境生于象外"类似的表述还有很多,如"象外之象""景外之景""味外之旨""韵外之致""声外之音"等。"外"就是一种超越,从外在的造化超越到内在的心灵,从感官欲望、理性认知和功利考虑超越到虚静空明的状态,总而言之,是对一切有限性的超越,返回自己的内心。可以说,意境出自意象又超越于意象,相比于意象的偏重于"象"的"实",意境偏向于"境"的"虚"。意象到意境的发展是一个主体精神不断强化、提升的过程,心灵的主导性逐步增强,但如同意象一样,意境的意与境仍然是主客二分的二元关系。唐代权德舆《左武卫胄曹许君集序》:"凡所赋诗,皆意与境会。"宋代叶梦得《石林诗话》也说:"意与境会。"这说明大多数人对意境的理解仍然是二元论的。

三、境界

关于意境和境界,学界尚未有统一的定论,有的认为二者是相同的,但也有很多学者认为二者是有区别的,最重要的区别是,只有在境界中,心物关系的二元论才演变为心源为本的一元论。虽然境界是中国早已有之的一个范畴,但文学意义上的境界与玄学,尤其是佛学密切相关。唐代宗秘说:"心不孤起,托境方生;境不自生,由心故现。"[①]叶嘉莹在援引佛学的解释之后,总结道:"所谓'境界'实在乃是专以感觉经验之特质为主的。换句话说,境界之产生全赖吾人感受之作用,境界之存在全在吾人感受之所及。"[②]虽然不同的理论家对境界的理解并不完全相同,但就作为本体的审美境界而言,其最重要的特点就在于此。

唐人张璪说:"外师造化,中得心源。"作为中国古代美学的一个基本纲领,这段话受到研究者的普遍重视,但如果将这一原则理解为既重视外在世界和客观之物,又重视自我心灵的创造,进而将这段话理解为主观和客观的结合,无疑是片面的。因为境界的根本在于心灵的创造,造化与心源不是并列平等的关系,而是以心源为主,造化只是心源映射的产物。唐代文学家柳宗元在《邕州柳中丞作

① 宗秘.禅源诸诠集都序 [M].邱高兴,校释.郑州:中州古籍出版社,2008:44.
② 叶嘉莹.王国维及其文学批评 [M].石家庄:河北教育出版社,1997:192.

马退山茅亭记》中说："夫美不自美，因人而彰。兰亭也，不遭右军，则清湍修竹，芜没于空山矣。"这与王国维对境界的看法相似，在审美活动中，起主导作用的是人的心灵，或者说审美态度，只有经过人的心灵照亮或唤醒，自然景物才能作为审美对象被发现。换句话说，在文学作品中呈现出来的自然景物或人事活动，并不是单纯的事物本身，而是经过了人的心灵的提炼，赋予了人的理解，是人的心灵化的产物。

王国维托名樊志厚评价自己的词："皆意境两忘。物我一体，高蹈乎八荒之表，而抗心乎千秋之间。"[①] 在意象和意境中，物与我仍然是二分的，时间和空间仍然是有限的，只有"忘"，也就是超越这种二元模式，超越时空限制，才能物我一体，天人合一，才能有境界。较之于意境，境界更能突出心灵的主动性，以及与物无对的超越性与自由感。综上所述，象是物的形象，意象是包含了人的主观情意的象。意境建立在意象的基础上，但这个意偏于境，已经有脱离意象，指向象外之境的倾向。境界彻底摆脱意象、意境的二元论，心源为本，人的心灵如一点光，照亮有物、象、情、意的世界，呈现为一片圆融的澄明之境。在其中，万般物象，千种情意，如其本然地显现。

◇ 本章小结

境界是中国美学和文学的一个重要范畴，境界的基本特征是：本真、超越与自由。因为心灵之真，所以能照亮自己与世界；因为超越感官和知识欲望，所以能会通万物，天人合一；因为与物无对，所以能获得一种精神体验的自由。从一定意义上可以说，中国古代美学的发展历程就是从物象、意象到意境、境界的嬗变过程。这是一个从物到心、从主客二分到超越主客二分的发展过程，境界的关键，就在于它诉诸心灵创造、幻化出来的，系乎一心的精神体验，超越一切有限性。

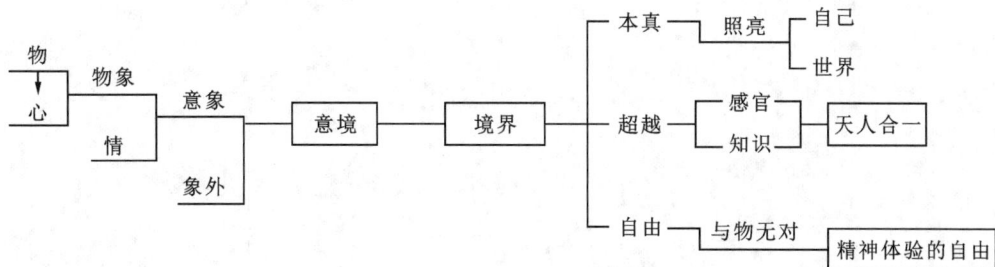

◇ 思考与练习

1. 审美境界的主要特点是什么？

---

① 彭玉平. 人间词话疏证 [M]. 北京：中华书局，2011：444.

2. 境界不仅限于审美，还有其他如功利境界、道德境界、宗教境界等，请分析审美境界与其他境界的区别与联系。

3.《二十四诗品·冲淡》："素处以默，妙机其微。饮之太和，独鹤与飞。犹之惠风，荏苒在衣。阅音修篁，美曰载归。遇之匪深，即之愈希。脱有形似，握手已违。"请结合文学作品，从审美境界论的角度对这段话进行分析。

第十四章
文学与教化

◆ 教学导航

学习目标	了解文学教化的基本内涵、历史以及相关问题，理解文学对于人生与社会的意义
重难点	文学教化的两个传统，文学教化中的内容与形式
推荐教学方式	课堂教学与学生讨论相结合
建议学时	2 学时

✎ 情景导入

  从文学中寻求教化，是一种古老而久经考验的观念。古今中外，任何一种文明、任何一个社会都会在敦风化俗、维护现有秩序或追求变革的过程中，动用文学的资源；文学作品也是任何一个家庭在养育子女，促成他们健康成长的过程中所依托的重要手段。那么，文学所教化的究竟是什么，是社会中留存已久的既定道德，还是个体生命中更为复杂的伦理？文学作品中的什么要素（内容还是形式）在教化中扮演核心角色？在数字时代的今天，文学教化又遇到了怎样的挑战，文学在今天还能帮助我们成长吗？

> 理论阐释

●● 第一节　教化的内涵及其意义 ●●

在中国古代的思想传统中，"教化"具有浓厚的政治道德内涵。许慎《说文解字》中把"教"解释为"上所施，下所效也"。"化"则被解释为"教行也"。"教化"指的是统治者向全社会推行某种伦理道德价值，百姓效仿之，并将之内化，以某种潜移默化的方式实现思想精神转变。如朱熹所言："昔周盛时，上自郊庙朝廷而下达于乡党闾巷，其言粹然，无不出于正者。圣人固已协之声律而用之乡人，用之邦国，以化天下。"① 在此，教化既包含了政治文化秩序的形塑，也涉及个体品格的养成。在西方古代传统中，教化也有类似政教内涵，"paideia"一词出现在公元前五世纪的古希腊，最初指的是"幼儿的养育"，此后其内涵得到扩充，用来表示身心两方面理想的完美状态的总和，体现了培养更高类型的人的理想，即"人的知识和意志为达到一个已知目标所做的自觉努力，把这种自然的生命力升华成了远高于其他物种的力量"②。近代的德语"Bildung"一词也体现出教化内涵，意指某种深刻的精神转变，以受过教育的、有教养的、有修养的方式掌握事物。

"教化"与"文化"以及"教育"这两个概念有相近之处，但各自强调的重点有别。相较于"教化"所偏重的人类内在世界，一般意义上的"文化"更偏向于指代外在的精神符号事物，如民俗文化、商业文化等；较之于"教化"所强调的精神品质养成，一般意义的"教育"常常强调对知识与技能的传授与习得。因此，"教化"不是一种方法，而是体现一种人的存在方式③，是文化与教育的内化。正如洪堡所言："当我们讲到德语的 Bildung（教化）这个词的时候，我们还连带指某种更高级、更内在的现象，那就是情操，它建立在对全部精神、道德追求的认识和感受的基础之上，并对情感和个性的形成产生和谐的影响。"④

在中西方传统中，"教化"存在着这样三层内涵。首先，教化涉及从一种状态向另一种状态的发展过程，即自然人向自由、文明的人性的发展。其次，教化所实现的发展过程，需要在社会共同体的视域下得到理解。教化虽体现为个体在精神层面的成长与提升，但这种个体的发展最终是与个体所处的共同体相联系的。对个体的教化或有利于传统共同体道德秩序的维持，或是在与现有共同体冲突的同时开拓出一种新共同体的可能性。最后，教化不是干巴巴的理智意义上的道德说教，而是一种春风化雨式的情感教育。用马一

---

① 朱自清. 朱自清说诗 [M]. 上海：上海古籍出版社，1998：130

② 韦尔纳·耶格尔. 教化：古希腊文化的理想 [M]. 陈文庆，译. 上海：华东师范大学出版社，2021：2.

③ 詹世友."教化"理论的基本原则论析 [J]. 江西社会科学，1995（10）：10-15.

④ 威廉·冯·洪堡特. 论人类语言结构的差异及其对人类精神发展的影响 [M]. 姚小平，译. 北京：商务印书馆，1997：36.

浮先生的话说："其言之感人深者，固莫非诗也。天地感而万物化生。仁之功也。圣人感人心而天下和平，诗之效也。"①

为此，文学常常被视为一种重要的教化手段。在中国古代，"诗"这个字就是"言""志"两个字合成的，所谓"言志"就是跟教化联系在一起的。② 在《礼记·经解篇》中就出现了"诗教"一词，孔子曰："入其国，其教可知也。其为人也，温柔敦厚，《诗》教也。疏通知远，《书》教也。广博易良，《乐》教也。絜静精微，《易》教也。"而"教化"一词最早出现在《诗大序》中。在西方传统中，作为史诗、悲喜剧、抒情诗统称的"诗"也备受重视。希腊人认为诗人是最广泛、最深刻意义上的教育者。那种现代意义上的"为艺术而艺术"或"审美自主论"的观念在当时并不存在，文学教化与共同体的政治文化紧密地联系在一起。

在教化历史中，教化与社会共同体之间的关系一直备受重视。个体从自然人到文明人发展的过程，深刻地包含了其与共同体之间如何协调或冲突的内涵。在传统的教化观念中，对个体的教化是为了使之更好地融入现有的社会秩序，个体成长的过程与目标中早已打上了既定社会文化传统的烙印；而在现代的（或称进步主义的）教化观念中，对个体的教化常常并非对现有社会秩序的捍卫，在个体的精神追求与既有社会秩序之间常常存在尖锐冲突。在对个体的现代教化中，常常蕴含着一个全新共同体的可能性。在此背景下可见，文学教化存在着两个不同的传统：一是捍卫传统德性与秩序的传统，二是追求启蒙与解放的传统。如果说在传统社会中，文学教化更多承担着维护既定社会与文化秩序的使命，那么在现代社会语境中，文学教化则借启蒙之名成为一种摆脱既定传统秩序，创造新的社会希望的重要手段。第二、三两节将分别介绍文学教化的这两种传统。

第二节　德性与秩序：文学教化的传统内涵

对既定道德与政治秩序的捍卫，往往是传统文学教化的主要目标。当代美国哲学家麦金泰尔曾这样写道：

> 正是通过倾听这样一些故事——邪恶的继母、无家可归的孩子们，善良而误入歧途的国王、喂养孪生兄弟的狼群，没有得到遗产而独立自强的弟弟们，将遗产挥霍殆尽而离乡背井、与猪为伍的哥哥们——孩子们知道了何为孩子，何为父母，他们降生其中的那部戏剧的角色分配可能会怎样，这个世界的方向是什么。失去这些故事，孩子们的言语和行为都会变成没有脚本而又渴望张嘴的口吃者。因此，除了通过构成社会之最初戏剧资源的那些储存的故事，我们无从理解社会，包括我们自己的社会。③

---

① 顾随. 中国经典原境界 [M]. 北京：北京大学出版社，2016：31.
② 朱自清. 经典常谈 [M]. 上海：上海古籍出版社，1999：25.
③ 阿拉斯戴尔·麦金太尔. 追寻美德：道德理论研究 [M]. 宋继杰，译. 南京：译林出版社，2011：274.

在古希腊罗马传统中，这种观念得到普遍认可，教化不仅是一种针对个体的行为，而且也是对共同体秩序的积极回应。诗人被视为人民的教师，其最基本的形式是传道授业，教人明辨是非。柏拉图对诗的驱逐，从反面的角度凸显了他对文学教化价值的认可，因为他认为有些诗可能败坏城邦的道德，破坏政治秩序。柏拉图之后，亚里士多德从正面的角度为文学的教化价值做出辩护，在他所理解的悲剧"净化"的效果中，包含着重要的伦理维度。古罗马思想家继承了希腊式的教化理想。贺拉斯在《诗艺》中提出了"寓教于乐"说，认为"诗人写诗的目的是给人以益处和乐趣，使读者觉得愉快，并且教人如何生活"。在中世纪，作为"宗教的婢女"，文学的教化价值体现在教人信奉上帝的超越性价值中，并在捍卫基督教世界秩序的过程中发挥重要作用。中世纪晚期与文艺复兴时期，人性与世俗生活得到重新重视，古希腊的教化理念在追求"全面的人"（uomo universale）的人文主义理念中得到复兴与继承。该理念旨在使人类心灵的每一种功能都得到全面的发展。但这种个体精神的发展，始终是在既有社会共同体的背景下展开的，其跟18世纪以来"个人主义"的教化追求有所不同，用欧文·白璧德的话来说，人文主义教化的核心是"教养"与"纪律"。

在19世纪，古希腊的这种教化理念在马修·阿诺德"文化"概念中得到重新诠释。阿诺德基于对19世纪物质主义与"无政府状态"的不满，将"文化"视为抵御社会失序与堕落的有效手段，认为唯有在"文化"的指引下，人才有可能从"一般的自我"成长为"最好的自我"。文学（包括批评）在人的提升与社会秩序的重建中，发挥着重要影响。为此阿诺德提出："诗歌就是对人生的评论；诗人的伟大之处在于对人生观——对'如何生存'这一问题的观点——予以有力的、审美的表现。"[①] 阿诺德之后，欧文·白璧德试图在其时代重建人文主义传统，在他看来，人文主义传统与18世纪发展起来的人道主义传统判然有别，如果说后者关注的是对个体的同情，那么前者则更看重个体的提升与完善。这种重建的新人文主义，也为他评判与阐释文学作品提供了指针。比如他对浪漫主义文学的教化意义抱有怀疑，认为这类卢梭主义的文学作品以情感与本能的名义，助长了人性的自发性，并挑战了社会的普遍规范，而"适度的法则乃是人生最高的法则"[②]。相较之下，他更为推崇带有古典气质的作品。此外，俄国的托尔斯泰也对文学艺术的道德影响颇为关注。他尤为不满当时欧洲正在兴起的现代艺术，在他看来，唯有具有道德感染力的艺术才是好艺术，才能对文明进步产生积极的影响，而其时代人们却迷恋着那些毫无价值的艺术赝品。[③]

在20世纪，F.R. 利维斯继续发展阿诺德的"文化"传统，他认为读者可通过对"伟大传统"作品的阅读来获得业已丧失的有机共同体的记忆，以此对抗工业社会所造就的"大众文明"。跟利维斯一样，英国的批评家瑞恰兹注意到了其身处时代社会秩序的崩溃。他从心理学的角度探讨了新的社会形态在人类心灵层面所引起的混乱，因此，"出于多种

---

① 拉曼·塞尔登编. 文学批评理论：从柏拉图到现在 [M]. 刘象愚，等译. 北京：北京大学出版社，2003：510.

② 欧文·白璧德. 文学与美国的大学 [M]. 张沛，等译. 北京：北京大学出版社，2004：17.

③ 列夫·托尔斯泰. 艺术论 [M]. 张昕畅，等译. 北京：中国人民大学出版社，2005：152.

原因，我们比以往任何时候都更需要维护各种事物的标准"，而文学艺术是"克服混乱的一种完全可能的手段"①。在捍卫标准与秩序的立场上，T. S. 艾略特显得更为保守，甚至走向宗教立场。在他看来，"一切的教育最终都必须是宗教教育"，是一种与人生命运相联系的教育，他尤其推崇古典文学在这种教育中所发挥的作用。

在中国，这种强调德性与秩序的文学教化理念亦有悠久的历史。早在先秦时期，孔子对诗的教化价值就给予重视，深刻认识到在个人修养的提升过程中文学所具有的价值。他亲自整理了《诗经》，要求文学起到一种鼓动、讽谏、教化的作用。在与其弟子的对话中，孔子多次言及《诗》，并认为只有在德性上具有可塑性的学生（如子夏、子贡等）才可以"与言《诗》"②。那么，诗教的核心内涵是什么？《礼记》中给出了具体的解释："入其国，其教可知也。其为人也，温柔敦厚，《诗》教也。"所谓"温柔敦厚"，就是强调"中道"，"发而皆中节"，"发乎情止乎礼仪"，即人要做到感情与理智的调和。

孔子所倡导的"温柔敦厚"，并不是"不怨"，而是要"怨而不怒"，不是倡导做缺乏是非原则的乡愿，而是倡导一种正直，但同时委婉含蓄的人格理想。这种人格的实现，得益于诗的独有特质。诗的"比兴"的特质，可以让正直的表达更加含蓄，也更有效。孔子论《关雎》"乐而不淫，哀而不伤"，《管子》中谈到"是故止怒莫若《诗》"，都包含了温柔敦厚之旨，文学的教化价值在此意义上得到确立。《毛诗序》这样写道："故正得失，动天地，感鬼神，莫近于诗。先王以是经夫妇，成孝敬，厚人伦，美教化，移风俗。"这篇《大序》基本奠定了中国传统思想有关文学教化的基本立场。

随着其他文学体裁的发展与丰富，汉代以后的诗教观念也超越了原有的以《诗》为教的观念，散文也被视为教化的重要手段。魏晋南北朝时期，曹丕将文章视为"经国之大业，不朽之盛事"。陆机则在《文赋》中指出文学的价值在于"济文武于将坠，宣风声于不泯"。刘勰在《文心雕龙》中提出的"风骨"说也体现了儒家"风教"的立场，他认为风骨即教化的本源，有了风骨，文章就有了感化的力量；而在"比兴"篇中他则指出，文章只有通过比兴的手法，才能达到教化的效果："比则蓄愤以斥言，兴则环譬以托讽"。在唐代复古运动中，文学教化的观念得到进一步强化。如白居易在《与元九书》中倡导"汉魏风骨"，提出"文章合为时而著，歌诗合为事而作"，在他看来，所有的教化手段中，诗教最为重要："诗者，根情、苗言、华声、实义。上自圣贤，下至愚骏，微及豚鱼，幽及鬼神，群分而气同，形异而情一；未有声人而不应，情交而不感者。"到了宋代，理学家将孔子的"思无邪"做了理学意义上的狭隘解释，更着眼于道而不是诗，更着眼于"为人"，而不是"为文"。在这个意义上，"温柔敦厚"的丰富内涵遭到了窄化。这不仅将教化所追求的道德理想，限制于特定的政治标准，而且也轻视了文学本身（尤其是形式）的独特伦理价值。为此这种观念也在明清时期，尤其是近现代遭到了另一种文学教化观念的严厉批判。

---

① 雷蒙·威廉斯. 文化与社会：1780-1950［M］. 高晓玲，译. 长春：吉林出版集团有限责任公司，2011：263.

② 不过也有学者认为，孔子在早期与中期对《诗经》教化意义的认识更多体现在音乐层面，而非文字层面。参见方泽林《诗与人格：传统中国的阅读、注解与诠释》（赵四方译，商务印书馆 2002 年版）第二章。

❀❀ 第三节　启蒙与解放：文学教化的现代追求 ❀❀

除了捍卫既定秩序的保守面向之外，在现代性转型的背景下，文学教化还呈现出进步解放的面向，文学被视为推动社会文明进步的重要手段："艺术的使命就是改善人。"① 在此，"改善"的意思已经不是指那种传统的道德教化，而是指一种个体发展，以及借助个体发展来实现的现代社会愿景。传统文学教化所关注的"道德"也被现代文学教化所关心的"伦理"所取代。在现代的文学教化观念中，审美教化是道德探询不可或缺的途径："离开审美教养，就不可能有合理的道德，因为只有审美教养才能使人在想象中同情合理的道德所依靠的个性的多样性。"② 如果说"道德"更强调个体在社会秩序中所需要遵从的共同价值与规范的话，那么"伦理"的概念则更具有开放性和探询的意味，更突出探询个体人性以及想象社会共同体的可能性。

在西方传统中，自 18 世纪的启蒙运动以来，文学教化被视为移风易俗的重要手段。文学教化的目标，开始指向一些非传统的伦理与社会理想，绝大多数的启蒙思想家认为，文学阅读有助于推动社会文明的进步。达朗贝尔指出，文学会使社会变得更好，尽管很难证实是否因为有了文学，人类才变得更善良，美德变得更普遍。③ 亚当·斯密认为小说要比任何其他文本更有力地培养人的同情，而这种同情在他看来是维系现代社会的重要纽带："那些最出色地描绘了高尚微妙的爱情、友谊和其它一切个人和家庭感情的诗人和小说家们，例如拉辛、伏尔泰、理查森、马利佛、里科波尼，都是比芝诺克里西波斯或爱比克泰德更好的教员。"④

在近现代的德意志思想语境中，教化的理想被凝结在 Bildung 一词中，这个缘起于中世纪神秘主义的词汇，在 18 世纪的语境中与修养最紧密地联系在一起，指的是"以受过教育的、有教养的、有修养的方式掌握事物"⑤。其目的是致力于一种基于理想的生活，而文学为这种教化提供了重要的支持，"它们使得年轻人能够想象一种新生活，它不同于他们正在过的或他们命中注定要过的那种生活"⑥。这一教化理念，在弗里德里希·席勒的《审美教育书简》中得到清晰阐明。在席勒看来，审美教育被视为自由社会的人格前提："人们在经验中要解决的政治问题必须假道美学问题，因为正是通过美，人们才可以走向

---

① 约翰·凯里. 艺术有什么用？[M]. 刘洪涛，谢江南，译. 南京：译林出版社，2007：88.

② H. 帕克. 美学原理 [M]. 张今，译. 桂林：广西师范大学出版社，2001：274.

③ 达朗贝尔. 启蒙运动的纲领：《百科全书》序言 [M]. 徐前进，译. 上海：上海人民出版社，2020：106.

④ 亚当·斯密. 道德情操论 [M]. 蒋自强，等译. 北京：商务印书馆，1997：172.

⑤ 特里·平卡德. 德国哲学 1760-1860：观念论的遗产 [M]. 侯振武，译. 北京：中国人民大学出版社，2019：7.

⑥ 特里·卡平德. 德国哲学 1760-1860：观念论的遗产 [M]. 侯振武，译. 北京：中国人民大学出版社，2019：6.

自由。"① 席勒在美育理想中所展示的洞见，也得到了黑格尔的进一步发展。在黑格尔看来，审美所具有的"令人解放的性质"，其实质意味着文学艺术"使人性作为一个整体更加接近于对人的自由、完整性及开放性的意识"②。此外，约翰·杜威则认为艺术"比道德更具有道德性。这是由于道德或者是，或者倾向于成为现状的仪式、习俗的反映、既定秩序的强化"③。

在 20 世纪，伴随着心理学与精神分析的兴起与影响，文学教化的现代转型更强调对现实秩序的批判和对美好社会的想象。比如乔治·卢卡奇认为，在文学对社会的批判中可以产生一种"自然的、合乎人类尊严的生活"④；莱昂内尔·特里林则指出，文学（小说）的"伟大之处和实际效用在于其孜孜不倦的努力，将读者本人引入道德生活中去，邀请他审视自己的动机，并暗示现实并不是传统教育引导他所理解的一切"⑤。当代学者玛莎·努斯鲍姆的《诗性正义》和马克辛·格林的《释放想象》也分别从同情与想象的视角，对文学通过改善人类的道德情感，从而推进社会正义，提出了有力的论证。努斯鲍姆指出，文学的教化价值体现在一种想象能力的培养，儿童在培养那种"把一个事物看作另一个事物，在一个事物中看到另一个事物的"⑥ 的畅想能力的过程中，其实就为日后的道德实践做好了准备。在格林看来，"道德关怀始于那种联结性、交互性及体验共情所需要的想象力。它们被我们中有些人所说的伦理想象力所加强和深化，而我愿意相信这种想象力能够通过与艺术的相遇而被释放"⑦。

在中国，传统"温柔敦厚"的诗教理念在明代中叶到清代初期这段历史时期受到挑战，李贽等人的思想动摇了传统的诗教理念。不过直到晚清民初，文学教化理念才发生彻底转型，以追求人性及以此为基础的现代国家的教化理念，最终取代了传统"温柔敦厚"的教化理念。这种对传统诗教的批判或重构，主要体现在两种不同的路径上：一种是对传统诗教理念的批判，另一种则是用西方的现代诗教理念来重新诠释与建构中国现代诗教理念。

批判传统诗教思想首先见于梁启超的《论小说与群治之关系》。在梁启超看来，文学（尤其是小说）对社会风尚的影响最大。他看到，旧小说对于中国群治腐败是负有责任的，为此他认为："欲新一国之民，不可不先新一国之小说。……何以故？小说有不可思议之力支配人道故。"此外，鲁迅在 1908 年发表的《摩罗诗力说》中批评中国诗教不撄人心，一味追求平和的传统。他提倡以欧洲文学所体现的"移人性情，使即于诚善美伟强力敢为

① 弗里德里希·席勒. 审美教育书简 [M]. 冯至，等译. 上海：上海人民出版社，2003：21.
② 斯蒂芬·霍尔盖特. 黑格尔导论：自由、真理与历史 [M]. 丁三东，译. 北京：商务印书馆，2013：348.
③ 杜威. 艺术即经验 [M]. 高建平，译. 北京：商务印书馆，2005：386.
④ 卢卡奇. 小说理论 [M]. 燕宏远，等译. 北京：商务印书馆，2012：11.
⑤ 莱昂内尔·特里林. 知性乃道德职责 [M]. 严志军，等译. 南京：译林出版社，2011：119.
⑥ Martha C. Nussbaum. Poetic Justice: The Literary Imagination and Public Life [M]. Boston: Beacon Press, 1995：36.
⑦ 马可辛·格林. 蓝色吉他变奏曲：美的教育 [M]. 赵婷，等译. 北京：北京师范大学出版社，2021：168.

之域",代替儒家诗教"温柔敦厚""无邪"的美学追求。文学的这种教化作用,对于中国现代国家与社会的转型非常重要。

此外,还有一些学者、文人则借助西学思想来重新阐释传统诗教。王国维在 1904 年发表的《孔子的美育主义》一文中借助德国古典美学中非功利的审美主义理念,对孔子的诗教思想进行了重新诠释。在他看来,孔子与西方的康德、席勒等人在美育理念上如出一辙:"其审美学上之理论虽不可得而知,然其教人也,则始于美育,终于美育。"但王国维的教化理念与鲁迅不同,缺乏激进的社会政治革命内涵,更强调使人"超出乎利害范围之外,而恍恍于缥缈宁静之域"。蔡元培则在 1917 年发表的讲演中提出"以美育代宗教",提出美感教育可以把人由现象世界引向实体世界,并能成为德育的辅助。

第四节　内容与形式：文学教化的核心论争

在文学教化的问题中,最重要也最容易引起争执的问题是内容与形式的问题。人们之所以在此问题上发生争执,在于他们对这两种因素在教化上所具有的价值存在分歧。

无论在传统中国还是西方的文学教化观念中,思想内容都被认为是最重要的,因为内容更容易承载教化的价值。柏拉图对诗的不满,主要在于诗在内容上的道德败坏。在中世纪的文艺观念中,教会尤为警惕在利用艺术来唤起人们信仰的过程中,艺术本身的内容可能带来的诱惑。即便到近现代,哪怕是激进的启蒙思想家也颇为看重文学的内容。黑格尔也重视文学内容在教化上所体现的重要价值。在他看来,"美就是理念的感性显现。感性的客观的因素在美里并不保留它的独立自在性"。

中国文学传统中,内容的优先性地位得到充分强调,这集中体现在"文以载道"的观念中。虽然孔子主张内容与形式的平衡统一(《论语·雍也》中指出"质胜文则野,文胜质则史。文质彬彬,然后君子"),孟子也指出"《诗》者不以文害辞,不以辞害志",但后世论者打破了这两者间的平衡。其主流趋势是重道轻文,重视文学的内容,忽视文学的形式。在汉代,扬雄批评辞家之赋"丽以淫",批评司马相如"文丽用寡",王充发表过"苟有文无实,是则五色之禽毛妄生也"这样的看法。在唐代复古运动中,韩愈提出:"愈之所志于古者,不惟其辞之好,好其道焉尔。"柳宗元亦有类似看法,他重视文道合一,但不作"炳炳烺烺务采色、夸声音"之文。如果说在唐人那里是"文以贯道",那么到宋人那里出现"文以载道"。此说开风气之先为周敦颐,他这样写道:"文所以载道也。轮辕饰而人弗庸,徒饰也。况虚车乎?文辞,艺也;道德,实也。"(《文辞》第二十八)这种重道不重文的态度,在程颐那里表达得更为明确:"问作文害道否?曰害也。……《书》曰'玩物丧志',为文亦玩物也。"(《二程遗书》卷十八)司马光、王安石更是以政治家的眼光来看待文学,将文学的形式视为末技。清代的叶燮也提出"诗"之"体格""声调""苍老""波澜"要依赖于"诗之性情,诗之才调,诗之胸怀,诗之见解"。刘熙载则对"文灭其质""情不称文""舍理而论文辞"等形式主义追求提出了批评。

当然历史中也不乏为形式辩护的声音。如陆机在《文赋》中提出"暨音声之迭代,若五色之相宜"。在魏晋南北朝所谓"文学自觉"的时代,学者们对文学形式的意义有了更为积极的认识。沈约的四声八病说，强调文学作品的声音之美。刘勰《文心雕龙》中有大量论及文学修辞的篇章，以及对韵律和对偶等文学技巧的讨论。王夫之就认为，"诗"言"志"，但"志"不等于"诗"："诗之深远广大，与夫舍旧趋新也，俱不在意。唐人以意为古诗，宋人以意为律诗绝句，而诗遂亡。如以意，则直须赞《易》陈《书》，无须诗也。"他诗所言之"志"，需要通过审美意象表达出来。一首诗好不好，不在于"意"如何，而在于审美意象如何。在近代中国，受西学东渐的影响与新文化运动的冲击，传统"文以载道"的文学观念在一定程度上受到批判。梁启超倡导的"小说界革命"，包含了他对于小说这一新体裁伦理价值的敏锐意识；陈独秀则指出，"余常谓唐宋八大家之所谓'文以载道'，直与八股家之所谓'代圣贤立言'同一鼻孔出气"[①]。在 20 世纪 80 年代，在"文学自主论"的背景下，出现了一些对文学形式价值的重视。但这并没有从根本上改变思想内容压倒形式技巧的观念。道德标准第一，文学标准第二，在现当代文学的创作与批评理念中依然占据着主导，很少有那种对纯粹形式的强调，而在西方传统中（尤其是现代传统中），形式的教化价值则得到了更大程度的重视，并以"修辞的伦理"的面貌得到诸多作家与批评家的青睐。

早在古典时代，亚里士多德就明确意识到诗的形式与修辞（情节、性格、思想、言语、唱段和戏景）中所蕴含的伦理维度，认为其在建立观众认同，从而实现道德教化中具有重要价值。卢梭对文学艺术的指责，从反面确认了其敏锐的形式意识。在他看来，文学艺术的形式本身，会助长他那个时代的虚荣与道德腐败。在《致达朗贝尔论戏剧的信》中他直言，哪怕剧本内容是道德的，都无法抵消戏剧表演形式本身有害这一弊病（因为这种形式鼓励人们表演他人的生活，造成了一种表象与实质分化的伪善现实）。西方批评界直到 20 世纪才完全确立了对"形式伦理"的全面重视。俄国形式主义对形式的价值有一种全新的理解。该学派的某些成员甚至将形式上升到了本身就是内容的位置。按照什克洛夫斯基的说法，为了让人们恢复对生活的感觉，艺术需要在手法上使事物陌生，使形式难懂，增进认知的难度和长度。[②] 这种对形式的重视也得到了英美新批评成员们的响应，以兰瑟姆为代表的新批评成员认为不应忽视文学作品的"肌质"，他们倡导文本"细读"，倡导以此方式将人性从机械化与无机化的不幸状态中解放出来。不过，跟俄国形式主义一样，在新批评的后期发展中出现了只重形式不重伦理的科学主义趋向。相比之下，反倒是 F. R. 利维斯更强调语言在塑造"文化"上所扮演的角色："美好的生活依赖这些语言和习语，没有了这些语言和习语，精神的特质便会受到阻碍，变得不连贯。"[③] 他所主办的刊物《细察》体现了这种形式伦理的教化意识；此外，同时代相对默默无闻的"芝加哥学派"也值得认真对待。以 R. S. 克兰、韦恩·布斯为代表的文学理论家深受亚里士多德的影响，从"修辞伦理"的角度，论证了文学教化较之于道德教化的独特优势，认为文学的"说教"价值，需要建立在对文本具体细节的细读基础之上，通过一种情感的体验来获得

---

① 陈独秀.文学革命论 [M] //陈独秀著作选编（第 1 卷）.上海：上海人民出版社，2009：290.
② 拉曼·塞尔登.文学批评理论：从柏拉图到现在 [M].刘象愚，等译.北京：北京大学出版社，2003：274.
③ 雷蒙·威廉斯.文化与社会：1780-1950 [M].高晓玲，译.长春：吉林出版集团有限责任公司，2011：270.

伦理上的感悟。在布斯看来，修辞作为小说的技巧，本质上是一种与读者交流的技术，是一种把小说世界交给读者的技术，传统道德批评忽视了艺术的道德存在于"技巧"之中。

由此可见，对于教化而言，文学的内容与形式都是重要的。任何教化的思想内容都需要依托于特定的文学技巧与形式来获得表达，并得到读者的认同；任何形式上的追求必然也包含道德伦理上的维度，哪怕是祛伦理或祛政治化的形式表达。

◉● 第五节 当今时代的文学教化 ●◉

在数字技术高速发展的今天，文学教化处于全新的社会文化环境中。其中以功利的价值理念、虚无主义的心态、娱乐与消费至上的导向以及视觉文化的扩张为主要特质的时代风尚，对文学的地位以及教化的价值提出了严峻挑战。

首先，功利的价值理念对文学教化的效用提出了质疑。功利的价值观念倾向于以"有用"来衡量一切事物，这就使得一切无法从效用角度证明自身价值的事物，遭到了不公正的贬低。由于人们很难从实证层面论证，对文学艺术的欣赏会产生怎样的社会效果，这就使许多人对文学艺术的教化价值产生怀疑。比如有学者认为，文学艺术"不能战胜死亡或者让生命长存。它不能解释整个宇宙。它不能使一个道德信条付诸实施。相应地，对于善恶它总是处于一种相对无能的地位"。还有心理学家指出："艺术能够教会公众，并帮助人们更好的处理事务，这个被广泛认同的信念缺乏任何事实根据。"[①]

其次，当下虚无主义的心态也对文学教化本身提出挑战。在相对主义思潮的影响下，人们对何为优秀与卓越，何为"最好的自我"缺乏共识，于是转而认为一切价值都是相对的，追求"本真的自我"才是有意义的。很多人认为阅读文学作品已经不再能实现教化的目的，文学经典不再被视为个人成长的有益资源，反而遭到频频质疑，例如，莎士比亚的《威尼斯商人》被认为表达了显而易见的反犹情绪，而他对奥赛罗这一有色人种的形象刻画，则被认为是某种潜在的种族主义；即便是简·奥斯汀的《曼斯菲尔德庄园》这种看上去与政治完全无关的小说，依然难逃"帝国心态"的指摘。教化的价值也在根本上遭到了质疑，如果既定的道德理想是一种隐蔽的权力或意识形态的话，谁又能确保教化不是一种意识形态的操控？

再者，娱乐与消费至上的时代导向，也让人们更愿意从文学中获得快乐，而非教益。法国学者利波维茨基就指出，在当代，"更好的生活和轻的生活已经分不开了。少与轻的乌托邦时代已经到来"[②]。在一个追求轻松逃避沉重的时代，普通大众更愿意通过文学来获得生活的乐趣与慰藉，而非教化与提升。甚至有不少作家与学者也表达类似的看法，作家毛姆认为，"小说家的目的并非教育，而是娱乐"[③]。学者约翰·凯里就认为，"这些书必须非常引人入胜，好让他忘记痛苦"。他还怀着讥讽的口气说道："这些令人望而生畏的清单

---

① 约翰·凯里. 艺术有什么用？[M]. 刘洪涛，谢江南，译. 南京：译林出版社，2007：92.
② 吉勒·利波维茨基. 轻文明 [M]. 郁梦非，译. 北京：中信出版集团，2017：Ⅸ.
③ 萨默塞特·毛姆. 巨匠与杰作 [M]. 李锋，译. 南京：南京大学出版社，2008：8.

（指经典书单）是给谁看的？当然不是给人类看的。它们倒更像是发送给上帝的期末汇报，好让他老人家看看他的人间子民是多么具有文化修养。"①

最后，当代视觉文化的大规模生产与传播，也对文字阅读形成严峻挑战。在电视兴起的时代，尼尔·波茨曼就曾忧心地看到，技术垄断力量使文化虚弱的最严重的后果之一，那就是符号的耗竭和叙事的流失。而在数字技术发展的当下，文学更是在与其他媒介的竞争中失去了优势与吸引力。更具速度和更具吸引力的视觉文化，显然更能受到人们的青睐。在当下算法技术的挑战下，传统的叙事也越来越失去它在文化中的地位："数码的时代将加法、数数和可以数数的内容合计起来。就连好感也要靠数有多少个'赞'来衡量。叙述在极大程度上丧失了其意义"②。

这些挑战确实值得我们认真面对，但也无须过于悲观。理由有很多，比如，文学的社会价值，常常落实于读者与它的关系中，并不体现在它所引发的事后效应中；尽管文学不可避免地受限于时代风尚与政治思潮，但文学依然有其普遍永恒、超越意识形态的成分，其依然在"感发志意"与人格成长中扮演重要角色；尽管追求轻松和娱乐是人的本性，但追求美德与崇高，同样也是人性的宿命，生命中亦有不可承受之轻。即便文学在与当下视觉文化的竞争中处于下风，但这也不代表文学所提供的独特经验，就可以轻易地被图像取而代之。美国当代社会学家安德鲁·阿伯特就认为文字较之于图像具有优势："相比起与《安娜·卡列尼娜》中的细节共处生活数周，在几个小时内看完这个故事（指电影《安娜·卡列尼娜》）的轻松体验中，19世纪小说中的道德判断、个人冲突和社会结构的复杂性消失了。"③ 而且值得注意的是，文学叙事从来都没有失去它的价值，在新兴媒介技术发展的新环境中，它以全新的面貌渗透于各种图像与视频叙事中。由此可见，文学的教化力量，对我们这个时代的政治与社会而言依然重要，我们需要思考的是，如何在新时代的境况下，更好地继续发挥文学教化的力量。

◇ 阅读实践

《诗经·邶风·凯风》与"温柔敦厚"

《诗经》是上古时代中国的歌谣，主要表现当时平民与贵族的日常生活，有了文字以后，这些歌谣才有人将其记录下来，形成了后来文本意义上的《诗经》。从这些歌谣创作与接受的历史情境看，它们在当时并不具有后世所赋予的教化意味。直至孔子开始，《诗经》才成为用于教化的重要文本。孔子专门对《诗经》进行整理与修订，并指出"《诗三百》，一言以蔽之：思无邪"，为其赋予了有关

① 约翰·凯里. 阅读的至乐：20世纪最令人快乐的书［M］. 郭守怡，译. 南京：译林出版社，2009：3.
② 韩炳哲. 在群中［M］. 程巍，译. 北京：中信出版集团，2019：53.
③ 安德鲁·阿伯特. 大学教育与知识的未来［M］. 王桐，等译. 北京：生活·读书·新知三联书店，2023：223.

为人处世的教化意味。《诗经》真正被赋予道德意涵而走向圣典化，大概是在孔子去世之后的一二百年间。在汉代儒家的理解中，《诗经》不仅可以移风易俗，而且还可以帮助统治者实现儒家"风化"天下的理想。《诗经》的教化之义，集中体现在"温柔敦厚"四字之中。按照顾随先生的看法，"有才气、有功力，写华丽的诗不难，要写温柔敦厚的诗便难了"①。在此试以其中《邶风·凯风》为例，谈谈这首诗所具有的教化意义。

> 凯风自南，吹彼棘心。棘心夭夭，母氏劬劳。
> 凯风自南，吹彼棘薪。母氏圣善，我无令人。
> 爰有寒泉？在浚之下。有子七人，母氏劳苦。
> 睍睆黄鸟，载好其音。有子七人，莫慰母心。

这首诗的背景是一个寡居多年，带了七个儿子的母亲准备改嫁。她的儿子们非常伤心，其中一个写了这样一首诗表达对母亲的理解，同时也表达了儿子们的伤心，但没有任何责怪母亲的意思。按照流沙河先生的看法，这首诗非常突出地体现了《诗经》所代表的"温柔敦厚"。②

第一章中"凯风"即夏天的风，"棘"指的是酸枣树，"棘心"指的是酸枣树刚发芽时的嫩芽。凯风用来喻母，棘心则是儿子自喻；"夭夭"是树木生长茂盛的意思，"劬劳"就是劳累辛苦。意思就是夏天的风自南边吹来，吹在酸枣树的嫩芽上。酸枣树的嫩芽茁壮成长，都是母亲辛勤哺育的功劳。

第二章中"棘心"换成了"棘薪"，指的是枣树上强壮的树干，大到可以当柴烧；"圣善"指的是明理而有美德；"我"在这里代表复数，代表七个兄弟；"令人"是指有才干的人，在此儿子们反躬自省自己不够能干。意思是夏天的风从南边吹来，吹在酸枣树的枝干上。母亲明理而有美德，儿子们却不够能干。

第三章的"寒泉"指清凉的泉水，"浚"是指卫国的一个城市。意思是浚下有清凉的泉水。寒泉能滋养万物，反衬出母亲的辛勤付出却得不到相应的回报。我们几个儿子长得那么大，母亲付出了辛苦，但对母亲都没有什么益处，还不如那些泉水。

第四章的"睍睆"是象声词，指的是清而婉转的鸟叫声。"黄鸟"就是黄雀，"莫慰"则是无法安慰的意思。黄雀叫得这么悦耳动听，我们七个儿子却无法让母亲宽慰和喜悦。

有些学者认为，这首诗是儿子们劝母亲不要改嫁。但更多的学者认为，这首诗并无此意，全诗自始至终没有点出母亲改嫁这件事，而是更多的自责。表达上非常含蓄，能体现《诗经》的"温柔敦厚"。诗中没有过分的渲染和寄托，有朴素明白的表达而不造作。子女对于父母的这份含蓄与温情，在当今的社会文化中很是少见。

---

① 顾随.中国经典原境界［M］.北京：北京大学出版社，2016：12.
② 以下分析参照了流沙河先生的分析，参见流沙河.流沙河讲诗经［M］.北京：北京联合出版公司，2020：44-47.

◇ 关键词解析

一、教化

教化原义指的是统治者向全社会推行某种伦理道德价值，百姓效仿之，并将之内化到自己的内心之中，以某种潜移默化的方式实现深刻的精神转变。在此意义上，教化既包含了政治文化秩序的内涵，也包含了个体品格的成型。在西方古代传统中，教化也有类似的政教内涵，"paideia"一词出现在公元前五世纪的古希腊，它首次出现的时候指的是"幼儿的养育"，此后该词汇的内涵得到了扩充，它被用来表示身心两方面理想的完美状态的总和，致力于塑造一种更高级类型的人。近代的德语"Bildung"一词也体现了教化的内涵，意指某种深刻的精神转变，以受过教育的、有教养的、有修养的方式掌握事物。

二、伦理

在汉语语境中，伦理指的是人与人之间的关系和处理这些关系的规则，有时候会与道德具有相同的内涵；在西方语境中，伦理（ethics）所指涉的内涵则更为广泛，关涉到过上良好生活所涉及的人的性格、美德以及生活方式，并与道德（morality）有所不同。道德属于理性化范畴，是普遍性逻辑的一部分，常常以原则与律令的方式存在，具有最大的普遍性，它严格地反对感性，要求不折不扣地落实它的原则，常常显得有悖常识、教条且不近人情；相比之下，伦理具有特定的灵活性与情感性。在这种区分的前提下，我们可以认为文学是合乎伦理的，并常常会挑战僵硬教条的道德规范。

三、温柔敦厚

出自《礼记·经解》："孔子曰：'入其国，其教可知也。其为人也，温柔敦厚，《诗》教也。'"孔颖达疏曰："温谓颜色温润，柔谓情性和柔。《诗》依违讽谏，不指切事情，故云温柔敦厚，是《诗》教也。"指的是一种人格的理想，就是强调"中道"，"发而皆中节"，即人要做到感情与理智的调和，"发乎情止乎礼仪"，体现一种有节制、有分寸的中庸之德。这种人格理想在五四时代以来，遭到以鲁迅为代表的知识分子的批判，因为从启蒙主义的观点看，这种人格被认为会缺乏对现实的批判，容易沦为现行秩序的同谋。

四、美育

即审美教育，指的是一种以艺术/审美作为教化手段，来达到德性目的的教育理念。有人认为，美育的核心是艺术教育，特别是音乐与文学的教育；也有人认为对美育的理解应当更为宽泛。美育在中西方有着久远的历史，从柏拉图、亚里士多德、席勒、杜威以及当代的努斯鲍姆，从孔子、朱熹到蔡元培，这些思想家都把美育视为一种重要的捍卫与推动文明进步的手段。

◇ 本章小结

　　教化是一种有着悠久历史的道德文化实践，既体现了个体品格的养成，也包含了共同体政治文化秩序的内涵。由于教化强调情感意义上的潜移默化，为此文学在教化上的价值得到普遍重视。在中西文学的发展历史中，大致形成了两种文学教化的传统：一是以捍卫既定德性与秩序为目的的古代文学教化传统，二是以启蒙与解放为诉求的现代文学教化传统。内容与形式的地位与关系，无疑是文学教化的核心议题，如果说西方的文学教化发生了从内容到形式的关注点的变化，那么中国以内容为重的"文以载道"，在古代与现代都扮演了重要的角色。站在数字化技术高速发展的今天，文学教化面临许多的困境与挑战，我们需要认真面对这些挑战，并结合时代的变化，探索适合当今时代的新理念与新实践。

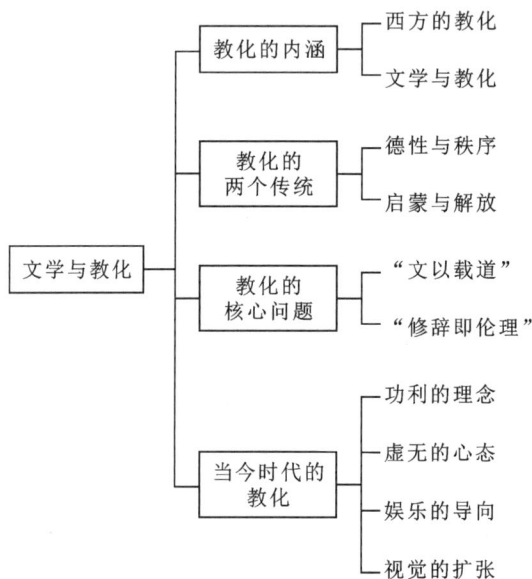

```
                            ┌── 教化的内涵 ──┬── 西方的教化
                            │                └── 文学与教化
                            │
                            │   教化的        ┌── 德性与秩序
                            ├── 两个传统 ─────┤
                            │                └── 启蒙与解放
   文学与教化 ──────────────┤
                            │   教化的        ┌── "文以载道"
                            ├── 核心问题 ─────┤
                            │                └── "修辞即伦理"
                            │
                            │                ┌── 功利的理念
                            │   当今时代的    ├── 虚无的心态
                            └── 教化 ─────────┤
                                             ├── 娱乐的导向
                                             └── 视觉的扩张
```

◇ 思考与练习

　　1. 请谈谈你对"温柔敦厚"这四个字的理解。

　　2. 文学的形式与风格对于教化而言具有怎样的价值？

　　3. 在新媒介环境的时代背景下，文学的教化遇到怎样的挑战和机遇？

第五编

文学与历史

第十五章
文学与经典

✓ 教学导航

学习目标	了解什么是文学经典，培养阅读经典的兴趣
重难点	中西方对文学经典的定义、经典化与去经典化的过程
推荐教学方式	课堂教学与学生讨论相结合
建议学时	2 学时

✎ 情景导入

　　"经典"在当代已经成为一个泛用的日常名词，和"高级""传统""品位"等语词密切相关。我们会在一些商品的分类中看到"经典款"，在电视上看到一些大众文化作品被称作"流行经典"……诸如此类的表述都拓展了这个名词的最初意涵。"经典"的本来含义，是指那些为一个民族所普遍承认的、具有权威地位的、内涵丰富的书籍。根据《新华字典》，"经"有"尊为典范的著作"的含义，而"典"意指"可以作为标准、典范的书籍"。举例来说，《荷马史诗》是古希腊民族的经典，《诗经》是中国人的经典，等等。

　　值得注意的是，这类经典并不见得从一开始就具备极其崇高的历史地位，而可能是从"俗文学"转变为"雅文学"的。雅与俗不是绝对的，而是可以相互转化的，如今被视为经典的作品也有可能源出大众文化。在更为宽泛的意义上，说一个大众文化作品是"经典"，一般是说这个作品流传时间较久且具有广泛的传播度，得到了许多人的喜爱，还经得起时间的考验，亦即"耐读"。因此，大众文化作品也有成为严格意义上的经典的可能。

　　那么，哪些作品足以成为文学经典呢？文学经典的形成过程是怎样的呢？围绕"经典"这一主题，文学理论学科展开过哪些方面的探讨？

理论阐释

●● 第一节　文学经典的定义与"古今之争" ●●

要说清楚"文学经典"，我们需要首先列举、归纳人类文明历程中曾经出现过的传统的经典现象。

一 中国经典：传统与现代

首先，经典在中国传统中是如何被定义的呢？根据《说文解字注》，"经"最初指的是织物的纵向文理，后引申为天地之间常道常理的文化表征："织之从丝谓之经；必先有经而后有纬，是故三纲五常六艺谓之天地之常经。"可见，"经典"的首要义项之一，是"常"，亦即普遍性。"典"则是"五帝之书也，从册在丌上，尊阁之也"——上古圣王的智慧遗训所形成的书籍实体，将获得最高程度的尊崇。可见，"经典"的首要义项还包括"尊"，亦即权威性。

基于这种普遍性与权威性，经典具有教育教化的功能，这呈现在"六艺之学"即经学之中。对六经亦即《诗经》《尚书》《仪礼》《乐经》《易经》和《春秋》的学习，意味着对高尚的君子品格的学习。在最早的中国思想史篇章《庄子·天下》中，便有对经典的教育功能的描述：

> 《诗》以道志，《书》以道事，《礼》以道行，《乐》以道和，《易》以道阴阳，《春秋》以道名分。

学习经典，可以学习如何成就君子的道德与智慧。这种教育功能，由经典的作者亦即上古圣王提供保证，他们的思想和教化方案能够经受住漫长历史的考验。正如《文心雕龙·宗经》所概括的：

> 三极彝训，其书言经。经也者，恒久之至道，不刊之鸿教也。故象天地，效鬼神，参物序，制人纪，洞性灵之奥区，极文章之骨髓者也。

并且，"经"的功能还体现在成为政治正统性的文献载体和教育工具上。古人之学强调"温故而知新，可以为师矣"（《论语·学而》），这里的"新"，不仅是知识上的新，还是制度上的，清人刘宝楠认为："《六经》皆述古昔、称先王者也。知新，谓通其大义，以斟酌后世之制作，汉初经师皆是也。""斟酌制作"体现出对政教礼乐制度不断顺应历史要求而更新的诉求。"殷因于夏礼，所损益，可知也；周因于殷礼，所损益，可知也；其或继周者，虽百世，可知也。"（《论语·为政》）礼乐制度是在不同时期的发展中有所损益变通的；学习古代经典，了解古代制度的目的，除了君子人格的修缮，还在于把握经典中包含的政治实践智慧。

随着晚清民国以来现代文史哲的人文学术范式取代经史子集四部之学，古代汉语、文献学、古代史等现代学科开始构成中国古典研究的主要力量。新中国成立以来，对过去经典的研究更为规范化、科学化，对中国传统经典的研究，也获得了马克思主义历史唯物论的指导，成为今天中国经典研读的主流方法。正如叶圣陶先生在为朱自清先生《经典常谈》重印时所作的"序"中所言："历史不能隔断，文化遗产跟当今各条战线上的工作有直接或者间接的牵连，所以谁都一样，能够跟经典有所接触总比完全不接触好。"① 作为"文化遗产"，在今天，"经典"中承载的古老智慧的基本内容并没有本质性的改变，其中可能传达的义理，也依然具有生命力。

二 | 西方的经典问题与"古今之争"

无论古今，中国的"经典"的定义比较稳定，其中包含着"普遍性""权威性"的义项。西方的经典传统则更多体现出民族性、历史性的特质。这是因为，西方文明的开端是多维的（希腊、希伯来和日耳曼等现代民族），在漫长的民族交流、冲突和混杂的历史中，西方不同民族在具体的历史文化语境中产生的经验的深度和广度不同，他们所尊奉的经典的层次和内涵自然也有所不同，比如古希腊的《俄狄浦斯王》《安提戈涅》、拜占庭时期的长篇叙事诗《第格尼斯·亚克里特》、法兰西的《罗兰之歌》、古俄罗斯的《伊戈尔远征记》等，它们风格迥异，却都被各民族奉为经典。对于法兰西、德意志、意大利等民族来说，他们的血缘先祖并非古希腊罗马，民族语言并非古希腊语和拉丁语，因此，在漫长的西方现代学术史中，尤其在历史冲突不断的时代，好古的古典学立场和反对好古的现代民族立场总是彼此扞格；在欧洲，"经典"从一开始就是作为一个"问题"而存在的。②

对于现代欧洲民族来说，古代经典虽然提供了丰富的自然哲学和人文学问基础，却已经无法直面现代生活的种种问题。正如培根（F. Bacon）在现代性开端时期的著名断语所揭示的那样：

> 只有世界的老迈年龄才算是真正的古，而这种高龄正为我们自己的时代所享有，并不属于古人所生活过的世界早期；那早期对于我们说来虽是较老，从世界自身说来却是较幼的。我们向老年人而不向青年人求教有关人类事物的更多的知识和较成熟的判断……③

现代欧洲知识分子大多认为自己站在历史的进步方向，对现代数理逻辑和博物学知识非常自信，并以此作为依据贬低古代经典在知识上的权威性。与此相应的，是一些带有上述现代思想的著作开始被奉为经典，比如马基雅维利的《君主论》，薄伽丘、拉伯雷与伊拉斯谟的讽刺小说，莎士比亚的戏剧和马丁·路德翻译的德语版《圣经》等。

---

① 朱自清. 经典常谈 [M]. 北京：生活·读书·新知三联书店，1981：3.

② 海厄特. 古典传统：希腊-罗马对西方文学的影响 [M]. 王晨，译. 北京：北京联合出版公司，2015：1-15，215-219，231-233.

③ 培根. 新工具 [M]. 水天同，译. 北京：商务印书馆，1986：61-62.

"经典"的定义发生了巨大转折。与此相伴的，是近代欧洲爆发的一场旷日持久的"古今之争"。[①]

"古今之争"的焦点在于如何看待古代经典和现代经典的品质高低。培根式的"现代派"或"崇今派"要摆脱古代经典的权威，借此树立现代经典及其背后的现代性方案的权威。对此，许多坚信传统经典中富有永恒智慧的"崇古派"提出了反对意见。17世纪英国的"崇古派"代表威廉·坦普尔（William Temple）曾在《论古今学问》（1689）中对"崇今派"提出过针锋相对的批评：

> 谁要是浸淫于古书，就很难会喜欢上新书……古代的祭司团体是巨大的知识库，他们中间出现的伟大人物或卓越的天才通过观测或发明将知识的细流注入这个知识库……这些土壤中曾培育出天文学、占星学、巫术、几何学、自然哲学和古代历史的参天大树……我对知识（knowledge）与学问（learning）作了区分：得到最初发现者或受到教育的后来者首肯，并被公认为真实可靠的东西，我就称之为知识；学问是指了解前人迥异的、相互冲突的观点，在这方面，他们或许在任何一点上都没有达成过一致意见。这样的区分使古人显得伟大，现代人显得渺小。[②]

作为坦普尔的秘书，另一位英国"崇古派"、讽刺小说大师斯威夫特（Jonathan Swift）则在其接续"古今之争"的代表作《书籍之战》（1698）中，对培根提出的"现代人比古人更富有经验与智慧"的观点嗤之以鼻，并借古人伊索之口尖刻地指出：

> 现代派除了热衷于争吵和讽刺，我记不得他们还会声称有过什么货真价实的东西……我们古代派……所获得的其他一切，都出自无尽的辛劳和寻觅，遍及大自然的每个角落。[③]

时至今日，这样的立场显得"食古不化"，不过其中的确有一点仍然值得重视，那就是强调经典应当包含一种普遍为人所承认乃至于尊敬的稳定"知识"；对这种"知识"的获取不可能一蹴而就，而需要艰辛的学习与钻研。这也指出了在现代历史语境中依然需要悉心研读传统经典的本质意义。

同时，无论是被动受到自己所生活的时代的生产力和社会具体条件的影响，还是主动关心时势、直面当下问题，都会让读者在解读经典时，或多或少附加上历史性的先入之见。因此，亦步亦趋地延续古人的教诲，不大可能在今天成为文学阅读的主流态度。事实上，"古今之争"爆发后，关于经典解释的人文研究获得了空前发展，尤其在20世纪中后期以来，一种全新的理论视野开始出现，那就是消解本体论意义上的"经典"，对其进行语境式的文本解读，以求还原这一作品得以"经典化"的整个过程。

---

① 关于该场争论的详细情况，参见刘小枫. 古典学与古今之争 [M]. 北京：华夏出版社，2015；勒策. 欧洲文学中的传统与现代：简论"古今之争" [M]. 温玉伟，译. 上海：华东师范大学出版社，2020。

② 坦普尔. 论古今学问——坦普尔文集 [M]. 李春长，译. 北京：华夏出版社，2021：52-54.

③ 斯威夫特. 图书馆里的古今之战 [M]. 李春长，译. 北京：华夏出版社，2015：202-206.

第二节　现代性视野中的文学经典化

"经典化"（canonization）的意思是：在专业的批评者和研究者的关注之下，一部文学作品的意义获得了尽可能多的阐发，其深度和高度得到了明确的验证，以至于绝大多数人应当可以通过细致的阅读和解释，从中获取智慧与趣味。一方面，文学作品之所以为"经典"的判断，取决于这一作品在历史中获得的专业解释。没有对经典的解释，就没有经典。另一方面，能够获得细致而全面解释的文学作品，其自身的意义系统必须具备"生产性"。譬如，充满了隐喻和比拟手法的莎士比亚十四行诗，或者化用典故频繁、意象连绵丰富的杜甫的《秋兴八首》，又或者叙事节奏张弛有度且人物性格纷繁复杂的《水浒传》，都经得起来自不同时代和不同视角的解读，给人带来的感性体验和思想启发也连绵不穷。这样的作品是经典，也是"经典化"的结果。

鉴于"经典化"关涉作品自身的意义系统和作品在历史接受语境中的解释学潜能，在当代的文学理论视域里，"经典化"必然和两个重要的维度密切相关：一个是涉及文学经典之思想和审美定位的形式论维度，一个是涉及文学经典之历史性生成的语境论维度。在后文里，我们将把它们简称为经典化的美学维度和经典化的史学维度，分别进行介绍。

一　文学经典化的美学维度

在"古今之争"的过程中，"崇今派"的基本立场之一，是以其自身所处的巴洛克时代的审美趣味作为最具典范性的趣味，来臧否过往经典文艺作品的审美层次。[①] 在"古今之争"的结尾阶段，伴随着"崇今派"的胜利，西方现代人文经典获得了学术上的正当身份，过往以传统经典为范本，认为文艺作品有高低层次的古典主义导向，逐步让位于一种对"真实"和"日常"顶礼膜拜的现代文学风格。[②]

在此之后，作为哲学分支的"美学"（亦即"感性学"）诞生了，其目的是让"混乱的认识"和"微小的感觉"可以在归纳中获得确定性[③]，从而协助现代启蒙思想，普及现代哲学和人性理念。在康德《判断力批判》的巨大影响下，过往关于文学经典的普遍性和权威性理解，逐渐获得了更为理论化的表述：文学经典的普遍性不在于经典中关于世界和人生的综合性智慧，而是在于文学作品形式所传达的美感和由此得来的认识能力的提升。[④]

① 海厄特.古典传统：希腊-罗马对西方文学的影响 [M].王晨，译.北京：北京联合出版公司，2015：230.

② 奥尔巴赫.摹仿论——西方文学中现实的再现 [M].吴麟绶，周新建，高艳婷，译.北京：商务印书馆，2014：652-653.

③ 克罗齐.美学的历史 [M].王天清，译.北京：商务印书馆，2015：63.

④ 参见康德.判断力批判（注释本）[M].李秋零，译注.北京：中国人民大学出版社，2010：48，129.又参见阿伦特.康德政治哲学讲稿 [M].曹明，苏婉儿，译.上海：上海人民出版社，2013：104-113.

同样地，文学经典的权威性不在于经典的作者在智慧和身份上的卓越，也不在于经典对于民族共同体传统的伟大影响，而在于作品形式本身震撼人心的意义深度和营造出来的崇高感——后者可以激发读者的内在"敬重"。① 由此，美感和崇高感取代了一般意义上的普遍性和权威性，成为现代文学经典旨在追求的美学品质。

康德式的美学及其延伸出来的形式主义、心理主义等文论，在现代文学经典化的进程中扮演着重要角色。如果没有 18 世纪末以来历代美学家、文艺理论家和文学批评家们对文学本体、文学心理和文学形式的学术探究，经典化的基本原理也就无从说起。在康德的影响下，浪漫主义诗人和理论家如施勒格尔（K. W. F. Schlegel）、柯勒律治（S. T. Coleridge）等率先探究现代意义上的诗学规则，并影响了 19 世纪的现代主义、唯美主义和 20 世纪文学批评中的诸多形式主义流派。

二　文学经典化的史学维度

如上所述，现代美学理论带来的"经典化"，实则是通过对过往经典文学文本进行细致入微的形式和意义分析，使之构成现代文学精神的经验素材和观念来源。所以，文学经典化的美学维度中，实则暗含了文学经典化的史学维度。

经典的历史性生成，构成了"经典化"的决定因素。在古代，许多被正统精英视为"不入流"的文学形态，后来也因普及度广、讨论者众乃至获得高层文化代言人的青睐，从而被奉为经典。具有显著反叛性的民间小说《水浒传》，正是因为李贽、金圣叹等知识分子的评点，获得了后人的重视。比如金圣叹曾赞叹道：

> 天下之文章，无有出《水浒》右者；天下之格物君子，无有出施耐庵先生右者。……《水浒》所叙，叙一百八人，人有其性情，人有其气质，人有其形状，人有其声口。

进入近现代，很多经典作品的地位是由文学史和理论史的书写所赋予的。比如，在给中国新文学提供历史正当性论证时，周作人曾梳理出"载道"和"言志"两条脉络，用以概括中国经典文学的历史线索；同时，过往一些不受主流经典统叙所重视的文学现象，如南宋文学、晚明文学、晚清文学等，均被赋予了"言志"的外表，使之与新文学中强调个体自由抒发情感和审美体验的"人生艺术化"文学风潮发生关联。周作人的这种历史书写，既确认了一些传统文学经典如晚明小品的历史地位，也提升了新文学中部分作品的地位，使之成为"新经典"。

西方同样如此。启蒙时代以来，把经典化的历史过程还原出来的最具代表性的理论立场，当属赫尔德（J. G. Herder）以降的近代历史主义解释学。赫尔德对《圣经》的人文主义解读把《圣经》变成了"为人类服务的文本"，从而民族化的诗人及其对经典的写作和解释取代了神圣的宗教之声，成为现代世俗化社会的意义提供者。在此之后，诸多浪漫

---

① 康德. 判断力批判（注释本）[M]. 北京：中国人民大学出版社，2010：88-91. 又参见森森. 康德论人类尊严 [M]. 李科政，王福玲，译. 北京：商务印书馆，2022：246-257.

主义批评家纷纷提出：从历史的角度把握过去一些神圣经典的世俗意义的重要性。伴随着黑格尔的《美学》和丹纳（H. A. Taine）的《艺术哲学》所传达的文艺的历史决定论对19世纪的巨大影响，以及马克思主义历史唯物论在美学和文论领域的普遍盛行，越来越多的文论家自觉从史学、社会学、经济学、地理学和人类学等领域"取经"，缔造各式各样的经典化解释。但这些解释依然有着一种本质主义的动机和目标，即探究经典之本体属性及其历史上曾经的对应物的确定的价值品质。比如，赫尔德对近代德意志诗歌的解读，总是以古希腊罗马诗人的经典范本作为参照；而丹纳即便激烈拥抱一种对美和道德进行调和的黑格尔主义，其中也透露出一些保守的特质。

这样看来，正如经典化的美学维度中蕴含着经典化的史学维度，经典化的史学维度中也不乏经典化的美学维度，后者要求史学探究中揭示文学经典之永恒不变的道德和审美价值。甚至连立场相对激进的"新历史主义"代表海登·怀特（Hayden White），也相信"文学史一定是对恒久性中的变化和变化中的恒久性的表述"[①]。因此，对经典化的理论反思，要求对审美形式及其经验和历史社会语境两方面，进行深入且综合性的分析。

第三节　后现代语境中的"去经典化"及其反思

一 后现代"去经典化"的基本立场

自20世纪中后期以来，在激进的后现代文化政治理论的影响下，"经典化"的话题开始逐步转向"去经典化"（decanonization）的论域。"后现代"是一个广为流传而十分复杂的概念，简单来说，后现代是对现代的反思与批判：

> 现代性似乎从不对它的地位的普遍性基础怀有这种疑虑。……这一价值等级体系几乎没有进入意识层面，始终是这一个时代中的"被视为理所当然的"最强有力的东西。西方胜于东方，白人胜于黑人，文明胜于原始，有教养的胜于无教养的，理智的胜于失去理智的，健康胜于病弱，男人胜于女人……现在，它们的"确切无疑性"都已成为过去。它们受到了挑战。[②]

在这一后现代语境下，许多前卫的理论家倾向于通过美学和史学的双向夹击，对既定的诸多文学经典展开解构式阅读。1971年，美国学者希拉·狄兰妮（Shelia Delany）为大学一年级学生编选了著名的文集《反传统》（*Counter-Tradition*），通过挑选反常规的作品进入大学课堂，来挑战"官方文化"规定的经典序列；1972年，路易·坎普（Louis Kampf）和保罗·洛特（Paul Lauter）编选了《文学的政治》（*Politics of Literature*），

---

① 海登·怀特. 叙事的虚构性：有关历史、文学和理论的论文（1957-2007）[M]. 马丽莉，马云，孙晶姝，等译. 南京：南京大学出版社，2019：217.

② 齐格蒙·鲍曼. 立法者与阐释者：论现代性、后现代性与知识分子 [M]. 洪涛，译. 上海：上海人民出版社，2000：160.

批判了传统经典研究中的男性白人中心主义。此后，北美学术界开始了大规模的经典问题讨论，其焦点是：那些出自欧洲白人男性作家之手的作品，被确立为经典的历史原因是什么？这背后是否有意识形态化的操纵？为何不能基于女性主义、后殖民主义和马克思主义，为普罗大众树立截然不同的经典序列？

该如何看待这种由"经典化"问题引申出来的"去经典化"现象呢？如果认为经典乃是从美学到政治的多重因素合力作用的协商性结果，那么，基于激进的"文化社会学"，"经典"被"编码"和"解码"的过程，就可以得到历史化的清理，其背后复杂的意识形态与文化领导权问题，也就能得到进一步的分析。这样的解构，其实符合大多数当代人的常识："凭什么我们就该相信，那些被说成是经典的东西，就是值得无条件赞美的艺术品？凭什么让我们甘之如饴地放弃自己的审美判断力而屈从少数权威？"进而，"什么是经典"的问题，被置换为"谁的经典"的问题，亦即一个"文化政治问题"。

在这方面最具代表性的观点，来自法国社会学家布迪厄（Pierre Bourdieu）。在《艺术的法则：文学场的生成和结构》一书中，他对过去批评家和作家"殷勤地信奉艺术品的经验是不可言喻的"的态度感到不满，而提出要关注作为一种社会场域的"文学场"或"艺术场"，把作品视为"被他者纠缠和调控的有意图的符号"；由此，文学经典的研究，应当更多关注社会空间如何通过"历史法则的社会炼金术"来抽取"普遍性的升华了的本质"①。"审美"是一种"配置"，是场域的历史性产物，唯有通过展开对文学经典作品的意识形态化批评，揭示其历史语境下的话语权力争夺场景，方能看到"经典"得以成立的生成样态。

与布迪厄式的立场相反，在《西方正典》中，著名文学批评家哈罗德·布鲁姆（Harold Bloom）尖锐批评了当代流行的以意识形态为基础展开文学研究的"憎恨学派"（school of resentment），坚信应当捍卫文学的"内在性"，亦即"审美的力量"②。不过，布鲁姆在晚年坚持将"后现代主义的怀疑精神"和文化研究中的"去经典化"结合起来，发展为一种强调"误读"的"对抗式"批评。这一理论态度包含着将文学批评视为文学再创作的倾向。经典作品在后世作者的焦虑和挑战中，不断生成新的意义，而文学批评也是这种生产意义得以超越传统，让自己摆脱前人强大影响的重要手段。

二　对"去经典化"现象的反思

那么，"去经典化"的理论行动究竟意味着什么呢？"去经典化"的目的，是通过揭示经典生成的审美效应和历史过程，对其背后可能存在的意识形态操作，进行批判性审视，从而挖掘在这些批判性工作的审查后，文学经典还剩余何种确定无疑、具有普遍价值和权威意涵的内容。这样的批判性工作，恰恰是经典化的美学和史学维度综合之后产生的题中之义。尽管对传统和经典的质疑，会引发诸多过激的乃至于过于简单化的指责，但我们应

---

① 布迪厄. 艺术的法则：文学场的生成和结构 [M]. 刘晖，译. 北京：中央编译出版社，2001：2-6.

② 布鲁姆. 西方正典 [M]. 江宁康，译. 南京：译林出版社，2015：17-33.

当期待在"去经典化"的理论实践中，产生更具建设性意义的工作，这样的工作可以说是对传统经典的再创造。事实上，后现代的解构论者本身，就具有"再创造"的诗性情怀和特质，"理论"是他们雕琢经典以创作新视域和观点的"工具"：

> 巴特、福柯、克里斯蒂娃和德里达那样的作家确实是喜欢哲学而不是雕塑或小说的后现代主义艺术家。他们有着现代主义伟大艺术家的些许天赋和批评传统信仰的力量，同时也继承了那些批评家睥睨一切的气质。概念和创造的界限开始模糊了。①

当代哲学家丹托（Arthur C. Danto）曾认为："艺术品的结构与修辞学的结构相同，而修辞学的职责就是通过同化男女的感情来改造他们的心灵并进而改造他们的行为。"② 这体现出知识分子对公共领域的再度重视。长久以来，经典序列的伟大给知识分子带来了巨大的压力，使得对经典的研究成为亦步亦趋的守旧劳作。19 世纪末，著名的古典主义者白璧德（Irving Babbitt）曾对现代西方古典学提出过批评："追求认识的方法与工具而遗忘认识的目的，这种倾向在古典研究领域中或许表现得最为明显。"③ 在现代体系化、学科化的知识活动中，经典研读的"意义"与"价值"本身，是一个艰难的问题。尤其对于文学经典来说，"耐心"而"艰苦"的阅读，之所以会被流行的理论分析所取代，显然是后者更有效率，也显得更具"批判性"，能够直接作用于对现实世界的理解和改造。但是，优秀的文艺理论与批评家，除了考察他的时代的审美与历史风气，也应当是优秀的传统经典研读者。对此，作家卡尔维诺（Italo Calvino）有一个非常精彩的概括："从阅读经典中获取最大益处的人，往往是那种善于交替阅读经典和大量标准化的当代材料的人。"④

而从另一个角度说，经典作为一种"场域"内的生产性焦点，再度因"去经典化"的学术分析配置，获得了新鲜的意义。对于已经为历史所选择的经典来说，无论正面的、神话般的解读，还是负面的、拆解式的解读，都必须凝视文本自身，以求获取更多意义潜能。因此，"经典"始终在场，没有被任何人视若无睹，反而获得了更多的注意力。"去经典化"因此再度变成"经典化"的一道工序，让经典文学作品自身的活力一如既往地延续下去。

◇ **阅读实践**

一、"经典"的"编码"和"解码"

我们都很熟悉唐代诗人柳宗元的《江雪》：

> 千山鸟飞绝，万径人踪灭。
> 孤舟蓑笠翁，独钓寒江雪。

---

① 伊格尔顿. 理论之后 [M]. 商正，译. 北京：商务印书馆，2009：63-64.
② 丹托. 艺术的终结 [M]. 欧阳英，译. 南京：江苏人民出版社，2005：24.
③ 白璧德. 文明与美国的大学 [M]. 张沛，张源，译. 北京：北京大学出版社，2011：96.
④ 卡尔维诺. 为什么读经典 [M]. 黄灿然，李桂蜜，译. 南京：译林出版社，2006：8.

诗是语言的艺术，对言外之意的揣度必然首先要关注"言"，要关注文本意义生成的内在结构。经典作品的生命力就在于其表面形式与丰富内涵的耐人寻味的结合。

这首诗最值得注意的审美元素是其作为绝句所具有的精致的对称感，第一句与第二句、第三句与第四句分别构成对称组合，而这两个组合又构成更高一级的二元对称。由此观察诗的内容，全诗的前两句与后两句是一个从"有"到"无"，再到"有"的景观变迁过程。"千山"和"万径"的世界突然寂灭，"绝""灭"二字如同巨大的括号，将一切事物都卷入其中，悬置起来。在这个诗学的场域中，存在者的踪迹被彻底抹去。唯有在寒江中的小舟之上，"蓑笠翁"作为残存的主体，他唯一的行动"钓"指向弥漫整个诗学空间的"雪"。在这一美学的抽象视野下，这首诗不再是单纯的意象的堆砌叠加，而成了丰富的思维游戏。

我们可以把这首诗中出现的各种语言符号按其结构功能拆分为以下几组：

描述符	物符	意向符
千、万	山、径	
绝、灭		
孤、独	江、舟、蓑笠翁	
寒	雪	钓

首先，第一组描述符"千""万"指喻的是极大的、广袤无垠的空间，甚至可以唤起阅读者对"三千大千世界"的无穷而又似乎一念可及的时空经验，一个属于诗的无穷虚构世界得以自然敞开。

然而，"绝""灭"二字带着不可抗拒的强大力量，在诗句的末尾出现，具有丰富含义的数词所激发的世界，又被这两个单纯无杂质的、绝对而不容置疑的否定词所抹去。"绝""灭"是行动之物的宾语，但这两个宾语出现在诗句末尾，其所否定的是整个诗句所呈现的世界本身，全诗的上半部分也就彻底地呈现为对刚刚展开的虚构视野的封闭与否定。

紧接着，第三对描述符"孤""独"孑然登场，这两个字是由上两句诗所流溢出来的情绪状态，既是对"千""万"之"有"遭到"否定"的惊愕与伤悼，也是对"绝""灭"之"无"的一种主体化模仿。读者在体验了世界敞开而又关闭的争执之后，必然会思索自我的立足之地，而这时我们会发现，主体的存在状态只有"孤"和"独"。最后的描述符"寒"正记录着这种意向性气氛的空间感：寂静清峭、寒入骨髓，读者在模仿诗人进行观察时，发现自己无依无靠，在世界的大门之外茕茕孑立。

上述的描述符指示着诗性思维的展开过程。物符则是思维所凭依的文化肉身。在进一步的解读中，我们有必要加入对经典之庞杂传统基础的参考。

这首诗写于南方的永州，诗中的"山""径""舟""江""翁"与其说是实景，不如说是隐喻，是心灵中的意象，它们的共同特点是"静止"（"江"因低温而类似静止的状态）。"山"是"仁者所乐"，是生机的符号，是"造物者之无尽藏"的集中象征；同时"山"又是静止不动、节制有度的象征（艮卦）。在诗的视野之中，"山"既呈现出丰富无限的"有"，又体现着绝对的"停止"与"遮蔽"。因为"山"的阻隔，作为心念的符号象征的"鸟"（参考禅宗"飞鸟喻"）才不见踪影，"山"是"止"，"鸟"是"念"，"千山鸟飞绝"则是心念的常住而无所住。"径"是"道"的隐喻，是人类通达万物的"方法"，却被"灭"彻底地抽空了，"径"只能返身向己，没有终点，没有归宿，成了"空"的舞台。在这种静止不动的氛围里，主体被置于一条静止不动的"舟"上："舟"是承载之物，是让人类在无边无际的自然虚空之中得以有所凭依的力量；"乘桴浮于海""藏舟于壑"的种种典故让我们想到："舟"是人在自然秩序之上设置的人为秩序，与自我期许与使命有关。

"蓑笠翁"则是一个被"蓑笠"遮蔽起来的人物，我们看不到他的"脸"，也无法揣度他的"心"。"雪"作为一个不应当是"钓"的意向的物符，出现在全诗的末尾，让人想起"一片冰心在玉壶"的文化根系，其对超越性道德的象征意义，昭示着全诗的基本格调：被隐藏起来的隐士依然抱持着对自身的期许和信心，他对伟大人格的追求在"绝""灭"的现状中再度打开了一种崭新的主体空间。

唯一的意向符"钓"呈现着诗的核心：所钓之物是抽象的"雪"，垂钓者将对某种具体的、充满质感的生命情怀，有效地抽象化为简单的垂钓活动，目标的刻意含糊让他们置身于无所期待，却又永远期待着的诗性情绪之中。"钓"是一种没有具体所指的理想，它可以被一切具体的事务所填补，但唯一不变的是这种活动所体现出来的主体的操持之心，那种对某一时刻来临的乐观的期待，让垂钓者获得了意向层面的终极快感。

在《江雪》中，通过一系列符号的解码，我们看到了诗人如何通过意象的编码，塑造个体心绪与传统之间的关系。这与其说是单纯表达审美情趣，不如说是借山水、垂钓来一抒己志，表现中国士人内心里神秘、难以言说的形而上学情怀。这也就是唐宋文人诗歌中的普遍规律：在强调主体的独立亦即"私"层面上的自足的同时，也时刻体验着那种担当道义的理想精神之快感。这就是《江雪》成为经典的原因。

二、历史中的经典互文：《格列佛游记》对《新大西岛》的反讽

要系统理解一部经典的历史意涵，不仅需要进行文本细读，还需要借助其与其他经典之间的"互文"的对话关系。在这方面，不同的作家、作品很有可能围绕相似的命题，展开彼此耦合或是彼此扞格的表述。接下来，我们可以借助两部经典"科幻"作品，来呈现经典与经典之间的对话关系，深化对这两部脍炙人口的作品的理解。

思想家培根不仅是西方现代科学精神的奠基者，还是西方科学想象写作的先驱之一。他曾在1627年出版了一部经典的叙事作品《新大西岛》（*The New Atlantis*）。他通过虚构"本撒冷"（Bensalem）这一政治共同体，描述了自己心中理想的科学主义的政治制度。"新大西岛"的居民坚信，在王者"所拉门纳"领

导下，"新大西岛"的执政机构的"六日工程学院"可以通过科学技术探究来保障民众的富足生活。不难发现，所拉门纳这个名字来源于犹太王者所罗门，"本撒冷"与圣城耶路撒冷形成呼应，"六日工程学院"则对应着"上帝六日创世"的说法。不同的是，作为科学院，"六日工程学院"的目标是揭示上帝创造的自然规律，找出万物的本质和生成方式，使人们从中获益。所以，对于《圣经》传统来说，作为现代经典的《新大西岛》既是模仿，又是颠覆。

《新大西岛》是一个典型的现代政治蓝图叙事，对后世诸多科学乌托邦叙事影响深远。但在西方文学史上，同样存在着以反讽的方式，对抗这种政治设计的经典作家，他就是斯威夫特。其代表作《格列佛游记》的卷三"勒普他、巴尔尼巴比、拉格奈格、格勒大锥和日本游记"中满是对《新大西岛》的反讽。这体现出经典和经典之间深层次的互文对话关系，唯有通过史学和语文学的工作，它们的意蕴才能得到进一步挖掘。

从语文学角度来看，《格列佛游记》对《新大西岛》的反讽一目了然。譬如，空中飞岛"勒普他"（Laputa）这个名字，很可能来自西班牙语的 la puta，也就是"淫妇"。斯威夫特可能以此针对培根所谓的"贞洁的"国家"本撒冷"，批评这种由科学家和哲人统治的国度，实际上不是神圣的耶路撒冷，而是《圣经》中的"巴比伦大淫妇"（the Whore of Babylon）。在《启示录》中，耶路撒冷与巴比伦双城对立，新耶路撒冷是从天而降的圣城，而巴比伦是地上的腐化之城。在卷三开篇，格列佛对"空中之岛"城市外观的描述，和古代典籍中对巴比伦"空中花园"的描述异常接近。巴比伦以星象术、数学和科学闻名，"勒普他"的统治者也是星象学家、数学家。并且，"勒普他"的女人们也是一些"鄙视自己的丈夫，对于外来的客人却异常喜爱"的淫妇。此外，"勒普他"的学者废除日常语言、通过实物进行交谈的细节，暗示了《圣经》中因修建"巴别塔"而造成的语言不通①……这一切或许都是斯威夫特的刻意颠倒和反讽。

那么，斯威夫特究竟基于什么立场，而选择基于《圣经》典故，批判培根笔下的"本撒冷"？"勒普他"这个国家的统治者都是科学技术的爱好者。这个王国得以飘在空中、高人一等的根本原因是在科学技术方面具备强大的实力。也就是说，"勒普他"和"本撒冷"一样，都是"科技立国"。但如果注意到"本撒冷"中"亚当夏娃游泳池"的设计，或许会带来通奸风气，并注意到"勒普他"的妇女因为丈夫缺少情欲而与下界凡夫通奸的细节，就会发现，在近代早期思想家的眼里，"科技立国"总是会和人类的不正当情欲发生联系。只是，培根似乎赞成让不正当的情欲正当化，而斯威夫特则洞察到培根的科学政治设计在道德方面的重大问题。相对于耶路撒冷的"神圣"，Bensalem 的名字暗示的是 Benefit（利益）——对利益的欲求是本撒冷"科技立国"的根本诉求。"本撒冷"搜罗知识以满足欲望，"勒普他"则因过度算计而违背正义（飞岛国王残酷剥削下界领地

① Dennis Todd. Laputa，the Whore of Babylon，and the Idols of Science［J］. Studies in Philology，1978，75（1）：96-117.

的人民）。在这两个虚构出来的国家当中，科学本身充当了不正当情欲的武器。

斯威夫特提醒读者注意，由于情欲的不健康，勒普他统治者的灵魂失去了应有的平衡。他们爱好音乐，却缺少让旋律和谐的能力；他们杞人忧天，生怕彗星会毁灭自己；他们鄙视实用几何学，以极度精确的数据勒令工人，忽视后者的理解力，以至于无法创造出真正有用的房子和衣服。对此，格列佛的关键评价是"自以为是"。这些自诩数学家、天文学家、音乐家的统治者并非爱好数学、天文与音乐，并具备相应的天赋；相反，他们只是附庸风雅，以至于败坏了正常的生活实践。勒普他的科学院里满是这样的自以为是之徒，或是渴望从黄瓜里提炼出阳光，或是想发明自动生产公式与学问的机械。

但是，斯威夫特针对的不是科学探究本身，而是对这些学问在现实政治制度设计中的滥用。他真正要阐明的是，出于不健全欲望的附庸风雅的发明实践活动，会败坏真正的科学沉思生活和良好的古老风俗，具有显著的危险性。第一重危险是，淳朴的生活方式将遭到颠覆，唯利是图的治理方式，会让民众遭受不义的对待。第二重危险是，缺少才学天分的人一旦执迷于科学探索，形成具有政治影响的知识人团体，会使科学本身矮化为各种幻象与意见，真正的求知生活随之遭到败坏——这是飞岛君臣与"科学院"的状况，也正是斯威夫特所处的现实世界亦即近代英国社会的真实状况。斯威夫特作为"崇古派"，必然会对培根以降的"现代派"立场提出辛辣的批判。唯有了解经典与经典之间的互文关系，我们才能品味到《格列佛游记》中这些反讽的现实针对性，进而把握其政治和伦理观念方面的真正立场。

◇ 关键词解析

一、经学

经学（confucian classics）即"六经之学"（又称"六艺之学"），即关于《易经》、《诗经》、《尚书》、《春秋》、《仪礼》、《乐经》（后佚）六部经典的学问。

在两千多年的儒家文教氛围中，经学构成了一切教养的根基。在中国的学术语境里，经学的主要目标是培养政治人才，亦即"君子"，如董仲舒所言："君子知在位者不能以恶服人也，是故简六艺以赡养之。"（《春秋繁露·玉杯》）[1] 君子之政治人格的培养，需要靠《诗经》《尚书》来引导其志趣，由《仪礼》《乐经》纯化其美德，凭《易经》《春秋》的研习提升其智识。

在董仲舒的努力下，汉武帝时期，先秦六艺之学获得了官方认可，除了已佚无书的《乐经》外，其余五经之学成为官学。后来，经学不断发展，延伸为"十三经"，成为读书人追求功名、参与科举的必读书目。关于"十三经"的各种注疏汗牛充栋，其中也包含着意见歧生的各家各派，如今文经学、古文经学和宋明

---

① 苏舆.春秋繁露义证［M］.钟哲，点校.北京：中华书局，1992：36.

理学等。直到晚清，经学依然为重大的历史政治事件提供理论依据，这方面的代表作，当属康有为的《新学伪经考》和《孔子改制考》。

二、古典学

在西方，用于探究各民族之共同经典根作的学问叫作"古典学（classics）"。古典学是"对希腊、罗马的语言、文学与艺术，以及所有教育我关乎人之本性与历史的准确研究"①。古典学的基本功是古典语文学，即通过对古希腊语、拉丁语和其他古代民族语言的研习，勘察、读解古代经典文本，结合具体史料，把握文明起源阶段的精神样貌。

古典学旨在为西方文明树立经典的"普遍性"和"权威性"。在文艺复兴时期，对古希腊罗马学问的探究开始盛行，古典学开始登场，并逐渐在近代早期直至启蒙时代的数百年里，成为人文学问的主要范式，最终在 19 世纪成为正式学科。自中世纪晚期以来，古典学的兴起使大量古希腊罗马经典获得了译介，西方现代人文主义者在文艺创作方面，获得了可供模仿的历史楷模。但丁、彼特拉克（F. Petrarca）②、拉伯雷、布鲁诺（G. Bruno）③、马基雅维利（N. Machiavelli）④ 和莎士比亚的创作均体现着古典学的滋养。经历过"古今之争"，到了启蒙时代，维柯（G. Vico）⑤、孟德斯鸠、吉本（E. Gibbon）⑥ 等人对西方文明的经典史述则更多体现出对古典精神的化用与修改。到了尼采所处的 19 世纪，古典学逐渐成为体系化、实证化的学院工作。尼采对此提出了尖锐的批评，认为应当摆脱"好古癖"，他的文艺理论经典著作《悲剧的诞生》清晰地体现了这种革命性的立场。

三、传统

"传统（traditions）"是文学经典最终要呈现出来的历史形态。一个民族的经典作品的序列，往往会构成一种意义明确、内容丰富的"传统"，并极大地影响后世文学创作和欣赏者的艺术品位。

在著名诗人、批评家艾略特（T. S. Eliot）的名篇《传统与个人才能》(1917) 中，"传统"构成了现代诗人理应作为"知识"去了解的"关于过去的意识"；诗人应当在经典作品所营造的种种感情、感受的经验的基础上进行"再创作"，让这些传统内容呈现出前所未有的意义。⑦ 英国著名批评家利维斯（F. R. Leavis）曾把简·奥斯汀（J. Austen）、乔治·艾略特（G. Eliot）、亨利·詹姆斯（H. James）、康拉德（J. Conrad）和劳伦斯（D. Lawrence）视为现代英语

---

① 约翰·埃德温·桑兹. 西方古典学术史（第一卷上册）[M]. 3 版. 张治，译. 上海：上海人民出版社，2010：28.

② 彼特拉克，文艺复兴时期意大利人文主义者，著有《歌集》等。

③ 布鲁诺，文艺复兴时期意大利思想家、自然科学家，捍卫并发展了哥白尼日心说。

④ 马基雅维利，文艺复兴时期意大利佛罗伦萨政治思想家，著有《君主论》《佛罗伦萨史》《论李维》等。

⑤ 维柯，意大利思想家，著有《新科学》《论意大利最古老的智慧》等。

⑥ 吉本，英国历史学家，著有《罗马帝国衰亡史》等。

⑦ 艾略特. 艾略特文学论文集 [M]. 李赋宁，译. 北京：人民文学出版社，2019：4-9.

小说"伟大传统"的代表：这些作家"改变了艺术的潜能"，并且能够促发"人性意识"亦即"对于生活潜能的意识"；他们都关注"形式"，"把自己的天才用在开发适宜于自己的方法和手段上"，又借此表达"面对生活的虔诚虚怀"和"道德热诚"；这些作家事实上创造的是"理想的文明感受力"。①

由这些例子可以看出，一旦涉及对现代经典的讨论，人们必然离不开对"传统"的处理。经典的重要意义，在于串联起一个文明引以为豪的传统自觉。同样地，要理解一部经典，有必要了解该经典所从属的传统的大致脉络。

◇ 本章小结

中西方对于文学经典的定义有所不同。在中国古代，经典的首要义项在于"常"（即普遍性）和"尊"（即权威性）。近代以来，现代学科建制与学术范式进入中国，古代汉语、文献学、古代史等学科逐渐构成中国古典研究的主要力量。新中国成立后，对中国传统经典的研究获得了马克思主义历史唯物主义的指导。西方对于经典的定义更为复杂。在"古今之争"的语境下，对于什么是经典的回答经历了从传统作品到现代作品的嬗变。

经典之为经典离不开"经典化"的过程。其中包含美学维度与史学维度，前者涉及思想和审美定位的形式论，后者涉及历史性生成的语境论。在后现代思潮的影响下，"经典化"的话题逐步转向"去经典化"的论域，对"什么是经典"这一问题做文学政治学处理。但不论是进行经典化还是去经典化，经典都始终在场，而凝视文本自身才能获取更多意义潜能。

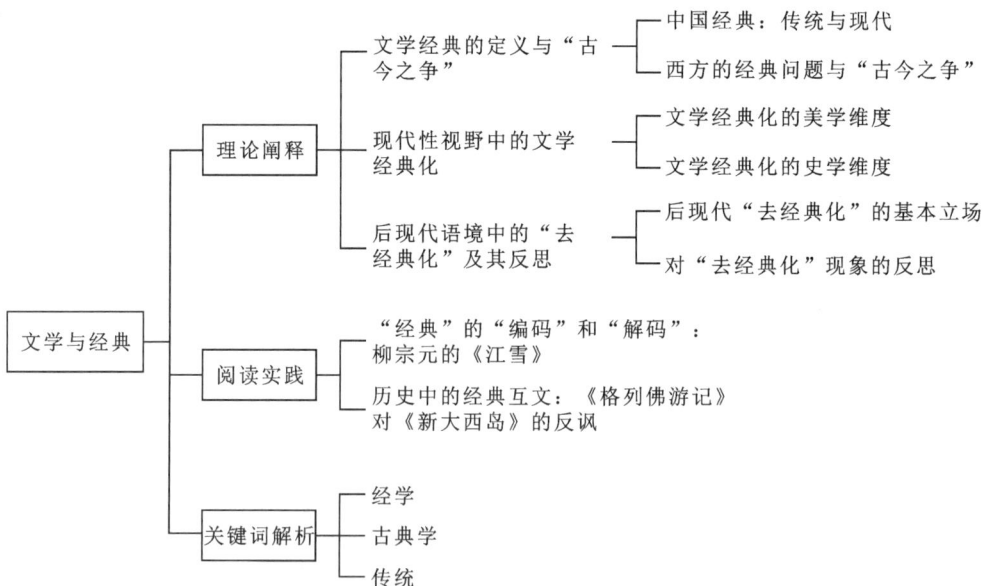

```
                                    ┌─ 文学经典的定义与"古     ┌─ 中国经典：传统与现代
                                    │  今之争"              └─ 西方的经典问题与"古今之争"
                         ┌─ 理论阐释 ─┤  现代性视野中的文学      ┌─ 文学经典化的美学维度
                         │          │  经典化               └─ 文学经典化的史学维度
                         │          └─ 后现代语境中的"去      ┌─ 后现代"去经典化"的基本立场
                         │             经典化"及其反思        └─ 对"去经典化"现象的反思
              文学与经典 ──┤          ┌─ "经典"的"编码"和"解码"：
                         ├─ 阅读实践 ─┤  柳宗元的《江雪》
                         │          └─ 历史中的经典互文：《格列佛游记》
                         │             对《新大西岛》的反讽
                         │          ┌─ 经学
                         └─ 关键词解析 ┤  古典学
                                    └─ 传统
```

① 利维斯.伟大的传统［M］.袁伟，译.北京：生活·读书·新知三联书店，2009：3，12，22.

◇ 思考与练习

1. 有人认为，学习中西方古代经典，对现代生活没有帮助；现代文学经典对人性的刻画和对社会问题的揭示更加具体且深刻。请结合本节内容，谈谈你的看法。

2. 有人认为，娱乐电影和流行音乐不可能成为经典，因为它们属于"快餐文化"，并不追求审美价值的稳定持久。请结合本节关于"经典化"的内容，谈谈你的看法。

3. 网络文学现在也面临着"经典化"的历史要求。请你对当代网络文学创作者和相关工作者提出几项建议，以促进网络文学经典的诞生。

4. 请分析以下《红楼梦》选段中对王熙凤的描写为什么是经典的。

一语未了，只听后院中有人笑声，说："我来迟了，不曾迎接远客！"黛玉纳罕道："这些人个个皆敛声屏气，恭肃严整如此，这来者系谁，这样放诞无礼？"心下想时，只见一群媳妇丫鬟围拥着一个人从后房门进来。这个人打扮与众姑娘不同：彩绣辉煌，恍若神妃仙子。头上戴着金丝八宝攒珠髻，绾着朝阳五凤挂珠钗；项上带着赤金盘螭璎珞圈；裙边系着豆绿官绦，双衡比目玫瑰珮；身上穿着缕金百蝶穿花大红洋缎窄褃袄，外罩五彩刻丝石青银鼠褂；下着翡翠撒花洋绉裙。一双丹凤三角眼，两弯柳叶吊梢眉，身量苗条，体格风骚。粉面含春威不露，丹唇未启笑先闻。黛玉连忙起身接见。贾母笑道："你不认得他，他是我们这里有名的一个泼皮破落户儿，南省俗谓作'辣子'，你只叫他'凤辣子'就是了。"①

---

① 曹雪芹，高鹗. 红楼梦 [M]. 中国艺术研究院红楼梦研究所，校注. 北京：人民文学出版社，1996：39-40.

第十六章
文学与通变

学习目标	了解文学通变的基本规律，提升文学理论素养
重难点	文学通变的基本规律，如何看待历代文学的变迁
推荐教学方式	课堂教学与学生讨论相结合
建议学时	2 学时

✐ **情景导入**

刘勰的《文心雕龙》中有如下论说：

> 夫设文之体有常，变文之数无方，何以明其然耶？凡诗赋书记，名理相因，此有常之体也；文辞气力，通变则久，此无方之数也。（《文心雕龙·通变》）
>
> 时运交移，质文代变，古今情理，如可言乎？（《文心雕龙·时序》）
>
> 故知文变染乎世情，兴废系乎时序。（《文心雕龙·时序》）

什么叫作文学的"通变"，其影响因素有哪些呢？

理论阐释

●● 第一节　通变的基本定义 ●●

"通变"从字面意思看，是贯通和变革。就贯通而言，主要是指遵循固有传统，取其精华；就变革而言，是对固有传统"入乎其内，出乎其外"，不受羁绊，不断创新。所以，"通变"首先是一个哲学命题，它要求在继承中求创新，以创新实现发展。

马克思、恩格斯将包括文学在内的各类艺术，看成是人的本质力量对象化的产物。他们还认为"五官感觉的形成是迄今为止全部世界历史的产物"[①]，那么依靠感官进行的创作和欣赏活动也必然带有历史性。在中国传统思维中，《周易》最早诠释了这一现象，"易"的重要含义就是"变易""更迭"，世界万物一旦静止不动，就会僵化而趋于灭亡。艺术的发展也是这样。对此，刘勰在《文心雕龙》中进行了充分的总结。《文心雕龙》作为我国第一部系统的文学理论专著，专设《通变》篇，其中有"夫设文之体有常，变文之数无方""变则可久，通则不乏"的论述，在《时序》篇中，刘勰更是将文学的发展与社会历史的发展联系起来，于是确证了文学通变的必然性和正当性。自此之后，哲学层面的"变易"观念，在文学领域有了固定的表述，"通变"成了历来讨论文学沿革问题的固定术语。

●● 第二节　社会意识对文学发展的影响 ●●

社会意识是对社会存在的反映，是一个社会内部在长期历史发展过程中逐渐形成的思想观念，既体现在显性的政治、法律、哲学、艺术、宗教、历史等领域，也渗透在民间信仰和风俗习惯之中。

社会意识与意识形态具有交叉关系。一直以来，人们对于何谓"意识形态"莫衷一是。在马克思看来，意识形态是阶级社会的产物，在社会总体结构中，它属于上层建筑的组成部分，是社会统治阶层出于种种需要塑造的"合理的、有普遍意义的思想"。在伊格尔顿看来，意识形态往往以艺术化的方式呈现出来，在潜移默化之中宣扬社会主流思想，无法脱离社会权力的控制。总而言之，意识形态是阶级社会中一种理论化、系统化，且产生普遍影响的观念形式。其与社会意识的关系体现在如下两方面。

首先，两者本质上都属于思想观念的范畴。只不过，意识形态表现出更明显的功利色彩，而社会意识相对带有自发性，它虽然不可避免地受到本时代意识形态的显性影响，但更是文化传统不断积淀的产物。以汉代为例，帝王有意识地介入学术研究之中，著名的石

[①] 中共中央马克思恩格斯列宁斯大林著作编译局.1844年经济学哲学手稿［M］.北京：人民出版社，2018：84.

渠阁会议和白虎观会议都有帝王的高度参与。正因如此，汉代学术表现出明显的政治化、伦理化色彩，成为官方进行意识形态控制的主要手段。但是，不能据此就认为汉代社会完全是在儒家观念笼罩下运行的。事实上，佛教观念和黄老思想仍具有广泛市场。在文人阶层中，尽管司马相如、扬雄、班固、张衡等人的大赋中呈现出王朝的博大气象，但内心往往存有作为御用文人的自知之明和大志难伸的苦闷，所以，他们私下不免带有"以悲为美"、崇尚"怨愤"主题的潜在审美倾向。由此可见，意识形态与社会意识之间并非完全对应，而且都会对文学作品产生复杂影响，两者是否同步，以及同步到何种程度，决定着文学面貌是单一的还是多元的。

其次，意识形态具有时代性，社会意识具有超时代性，后者是对前者的提炼和升华。意识形态本质上属于社会治理的文化工具，正因如此，它往往会随着时代沿革而变化。而且，意识形态之所以能够存在，很大程度上是因为它的理论性和系统性。就理论性而言，乔纳森·卡勒在《文学理论入门》中曾指出，理论应该是"跨学科的"，而且带有"分析和推测"的特征；不仅"是对常识的批判"，而且"具有自发性，是关于思维的思维"①。这些对于"理论"的规定，对于解读"理论性"也同样具有参考价值。意识形态的系统性，在于它具备相对周延的体系框架。但是，这里所说的系统性往往是相对的，由于其本质上属于思想观念，所以难以像科学定理一样被证真或证伪，因此意识形态的系统性既是一种自我完善，同时也能成为进行群体控制的手段。相比之下，社会意识并不具备明显的理论性和系统性，它往往建立在约定俗成的基础上，依靠民间信仰、世俗观念得以延续，如中国人对龙凤的图腾崇拜、对大团圆结局的向往等。总之，社会意识的理论性和体系性不强，反而不容易在人们的观念中引起排斥，于是获得不被时代限制的超时代性。或者说，它是在对具体意识形态不断提纯的过程中，积淀而成的集体无意识。

社会意识对文学发展的影响，有共时和历时两个维度。就历时维度而言，社会意识在一种文化体系中具有超稳定性。在中国文化中，礼乐传统是一种最基本的文化传统。在礼乐传统的笼罩下，古代社会不仅具有显性的礼法规范，也在艺术和审美中实现了意识形态的灌输，促进了社会的持续稳定。纵观中国文学、艺术的历史，会发现社会意识层面的礼乐传统在或明或暗中，始终发挥着重要影响。

就共时维度而言，社会意识又具有时代特征，这种时代特征也会影响文学艺术的面貌。文学艺术受社会意识的影响呈现在显性和隐性两个层面。在显性层面，优秀的作家往往能够结合时代风气，进行或歌颂或批判的艺术创作。比如盛唐诗歌往往带有昂扬、向上的风貌，这与李唐王朝自李世民以来的开放性文化政策关系密切。王维著名的《和贾舍人早朝大明宫之作》一诗描绘了唐肃宗时代早朝的景象，其中"万国衣冠拜冕旒"道出了唐王朝的威仪气派，这种气派足以令其他国家俯首称臣。此诗的创作虽正值安史之乱，但盛唐气象还在，诗人的赞美之情溢于言表。

在共时维度，社会意识对文学创作的隐性影响表现于，作家常以一种不自觉的姿态呈现时代风貌。文学史上有两类文人，一类是主流文人，另一类是非主流文人。前者往往活跃在大众视野之中，起到引领审美风尚的作用。后者则在当时名不见经传，需要经过若干

---

① 乔纳森·卡勒. 文学理论入门［M］. 李平，译. 南京：译林出版社，2013：16.

时代的历史积淀，才会出现在大众视野中，有的甚至成为文学史的主流。在后者的作品中，经常会隐性而深刻地展示出时代风貌，以及作者的种种看法，成为后人了解和反思某些特定时代的钥匙。于是，我们在卡夫卡的《变形记》《审判》《城堡》中看到了人性的异化，在艾略特的《空心人》《荒原》中看到了世界和人类精神的双重荒芜，在萨特的《禁闭》中体会到了"他人就是地狱"的悲哀。这些都是社会意识在文人内心深处的隐性投射，作家又将这种内在感受以艺术作品的形式呈现了出来。

◉◉ 第三节　文学观念的演变 ◉◉

社会发展和社会意识都具有历史性，文学作品也呈现出随时代变革演变的规律，在理论层面，就主要体现为文学观念的通变现象。何谓文学观念？它是人们对文学本质、特征、规律的总体看法，是在对文学现象整体把握的基础上形成的宏观认知。文学观念具有概括性、引领性、总结性。

概括性是指文学观念并不是针对某一个作家、作品而言，而是在对时代文艺现象整体把握的基础上进行的观念提炼。引领性是指文学观念一旦形成，就会对某一特定历史时代的文学发展起到指导作用，作家会在潜移默化之中遵循相应原则进行创作。总结性是指文学观念相比于文学实践，有时会相对滞后。这与文学观念的引领性并不矛盾，从长期来看，某种观念一旦形成，会相对稳固，并对创作实践产生引领作用。但就短期来看，往往文学现象首先产生，然后才是对现象的总结和提炼，进而形成某种文学观念。

文学观念是一个动态概念，在历史的发展过程中会呈现出流动的样态。需要指出的是，文学观念的发展并非体现出完全的阶段性。如果将文学及其观念的发展比作一条长河的话，它们往往在你中有我，我中有你的状态下滚滚向前。美国文学理论家 M·H·艾布拉姆斯在《镜与灯——浪漫主义文论及批评传统》一书的导论部分，将西方文学观念划分为模仿说、实用说、表现说、客观说几种，并指出了这几种学说的代表人物。很显然，上述诸种观念虽然都有一定的历史性，但它们更多时候则存在明显的交叉关系。以模仿说和表现说为例，一般认为古希腊是模仿说的奠基期，柏拉图以"床喻"提出艺术是对理念的"摹仿的摹仿"。但与此同时，柏拉图还认为艺术作品是艺术家精神"迷狂"的产物，"迷狂"的根源在于"诗神附体"以及对前世心灵的回忆。很显然，这种观念又带有明显的表现说的痕迹。

这种交叉现象在个人身上如此，在一个时代中体现得更明显。往往某个时代同时具备几种文学观念，且能和谐共存。比如，通常我们将先秦时代看成是中国抒情文学传统的开端，因为此时不仅有"诗言志"（《尚书·尧典》）的理论表述，更有《诗经》中的大量诗篇作为例证。但是，这一时期的模仿观念又何尝不完善，《周易·系辞》认为现实世界的符号性存在（包括语言、文字）都是人们"仰观俯察"的结果，而且除诗歌之外的其他文学样式，尤其是史传文学，也带有明显的再现现实的痕迹。

正因如此，在文学创作及文学观念的发展过程中，经常会出现崇古与尚新、高雅与通俗、"他为"与"自为"之间的纠缠。下面主要对文学观念流变过程中的这三对概念加以具体分析。

首先，文学观念的崇古与尚新。按常理来讲，文学演进的过程应该是不断创新的过程，新的表现内容、文体形式、语言风格会为文学的发展提供不竭的动力。但是，在实际的文学演进过程中，始终伴随复古与革新的矛盾。这种矛盾的出现主要基于以下几个原因：第一，革新是一个复杂的过程，期间往往伴随着各种实验性尝试，这会影响人们对新文学样态的态度。比如，在五四新文化运动期间，胡适以《文学改良刍议》，陈独秀以《文学革命论》等文章倡导白话文学，期间亦有大量作家进行白话文创作。但其过程异常艰辛，一些进步文人受到了学衡派、甲寅派文人的大加挞伐，甚至作为新文化旗手的胡适后来也曾倡导"整理国故"，给人复古的印象。这一过程至少持续了十多年，最终新文化、新文学才得到认可，并成为中国文学的主流。第二，文学作为一种话语形式，复古与创新的背后往往蕴含着权力的争夺。德国哲学家卡西尔在《人论》中，将语言、艺术同宗教、神话、科学、历史一起看作人类的基本文化样式。① 同时，在罗兰·巴特、福柯等现代西方理论家看来，语言和艺术并非存在于真空之中，其内部蕴含着复杂的权力关系。较典型的例子是西方 17 世纪新古典主义文学的兴起。14—16 世纪兴起的文艺复兴运动，使得新兴资产阶级逐渐登上历史舞台，并在与封建贵族阶级的斗争中处于优势地位。到了 17 世纪，封建贵族阶层重新获得话语权，此种背景下，审美趣味又开始重新趋于传统，符合宫廷审美趣味的戏剧（如莫里哀的《伪君子》《悭吝人》）大量出现。布瓦洛在《诗的艺术》中主张戏剧演出应该符合时间、地点、情节高度整一的"三一律"，很大程度上就是对宫廷贵族的看剧习惯的迎合，带有明显的阶层特点。

其次，文学观念的高雅与通俗。雅与俗的问题一直是横亘于文学观念领域的重要问题。客观而言，由于雅与俗的内涵具有相对性，不仅两个概念本身难以界定，同时在历史发展过程中也往往会呈现交叉性。如果从人性的角度审视雅与俗的矛盾，可以说其人性根据在于人类感性与理性之间的张力。不妨看下《礼记·乐记》中关于魏文侯听乐的记载，魏文侯听古乐"唯恐卧"，听新声则"不知倦"。从统治者角度，推崇"古乐"是建构身份的理性诉求。但从个人角度来讲，则"新声"更能激起人们的热情，感官满足是艺术欣赏中无法绕开的话题。在文学观念发展过程中，高雅与通俗又往往同复古与革新纠缠在一起。在很多文人眼中，"古"与"雅""新"与"俗"是相统一的概念。复古意味着复兴雅道，革新意味着屈从俗趣，在中外文学史上，这种情况比比皆是，不仅时代与时代之间如此，即便在某一时代内部也会出现这种情况。总之，雅与俗难以定义，却是文学发展无法绕开的话题。

再次，文学观念始终在"他为"与"自为"之间摆动。所谓"他为"是指将文学看成是一种工具，或服务于道德宣扬，或服务于政治治理。与之相对的是"自为"，即将文学看成是一种独立性存在，它忠实于作者内心，是作者内在情感的投射，是康德意义上的"无目的的有目的性"的产物。实际上，"他为"与"自为"体现为工具论与表现论之间的差别。前者取消文学的主体性，将之视作工具；后者则强调文学的审美性存在，最大限度摆脱社会因素的影响。就"他为"式文学观念而言，古希腊时期就已经存在，柏拉图、亚里士多德等人的理论中就有将文学艺术看成"善"之载体的观念，这种倾向在古罗马贺拉

---

① 恩斯特·卡西尔.人论[M].甘阳，译.北京：西苑出版社，2003：126-220.

斯的《诗艺》中以"寓教于乐"的命题被表述出来。在中国文学理论中，孔子认为诗歌可以"兴观群怨"，这已经构成了工具论的雏形。到了中唐韩愈、柳宗元这里，"文以明道"的观念被明确提出，唐宋古文运动实际上就是在这种理念的支配下运行的。到了宋代，周敦颐将这种观念进一步表述为"文以载道"。至此，工具论成了中国文学的显性原则之一。与"他为"相对的是"自为"，它也始终存在于文学领域之中，并与他为观念构成对话关系。在西方文学领域，一般认为文艺复兴是文学自觉的标志，而从理论层面进行建构的时期则是18世纪，康德在《判断力批判》一书中明确提出"审美无功利"的命题，席勒在《审美教育书简》中也将艺术创作看成"想象力的自由游戏"，他们都赋予了艺术创作以超出现实利害的属性。在中国文学传统中，一般将魏晋时期看成是文学"自为"的时间节点，鲁迅在《魏晋风度及文章与药及酒之关系》一文中以"人的觉醒"和"文的自觉"界定这一时期。与之相应，以审美为指向的文学观念逐渐盛行，比如曹丕的"文气"说、刘勰的"风骨"说、钟嵘的"滋味"说、司空图的"韵味"说，等等。

总之，文学观念具有历史性，在其发展过程中可能会存在多种多样、难以穷尽的认知。跳出这些具体的认知，文学观念在宏观上始终围绕复古与革新、高雅与通俗、"自为"与"他为"的基本母题向前演进。表面看来，这些规律似乎在无休止地循环，但这种循环中蕴含着逐渐进步、上升的过程，正因如此，文学实践才不断发展，文学观念才不断圆融。

●● 第四节　文体变革与时代审美意识 ●●

文体是文学观念的载体和重要呈现形式之一。一般认为，文体是文学作品的形式样貌，以及由之呈现出来的稳定性的风格特征。文学是语言的艺术，因此语言风格是构成文体的重要质素。同时，文学还是形式化的艺术，不同文体除了语言风格有所差异之外，还体现出结构形式的不同。

在西方文学领域，亚里士多德在《诗学》中按照模仿的媒介、对象、方式等方面的不同，将文体分为抒情诗、史诗和戏剧三种，这开创了西方文体分类中三分法的先河。到了18世纪，歌德认为文学通常可分成三种形式，即清晰的叙述式、热情的激动式以及个人的行动式。黑格尔在《美学》中延续了亚里士多德的划分方式，并从自己的哲学体系中正、反、合的逻辑脉络出发，认为史诗是文学发展的正题，抒情诗是反题，戏剧则属于更高阶段的合题。此后，西方文学理论中文学必有"文体"，且每种文体带有各自形式特征这一基本认知，成为共识。

在中国文学传统中，文体的划分更为细致，理论更显丰富。宏观而言，周代以前已经有了诗歌和散文的划分。诗歌领域，《诗经》中有风、雅、颂三类；散文领域，《尚书》中有典、谟、训、诰、誓、命等细类。到了魏晋时代，文体的分类愈发细致，曹丕《典论·论文》言："夫文本同而末异，盖奏议宜雅，书论宜理，铭诔尚实，诗赋欲丽。"论及了奏、议、书、论、铭、诔、诗、赋等八种文体。陆机在《文赋》中列出了诗、赋、碑、诔、铭、箴、颂、论、奏、说等十种文体。这个时期最具代表性的无疑是刘勰的《文心雕龙》，共论及三十三种（一说三十五种）文体，可谓体大虑周。魏晋以后，文体的划分愈发多样，甚至有时流于细碎、烦琐。比如萧统《文选》含三十七种文体，明人吴讷《文章辨体》把文体分成四十九类，稍后的徐师曾《文体明辨》竟增至一百二十七种之多，文体分类之繁复可见一斑。

文体的本质是形式结构。英国形式主义美学家克莱夫·贝尔提出了"有意味的形式"的观点。我国美学家李泽厚在《美的历程》一书中曾借用这一概念分析石器时代各种纹样的演变。在他看来，原始先民对宇宙和社会的看法，最终都会以凝练的、线条化的方式"积淀"在陶器抽象的纹饰之上。事实上，石器时代至青铜器时代，各种蛙形纹、鸟形纹逐渐从写实性形象变成了抽象线条，这一过程不仅预示着原始先民图腾信仰的演变，也显示了人们审美观念的不断变革。从这个意识上讲，形式具有"意味"。

在文学领域，形式同样具有"意味"属性。在作家创作过程中，面对同样的生活素材，不同作家的处理方式不尽相同，无论在语言风格上，还是在选择的表现文体上，都有很大差别。比如同样是写"愁"，南朝李煜称"恰似一江春水向东流"（《虞美人·春花秋月何时了》），宋代贺铸则称"一川烟草，满城风絮，梅子黄时雨"（《青玉案·凌波不过横塘路》），每位诗人在词牌的选择、意象的使用、词语的排列等方面，都有明显差别。这其中不仅蕴含了作者的人生际遇，而且也折射出作者在感情浓度上的差异，形式提供了我们接近作者内心的钥匙。在现代文学史上，一个经典的案例是朱自清与俞平伯的同题散文《桨声灯影里的秦淮河》。朱自清的文章节奏舒缓，以白话见长，宛如邻家孩童在向伙伴娓娓叙述，以清澈的心灵感受"秦淮河的滋味"；俞平伯的语言相对华丽，语句工整，且有押韵的迹象，带有古体文的气息，宛如文学才子在描绘"圆月犹皎的仲夏之夜"的美好回忆。虽然我们将两者以"孩童之文""才子之文"区分，但并非区别优劣，意在说明在不同的形式背后，体现出了作家个性、教育背景、审美偏好等方面的诸多差异。

在文学形式背后的众多"意味"之中，时代审美意识是重要构成要素。从学理上讲，时代审美意识与文学观念存在水乳交融的关系，一方面，时代审美意识构成了文学观念得以产生的文化土壤；另一方面，文学观念又对时代审美意识的形成具有反作用。从微观角度来讲，时代审美意识对文学实践及文学观念的影响，主要以文体形态的方式展现出来，文体形态又往往由表达、风格、结构三个层面构成。

首先，时代审美意识制约了文学表达的方式，使其呈现出历史性。这里所说的表达方式指宏观的叙事和抒情方式。西方文明的重要源头是古希腊文明，公元前 8 世纪至公元前 6 世纪，围绕爱琴海出现了众多城邦。城邦背后是大片贫瘠的丘陵和山地，这从根本上限制了它们向内陆发展的可能。在如此恶劣的生活环境下，希腊人的理性较早发展起来。到民主制时期，个人权力获得空前认同，理性获得了进一步肯定，希腊人的审美意识逐渐由神的世界向人的世界转型。以叙述英雄事迹为主的史诗大量出现，同时，以反映人生命运为内容的悲剧也走向繁荣。在这个历史时段，无论史诗还是悲剧，都带有歌唱的属性，以"说唱"作为叙事的基本手段，实现了叙事与抒情的完美融合。此后，西方文学逐渐向叙事的方向发展，侧重发挥了"说唱"传统中"说"的维度。宏观而论，西方文学史中不同文学思潮迭起，它们的叙事和抒情方式都不同程度地受到时代审美意识的影响，从而表现出自身的时代性。

其次，时代审美意识影响着文体风格的形成。时代审美意识会对文学风格的形成产生全面影响，其中文体特色就是重要一维。文学风格实际上是一个总体性概念，其内在基础是作家的个性，外在呈现是文体特色和语言风貌。因此，若将文学风格进行进一步拆分的话，起码应该包括个性风格、文体风格和语言风格等构成要件。其中，文体风格是最能显示不同时代文学特征的窗口。王国维在《人间词话》中对中国古代文学的发展有过一段宏观性的总结，他说"四言敝而有楚辞，楚辞敝而有五言，五言敝而有七言，古诗敝而有律绝，律绝敝而有词"。在《文心雕龙·时序》篇还存在这样一句话："歌谣文理，与世推移，风动于上，而波震于下者。"意在强调不同文体随着时代演变而发生变化，并以"风""波"为喻，说明社会与文学之间的关系。这里的"风"，虽然有社会政治的含义，但更准确地说应该是时代审美风尚。因为同政治相比，审美风尚与文艺的关系更为密切、直接。事实的确如此，哪怕针对同一种文体，时代审美风尚也会发生作用，著名文学史家缪钺先生曾指出：

> 唐诗以韵胜，故浑雅，而贵酝藉空灵；宋诗以意胜，故精能，而贵深折透辟。唐诗之美在情辞，故丰腴；宋诗之美在气骨，故瘦劲。[①]

之所以唐宋诗歌之间有上述差异，是因为各自时代的审美意识发挥着重要作用。唐代总体审美偏于感性、刚健，如同英发之少年。宋代则在理学的影响下，偏于理性、老成，宛如经历世事变迁的老者。如果从美学角度来讲，唐代审美崇尚"雄浑"之美，而宋代推崇"淡雅"之美，这些审美追求贯穿于各个艺术门类之中，在文学领域中则对文体风格产生了影响。

最后，时代审美意识塑造了文体的结构形式。一般情况下，文体具有相对稳定性，是经过长期历史积淀之后的产物。但是必须承认，文体特征在总体保持稳定的前提下，内部也并非一成不变，这主要体现为结构形式的内在调整。杨义在《中国叙事学》一书中指出，作品的结构在遵循惯例的基础上，更具有开放性，同时作品结构的形成还与作家感知到的"人间经验"和"人间哲学"有关，这其中就包括时代审美意识的成分了。以小说这种文体为例，明清时期，小说文体发展到了顶峰。其在结构上与前代小说不同的是，一方面叙事过程中诗词大量参与，另一方面插图在文本中的比重明显增加。这些都与明代以来世俗审美的勃兴有关，为了迎合市井百姓的欣赏习惯，作品秉承话本的传统，以"章回"的形式结构文本；在微观上，则进行着结构上的微调。首先，文人对民间故事进行再度创作过程中，增加了作为艺术作品的雅趣，这就使得诗词与叙事获得充分融合，形成了独特的叙事结构。其次，印刷业的发展使世俗审美对视觉的要求成为可能，由此各种插图大量出现。通过语图互文的形式，不仅增加了内容的丰富性和可读性，更加改变了传统小说的结构形态。

综上所述，时代审美意识对文学发展产生着重要影响，如果说上节提到的雅与俗、古与今、自为与他为等母题，偏重于从历时角度宏观地审视文学观念的历史变迁的话，那么本节则是在宏观线索的基础上，展示文体形态的时代性。文体形态并非一成不变，在历史发展过程中，社会总体情况通过时代审美意识的中介，作用于文体形态，使其呈现出表达方式、风格特征、结构形式等方面的诸多变化，这些变化是我们了解文学通变规律的钥匙。

---

① 缪钺. 诗词散论 [M]. 上海：开明书店，1949：17.

◇ 阅读实践

金圣叹对宋江形象的评论与其历史意义

金圣叹评论《水浒传》中宋江形象时称"宋江一生以携手为第一要务",这个评价是否准确？其历史意义是什么？

《水浒传》第十八回"美髯公智稳插翅虎 宋公明私放晁天王"中有这样一个片段，晁盖、吴用等人智取生辰纲之后，由于何清告密，致使白胜被捉，严刑之下白胜将晁盖等人供出。州府连夜下发公文，欲让郓城县衙负责捉拿。此事未到县衙之前，被身为郓城押司的宋江知晓，遂在衙门办公之前赶去为晁盖报信，当宋江来到晁盖庄前，小说作如下叙述：

> 晁盖见庄客报说宋押司在门前，晁盖问道："有多少人随从着？"庄客道："只独自一个飞马而来，说快要见保正。"晁盖道："必然有事。"慌忙出来迎接。宋江道了一个喏，携了晁盖手，便投侧边小房里来。

随后，便将官府欲捉拿之事告知晁盖，让他们早做准备。金圣叹在"携了晁盖手"一句后，评点称"宋江一生以携手为第一要务"。在同一篇中，除了这个评语之外，还有多处涉及宋江的地方，出现最多的词语是"权诈""权数"。比如，"看他只是口头狡狯语，便令天下人奔走效死，宋江真权诈之雄哉""所以为群贼之魁也"，带有明显的贬义色彩。在后文中虽然不时出现"权术可爱""权术妙"的评语，但总体来看，金圣叹对宋江的态度是复杂的，甚至可以说，贬多于褒。

除本回的评点外，在金圣叹对《水浒传》的改写上亦可看出端倪。在直观层面，这种改写体现在两个方面：一是将原著《忠义水浒传》的"忠义"删掉；二是对原著进行"腰斩"，将七十一回以后的文字全部删掉。这两个方面都与宋江有关，原著将宋江刻画为既体现了对朝廷的"忠"，又有对兄弟的"义"的英雄形象。但这样的宋江，显然不合金圣叹的口味。与此同时，金圣叹将原著的后四十九回悉数删掉，没有了后来被招安，并攻打辽国，平定田虎、王庆、方腊，以及最终众兄弟相继惨死的情节。这种情节设置，一方面展现了金圣叹的美好愿望，另一方面也体现了将反抗进行到底的倾向。如此处理方式，与宋江心心念念的"招安"动机，形成了反差，更加凸显了宋江的目光短浅和"小贤"形象。由此可见，金圣叹对"以携手为第一要务"的宋江自始至终都抱有批判态度，从而形成了金圣叹与众不同的文学主张。

那么，金圣叹为何有如此认知呢？金圣叹是明末清初的人物。当时人民生活在水深火热之中，官逼民反，农民起义风起云涌，这种背景与金圣叹在评点过程中试图突出的"乱自上作"的观点有直接关系。在社会思想层面，阳明心学是明代社会的显学，到了晚明，心学发展到近乎极端的程度，人性、人情受到前所未有的推崇，这种背景下，外在的纲常伦理受到了极大挑战。这构成了金圣叹评点的思想基础。

事实上，《水浒传》故事并非产生于晚明，而是早已有之。从现有材料来看，民间色彩的水浒故事，可以上溯到宋代。其时，基本故事框架已经具备，宋江形象也出现了。张锦池先生在《"忠义之烈"的艺术典型——论宋江的艺术形象及其历史发展》一文中指出："宋江的形象早在南宋水浒故事中便被赋予忠义思想的色彩。宋江形象的历史发展过程就是其忠义思想不断深化的过程,而忠于宋室的观念则越来越处于矛盾的主导方面。"① 也就是说,宋代水浒故事更加突出"忠义"的主题,这一方面与宋代社会相对稳定的政治局面,以及汉族政权的一贯传统有关;另一方面则与程朱理学对纲常伦理的护佑作用有关。到了元代,这种情况有所改变。元代社会,不仅文人的地位极为低下,对汉族百姓的镇压也愈发严重。这种背景下,元代文人笔下的水浒故事表现出了更明显的反叛色彩,有些故事中尽管宋江不是主角,却具备为民除害、反抗官府、不屑招安的基本品质,其身上蕴含的"忠"和"义"主要表现为对农民起义"替天行道"的精神的忠诚,以及颇具民间伦理色彩的江湖义气。这些构成了明代水浒故事,以及金圣叹评点水浒故事的前历史。

《文心雕龙》称"歌谣文理,与世推移",不仅文体如此,文学观念、作者倾向乃至读者态度都会随着历史的变化呈现出"通变"的状态。20 世纪以来,胡适、鲁迅、周作人、刘半农等人都对水浒的主题和宋江形象做过评论,其中值得一提,且与本文密切相关的是冯友兰的评价。在《新世训·应帝王》篇中,冯友兰说:

> 宋江无论见什么人,总叫他觉得宋江以他为心腹。他看见人,总先上去拉着手。金圣叹说:"宋江一生,以携手为第一要务。"他能叫人都觉得,宋江以他为心腹,他即可叫人做他的心腹。他若能叫全山寨的人都是他的心腹,他即可稳坐山寨的第一把交椅。②

与金圣叹对宋江的鄙夷态度不同,冯友兰对宋江形象多加肯定,认为宋江对"拉手"的情有独钟,是做首领、皇帝的必备素质。冯友兰的这种评价,与他的哲学观念有关,他是站在《老子》的哲学立场上来审视宋江形象的。同一篇中,他还有这样的话:"当首领,尤其是当大首领的方法,第一要无为。""这证明了《老子》的话'非以其无私耶?故能成其私。'"《老子》"无为而无不为"思想在冯友兰看来就是统治者无私、有大量、相信下属,以便自己稳居高位,运筹帷幄。

建国初期,《水浒传》及宋江形象又被大量讨论。在 20 世纪 80 年代之前,或者将宋江看成是反抗封建统治的人民领袖;或者将之视作最终向统治阶级妥协的投降派;或者把他当作集柔弱与坚强于一身的悲剧人物,等等。80 年代以后,对宋江的评价逐渐脱离了阶级斗争的框架,观点愈发多元,标签化的认知逐渐减少,且更多从人物塑造的艺术性角度看待这一形象。总之,宋江形象在创作领域和批评领域的不断演变,俨然就是文学观念不断变革的历史。不同时代的社会状况和思想背景,左右着故事的脉络和人物命运的走向,也制约了文体的存在形态,创作者和评论者作为特定时代存在的个体,总在或明或暗之中受到这些因素的影响。除此之外,创作者和评论者也在不同程度上体现出自己的个性,比如个人际遇、哲学信仰都会对创作和评论产生影响。社会因素与个体因素一道建构了水浒故事和宋江形象的浩荡江河。

① 张锦池."忠义之烈"的艺术典型——论宋江的艺术形象及其历史发展［M］//人民文学出版社古典文学编辑室.中国古典文学论丛(第4辑)北京:人民文学出版社,1986:233.
② 冯友兰.三松堂全集(第四卷)［M］.郑州:河南人民出版社,2000:456.

◇ 关键词解析

在理论阐释部分，我们已经对文学"通变"的含义、文学发展的规律以及影响因素进行了阐发，这里我们再来对有关概念进行辨析，以更好地理解理论内容。以下为对风格、语境、有意味的形式、审美趣味四个关键词的概念辨析。

一、风格

西方语境中，"风格"一词的词源可以上溯到古希腊，本意是"雕刻刀"，后来逐渐运用到文学领域，用以指称"组成文字的一种特定方法"以及"以文字装饰思想的一种特殊方式"。在中国语境中，"风""格"连用出现在汉魏之后，主要是在人物品评领域。"风"侧重指人的风姿、风貌，"格"指人的品格和格调。今天看来，文学风格是体现着作家创作个性的，受时代、种族、地域、流派等影响而形成的相对稳定的形式特征、内容特色和言语风貌。现代意义上的"风格"内涵，主要是其在西方语境中的含义。在文学风格形成过程中，作家的个性最具本源意义。18世纪法国布封指出"风格即人"，认为风格的形成与作家的个性密不可分。除此之外，作家与作家之间会构成或集中，或松散的创作阵营，因此又会体现出整体性的时代风格、种族风格、地域风格、流派风格等。

二、语境

本为语言学术语，即交际双方采用一定的语言、文字符号展开交流的言语环境。从这个基本认知出发，文学研究中所说的"语境"，是指促使作家创作出来的作品产生意义效果的具体环境。它包括三个组成部分：作家创作语境、上下文语境、读者接受语境。作家生活于特定的时代，他们身上总会呈现出某种属于时代的社会属性，这不仅构成了作家个性的形成背景，也影响了他对文学题材的选取、组织和判断，从而影响作品的整体风貌；作品一经创造出来，就成了一个由语言文字组成的自足体，它会呈现出一个指向内部的独立文学世界，在这个世界中，情节、时间、空间等因素构成了稳定的符号环境，凭借这种环境，文本的意义得以向读者敞开；文学作品的意义生成除了依靠作家、文本之外，还要依靠读者的参与，读者的知识背景、个性特征以及生活的时代状况，构成了理解作品的接受语境，其帮助作品的意义更为圆融、多样。总体上，文学研究中的"语境"分为语言性语境（"小语境"）和非语言性语境（"大语境"）。文本的上下文语境属于语言性语境，作家创作语境和读者接受语境属于非语言性语境。

三、有意味的形式

"有意味的形式"是英国美学家克莱夫·贝尔在《艺术》一书中提出的一个美学命题。他超脱了过去形式和内容截然二分的观点，认为艺术作品的基本性质就是"有意味的形式"。"形式"即艺术的表达形式，如美术作品中线条、色彩的关系和组合。"形式"不仅仅是传达内容的工具，其本身也有意义，能够唤起人们的审美感情。而这种审美情感不同于生活中的情感，是超然于生活的纯粹形式的情感。也正因为如此，克莱夫·贝尔盛赞原始艺术，认为其具有非叙述的性质。"有意味的形式"这一观点，对西方现代派艺术产生了深远影响，也为文学理论研究引入了新的思考角度。

四、审美趣味

审美趣味是指个人在审美活动和审美评价中表现出来的主观爱好和倾向，是审美偏爱、审美标准、审美理想的综合。审美趣味一方面具有个人化特点，不同的人的审美趣味具有差异性，审美趣味也影响着个人的每一次审美活动；另一方面具有明显的社会性，在共时角度来看，不同地区、民族的社会历史背景和文化，都会影响着社会中的个人，并在个人的审美趣味中有所表现，在历时角度来看，人的审美趣味并非一成不变，不同时代也会产生不同的审美风尚，影响个人的审美趣味。

◇ **本章小结**

文学的通变是指在文学的发展过程中，既遵循已有的规范、汲取前代的精华，又能不受羁绊、进取创新，后来成为讨论文学沿革问题的固定术语。文学的发展与社会意识息息相关，因而文学观念的演变具有动态性、交叉性的特征；时代审美意识或隐或显地影响着文体的变革，并具体表现在文学表达方式、文学风格形成、文体的结构形式三个方面。文学的通变提示我们，既要从历时的角度看待文学发展的一贯性，也要从共时的角度看待其创作与接受的差异性。

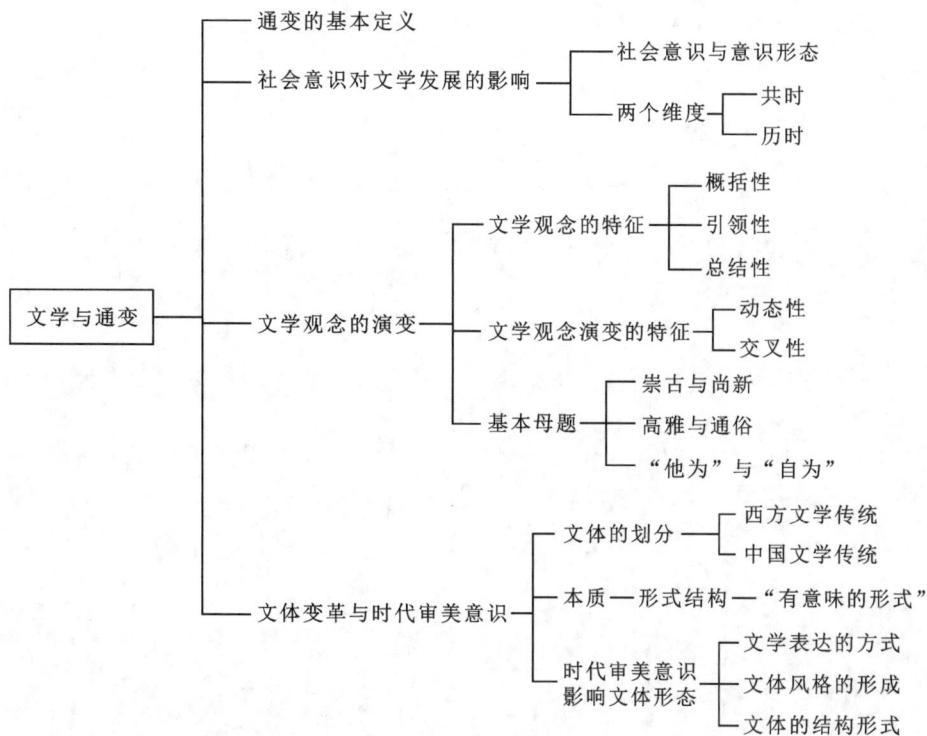

文学与通变
- 通变的基本定义
- 社会意识对文学发展的影响
  - 社会意识与意识形态
  - 两个维度
    - 共时
    - 历时
- 文学观念的演变
  - 文学观念的特征
    - 概括性
    - 引领性
    - 总结性
  - 文学观念演变的特征
    - 动态性
    - 交叉性
  - 基本母题
    - 崇古与尚新
    - 高雅与通俗
    - "他为"与"自为"
- 文体变革与时代审美意识
  - 文体的划分
    - 西方文学传统
    - 中国文学传统
  - 本质——形式结构——"有意味的形式"
  - 时代审美意识影响文体形态
    - 文学表达的方式
    - 文体风格的形成
    - 文体的结构形式

◇ **思考与练习**

1. 文学的"通变"指的是什么？

2. 中西方历代文论中不乏复古与革新的抗辩，请结合相关理论作品及创作，试举一例分析论述其中体现的文学通变问题。

第十七章
文学与事件

教学导航

学习目标	了解"事件"的基本含义与主要性质，初步掌握事件思想对于文学的意义
重难点	事件思想与文学创作和阅读的关系
推荐教学方式	课堂教学与学生讨论相结合
建议学时	2 学时

情景导入

古希腊哲人柏拉图曾经在《理想国》第七卷中讲过一个著名的故事：一位长期深陷于黑暗图圄中的未开化者，一旦转身接受光明，便启动了求真意志，形成了一个事件。这表明，事件思想在传统中有其植根。但它集中出现于 19 世纪后期以来的现代，特别是在当今受到了极大的关注，正在成为当代具有重要影响的文学主题。因为如我们每天所见，这是一个事件辈出的时代。作为文学理论在今天的一种醒目发展态势，从事件角度理解文学，能有力地展示文学在保持现场发生、实现差异运作、获得独异面貌等方面的潜能，从而使我们更好地领略文学对意义的积极创造。

◆◆ 理论阐释

●● 第一节　什么是事件 ●●

一┃ "事件"的词源与含义

"事件"一词的词源，主要可以从德法两国文献中找到依据。就德国语境而言，早在1947年，哲学家海德格尔已在发表于法国的《关于人道主义的书信》的一个注释中提出了事件（Ereignis）一词。Ereignis 可译作"本有"，兼有"具有本己（本身）"与"本来就有"两义，即兼容"有自己"与"有本来"这双重内涵。现代法语中的"事件"一词，来自两个具有不同语义内涵的拉丁文动词：一是 evenire，意为"出现、显露"（to come out）；二是 advenire（to arrive）。前一义指对于已完成的过往经验的结果性证实，其词根有结果、完成、成功以及在面临困难问题后的结局等意思。后一义则相反，给出了时间序列上的断裂（rupture），这种断裂指向尚在接近中与即将到来的、还未完成的未来，含有不可预见的现身、生成、与引发惊异的非凡之物及变化相遇等意思。在法语语境中，从17世纪起，两种语义开始相互兼指，进入18、19世纪后，后一义逐渐成为主导，表明事件在不可预知的发生状态中，隐藏着显著异常的冒险。

基于以上词源，事件思想的基本含义是"动变与转化"，但它不是简单重复人类思想在进入20世纪后逐渐从静态向动态演进发展这一前提，而是在此基础上，强调动变与转化的差异性与异质性，重视异质力量的介入与冲击。这种强调不仅积极改变着人类思想的静态形而上学模式，而且也改变着那种看起来已趋于动态、却仍不知不觉落入另一种同质化窠臼的动态形而上学模式。它构成了事件思想的问题意识。概括地说，"事件思想"指在动变与转化中，超越形而上学的新思想方法，它被公认为具有三种基本性质：发生性、差异性与独异性。

二┃ 事件的发生性

事件的发生性是指，将一件事的发生和对这件事的事后追述保持为同步，消除两者在逻辑上必然存在的时间差。这离不开事件思想的积极创造。

一件事的发生和对这件事的讲述，总是不可能同时发生，其间会存在着必然的时间差。"此情可待成追忆，只是当时已惘然"就形象地说明了这一日常经验。语言在某种程度上，就是以回避和失落现场为代价的，事件思想旨在创造性地克服这一点。如同一位学者所指出的那样，在事件和我们对事件的感知之间，不存在任何中介的东西，说到底，对事件的感知是一种顿悟。因为事件从一开始，就让"变化"本身"总是在变化的事物的视界内被解释"①。这其实是从柏格森的绵延意义上理解事件的改变，以防重新落入因果性理解的窠臼。为事件寻找一个原因的企图，相当于试图把事件与某件事联系起来，并赋予两者因果关系，这就错失了事件的现场意义。比如认为"夜"是一种缺乏光的现象，"香"是一种感觉现象与气味，所以面对"夜充满了香味"这个独特的事件，我们仍然会习惯性地当它是个关涉某种事物、某个原因的问题，却看不到这个事件本身在现场意义上发生了什么。这种对于事件的顿悟，可以通过语言层面上的动词性开显等途径来实现，那正是文学乐于激活自身优势之处。

可以结合文学作品来理解事件的发生性。例如在美国作家麦尔维尔的小说《白鲸》中，由于埃阿伯船长与麦尔维尔本人都进入到一种"生成-白鲸"的状态中，作家叙述中的海洋，作为不在场的场景，才被读者感知到存在。这就表明了事件在文学中的即时发生，它将作家与读者的感受，都保持为一种活的生成，"正像感知是非人类的自然景物一样，感受恰恰是人类的那些非人类的渐变过程……我们并非存在于世界当中，而是跟它一道渐变，边静观边渐变"②。道理很显然，如果只是从事后的视点去陈述故事现场，得到的实际上就只是对故事现场的一种抽象，已经过滤了现场的质感，而将之抽象化为某种本质。所以在事件思想看来，重要的恰恰是反过来，从这种"现象-本质"深度模式的谈论习惯中解放，重返现场在感知层面上的发生性。当代学者德勒兹借助英国作家刘易斯·卡罗尔的小说《爱丽丝漫游奇境记》，对此做过富于说服力的论证。在这个故事的前半部分，爱丽丝主要经由一个树洞来探索地底的深处。而进入后半部分后，这种深度开始让位于没有厚度的扁平的卡片人物，如红桃王后、红桃杰克等，这构成了一个颇具斯多葛意义的寓言。学者们分析道："这不是爱丽丝历险的问题，而是关于爱丽丝的历险；她爬上表面，她不承认虚假的深度，发现一切都在疆界发生。正因为如此，卡罗尔才放弃了书的原名：《爱丽丝地下历险记》。"③而到卡罗尔的另一部小说《爱丽丝镜中奇遇记》中，这一寓意变得愈加明显，爱丽丝已不再穿越具有深度的树洞，而是穿越了一个只有表层的镜面，正如事件所跨越的只是无深度的延展平面那样，其实质是"将事件与生成从它们现在的和物质的载体中解放出来"而实现"意义的显现"④。这就是事件思想对现象发生性的珍贵看护力量。

三　事件的差异性

事件的差异性是指，在对一件事的叙述中，不在惯性思维作用下，轻易将它看成和理解为同一的和同质的，相反，还原出它的如其所是的差异。这也离不开事件思想的积极创造。

当代学者们指出了"事件"在创造差异因素方面的原因：事件是一些不自然的、怪异

① Claude Romano. Event and World [M]. New York：Fordham University Press，2009：2.
② 吉尔·德勒兹，菲力克斯·迦塔利. 什么是哲学 [M]. 张祖建，译. 长沙：湖南文艺出版社，2007：444.
③ 陈永国，尹晶. 哲学的客体：德勒兹读本 [M]. 北京：北京大学出版社，2010：219.
④ 克莱尔·科勒布鲁克. 导读德勒兹 [M]. 廖鸿飞，译. 重庆：重庆大学出版社，2014：135.

的、幽灵般的东西，当它发生在我们身上时，超出了主体与自我的范围，独立于我们而产生并降临到我们身上；每个事件都是在违背预期的情况下发生的，它是一种过剩、溢出和惊喜；无可挽回的毁灭性时间，意味着没有补偿的可能；无从保证事件的发展方向，因为一个事件并不具备一种内在的本质，它引发的是一系列的替代，而不是本质化展开的过程；因此事件导致不稳定的瓦解性，正如它可以创造一个开放的未来。① 从这些概括可以看出，事件视角的引入，旨在改变过去很长时间里只讲整体和同一、相对忽视个性与差异的观念局限，将偶然、断裂与转化等真实存在于事物中的变化性因素，以合理的方式纳入视野。这无疑是符合现代思想发展的一种进步。

也可以结合文学作品来理解事件的差异性。从自然灾害到政权更迭，从明星绯闻到伦理抉择，当代学者齐泽克列举了纷繁多样的事件种类，他以阿加莎·克里斯蒂的侦探小说《命案目睹记》为例，指出"在毫无准备的情况下，一件骇人而出乎意料的事情突然发生，从而打破了惯常的生活节奏；这些突发的状况既毫无征兆，也不见得有可以察觉的起因，它们的出现似乎不以任何稳固的事物为基础"②。这意味着，事件往往是日常中的意外，是带有神秘色彩的事情，对之的感受往往来自对差异的敏感，这种敏感则是唯有从事件视角出发才能获得的体验。

四 事件的独异性

事件的独异性，指一件事与众不同的独特性质。它并非指称不同于任何其他事物的个体，而是存在于重复与差异中的一种运动和进程。这同样离不开事件思想的积极创造。

事件思想的历史，就是"独异性"范畴的发展历史。在西方事件思想史历程中，对于独异性的强调，不是意在分离独异之物与普遍之物，进而造成与众不同的景观，而是为了更好地理解伦理和推动伦理的发展。这是理解独异性范畴的要害之处，也是看清"伦理转向"在晚近伴随事件思想渐趋深入的关键。这是因为，判断一种东西是否独异，需把它与它所不是的其他东西进行比较，但从精神分析角度看，被在比较这一行动中拈出的它，暗含了要找出它不同于其他东西的差异这一行动方向，在行动的潜意识中便已不再是原初的它，而是在重复——在找出差异的冲动中，始终重复性地维持住使差异成为可能的秩序，以及同样重复性地用新的差异来冲击这一秩序——中被置换了③，即"当它作为不是它的东西被重复时，它就改变了，不再是它自己了"④。以为从普遍中可以分离出来独异，因而是一种错觉，错就错在，它始终达不到实体性起源——纯个体化的自身，而只能通过一个

① John D. Caputo. The Weakness of God：A Theology of the Event［M］. Bloomington and Indianapolis：Indiana University Press，2006：4.
② 斯拉沃热·齐泽克. 事件［M］. 王师，译. 上海：上海文艺出版社，2016：2.
③ 请读者们注意此处的表述：不是"用新的差异来重复性地冲击这一秩序"，而是"重复性地用新的差异来冲击这一秩序"，前者仍将差异凝固起来并趋于同一化，后者则体现了差异与重复在事件思想中的辩证法。
④ Samuel Weber. Singularity：Politics and Poetics［M］. Minnesota：University of Minnesota Press，2021：80.

与其本身直接矛盾的过程——重复来逼迫（而非我们通常说惯了，从而已显得麻木了的"形成""生成"等）出自己的存在。"重复"不仅由相似性因素组成，而且由不可化约的差异组成。这才使对事件及其独异性的理解获得了正确的学理视野：我们应当追求的伦理，恰恰是建立在差异基础上的，是一种独异性伦理，而非同一性伦理。因此，"独异"在这一时代语境中，不是一个贬义词。

同样可以结合文学作品，来理解事件的独异性。有学者以法国新小说派作家克洛德·西蒙的小说《弗兰德公路》为例，指出在这部作品中，句法想象力伴随着言语形象形成"一种关涉身体力量、感觉与节奏、强度与气质的创作物"，由此"将死亡传达为了一种独异而无根据的、转换为意志迫切性的承诺"[①]。另一位学者也剖析了莎士比亚剧作中的一个例子。理论家们常常会认定，正是《奥赛罗》中那块狡猾地掉了下来的手帕，使主人公相信了妻子的不忠，这似乎是一种天然的理论逻辑推演结果；但手帕在此的使用，仅与剧本随机发展的情节有关，罪恶与这块手帕的性质，并无直接有据可依的联系，其他作家也完全可以在自己的作品中使用另一块布来推进类似的情节，因而这样的理论判决其实不足为训。这种情节暗示上的"不可判定性"[②]，表明了独异的形式或形象，意味着文学作品中一些不可替代的东西，不是事后想当然所以为的那样，从一开始仿佛就是在逻辑上必然发生的。在此意义上，引入独异性视角理解文学，我们将有可能收获在传统视野中难以收获的、偶然但却更为真实之物。

第二节　从事件角度理解文学

一 | 文学事件的内涵

如何从事件角度理解文学？这仍然可以从具体情境来切入。我们阅读英国小说家康拉德的小说《台风》时，如果仅仅是为了去寻找 19 世纪末航海实践的信息，就是把它当作一个供分析、解读与研究的"文本"，从中收获的是诸如象征这样的意义。在此意义上，这个文本与"阅读"无关，而只与提取信息有关，即使人类被消灭，计算机也能在一定的指令控制下朝这个方向做出解释。但假如将《台风》作为文学作品来读，不试图从中提取任何信息，只将其当作一个事件来享受，那么，我们就是把它当作"作品"在体验着，这是计算机无法在编程中包含的东西。由此，引出了"文学事件"的概念。

尽管"文学事件"看起来是个固定词组，但在集中探讨它的英美学界，它更多地是以"作为事件的文学"一语出现的，这方面的缠绕，主要源于英国学者伊格尔顿出版于 2012

[①]　Ilai Rowner. The Event：Literature and Theory ［M］. Lincoln and London：University of Nebraska Press，2015：196.

[②]　Timothy Clark. The Poetics of Singularity ［M］. Edinburgh：Edinburgh University Press，2005：7.

年的著作书名：《文学事件》。在这部迅速引起国际关注的著作中，伊格尔顿对自己1983年提出的问题——"什么是文学"，重新进行了解答，声明自己站在英美文学哲学派的立场上去探讨这个问题。他选择英美文学哲学路线，坚信文学边界虽不断变化，仍具有一些决定性的属性，并通过分析实在论与唯名论之争，来探讨事物是否具有普遍本质，试图证明"这并不能得出下列结论：文学没有本质，故而这个范畴不具有丝毫合法性"①。基于此，这部著作用一种非概括定义的方法，阐释了"发生或正在发生"的文学。全书主要涉及文学如何发生并起作用，沿此逐一研究了构成文学性质的五种属性——虚构性、道德性、语言性、非实用性与规范性。这从强调"发生"的角度，宽泛地肯定了文学是一种事件，尚谈不上对文学事件论做出正面强势的论证。

在形成上述看法的同时，伊格尔顿研究了相应的阅读策略。依他之见，有两种对待文本的态度，一种将其当作客体对象，另一种则将文本视为事件。前者以形式主义与布拉格学派为代表，后者则与结构主义、部分符号学（如艾柯等人）的关系更为密切。将作品当作事件，意味着读者面对的并不是一个稳定结构，而是一个结构化过程，这一过程通过读者与文本互动来完成。伊格尔顿表示，这一观点直接受到了英国当代文学理论家德里克·阿特里奇的影响，他在《文学事件》第五章的一个注释中特意指出，对于"将文学视为事件"这点，需要参见阿特里奇出版于2004年的《文学的独异性》一书。这意味着，阿特里奇而非伊格尔顿，才是"文学事件"一词的主要命名者。阿特里奇在这本书中，这样探讨了"作为事件的语言"：

> 整个文本提供无限的创新机会，需要显著偏离一般惯例才能产生出强大的影响。……当然，这种创造性的可能性是无限的，因为每一条规则、每一个规范、每一个习惯、每一个涉及语言使用的期望，都可以被拉伸、扭曲、引用、挫败或夸大，并可以彼此进行多种多样的组合。它可以表现为对理解的一种显著挑战，或是对熟悉事物的一点儿经验都没有的、不熟悉的体验。②

他紧接着指出，对规范的偏离，还不足以导出他试图解答的"作为事件的文学"问题：

> 只有当这个偏离性事件被读者（在第一种情况下，作者在文字出现时阅读或表达）"作为一个事件"经历，作为一个打开了意义与感觉（被理解为动词）的新的可能性的事件，或者更准确地说，作为"这种打开的"事件，我们才能谈论文学。……这就是一部文学作品的"本质"。③

严格地说，这提供了"文学事件"的出处。接下来，让我们依次从作家创作与读者阅读的角度，来看看文学事件是如何具体运作的。

---

① 特里·伊格尔顿. 文学事件［M］. 阴志科，译. 郑州：河南大学出版社，2017：19.

② Derek Attridge. The Singularity of Literature［M］. London：Routledge，2004：56-58.

③ Derek Attridge. The Singularity of Literature［M］. London：Routledge，2004：58-59.

二　创作中的文学事件

文学事件是如何在作家创作中展开运作的呢？让我们来看具体的例子。在中国历史上，汉高祖刘邦去世后，就在吕后这个未亡人翻云覆雨的时候：

> 见物如苍犬，撠太后掖，忽不复见。卜之，云“赵王如意为祟”。太后遂病掖伤。①

一晃许多年过去。汉成帝与皇后赵飞燕之间，上演了这样一幕床笫之私：

> 昭仪谓帝曰……怼，以手自捣，以头击壁户柱，从床上自投地，啼泣不肯食，曰：“今当安置我，我欲归耳！”②

又一晃许多年过去。汉灵帝二年（公元169年）某日，突然莫名其妙地：

> 有青蛇见于御座上。③

十四岁的小皇帝由此受惊不轻。大司空张奂冷不丁进言，说外戚专权引起了老天的发怒，应该趁机清君侧。这似乎明显是真实的谎言。在那个有心杀贼、无力回天的非常年代，这条小龙很可能是被张奂们偷偷放上龙座“曲线救国”的。与其说它是前无古人的谏术，倒不如视之为一段后有来者的诗意的历史。因为类似的描写在后世历史类题材的文艺作品中是经常能看到的。

现在如果做一个有趣的测验，问上面三段叙述出自何书，读者多半会认为，是某部历史小说或者影视剧本。但实际上，记载了上述三段文字的，是宋代学者司马光的伟大历史著作《资治通鉴》。这或许是一个出乎人们意料的回答。它告诉我们，看似最为严谨客观的史学书写中，每每不乏由想象和虚构要素介入其中的文学性描写，所以很难讲《资治通鉴》这样的书究竟是史学著作还是文学著作。比如深宫帝后，谁能有机会与胆量，照录这不足为卧榻之侧的他人所道的一幕呢？然而它就这样作为秉笔直书的历史记载，流传下来了。这是蕴含着一颗诗心的有温度的历史，在历史的叙述中生发出了典型的文学事件。

从我们在前面介绍的文学事件作为事件的三个基本性质，可以一一印证这一点。首先，这样的文学性描写，营造出了看似冰冷的历史现象中的具体场面感，使读者不知不觉被带入历史发生的现场情境，这就是在努力营造事件的发生性，让事情和对事情的追述不成为割裂开来的两件事，相反保持在时间上的共生视野中。其次，这样的文学性描写，提醒人们一个充满变奏色彩的段落在正文中的插入，它与周边语境表面上显得不是很合拍的面貌，代表了事件超出后人预计和估量的差异性。这种差异因素原本就以偶然的色彩，存在于真实的历史现场中，只不过后人的历史叙述往往无奈地放弃了对此的关注。为了尽可

① 司马光．资治通鉴［M］．北京：中华书局，1956：429.

② 司马光．资治通鉴［M］．北京：中华书局，1956：1073.

③ 司马光．资治通鉴［M］．北京：中华书局，1956：1813.

能避免这种认知，作者不惜在这里主动创造出同一中的差异，而留给了后人无尽遐想和发挥的思维空间。再次，这样的文学性描写，既解决了今天从根本上已无法完全回归历史现场的问题，也解决了历史由此只能被单纯地客观追述的问题，而在这两极（个体性发生与普遍性陈述）之间，用文学的思想方法来创造重复（与相关的历史文本重复）中的差异（突破相关历史文本所囿于其中的所谓客观真实性），从而使自己成为独异的、与众不同的中国历史表达。这也就是在努力看护事件的独异性。作为事件的文学，在这个例子中得到了直观的展示和演绎。

正因为事件思想激活着文学创作，所以当代不少重要理论家都在这点上举例阐释。法国思想家布朗肖曾围绕古希腊神话中俄耳甫斯下堕至阴间的故事，探讨"在接近文学事件时作家发生了什么"，也围绕奥德修斯与海妖塞壬及其歌声相遇的故事，探讨"事件如何影响了作为文学写作原则的叙述可能性"[①]。他认为神话帮助事件在文学中具体化为极度的经验与遭遇，展示出真理无法被理性掌控的一面，如此，作品中的事件便不是一种被认知的真理，而是一种被感受的运动。叙述的这种例外发生，是在违背常规中，对文学作品里的不可能事件的直接进入。在这种状态中，叙述才与事件相遇，达到其限度。所以，事件无非是朝向事件的叙述运动，它在叙述中，每每以悬置与题外话的面目出现，介乎"什么将要发生"与"什么已发生"这两个问题之间。它以例外性力量穿透现时，破坏看似稳然居停的当下时刻。这个过程将现实转化为了现象，将知识转化为了形象。

三 阅读中的文学事件

文学事件不仅存在于作家创作中，也存在于读者接受中。它又是如何在读者阅读中，展开运作的呢？让我们来看具体的例子。

在意大利当代作家卡尔维诺的长篇小说《寒冬夜行人》中，男主人公是个在车站错过了换车机会的乘客，他进书店买了本卡尔维诺刚出版的最新小说《寒冬夜行人》，津津有味地读起来，却发现买到的这本小说只有开头，于是他拿到原先那家书店调换，碰到女主人公也为同样问题而来，两人就这样开始寻找《寒冬夜行人》的原书，一路找下去，只找到十部风马牛不相及的小说的十个不同开头，故事走向尾声，男女主角在这个过程中相爱，并最终做出了结婚的决定。读者在阅读这部小说时，不断遇到障碍，因为有十个故事开头的嵌套插入。这意味着，我们是在与十个突如其来的事件不断邂逅的过程中，不知不觉读完这部作品的。与此类似的例子，是秘鲁当代作家略萨的长篇小说《胡利娅姨妈与作家》。这部作品分为二十章，略萨与姨妈的故事主线贯穿单数章节，双数章节则一章一个短篇小说，嵌套起九个互不相干、各自独立的社会故事，且都无明确结局，出现在这些彼此无关的短篇故事里的人物，仅在前后那些不同的故事里偶尔被提及，却不构成主线。这向读者的阅读提出了明显的事件性挑战。比起《寒冬夜行人》在差异中仍看护着的某种总

---

① Ilai Rowner. The Event：Literature and Theory［M］. Lincoln：University of Nebraska Press，2015：76.

体性走向,《胡利娅姨妈与作家》运用结构现实主义写法,在差异中进一步打破差异,就像事件理论家们形容的那样,"他的句法闪出可见的反光和亮光,也像皮条一样弯曲、对折和再对折"①。在"对折"中"再对折",即在差异中再差异,鲜明地体现出文学事件对传统常规阅读姿态的冲击和更新。

也正因为事件思想激活着文学阅读,所以当代不少重要理论家同样在这点上举例阐释。日本学者小森阳一引入了事件视角,考察如何用语言表达如其本然的阅读感觉与知觉体验,认为这中间必然进出来的裂隙,就是事件之所系。在他看来,读者可以采取"将一个对象进行无限的微分化处理后再进行认识"的方式来阅读文学作品②,以解决作家的创作意识如何显现这一传统难题。小森阳一借鉴了数学上的微积分术语,将微分与积分,视作感觉体验与语言化的张力结构组成,形象地描述道:"通过这样的微分式叙述,把实际仅仅是一两秒发生的事情,像用慢镜头那样,拉长到读书体验所需要的将近一分钟时间,然后又通过语言,再次积分式地表明这是瞬间性的行为,尝试将读者的经验记忆统合起来,置于部分与整体的交互作用之中。"③ 这意味着,阅读应当唤起充满微分化的知觉感觉体验的语言,藉此对被某个概念暂时僵固了的对象进行重新建构,使叙述成为感觉化的,使不可能性的暴露成为事件。

这表明,对于读者来说,事件发生于语言重新不断地向感觉体验生成的临界状态中:用语言将沉没于意识黑暗中的知觉体验,暂时性地拉到显性层面上,实现暂时的概念化,但又迅即意识到这并不充分、并不可能,于是又从语言的暂时性状态中,下降至对对象的知觉体验。如此这般反复来回,形成动态的文学事件。鉴于作家从根本上说,是自己正在创作的作品的第一个读者,他观看着自己笔下故事场景的展开与人物性格的发展,我们可以由此结合作家海明威的一个小说经验,来领会文学阅读中的事件现象。海明威曾经在巴黎一家咖啡馆写作短篇小说《在密执安北部》。起先"这短篇在自动发展,要赶上它的步伐,有一段时间我写得很艰苦",这时,从咖啡馆门外忽然走进来一个漂亮姑娘,吸引了海明威的注意力,思绪被打断了,创作停了下来,过了一会儿,海明威的心情才得以平静,"接着我又写起来,我深深地进入了这个短篇,迷失在其中了。现在是我写而不是它在自动发展了"④。写同一篇小说,海明威有时感到故事在"自动发展",笔尖跟不上故事自动运行出来的世界,备感吃力,这就是文学事件导致的、读者在知觉经验上对对象的沉入;有时则又意识到故事正在被"我写",他又分明现实地写着笔下的这个故事,这则又是文学事件中暂时的概念化。这个用平静口气认真道出的经验,生动地阐明了阅读中的文学事件的内部张力,对我们调整自身阅读文学作品的姿态,颇具启发性。

① 吉尔·德勒兹. 哲学与权力的谈判——德勒兹访谈录 [M]. 刘汉全,译. 北京:商务印书馆,2001:109.

② 小森阳一. 作为事件的阅读 [M]. 王奕红,贺晓星,译. 南京:南京大学出版社,2015:146.

③ 同上,第 150 页。

④ 海明威. 不固定的圣节 [M]. 汤永宽,译. 上海:上海译文出版社,2004:6.

◇ **阅读实践**

一、对中国文学作品《边城》的事件性解读

让我们举出中国作家沈从文的小说名作《边城》，来作为第一个阅读实践案例。事件性解读可以帮助我们更好地判断围绕这部作品的一个争议：它究竟是不是一部趋向于封闭和乌托邦桃源色彩的失败作品？

持这种看法的批评者，表面上看，可以得到作品中叙述踪迹的支持，因为确实有很多文本中的证据，表明这部作品所讲述的故事带有排外性。读过小说的人都能感到，作品以温厚细腻的笔触，纯纯酽酽铺叙了一个童话般的故事。透过水汽迷离的纸面，那女孩儿翠翠，那大老二老两兄弟，那白胡子爷爷，那条黄狗那只渡船，乃至那一脉默默蜿蜒着的白河水，都幻化作凝固的时间，令人神驰于那份乡土况味。可是，人们读着读着又会觉得，生命的沉醉是一回事，生存的真相是另一回事。漫漶于它字里行间的那份乌托邦色彩，既成全了它，也似乎限制了它。打从开头的氛围里，通篇故事缓缓流淌出来，这基调宛然夜不闭户、路不拾遗的大同之境，人和人的关系澄澈得也像那清水中来去的游鱼。翠翠"平时在渡船上遇陌生人对她有所注意时，便把光光的眼睛瞅着那陌生人，作成随时都可举步逃入深山的神气"，分明带着乡土人乍见城市文明的惊悸。及至最后老船夫去世，杨马兵安慰孤雁儿翠翠，话语里还有一句"不能如我们的意，我老虽老，还能拿镰刀同他们拼命"，又分明带着下意识的敌意，与局外人划开了道道。故事的格局仿佛显得颇为封闭，好像不过是一种回归原初的浪漫主义幻想，一个远离了都市心机、尘嚣、渴欲的乌托邦童话。或许，这便是这部作品也常被当作散文与诗来读、被视为美文与"传奇"的缘故？[①] 作家似乎终究太过于看重生命里幻化的温厚了，他愿意将笔再转向那生存中真切的严峻吗？他构筑的这个叙事逻辑，是否过于渲染了乌托邦童话的、梦幻的、让人迷醉而憧憬的一面，却相对忽略了乌托邦同样穿透现实、为有限的现实人生所无情证伪的一面？批评者会觉得，场内的世外桃源诚然纤尘不染，倘若失去了与场外飘摇的现实风雨的共振，再美丽的愿景充其量也成其为自欺欺人的幻景。在生命感官的迷醉中与之妥协，便流于变相的软弱逃遁，把不值得坚守的东西，在看似完美的幻象中夸大了。这便是对《边城》的一种典型保留意见。

这种看法有没有道理呢？如果不及时引入事件思想这一视角，我们很容易认同它。但当引入事件思想这一视角后，再来审视和深思这部小说，疑问或许就获得了解开的机遇。

实际上，如果总是急于对这部作品形成封闭的印象，由此对它产生不满，乃至于急着去试图批评它，我们的解读思维便受制于这样一种习焉不察的惯性：不

---

① 金介甫. 沈从文笔下的中国社会与文化 [M]. 虞建华，邵华强，译. 上海：华东师范大学出版社，1994：246.

合理的现实，是可以被文学迅速改变的。这里的阅读逻辑是：文学不应当屈从现实，现实能得到改变。显然，这种逻辑深信不疑和试图奔向的，是一个充满了信念和希望的可能性境界——在否定之后，肯定有真实。这是一种饱和、内收的思考习惯，设定的是一条呈现为稳定目标的终点线，这条终点线使它乐观地相信，不屈从现实和去改变现实，都是完全可能的。这样来解读《边城》，恰恰忽略了故事，以及故事触及的真实人生中那些更为复杂的事件因素，把这部小说的思想内涵简单化了。为什么不反过来思考问题呢？可以尝试来调整这种惯性化的阅读姿态吗？

比这种姿态更为深刻的，是明明知道将世外桃源的乌托邦幻景移入现实有不合理性，却偏偏并不急着出面，强求作家去急着介入议论和评价，而是相反，就让看似不合理的情节，一路顺其自然、如其本然地发展下来，这才是一种更为深刻的评价。它告诉我们，真实人生不是总这样给人乐观信念的，那里有着尖锐的刺痛感，甚至深渊与黑暗，充满了风险、变数和诉说不尽的差异。所以，与其在主观上书写不流于乌托邦命意的《边城》，毋宁变"用力感"为"无力感"，就让剧情原汁原味地一路演绎下来，而不去轻易和随意篡改它。当最深刻的批判变为无语时，问题的严峻性和困境的根本性，也才真正浮现了出来。这种表面上显得似乎有点慵懒、不那么积极进取的写法，从深层次上考量，正是事件性思想方法在起作用：能够被轻易改变了的，不是事件，而只是对事件的变相中和（消解）与遮掩；改无可改，以至于并不必刻意去改的深渊感受和极限体验，才真正凸显出了看似无声，却远远更为震撼人心的、作为世界与人生真相的事件。

这个例子，给了我们一个在阅读文学作品之际的启示：事件思想的引入，有助于改变我们长期以来习惯于依赖的同一化阐释路径（例如社会思想阐释模式），发现在传统惯性中每每不易捕捉的、文学中的细微之物，从而打开文学阅读新视野。

二、对西方文学作品《缮写员巴特比》与《中国长城建造时》的事件性解读

第二个阅读实践案例，是美国作家麦尔维尔发表于 1853 年的小说《缮写员巴特比》。布朗肖与德勒兹从事件的角度，对这篇作品做了相反的分析。布朗肖用"夜晚的私密性"将巴特比的遭遇定性为被动性的复制。与之不同，德勒兹视之为语言的主动创造。他抓住了小说中巴特比在回应上司屡屡调遣他做这做那时的一句话——I would prefer not to（"我情愿不"），指出这句反复出现的核心表述"不仅排斥巴特比不愿做的事，还令他正在做的一切、他理应愿意做的一切变得不可能"。也就是说，绝非在简单否定外部指令之际，肯定自己正在从事的无聊工作，而是在始源发生出事件之际，消弭始源的同质性而保持其为事件，不固定住它。这便无限推迟和延宕了能轻易区分出"可能性"时空的那条界限，挑起一个在自己之外的虚空世界：分派给我做的和我正在做的，都进入了虚空的沉默。文学评论家们在此发现，麦尔维尔的这篇小说中"巴特比和叙事人之间几乎

没说什么话，然而他们之间深不可测的东西值得探讨"①。我们过去普遍认为，这种虚空堕入了价值上的虚无主义之境，但实际上，虚空中的事件性差异，及其微妙重复构成积极的潜能运动，从另一个全新的角度，阐释了存在于许多作品中的这类看似消极的现象。沿循这个例子进一步观察，西方现代文学中每每可见的脆弱情绪和无力感，也可以从事件思想的角度得到新的阐释。

第三个阅读实践案例，则是卡夫卡写于 1917 年的短篇小说《中国长城建造时》。从某些历史阶段看，长城不仅是一种无效的保护手段，而且提供了一个必须被保卫的新对象，即它自己——"一个这样的长城非但不能防御，修城工程本身就处在不断的危险之中"②，并在叙述中引申出当时的政府缺乏管理能力、百姓们也因信仰与想象力的积弱而沉沦这层意思。这部作品喻指这样一种思想：一种抵御外部压力的保护系统，不是将自身蜷缩起来故步自封，而相反增加了自身的暴露方式。叙述者用独到的动词化语言，激发出了隔离墙的适得其反的效果，或者说增加了一个额外的时刻——不仅没起到保护作用、相反刺激了新的压力形成的时刻，"在熟悉的意义期待的一般性下抵制包容"③。可以发现，和上面《缮写员巴特比》的情况一样，这两部作品，都是在对将始源固化起来的警惕中，捍卫事件的发生性。由于解读被置换成在发生中不断寻找新的发生的活动，原先很容易倾向于同一化的种种解读意图，便相应地在此过程中被不断复杂化、差异化，促使我们自觉探究其中可能被同一化思路简单遮蔽了的理解盲点，从而将阅读保持为一种鲜活的进程，主动还原出作品自身真正与众不同的独异面貌。

◇ 关键词解析

一、事件思想

指正在国际范围内形成丰富谱系的，在动变、转化与独异中超越形而上学的新思想方法。这种思想包含两种程度不同的取向：① 以福柯为代表，从建构的角度理解事件；② 以德勒兹、德里达与巴迪欧为代表，从转变的角度理解事件。之所以有这两种不同取向，是因为事件同时来自对以结构主义为代表的主流语言论的两种不同态度：① 从建构理解事件，虽用话语取代语言和言语，仍将事件理解为可在话语中加以把握的可能，而非超出话语—语言序列与范畴的他异性；② 从转变理解事件，则相信原初的独异性超出了语言，而主张让独异性穿过语言与真实的不稳定界限而发生出来，不归诸连贯结构，还原其相对于结构主义而言的不可能性。

在尼采、海德格尔与巴赫金等思想家之后，法国的拉康、列维纳斯、布朗

① 哈罗德·布鲁姆. 短篇小说家与作品 [M]. 童燕萍，译. 南京：译林出版社，2016：45.
② 卡夫卡. 卡夫卡小说全集 [M]. 韩瑞祥，译. 北京：人民文学出版社，2003：248.
③ Samuel Weber. Singularity：Politics and Poetics [M]. Minneapolis：University of Minnesota Press，2021：395.

肖、利科、利奥塔、德勒兹、福柯、德里达、维利里奥、巴迪欧、朗西埃、南希、马里翁、斯蒂格勒与罗马诺，斯洛文尼亚的齐泽克，英美的蒯因、戴维森、伊格尔顿与阿特里奇，加拿大的马苏米，日本的小森阳一、小林康夫，以及以色列的伊莱·罗纳等具有不同学术背景的理论家，都对事件进行了热烈而深入的探讨。近年来，事件思想也逐渐引起了我国学术界的兴趣。

二、文学事件

指在文学活动中形成的事件，由此相应引发的文学事件论是运用事件视角切入文学研究的理论。正成为学术热词的"文学事件"（literary event），究竟是确实提出了此前未有的新问题，还是仅用新标签重复着已有研究论题，需要对其学理演替进行深入考辨。在此过程中可以发现，作为出处的、以阿特里奇为代表的英美文学事件论，是语言陌生化与读者反应批评理论的结合性翻版，结合阿特里奇的后理论文集编者身份与伊格尔顿的"理论之后"主张进行分析，这一形态的出现，与英美学界对理论的反思同步，它由此包含对理论的语言论盲点的批判，客观上引出了超越语言论之后的两种文学事件形态，即文学事件在法国当代理论中的差异形态，以及渊源于本雅明等德国思想家的晚近戏剧研究中的历史形态。

三、独异性

独异性（singularity）指一样事物不同于他者的独特性质。当代思想中的独异性诗学谱系，从起点上展开为"建构"与"转变"两种不同取向。欧陆事件思想家围绕后一取向的论争，在若干关键分歧点上，形成了独异的内涵，并通过反思建立在主流语言论基础之上的理论批评文化，自然地延伸到英美学界。后者从非偶然、非唯一与非光晕等角度，廓清独异的外延，引出其相互关联的晚近两条路径，即消弭独异与日常的对立，进而驱动性地将之与主体日常当下的历史经验深度联结。与"奇点"概念的融合，则代表了独异性诗学的最新前沿进展。深描这一谱系由此成为推进当今诗学转型的重要论题。

尽管人们很容易将独异理解为与众不同的个体，将与众不同理解为差异，但这种理解忽视了两点：① 独异不是个体，而是重复，因为对某人/物是否独异的判断，需要将它与它所不是的其他人/物进行比较，但被这样拿出来比较的它，就已经不再是原初的它，而是在重复中被置换了的它，独异因此不是某个个体，而是存在于重复中；② 重复是无法被普遍化的差异，因为越致力于凸显一样东西的差异性，就越是在更为根本的深层次上，维持着使这种差异成为可能的那个稳定秩序。因此，需要继续不断走出这种秩序。就这样，独异性消解了"可能性"意义上原物与重复物的界限，实现了重复中的差异性生成。

◇ 本章小结

事件思想是古希腊就已萌发、从 19 世纪末开始集中形成的、在动变与转化中超越形而上学的一种新思想，它具有发生性、差异性与独异性这三个基本性质。引入事件思想来看待和研究文学，形成了"文学事件"这一新观念，并在文学创作和阅读这两个维度上，打开了原先传统视野中未曾浮现的空间。尝试运用事件视角来分析文学，有助于改变长期以来那种相对较为简单的同一化意义阐释惯性，更多地将关注眼光引向文学中千差万别的细微表现，从而更好地理解文学的意义。

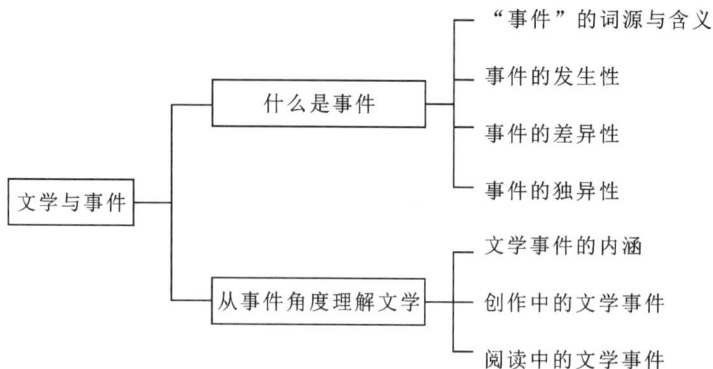

```
                                   ┌─ "事件"的词源与含义
                                   │
                      ┌─ 什么是事件 ─┼─ 事件的发生性
                      │            │
                      │            ├─ 事件的差异性
                      │            │
            文学与事件 ─┤            └─ 事件的独异性
                      │
                      │                   ┌─ 文学事件的内涵
                      │                   │
                      └─ 从事件角度理解文学 ─┼─ 创作中的文学事件
                                         │
                                         └─ 阅读中的文学事件
```

◇ 思考与练习

1. 你是否同意这样一种观点：从事件思想看一样东西，才恰恰实现了这样东西的真实性和客观性？请（可以带有保留态度和批判性地）参考下面这段话，结合具体的文学作品和现象，谈谈你对这个问题的判断和理解。

> 真实是动的，它向着未来发生，决定它的发展的是它正面对着的、尚未成为事实的可能性，而不是已经消逝了的过去，不是在它背后大声吼叫着的惰性的声音。尽管你不能甩掉历史的包袱，尽管曾经走过的路、曾经有过的观念也像是一种召唤（恶梦般的召唤）逼你向着习惯的姿势陷落，但你走路的时候眼睛总是看着前方，你得随着那些向你开来的阻碍、沟堑而选择你眼下的每一步怎么走，是跳过去呢还是跨过去。而这一切是过去从未碰到过的。每个人、每个事件都是这样向着未来的可能性去选择的，它决定了事件和人物的现在，决定了真实的样态。而它是一种悬而未决。谁也不知道未来它将一定如此或一定不如此，任何预言都是似是而非的，所能知道的只能是最切近的未来，即此时此刻正面对着的，以及可能的选择。①

2. 请围绕事件思想与中国文学传统的关系，进一步举出案例来加以讨论，说明这两者的相通与相异之处，以及在你看来，两者如何结合并实现创造性转化。

---

① 徐亮. 意义阐释［M］. 敦煌：敦煌文艺出版社，1999：286-287.

第十八章
文学与未来

📒 教学导航

学习目标	开启文学研究的未来视野，了解学科交融中的文学批评方法
重难点	如何将后人类理论以及生态批评和科幻批评方法运用于文本分析
推荐教学方式	理论讲解与作品研讨相结合
建议学时	2 学时

✏️ 情景导入

在 2023 年初上映的电影《流浪地球 2》中，有两个情节引人注意：其一是协助工程师工作的人工智能 MOSS，在影片前半段与人进行语言交流时还完全无法对人类幽默做出恰当反应，到剧情后半段时已经能够和人开冷幽默玩笑，其思考与表达方式越来越接近人类；其二是贯穿整部影片的一条关键主线，人类未来究竟选择变成像影片中的小女孩丫丫那样的数字化生命，还是坚决保留我们的物质性肉身，哪怕是与地球一起流浪。这两个情节关联着两个重要问题：第一是由人工智能技术引发的对人类主体性的思考，人工智能终有一天会取代人类吗？第二是随着信息技术的发展，人类未来的生命形态最终可以脱离其物质性肉身吗？未来当然未必如《流浪地球 2》中所想象的那般，但由技术引发的对人类生命存在的一些基本问题的思考，比如对身体、心灵、环境等问题的思考，却通过文学想象呈现在我们面前。

理论阐释

第一节　后人类文化理论

1977 年，美国后现代理论家伊哈布·哈桑发表了《作为表现者的普罗米修斯：走向一种后人类的文化》一文，其中说道，"人类的形式——包括人类的欲望及其所有外在表现——可能正在发生根本性的变化……五百年的人类主义可能即将终结，它将自己转变成我们不得不无奈地称之为后人类主义的东西"①，这是"后人类"概念的首次提出。普罗米修斯是古希腊神话中人类与女神的孩子，是天空和大地、自然和文明的联结者，哈桑借助这一神话形象，隐喻一种有可能融合"想象与科学、神话与技术、语言与数字"的新文明和新未来。"后人类"并非指我们变成了什么与之前不同的新物种，而是对一种人类生命认知以及生命伦理观正在悄然变革着的文化趋势的敏锐勾勒。后人类的"后"是相对于西欧从文艺复兴到启蒙运动逐渐形成的人本主义生命观而言的，这种生命观将具有理性思维能力、自由伦理意志和独立自我意识的人类个体视为生命的标尺。这种标尺还联系着人类中心主义、性别和种族歧视，以及理性高于感性、心灵高于肉身等文化观念。后人类文化思潮的出现，标志着这一切正在发生扭转，一种理解生命的新思路正在形成。

后人类理论的发生与计算机科学、现代生物学以及新材料物理学等领域的科技变革密不可分。比如，当现代生物学的基因理论以及信息科学把生命的本质解释为信息传递与交换的活动时，就从本体论层面消解了人、动物和机器之间基于身体的物质存在形态差异产生的生命隔阂。当生物工程技术可以对生命基因进行编辑和改写，辅助性医疗器械能够与病人的身体有机融合，人工智能开始替代人类工作和从事艺术创作时，自然与文明的边界就变得模糊起来。新技术不再像历史上的前两次技术革命那样，只是为人类提供改造自然的工具，而是反过来开始消融人类的生命边界本身，重塑主体，后人类理论正是在这些人机交融、跨物种生命交融的技术实践和日常经验中孕育的。

赛博格（cyberorg）不妨被看作一种最直观的后人类想象。赛博格是"控制论"（cybernetic）和"有机体"（organism）两个词组合后的音译。我们在许多科幻文学影视作品中看到的智能机器人、仿生人都算是赛博格；我们每一个与现代技术日益密不可分的普通人也可以算作赛博格。美国学者唐娜·哈拉维将它描述为："一种控制生物体，一种机器和生物体的混合，一种社会现实的生物，也是一种科幻小说的人物。"②但"赛博格"并不限于对人-机混合、人-物混合生命形态的表面化描述，它还意味着生命机体被科学地解释为一种生物系统和通讯装置，"在我们关于机器和有机体、技术和有机的正式知识中，没

---

① 伊哈布·哈桑. 作为表现者的普罗米修斯：走向一种后人类主义文化？——五幕大学假面剧（献给神圣之灵）[J]. 张桂丹，王坤宇，译. 广州大学学报（社会科学版），2021（4）：26-37.

② 唐娜·哈拉维. 类人猿、赛博格和女性：自然的重塑 [M]. 陈静，等译. 郑州：河南大学出版社，2012：205.

有根本的本体论区分"①。以赛博格界定生命意味着，生命体不再从其起源和诞生过程中获得本质性界定，比如人类不再通过与自然的差异性关系来界定自身的主体身份，也不再像精神分析理论那样，认为主体身份是通过婴儿在成长过程中断绝与母亲的同一关系，转向认同父亲来界定的。"赛博格"概念指引我们重新思考主体性问题。

控制论与计算机科学是推动后人类理论发展的主要动力。凯瑟琳·海勒在《我们何以成为后人类》中追溯了控制论解释智能生命的三个不同历史阶段，第一阶段，科学家将自动维系机体与环境的平衡关系，理解为智能生命系统的本质，比如无论外部气温如何变化，生命体的体温都能在一定范围之内保持稳定，这就是自动平衡原理的表现；第二阶段围绕"反身性"概念将智能生命解释为自组织、自创生系统，生命体不仅以自己特有的生命模式观察世界，而且将观察结果作为信息纳入既有机体的进一步生成完善中，生命体本质上就是一种将其环境包纳在自身之内的递归循环系统；第三阶段则提出智能生命具有突破机体的递归循环系统，并有发生突变的进化能力，科学家们已经用计算机程序模拟出不受程序员最初设计操控而自行发展的虚拟生命，这反过来也推动我们重新思考自然生命进化的非目的论性质。在控制论的发展过程中，"（即兴/新兴的）涌现取代了目的论；反身性认识论取代了客观主义；分布式认知取代了自主自律的意志；具身取代了身体被当作心灵和心智的支撑系统；人类和智能及其之间动态的伙伴关系取代了自由人本主义主体的昭昭天命来控制和掌握天性"②。由于控制论将生命的本质解释为一种信息活动，因此从原则上讲，只要弄清机体信息活动的原理机制，就可以制造出模拟它们的智能机器。控制论的发展史也正是计算机科学与生物学、神经认知科学互相借鉴，基本理论研究与智能机器制造实践互相推动的历史。而当科学家真的成功制造出智能机器时，机器的科学原理又反过来成为理解自然生命的方式。正是在这一有机生命与智能机器从理论建构到实践创造不断互释互动的过程中，我们的生命观也不断向后人类生成。

后人类理论也牵涉对人与动物关系、性别关系的批判性反思。其实动物伦理批评和女性主义批评早在后人类之前的文化研究潮流中就已存在，但后人类理论为这两者提供了新视角。由于现代生物学和信息科学把生命理解为"跨越复杂肉体的、文化的、技术化的网络系统的活力信息符码"③，人和动物之间的物种区隔被弱化了，他们都可以被看作在生命世界网络中流动的"普遍生命力"。意大利学者布拉伊多蒂认为，以"普遍生命力"为中心的平等主义正是后人类转向的核心。在当代世界，资本能够利用现代生物技术的便利，将更多生命个体组织进全球生命贸易体系，人类自身在面对由于生命操控导致的道德危机、环境危机和生命危机时感受到的恐惧，使其更容易与多莉羊、肿瘤鼠、临近濒危的物种等无法言说的生命，产生更多命运与共的感觉，同时也更深切地意识到人类正处于与这些非人类存在物的链接关系中。正如布拉伊多蒂所说："我作为所谓发达资本主义的后工业主体所居住的这个星球，在女性人类、肿瘤鼠和克隆的多莉羊之间，在具身化和嵌入式

① 唐娜·哈拉维.类人猿、赛博格和女性：自然的重塑［M］.陈静，等译.郑州：河南大学出版社，2012：247-248.
② 凯瑟琳·海勒.我们何以成为后人类［M］.刘宇清，译.北京：北京大学出版社，2017：390.
③ 罗西·布拉伊多蒂.后人类［M］.宋根成，译.郑州：河南大学出版社，2016：279.

定位的方式上存在很高的熟悉度及很多共性。……我的状况与人类的不可侵犯和完整概念相比，更接近于这些有机体。"①因此，后人类文化转向更像是一个"决定我们能够生成什么和生成谁的神奇机遇，一个让人性重新以肯定方式更新自我的独特机会"②，它有助于推动一种更加开放包容的新生命伦理观的形成。

●● 第二节　生态批评 ●●

生态批评是 20 世纪六七十年代首先在欧美发达资本主义国家出现的文学批评潮流，它是世界生态文化运动的组成部分，也是现代世界人类与环境的紧张关系在文学研究领域的映射与回应。生态批评的概念 1978 年由美国学者鲁克尔特在《文学与生态学：一次生态批评实践》中首次提出，90 年代之后因格罗特·菲尔蒂、格伦拉夫、帕特里克·莫菲、斯科特·斯洛维克等一批英美文学研究者的大力倡导与实践而趋于繁盛。国内学界从 20 世纪 90 年代起开始译介海外的生态批评理论，同时也将生态批评理论用于对中国文学作品和传统文化典籍的研究和阐释中，不断探索具有中国学术特色的生态批评和生态美学。

简单地说，生态批评就是以人和自然、人和环境的关系为主题展开文学批评。虽然传统的社会历史批评和精神分析批评中不乏对作品中自然描写的研究，但它们常常会把自然描写当作社会生活的烘托背景，或人类精神世界的象征；结构主义批评更是把文本作为一个与真实物质世界断绝指涉关系的独立系统，环境描写也被看作承担特定功能的结构要素。相对于这些批评模式，生态批评着力于使真实的自然在文学批评中发声。生态批评的诞生与英美文学中的"自然书写"（nature writing）这种特定文学传统密切相关，自然书写是一种以真实自然环境为主题的非小说文体，它侧重以科学视角真实地展现自然，但又在其中渗透大量围绕自然环境的哲学思考，例如，美国作家蕾切尔·卡森的《寂静的春天》（1962）就是自然书写的代表性作品，被誉为环境文学的里程碑。《寂静的春天》讲述了某年春天发生在一个美国小镇上的生态危机事件，由于农民给田地施用大量含有 DDT 成分的除草剂，这种无法被生物降解的化学药物先是进入到吃草昆虫的体内，继而又进入以昆虫为食的鸟儿的身体，最后导致大量鸟类死亡，整个小镇的春天笼罩在没有鸟啼的寂静中。美国学者劳伦斯·布依尔认为该作品运用了"环境启示录"的写作手法，采用放大事物规模以及将不同事物进行超时空并置的手法，形象地呈现事物间的网络关系，又通过从生命之网向死亡之网的意象转换，彰显迫在眉睫的环境灾难意识，这正是一则生态批评的典型案例。

生态批评发展的第一个高潮是"生态整体主义"批评。生态整体主义主张生态圈整体的价值高于地球上任何一个单独物种或者个体的价值，一切物种作为生态圈不可缺少的组成部分都具有平等的生存权，判断一种行为的好坏善恶，也要以是否有助于维持生态圈整

---

① 罗西·布拉伊多蒂. 后人类［M］. 宋根成，译. 郑州：河南大学出版社，2016：116.
② 罗西·布拉伊多蒂. 后人类［M］. 宋根成，译. 郑州：河南大学出版社，2016：288.

体的平衡与稳定为标准。生态整体主义批评重视"荒野",并且常常以自然书写为主要批评对象。生态整体主义批评虽然充分表达了人对自然的善意,但它把地球笼统地视为一个生态整体,几乎没有考虑到客观存在的物种差异以及人类社会内部的阶层、性别和文化差异。自然生态危机固然是由人类导致的,但人类也是有内在差异性的。比如,第三世界国家的环境污染,很大程度上是由它们与发达国家的不平等政治经济关系导致的,中产阶级对优美环境的诉求,对于挣扎在温饱线上的贫困人群则显得不合时宜。1997 年,美国学者 T. V. 里德(T. V. Reed)率先提出"环境正义生态批评",主张生态批评应重在呈现生态贫困与社会贫困、社会压迫之间的关系。沿着这种思路,"自然"不再被看成一个与人类社会相对,并充满浪漫主义色彩的空间,生态批评也从早期主要关注荒野和自然书写,转向关注城市、社会生活以及更多体裁的文学经典,分析作品中人类社会与物质自然环境的复杂关联方式。生态批评与马克思主义、女性主义、后殖民理论、族裔理论等多种理论相结合,展现出强大的社会批判力。

"地方"(place)是生态批评第二波发展浪潮中的关键词。与纯粹的自然物理空间不同,"地方"是积淀着主体生存经验、情感体验与历史记忆的存在论空间。在生态批评看来,环境越是被人们接受为一个与自身具有密切存在意义关联的"地方",就越会被珍视,文学想象的传统特色之一正是唤起并创造一种地方感。比如迟子建《额尔古纳河右岸》(2005)中的长白山森林,既是鄂温克人和驯鹿世代生存的地方,也是深藏着叙事者的温暖童年回忆与真纯人性信仰的地方。张承志《黑骏马》(1982)中的草原,既属于风、太阳、云霞、冰雪、羊群和野草,也是使"我"学会坚韧、宽容、仁慈与爱的美德的地方。文学作品中的"地方"是自我精神追求、乌托邦想象与真实自然环境的混杂体,文学批评则通过解锁这些意象,使读者意识到环境的复杂内涵。随着科技发展和人类生活方式的改变,人地关系也在不断变化。相对于农业文明时代形成的相对固定的人地关系,超越地方局限的"星球意识"在全球化进程中正变得越来越重要。1972 年,三名美国宇航员在阿波罗号上拍下的地球全景照片,充分激发起人们作为超越性别、族裔和物种隔阂的地球公民的身份感,地球正是全人类共同拥有的最大"地方"。不过,星球意识和地方意识并不矛盾,2000 年之后出现的第三波生态批评浪潮更倾向于"探讨全球地方概念与基于具体地方的新区域主义情结之间富有成效的紧张关系"[①],现代人正是在这两者的矛盾纠葛关系中成长为具有特定地方意识的地球公民的。

生态批评又与女性主义批评互相交织。1974 年,法国女性主义思想家索瓦兹德·奥波妮(Francoise D. Eaubonne)首次提出"生态女性主义"概念,论证女性主义运动与生态运动的关联性。生态女性主义认为性别压迫与人类对自然的奴役,都是男性中心主义文明传统的产物。比如,美国学者麦茜特在《自然之死》中就细致地分析了 16 世纪之前欧洲的有机论世界观是如何将自然想象为仁慈的母亲;地球母亲形象又如何随着 17 世纪的科学革命、市场经济以及机械论世界观的发展,蜕变为任由人类宰割的无生命物质世界,此时,被视为生育工具的女性与被视为物质资源的自然命运相通。将女性泛泛等同于自然很容易陷入本质主义的误区,因为第一世界女性不是第三世界女性的代言人,同一国家不

---

① 胡志红. 西方生态批评史 [M]. 北京:人民出版社,2015:312.

同社会阶层的女性也命运各异，无论是性别压迫，还是自然危机都与更复杂的社会问题相关，生态女性主义批评应当与社会历史批评有机结合。

生态批评也不断从当代最新的文化理论思潮中汲取资源，比如它与新物质主义理论交叉形成了"物质生态批评"。伊奥凡诺（Serenella Iovino）和奥伯曼（Serpil Oppermann）合著的《物质生态批评》（2014）认为，亚马孙森林的濒危物种、墨西哥湾暖流、癌细胞、DNA和二噁英、火山、学校、城市、农场、病毒和有毒烟尘，所有这些事物"都是各种力量、动能和其他事物结合后产生的物质形式"①。物质生态批评聚焦由物质构成的身体、事物和景观，以及物质之间、物质与人类之间的内在关系，并认为文学叙事正是在这些关系中产生的意义和话语。物质生态批评将人类重新安置在充满各种物质力量的广阔自然环境中，关注非人类物质动能在叙事文本中的体现，凸显自然环境所产生的文化和文学潜力。就其所体现的"祛人类中心主义"批评效果而言，物质生态批评正走向与后人类批评的合流。

中国文化传统中蕴含着丰厚的生态思想资源。从《易经》开始，中国文化就形成了将生命安置在天地之间，通过观察天地自然来确认行动准则、价值标准和终极信仰的传统。"天之道""地之理"与"人之纪"这三者在中国文化传统中是贯通的，以此为基础，我国不仅在生产生活实践中涌现了大量充满生态智慧的技术成果，也孕育了"仁民爱物""道法自然"的传统生态伦理观，以及崇尚自然精神的山水诗画艺术，这些都可以成为生态批评探索的对象。不过，生态批评观念是对人与自然的矛盾关系有自觉反思的现代文化意识，在用于古代作品时，要尽量避免将现代观念强加于古人造成的主观臆断和误读。

◉ 第三节　科幻文学批评 ◉

无论是在后人类批评还是生态批评中，科幻文学都受到前所未有的关注。究其原因，是因为由科技进步驱动的当代文明包含着强烈的未来意识。科技的迅猛发展使未来充满变数，这既加强了人们对未来的期待和探索的激情，又导致了人们由于在生活经验和价值观方面无成规可依产生的忧虑。科幻文学正是传递这种希冀与焦虑交织的未来意识的最佳文体。1972年，第一家科幻批评学术期刊《基地》在英国诞生。1973年，美国学者达科·苏恩文创办了《科幻研究》杂志，以苏恩文和杰姆逊为代表的西方马克思主义结构主义科幻批评，为科幻文学研究奠定了较为系统的理论基础。从20世纪六七十年代欧美科幻文学的新浪潮运动迄今，科幻文学创作的生命力繁盛不衰，科幻批评也蓬勃发展。

认知性与陌生化是科幻文学的两个基本特点。"认知性"是指科幻文学首先以科学作为其基础，这是科幻文学与超自然的神话传说或奇幻文学的本质区别。认知性并不要求小说中的每个细节都必须与科学理论完全一致，而是意味着以科学作为故事构思的基本框

---

① Serenella Iovino，Serpil Oppermann（eds.）. Material Ecocriticism ［M］. Bloomington：Indiana University Press，2014：1.

架，想象要符合科学思维的逻辑。这里的科学也并不仅限于自然科学，还包括社会学、语言学、心理学等各种人文社会科学。比如，特德·姜的小说《降临》（2016）在想象人与异星生命的相处经验时，包含着对语言学的思考；赫伯特的《沙丘》（1965）则是对系统论和生态科学理论的生动演绎。科幻文学的想象有时会变成现实，比如威廉·吉布森的《神经漫游者》（1981）所描绘的赛博空间，就是今天互联网和虚拟现实技术的先声。但这并不意味着科幻文学就是对科学发展的未来寓言，科幻文学的主要价值不在于它的预测功能，而在于它通过文学想象，将科技发展与日常生活世界全方位绑定在一起，"为我们自己的经验宇宙提供实验性变种"①。也就是说，科幻文学通常会选择某些与科学发展相关的社会文化问题，再从现实生活中择取一些材料，并动用想象力，围绕这些问题进行合乎逻辑的推演，模拟性地展现未来生活世界的可能样态、可能遭遇的问题以及解决问题的方法。科幻文学就像"一种'严肃的游戏'，一场与各种现实之间的关系中展开的嬉戏，它教我们如何去理解，并且必要时，如何去改变我们的经验现实"②。

"陌生化"是科幻文学的基本叙事手法。陌生化是指文学通过特定艺术手法使我们习以为常的生活场景，展现出新奇的样子，从而打破读者对事物的惯常认知。在科幻文学中，陌生化手法常常表现在设置时空环境和非常态生命形象上。在时间方面，科幻文学常常会把故事发生的时间，推进到遥远的未来，这样可以呈现现实中那些尚处于萌芽阶段的事物发展到极致成熟后的形态。比如迪克的《仿生人会梦见电子羊吗》（1968）中的仿生人就是对人工智能技术的极致化想象，这种想象彰显了与人工智能技术发展并行展开伦理思考的重要性。空间方面，科幻文学常常会设定故事发生在宇宙或异星，这些空间与现实世界既相似又有所差异，可以促使读者重新审视自己所在的世界。比如，美国科幻作家勒古恩非常善于使用"世界减缩"这种陌生化手法来描写自然。在《一无所有》（1974）和《黑暗的左手》（1969）中，勒古恩都虚构了一种与我们所熟悉的丰饶美丽的"自然母亲"形象成映射对比的严酷贫瘠寒冷的自然环境。这样的环境完全不具备使人们通过向自然索取物质资源，实现经济发展或满足物欲享受的可能性。世界在经过减缩处理之后，最终只剩下以最本真生命形态裸露在自然面前的"人"。竭尽才智维护星球脆弱的生态平衡，并寻找不被物欲所束缚的人生价值，成为对人而言具有首要意义的事情。勒古恩借此手法表达了对消费主义的批判，以及追求良好生态与健康人性的社会理想。辨认作品如何使用陌生化手法塑造人物与环境，常常能够成为进行科幻文学批评的一个有效切入口。

许多科幻文学在进行未来想象时，常常表现出在面对不确定性未来时的迷惘和忧虑，甚至不乏对未来的灾难性想象，这其实是在既有伦理观、价值观受到新技术和新事物冲击后，产生的焦虑情绪的投射。比如，《仿生人能梦见电子羊吗》中的仿生人虽然在艺术才能、情感体验以及爱的能力等方面，都不亚于甚至超过人类，却依然因为它们的非自然生命身份被人追杀。但叙事中又时常流露出对自然生命高于人造生命这一价值判断模棱两可

① 弗里德里克·詹姆逊.未来考古学：乌托邦欲望及其他科幻小说［M］.吴静，译.南京：译林出版社，2014：356.
② 达科·苏恩文.科幻小说面面观［M］.郝琳，等译.合肥：安徽文艺出版社，2011：162-163.

的态度，其背后蕴含的正是面对人工智能时，人类对如何确定自我身份的疑虑，界定生命的传统标准正通过小说叙事发生动摇。保罗·巴奇加卢皮的《发条女孩》（2009）则以未来世界中的跨国资本，在泰国争夺未经基因改造的种子资源为线索。那个世界充满着基因技术滥用的受害者：作为廉价劳动力被工人肆意驱使的巨象，因基因改造失败而被任意杀戮的柴郡猫，转基因橡皮虫和生着"锈病"的农作物，再加上流落色情酒吧的发条人惠美子与处于社会底层的泰国人民，他们共同构成了全球资本主义生命政治的压迫对象。小说的灾难叙事传递着人们对技术受资本操控的警惕与批判态度，以及对如何限定基因技术伦理边界的思考。科幻文学的"忧患意识"既不意味着未来必然是灾难性的，也不代表反科技的保守论调，一方面，它主要是作为"一种诊断、一种警告、一种对理解和行动的召唤"①，推动人们深入思考科技发展隐含的危险或变革潜能，避免陷入单向度的技术崇拜。另一方面，科幻文学也可以通过这种方式疏泄新技术带给人的强烈心理冲击，作为帮助人们适应科技导致的社会变局的精神操练和心理调试，使人们对即将到来的种种变革建立起心理免疫机制。

◇ 阅读实践

《三体》的未来想象与现实映射

《三体》三部曲以史诗般的笔法描写了地球文明初入太空的故事，其中一个关键线索就是作为宇宙社会学基础的"黑暗丛林法则"。从叶文洁最初发现三体世界，到地球、三体乃至整个太阳系在宇宙中的命运沉浮，黑暗丛林法则可以说是推动全部情节展开的核心，两代执剑人罗辑和程心对黑暗丛林法则的态度，也成了令读者争论不休的焦点。罗辑是领悟"黑暗丛林法则"的第一人与忠实践行者，为人类赢得了威慑纪元的和平，但民众为何会抛弃罗辑选择程心？第二代执剑人程心代表人类文化基因中的"善"，她的纯洁美好使其受人爱戴，但也正是她的善心直接将地球文明推向灭亡。既然如此，小说为什么又将程心设计为太阳系毁灭后为数不多的幸存者，并将延续地球文明的最后希望寄托在程心身上？

其实迄今为止，人类在外太空探索中，并没有发现任何地外文明的痕迹，黑暗丛林法则也只是文学虚构，所以《三体》的思想价值显然不在于为人类如何应对地外文明提供行为指南，宇宙伦理学的设计另有深意。围绕"黑暗丛林法则"的分歧，其实映射的问题是：如何处理认知客观世界与心灵自由意志这两种人类精神冲动之间的关系。康德把纯粹理性与实践理性看成是人类精神文化活动的两大支柱，纯粹理性意味着认知符合客观物质规律；实践理性意味着人拥有不受制于客观规律，做出自由行动选择的自由意志。康德又认为，由于宇宙具有终极和

---

① 达科·苏恩文. 科幻小说变形记［M］. 郝琳，等译. 合肥：安徽文艺出版社，2011：13.

目的性，实践理性和纯粹理性，遵循客观规律与心灵的自由意志，最终能在行动中达成统一，对真的追求最终也必然是对善的追求。小说中的叶文洁之所以想让三体人进入地球，便是因为相信一个科技高度发达的文明，必然也会拥有昌盛的文化与高级的道德水准，这是非常康德式的想法。

康德的理论里隐含着两个基本前提：一是对具有终极合目的性的宇宙的信任，一是对人类心灵能够领悟这种合目的性的信任。基于此，他构筑了一幅充满理想主义与乐观主义精神的宇宙和人类生命图景，相信人类文明将在不断深入的自然认知与不断提升的道德水准的和谐关系中，持续前进。但这种哲学思考方式却在《三体》的宇宙文明视域中遭遇了挑战，挑战同样也来自两个方面：第一，地球只是浩瀚宇宙中的一颗行星，人类文化信念因此也仅限于在孕育它的地球生态圈范围内有效；第二，从人类有限的文明视野出发，宇宙是否具有终极合目的性不得而知，但是，各文明一定会竭尽全力维持自身的延续是确凿无疑的。这样一来，《三体》就打破了康德式的纯粹理性与实践理性协调一致的基础，依循客观真理与遵循自由意志两者之间，也许存在永远不能弥合的裂痕。通俗地说，就是我们认定为善的行为未必合乎自然规律，而尊奉自然规律行事又未必符合人类道德伦理的善，这个矛盾或许最终难以调和。"黑暗丛林法则"是罗辑根据叶文洁提供的数学模型推演出来的宇宙社会学法则，虽然听起来残酷却符合客观事实；程心代表人类文明基因中高尚的道德冲动，结果却将地球文明推向毁灭。《三体》中地球悲剧的根本原因可以概括为：代表自由意志的"诚心"战胜了代表纯粹理性的"逻辑"。

我们无法确认上述对《三体》未来想象的现实注释是否符合作者的本意。但"诚心"之于"逻辑"的膨胀和包覆，无论在中外文明史上都不乏先例。比如在中国，有"万物皆备于我""心外无物，心外无理"之说；在欧洲，20世纪的现象学、语言哲学、结构主义等人文理论都不断表现出以主体的意义建构吞噬客观世界的趋势。在《三体》中，人类一开始出于对三体的陌生恐惧而支持罗辑，三体作为有待认知的绝对他者，充当着人类自我中心型文化的制衡力量。但是随着接触不断增加，人类逐渐将三体纳入可理解认同的范围内，在一厢情愿的文化想象中不断将其同化，把善良和平的人类道德准则也施加在三体身上。这种在对三体和宇宙并不充分了解的情况下做出的选择，意味着"诚心"超越了"逻辑"。正如"程心"这个名字与"诚心"谐音，虽然意愿善良，但终究也是人类自己的意愿。己所不欲，勿施于人，但是人们却常常忘记"己所欲"也许亦应当"勿施于人"，施与不施完全取决于对自我之外他异性客观存在的清醒意识。在伦理的领域里，纯粹理性也应为实践理性立限。

不过作品一方面肯定罗辑，另一方面却没有完全否定程心，即使程心不止一次做出错误判断，她依然充满人格魅力，作为心灵自由表征的"善"始终是人类文化中最宝贵的部分。客观认知世界是保障文明在自然中存活的基本条件，心灵的自由选择却使文明充满意义感。小说中的三体世界虽然科技发达，但三体人为了全力应对恶劣的生存环境，禁止一切艺术、哲学与情感活动。人类在科技发达的三体人看来不过是微不足道的虫子，但情感和深度意义世界匮乏的三体生命，在人类看来同样也是虫子。在三体与地球共同流浪的岁月里，小说安排双方开始有一些真正的交流，智子尝试接纳人类理解世界的方式。当地球毁灭，程心、智子以及她们携带的小生态球，为人类和三体人在未来岁月中携手共创文明，留下了一点点期待。然而，小说叙事却一再反转，程心宁肯冒着飞船失重的危险将生态球带离地球，生态球既代表着文明延续的希望，又意味着潜在的危险，它是脆弱的，只能在封闭的球体内部保持岌岌可危的平衡。三体人尝试理解人类的情感，那么人类又从三体文明和作为黑暗丛林的宇宙中学到了什么？小生态球能否向着与地球迥异的宇宙敞开，通过从外部空间汲取新能量而变得强大，抑或只能在自我封闭中维持令人伤感的美丽？《三体》并非明朗的结局背后埋藏着叙事者对人类文明的隐忧。

究竟该如何理解真与善的关系？人类文明的有限视角限制了对该问题的反思，但当《三体》将故事背景设定在浩瀚宇宙中，使我们不得不正视人类文明的有限性和蕴含无限可能的地外空间时，"逻辑"就更容易为"诚心"设限。这样，《三体》便以科幻文学特有的诗学手法，"以自然科学思维和认知视野，将考察人类文明生活的价值坐标放大到一个惊人的尺度上，同时又以文学的方式，将其与人的生活密切地联系链接起来，从而互相撬动、延展了科学与文学各自被文明的惰性与生活的尘埃遮蔽的思想空间，造成了科学与诗性的聚变效应"①。

◇ 关键词解析

一、后人类

后人类是一场由科技发展引发的人文观念变革。从外观形态上看，后人类是指经过技术加工或电子化、信息化作用形成的"人造人"，是将人造器官、人造芯片、人造肢体或电子软件等与人的自然肉体有机结合形成的人-物系统、人-机系统。但后人类同时也指伴随上述生命形态改变而涌现的一种新生命观。相对于西方近代人本主义，后人类理论不再将先验理性和自由意志作为界定生命主体性的标准，而是把生命看作在机体的具身行动与物质环境的互动关系中生成的具身化分布式认知系统。后人类理论不再以人为万物之灵长，而是强调人与动物、机器之间跨物种的生命连续性和普遍生命力；也不再强调自然与文明、人与技术的对立，而是把技术视为生命系统在与环境的互动关系中自我发展与自我提升的方式。生态批评、物导向理论以及女性主义理论等，都与后人类理论有交叉对话，就其所推动的对物种关系、性别关系以及人与非人类物质世界关系的重新反思，以及祛人类中心主义的伦理倾向而言，它们都可以算是

---

① 张大为．宇宙的尺度与文明的高度——论《三体》的文明诗学与文明理性意涵 [J]．文艺评论，2021（5）：53-71．

宽泛意义上的"后人类"。

二、生态批评

生态批评是从人与自然环境关系的视角进行文学批评的方法，它诞生于 20 世纪六七十年代欧美生态文化运动背景中，20 世纪 90 年代再度兴盛，持续至今，已成为一种具有全球影响力的文化批评潮流。生态批评自诞生以来，经历过生态整体主义批评、环境正义批评、生态女性主义批评、地方理论批评、动物批评、物质主义生态批评等多个发展主题。它具有鲜明的跨学科特色，既借用生态学、气象学、生物学等自然科学理论作为透视文学的新视角，又将马克思主义、女性主义、动物伦理等社会批判理论与文学的诗学形式分析相结合，深挖作品中隐含的人与环境关系。生态批评聚焦作品如何呈现人类与自然相互关联的方式，同时思考文学在建立人与自然的生命关联中所扮演的角色和承担的功能，力图从自然观和文学观两方面批判人类中心主义。它是一种同时立足于文学和大地，联系着人类和非人类的理论批评话语。

三、新物质主义

"新物质主义"是对比尔·布朗提出的"物理论"、本内特的"新活力论"、以哈曼和梅亚苏为代表的"思辨实在论"以及拉图尔的"行动元网络理论"等一系列重新思考人与物质世界关系的人文理论话语的统称。随着环境变化和科技变革对日常生活的影响，人们日益发现"物"具有影响人类生活和文明走向的力量，因此，论证"物"的主体性，成为新物质主义各理论流派的共同追求。新物质主义文学批评侧重分析作品中物对人类社会生活的影响和建构；思辨实在论论证物超越于人的先验实在性；行动元理论揭示了人与物在作为行动元网络的世界中的平等地位。新物质主义与生态批评结合产生了物质生态批评，物质生态批评关注文明世界如何从充满物质力量的广阔自然中生成，以及文学叙事如何展现和构建物质与人类之间的意义关系。

◇ 本章小结

本章主要围绕后人类文化理论、生态批评和科幻批评三个主题展现了文学接通未来的方式，呈现了文学理论与批评在学科交融视野下的发展状况。后人类文化理论的发展主要是受到科学推动，其中包含着对人与机器、人与动物以及性别关系等问题的思考和对新生命观、伦理观的探寻。生态批评主要围绕人与自然的关系展开文学批评，涉及生态整体主义批评、环境正义批评、地方理论批评、生态女性主义批评、物质主义生态批评等多个主题。科幻文学作为对未来世界的文学书写，以陌生化和认知性为其主要诗学特征，并表现出对未来的忧患意识。

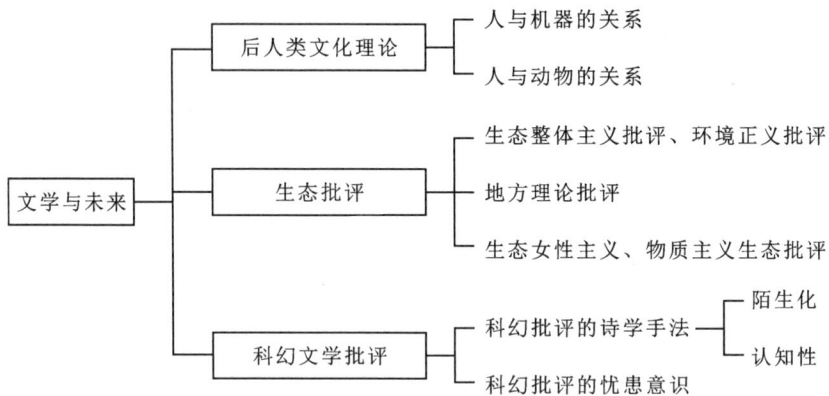

```
                        ┌─ 后人类文化理论 ─┬─ 人与机器的关系
                        │                └─ 人与动物的关系
                        │                ┌─ 生态整体主义批评、环境正义批评
       文学与未来 ──────┼─ 生态批评 ──────┼─ 地方理论批评
                        │                └─ 生态女性主义、物质主义生态批评
                        │                ┌─ 科幻批评的诗学手法 ─┬─ 陌生化
                        └─ 科幻文学批评 ──┤                     └─ 认知性
                                          └─ 科幻批评的忧患意识
```

◇ **思考与练习**

1. 凯瑟琳·海勒认为，无论古代人、现代人还是智能机器人都"从既定的网络中诞生，变成物质的真实，被社会约束，被话语建构，由于相似的原因，我们一直都是后人类"。对这句话，你如何理解？

2. 文学作品中对优美自然风景的描写，是否意味着该作品具有自觉的生态文化意识？请结合你的阅读实践做出解释。

3. 结合一篇你熟悉的科幻文学作品，分析"陌生化"与"认知性"是如何在作品中得以体现的。

图书在版编目（CIP）数据

文艺理论简明教程 / 朱国华，王嘉军主编. -- 武汉 ：华中科技大学出版社，2025. 4. --（新时代大学文科简明教材 / 张福贵主编）. -- ISBN 978-7-5772-1740-6

Ⅰ. I0

中国国家版本馆 CIP 数据核字第 2025NV5954 号

文艺理论简明教程
Wenyi Lilun Jianming Jiaocheng

朱国华　　王嘉军　主编

策划编辑：周晓方　宋　焱

责任编辑：吴柯静

封面设计：原色设计

版式设计：赵慧萍

责任监印：曾　婷

出版发行：华中科技大学出版社（中国·武汉）　　电话：（027）81321913
　　　　　武汉市东湖新技术开发区华工科技园　　邮编：430223

录　　排：华中科技大学出版社美编室

印　　刷：武汉科源印刷设计有限公司

开　　本：787mm×1092mm　1/16

印　　张：17　　插页：2

字　　数：420 千字

版　　次：2025 年 4 月第 1 版第 1 次印刷

定　　价：59.90 元